现代美国短篇小说

天地出版社 | TIANDI PRESS

夜行

郑执 著

貂男夜行系列小说

狗仔夜行
GOUZAI YEXING

出品人 陈小雨 杨政
作 者 郑莲英
责任编辑 张珍茜
封面设计 张天赋
责任印制 裹菲臣

出版发行 天地出版社
（成都市槐树街2号 邮政编码：610014）
（北京市方庄芳群园3区3号 邮政编码：100078）
网 址 http://www.tiandiph.com
电子邮箱 tiandig@163.com
经 销 新华文轩出版传媒股份有限公司
印 刷 北京文昌阁彩色印刷有限责任公司
版 次 2020年9月第1版
印 次 2020年9月第1次印刷
开 本 880mm×1230mm 1/32
印 张 13.25
字 数 310千字
定 价 56.00元
书 号 ISBN 978-7-5455-5716-9

版权所有◆违者必究

咨询电话：(028) 87734639（总编室）
购书热线：(010) 67693207（营销中心）

本版图书凡印刷、装订错误，可及时向我社营销中心调换

图书在版编目（CIP）数据

狗仔夜行 / 郑莲英著. — 成都：天地出版社，2020.9
ISBN 978-7-5455-5716-9

I.①狗… II.①郑… III.①长篇小说—中国—当代
IV.①I247.5

中国版本图书馆CIP数据核字（2020）第084457号

"每一样东西都需要长久的凝视才能被看见。"

——［美］弗兰纳里·奥康纳

目录

上篇

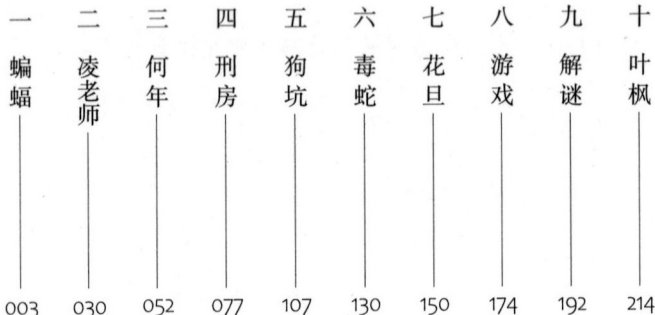

一 蝙蝠　003
二 凌老师　030
三 何年　052
四 刑房　077
五 狗坑　107
六 毒蛇　130
七 花旦　150
八 游戏　174
九 解谜　192
十 叶枫　214

下篇

| 十一 船厂 ——— 237 |
| 十二 伏翼教 ——— 272 |
| 十三 厄运 ——— 292 |
| 十四 皇冠 ——— 304 |
| 十五 八兄弟 ——— 336 |
| 十六 主角 ——— 368 |
| 十七 陶驰 ——— 390 |
| 十八 尾声 ——— 410 |

上 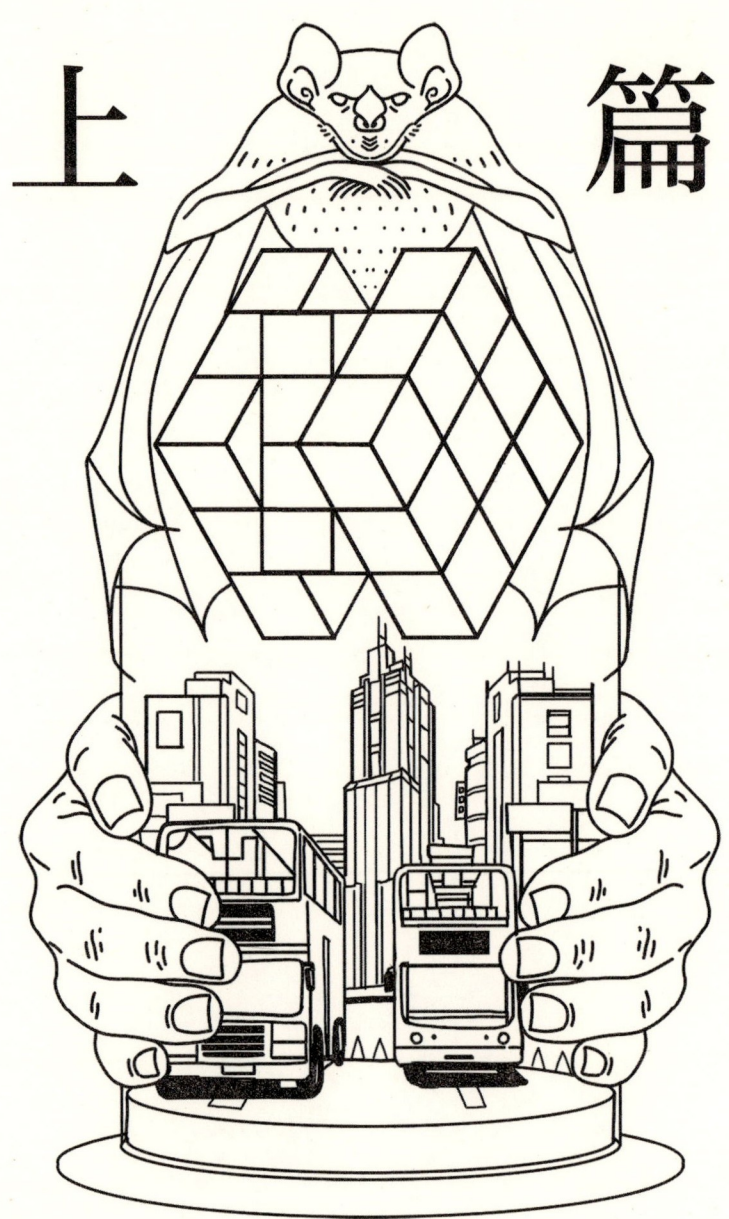 篇

一 蝙蝠

1

楼道的声控灯坏了,我在黑暗中用钥匙找锁孔。

一进门,就接到一个来自广州的陌生电话,铃声三响,我摁了接听键。

"是郑读先生吗?"一个女声问道。

我做事有个习惯,每换一次工作,就会起一个新的笔名。在香港当狗仔记者时我叫"郑读",对方无疑是通过这个渠道认识我。"你看过我的报道?"我问。

"之前经常看你的博客。"对方说。

我的博客浏览量很低,已经很久没有更新,当时确实在公告栏留了自己的电话,有偿征集明星线索。"对不起,我已经不做记者了,有新闻请另投他处。"我说。

"不是新闻,"女声说,"我这边有件事想请你帮忙,请你一定帮我。"

"不好意思,我现在没空。"我准备挂断。

"请至少听我讲完。"她声有悲怆,"麻烦了。"

我打开扬声器,把手机放在茶几上,问:"请问怎么称呼?"

"我叫祝沛蓉。"对方说。

2012年的儿童节,广州白云区京广线发生了一起车祸,祝沛蓉的丈夫詹世安开着一辆标致轿车撞向人行道上的石墙,脊椎受挤压错位,腰部以下瘫痪。副驾驶座上5岁的儿子当场死亡。

此后两年詹世安一直瘫痪在床,今早起来,祝沛蓉却发现丈夫詹世安不见了,她立刻报了警。"世安一定是被人强行带走的。"她说。

"为什么这么肯定?"我问。

"因为他的轮椅还在,"祝沛蓉说,"他从来没有在不告知我的情况下私自出门,而且瘫痪后,他意志消沉,跟所有朋友断绝了往来,也不用手机,不存在被熟人接走的可能。"

在跟詹世安结婚前,祝沛蓉还有过一段婚姻,她的前夫张锡在七年前一次醉酒打架中用刀捅伤人,被判了刑。张锡服刑期间,祝沛蓉提出离婚,张锡不肯,后来通过法院起诉,才强制判决。三年前,张锡出狱,他找到前妻的住址,三番五次过来砸门,在祝沛蓉的汽车上用红漆刷上"荡妇"二字。后来詹世安报警,张锡才渐渐止息。

警方最终将"仇人"目标锁定在张锡身上。张锡出狱后打了多份工,皆做不长久,如今在广州南沙区的农贸市场开了一家海鲜干货店。他白天做生意,晚上回到租住在附近的城中村的房间睡觉。早上8点,三位警察来到张锡家,问他认不认识詹世安,他摇摇头,得知警方来意后,大大方方让他们进门搜查,谁知警察刚走进门,他立刻窜出了房间。筒子楼过道堆满杂物,窄小曲折,只能容一人通过,多人追赶不具优势。众人只得眼看着张锡从三楼跳进楼下垃圾堆，跑远，消失不见。经过搜寻，警方在他家厕所的洗手池下发现了一把水果刀。

"刀上没有指纹，但刀柄处残留的血液，检测后证明是世安的。"祝沛蓉说。

"没有抓到张锡吗？"我问。

"没有。后来警方又去了张锡出狱后工作和生活过的地方搜寻，不仅没有找到他，就连世安也下落不明，"祝沛蓉哽咽，"去年你有一个报道，一位香港明星离奇失踪，你只用了两天就找到他的踪迹。原来他厌世准备自杀，因为你，他才及时得救，让我大为佩服。眼下我迫不得已，才找你帮忙。我丈夫有糖尿病，需要及时服药，不然会有生命危险。只要能找到他，我一定会支付一笔丰厚酬金的。"

我没有告诉祝沛蓉，其实当年香港那桩明星失踪案是我跟当事人一手策划的，他苦于人气下跌，"准备搞个新闻"，而我既能赚到一笔，又能在业内名声大振，何乐而不为？报道确实在香港轰动一时，可惜在内地没有激起波澜。也是从那时起，我明确了香港娱乐业的凋败，产生去意。

"你把地址发我，我现在在深圳，赶过去需要点时间。"我跟祝沛蓉说。

2

2014年5月11日，正值广东的梅雨季，雨已经连续下了多日，房间里的墙壁上蒙着一层水雾。

两个月前，我用新笔名出版了自己的第一本悬疑长篇小说，反响不错，但除责编外，没人知道我的来历。一天，有个人联系我，说是"夜行者徐浪"，问我有没有兴趣跟他一起工作。

"你是怎么找到我的？"我纳闷。

"很简单，书卖得这么好，网上却没半点儿作者信息，综合内容上浓郁的地域特色和丰富的侦查经验，我料定你很可能在香港干着一份不太光明的职业，并且拥有多个身份。买一本你的电子书，导入程序里面，分析你的惯用词组和句式，再检索网络上重合率高的博文，很快就能找到你的博客，拿到你的号码。"徐浪在电话里说，"有空的话，想请你来深圳聊聊。"我答应了。

我们约在希尔顿酒店见面，事前我不知道徐浪长什么样，但我一眼就在光鲜亮丽的人群中发现了他：中长发，戴一个发箍，黑衣、黑裤、黑运动鞋，身高看起来有一米八，身板笔直匀称，剑眉星目，皮肤白净，举手投足间透着一股北方人的飒爽做派，从手臂上的肌肉线条看得出，他有健身的习惯。

只吃了一笼虾饺，我们就确定了合作。说实话，我对所谓"夜行者"的工作并不感兴趣，但我一心想换个新环境，加上徐浪开出的条件不错，跟他搭档也能学到点儿真正的东西，我没有不答应的道理。

"对了，电话里跟你说的那个找你的办法，是我瞎编的，"事后徐浪说，"我是从你责编手上拿到了你的电话。"

我来到了深圳，开始了新的工作——在住处听徐浪讲故事，直到我接到了祝沛蓉的电话，寻找詹世安就此成为我夜行者生涯的第一份工作任务。当晚，我跟徐浪连夜驱车到了广州。

"有跟她说找到的人不管是死是活都是一个价吗？"在路上，徐浪问我。

"等下到她家你跟她说。"

开了两个多小时，我们终于到了祝沛蓉家。詹世安出车祸瘫痪后，为方便行动，他们卖掉云山小区的高层套间，在老城区重新购买了一套位于一楼的两居室。

祝沛蓉四十岁左右，画着淡妆，显然惊魂未定，在这样湿热的天气里披着一件灰色外套。她身材不高，我一下子看到她头顶处长着的一斑白发。

房间灯火通明，詹世安失踪之后，这间屋子势必来了几拨人：警察、朋友、亲戚，现在是我和徐浪。从客厅地板的整洁程度来看，祝沛蓉在等待我们到来时认真地收拾了房间，拖了地——她寄厚望于我们。

"祝女士，我们会尽全力找人，但有个事得先说一下，詹先生可能已经遇害了，如果出现这种情况，尾款仍然要支付。没问题的话，咱就继续。"

刚在沙发上坐下，徐浪就开门见山。我看到祝沛蓉一脸诧异，眼泪突然滴落。她伸手擦拭，起身从房间拿出一个纸袋，付了一半订金当作默认。

"詹先生失踪之前，你有发现什么异常吗？张锡来骚扰过你们吗？"徐浪拿出本子，问道。

"没有，"祝沛蓉摇摇头，"他出狱之后过来骚扰了几次，世安报警后，他就再也没有过来捣乱了。"

"你跟张锡在一起时，住在哪里？"徐浪问。

"住在广州黄村，现在那个地方已经拆迁了。"祝沛蓉语气中带嫌弃，"他好赌酗酒，父母留下的房子后来都输掉了。我早有离婚打算，赶上他犯事入狱，我就向法院申请了离婚。早上警察问我他会躲在哪，出狱后我不知道他的动向，但我能保证，入狱之前，他没有朋友，跟亲戚反目，没有人会接济他。"

"詹先生的房间事后收拾过吗？"经过祝沛蓉的允许，我推开詹世安房间的门,发现床单平整,轮椅停放在书桌下,地上一尘不染。

"没有,我醒来之后,发现世安失踪,房间就是这个样子。"祝沛蓉回答。

"基本了解得差不多了,有问题我们还会过来。"走到门前,徐浪说,"还有,祝女士,找我们帮忙的事,请不要跟其他人说。"

3

晚上 10 点 23 分,我们来到广州白云区黄边北路的悦成修车行,2011 年 5 月,出狱后的张锡在这里找到了第一份工作。我们到时,店长正准备关门,徐浪上前递了根烟,说:"今天的调查工作还有一些没有完成,麻烦配合一下。"店长误以为我们是早上过来的办案人员,便把店里的灯全部打开。

"白天我们已经问了张锡的具体情况了,我们走后,你还回忆起什么新的东西吗?越具体对我们越有帮助。"徐浪问店长。

"有,"店长点头,"有个事上午忘了跟你们说了,有几次深夜我来店里取东西,发现张锡把待修的汽车零件全拆了下来,我问他怎么回事,他回答是在学习,零件会很快安装回去的。这事我一直觉得挺奇怪。"

"他就住在店里?"我问道。

"我们想再看看他住的地方。"徐浪立刻补充道。

那是店里的一间隔板间,据店长介绍,张锡好学,工作进步很快,这期间并没有不良记录。为了方便,店长后来在店里搭了这个隔间给他住,张锡辞职后,这个隔间就成了杂物间,里面堆满了汽修工具和零件。

"他在这里悬挂了什么?"我看隔间的墙上钉有一枚铁钉,

周围是一块长方形空白,调出手机的尺子工具测量了一下,长40厘米,宽30厘米,是16寸照片的规格。从悬置的高度上看,有瞻仰的意味。

"哦,他是个基督教徒,在这里挂了一幅耶稣像。"

离开汽修行后,我给祝沛蓉打了个电话,得知在未入狱之前,张锡并不信奉基督教。我们接着去了距离修车行4公里的嘉和商城。2012年3月至6月,张锡在这个商城的地下一层停车场当管理员,住在同层的房间。

因为白天接触了警察,得知这里曾经有员工涉嫌犯罪,其他管理员很配合我们的问询。说起对张锡的印象,有个跟他共事过的人回忆道,张锡沉默寡言,工作倒是准时准点,一丝不苟。公司虽然要求穿制服,但帽子他们嫌热,一般都不戴,只有张锡每天都戴。

在张锡曾经住过的那个地下室中,墙上仍然可见一块长方形空白,无疑是悬挂耶稣像的地方。

开车从白云区一路南下,一个多小时后,我们来到位于南沙区的城中村。

进入城中村,需要走一条大约500米的窄小泥路。整个路段没有路灯,雨云遮月,手电光照地面,折射出亮晶晶的水洼。我们蹚水而行,鞋子已经湿透。张锡家在三楼楼梯靠左第一间,门外拉了警戒线,徐浪蹲下身开锁,一分钟不到,我们进入房间。

20平方米的空间内,设施一目了然,视线的正前方摆着一张挂着蚊帐的单人床,床的右侧是一间厕所,房里还有一张桌子,一把椅子,一个长条柜。两堵墙之间连着一根铁丝做晾衣绳,上面挂着几件衣服。墙皮被水汽洇湿,露出点点霉斑。在东面的墙上挂着一幅彩色耶稣像,画像用镜框裱着,尺寸与修车行墙面的空白一样。徐浪翻找抽屉和衣柜，我拿出随身携带的理光 GR 相机，对着房间拍照。

"2011 年 4 月，张锡出狱。2011 年 5 月到 9 月期间，在汽修行当汽修工。2012 年 3 月到 6 月，在嘉和商城停车场当管理员。2012 年 7 月至今，在南沙区的金洲农贸市场开海鲜干货店。"徐浪在黑暗的房间里点烟，总结道："也就是说，2011 年 9 月到 2012 年 3 月的半年时间里，没人知道张锡都去了哪里，干了什么。根据他的经济水平，不太可能支撑他半年不工作，我认为他干了一些不用登记身份证的非法工作，并在工作的地方生活，这些地方，可能就是他藏身和犯罪的所在。"

"你看看这里。"我把手电光对准墙上那幅耶稣像，"我们已经知道，张锡是个基督徒，会在他生活过的每个地方悬挂这幅耶稣像。汽修行的隔间，地下停车场的单人间，还有如今城中村的这间无窗房，这三个地方有个共同的特征，就是白天没有光照，但现在的画像和画框上有一条很明显的褪色痕迹，这是太阳光长时间固定照射之后才会有的现象，所以这幅画像一定曾经挂在一处被阳光照得到的地方。可以推出，在为期半年的'消失'期里，他一定住过一间光线充足的房间。"

"范围缩小了，"徐浪把门打开，把烟弹到外面，"我们现在去张锡的海鲜干货店，找找有没有其他线索。"

4

金洲农贸市场在张锡的住所附近，走路即可到达。凌晨两点，整个市场漆黑寂静，水泥地面坑坑洼洼，积攒了白天在此地宰杀的家畜的血水和粪便，发出阵阵恶臭。一些档口旁边堆起的烂果烂菜或猪下水，吸引着老鼠、蟑螂和苍蝇聚集。

我们找到了张锡的铺面——卷闸门外也围着一条鲜黄色的警戒线，徐浪用工具打开了小门。门被推开，一股腥气扑面而来。

店内充盈着蓝光，光源来自墙上挂着的一台电蚊灯。地面堆满一袋袋海鲜干货，最里面摆着一个棕黄色的收银柜，桌上物品杂乱，在旁边的墙上挂着一块小白板，手写着货源信息和价格。房间一台电冰柜时不时发出杂音，冰柜盖上放着一张粘蝇纸，上面粘满了苍蝇。天花板上的吊扇仍在悠悠地转动。

徐浪打开收银柜主抽屉的锁，里面散放着一些零钱、收据单和名片，还有一摞A4纸大小的传单，传单上面放着一把漆成金色的十字架，"是基督教义宣传单"。徐浪抽出第一张浏览，然后折好放入口袋。

桌子右侧一排的抽屉没上锁，我依次打开，皆无所获，最底下是一个锈迹斑斑的月饼盒，里面散放着一些杂物，其中最多的是汽车车标。我对车一窍不通，只认得宝马、奥迪和大众车标。

"难道是张锡在停车场当管理员时偷偷从车上卸下来的？"我拿给徐浪看。

徐浪拿起月饼盒，逐一把里面的车标陈列在桌面上，总共11枚。

"这些车标不是在停车场偷的。"徐浪辨认了一会儿，跟我说道，"车标这么显眼的东西，丢失了车主不会没有发现，况且数量还这么多。再者，这些车标样式全都是旧的，比如这个皇冠车标是2003年款的，2007年宝马把车标加了立体效果，这里两个宝马的车标都是旧款，凯迪拉克的这个车标更旧，是1980年款的。什么地方能收集到这么多旧式车标？"

"都是废弃车？"我猜测。

"一般的报废车拆解厂都设置在露天场所，视野开阔，光照充足。"徐浪神情激动，"张锡极可能在没有资质的报废车拆解厂待过，这些车厂开出比正规厂更高的价格回收旧车，卸下旧零件，重新组装再流到市场，然后将旧车壳销毁。"

"每个城市的报废车厂数量有限，我们可以从事发地白云区往外扩散找。"我提议。

"还可以再缩小范围。"徐浪看着我，"现实中几乎所有的绑架案，犯罪者选择的地点，都是近期踩点的，而且从踩点到实施犯罪之间的时间一般不会超过三个月。如果你要选择在一个报废车厂藏人，这个地方还可能需要具备什么样的条件？"

"广州市内近期被关停的非法报废车厂。"

陈田村被称为汽车界的"华强北"，这里是全国最大的轿车零件集散地，世界各地运来的汽车零件汇集于此，传闻有人在这里花了60万元拼装出一辆如假包换的劳斯莱斯。在那里，有一家今年2月刚被取缔的报废车厂，至今仍处于荒废状态。

车厂周围的商铺无一例外都是汽修配件店。车灯照过去，被雨水淋湿的街面映出五彩斑斓的机油光华。我们的汽车经过几条小道，开到一处空旷地，前方被一个大铁栅门挡住，两扇门之间用一根铁链拴着，地上有一个被铰开的大锁头。

推门而进，道路的两旁堆满了轿车的铁壳，两道光柱从我们手中射出，淹没于雨幕。雨滴在我们的雨衣上、泥地中，更显得周围寂寥而空旷，我甚至有种置身于蒸汽朋克场景的错觉。

走了大概100米，看到一间平房伫立在茫茫空地中，从外墙的长和宽推算，面积不足15平方米。铁门在风雨中轻微晃动，似乎有秘密在等待我们揭开。

在进门前徐浪已经跟我打了预防针,但真正见到那个场面,还是让我抑制不住地发抖。虽然我自诩身经百战,但这样诡异的凶案现场我还是第一次看到,只需一眼,就足以成为往后噩梦的素材来源。在这之后,深入这样的现场已经成为我生活的一部分,不知是因为第一次的印象过于鲜明,还是我已经脱敏,总之再没有一次让我像这次一样感到恐慌——我的身上如同爬满了密密麻麻的蜘蛛,人不自觉地往后退。

只穿着一条四角内裤的詹世安被绑在一座由铁板组成的倒十字架上,人已死去。他面朝门倒立,由后方一张残破的木椅支撑。在尸体的额头中央有一个一元硬币大的圆洞,圆洞中有血淌下,血沿着铁板,在头顶下的地面聚集成一摊血泊。在血泊外围的地面上,用血画着一个八圆点方阵,每个血点中心都有一摊燃尽的烛油。在死者赤裸的胸口上,画着一个填充着一只倒挂蝙蝠的倒五角星。在詹世安的肚子上,有三处刀扎的伤口,血顺着皮肤蜿蜒而下。因为瘫痪的缘故,他的双腿萎缩,如同干枝,被绳子捆绑于铁板的上端。地上放着他的上衣和裤子。整个房间的墙壁上布满了大片的白绿色霉菌,仿佛呼吸到就会染上恶疾。我跟徐浪站在雨中,用手电光照射房间内的一切。

徐浪点了一根烟,左手曲掌放在烟上挡雨,大力吸了几口,走进房间,老鼠应声而散。他蹲下身,仔细看死者额头的伤口,回身看我仍站在门外,便叫我:"进来拍照啊。"我这才回过神来。

"手臂上有个针孔。"徐浪蹲下,用手电光聚焦尸体左臂上的血点,"这个针孔,头上的伤口,手脚捆绑的地方,身上的图案,还有三处刀扎。"他说了几个拍照的重点,然后掏出手机打电话。

"祝女士,我们找到詹先生了。"听筒里祝沛蓉的声音有些颤抖，询问人是否还好。停顿了一会儿，徐浪说："对不起，人已经死了，你报警吧。"

5

作为詹先生的"朋友"，我们跟警察说了当晚搜寻的详细过程，加之目前最大的嫌疑人张锡在逃，我们又有充分的不在场证明，在警局做了一些例行笔录后就离开了。

"你有没有发现一个明显的问题？"回到酒店，我跟徐浪说了心中深藏已久的疑问，"案发现场外堆满了报废车，如果张锡杀了詹世安，事后随便将刀扔进某一辆车内，都比藏在自己房间内的洗手池下强。"

徐浪点头，随后取出相机内存卡，插进电脑中，点开拍下的死者照片，指给我看："很明显，致命伤是额头上的这个枪击伤口，但是你看，这个伤口的血流呈两个方向，有一条流下右脸颊的血迹，说明凶手在击杀的时候，詹世安是坐着的状态。他死亡后，头往后仰倒，血往身下流，事后凶手将尸体倒置，血才往头部流。但是，尸体肚子上这三处刀刺伤口，血流只有一个方向，往反方向的头顶流。说明什么？"

"是倒立之后再刺三刀。"我恍然道。

"头上的伤已经致死，没必要再刺这三刀，凶手这么做，包括把谋杀现场选择在张锡工作过的报废车厂内，还有将刀放在张锡房间的洗手池下，我倾向于认为这些都是在误导警方，把犯罪嫌疑指向张锡。"徐浪说。

"但如果张锡是被陷害的，他为什么要逃跑？"

"只能等抓到他的时候才知道。"徐浪用头箍固定头发，拧开水龙头洗脸，"反正找到詹世安，我们的工作已经完成。"

"詹世安是 11 日凌晨失踪的，当天上午，警察就在张锡家中搜到沾有詹世安血迹的水果刀，如果凶手不是张锡，却要栽赃张锡，他必须在作案之后，张锡醒来之前，把刀藏在房间的洗手池下。而张锡在城中村的房间空间那么小，没有窗户，即使在睡觉，也很难闯入而不被发现。因此，凶手很可能是在案发之前，利用张锡在市场卖货的间隙偷偷闯入房间藏好了这把刀，作案时则用了另外一把相同的刀。而刀柄上沾有詹世安的血迹，说明凶手在谋杀詹世安之前，能提前获得他的血液。"我对这个案子显现出的谜团兴致盎然，跟徐浪说道，"凶手是能近距离接触詹世安的人。"

"一开始我也怀疑祝沛蓉。"徐浪用毛巾擦脸，"发现詹世安尸体时，我打电话给她，说的是'我们找到詹先生了'，她回复我的是'谢天谢地，他人还好吗？'。根据我以往的经验，如果她是凶手或知情人，因为认定受害者已经死去，第一句很大概率会先问，'他在哪里？'我认为她作案的嫌疑并不大。"

"嗯，还有那个过于整洁的詹世安的房间，如果祝沛蓉涉案，在报警之前，正常行为会把丈夫的房间弄乱，或至少推倒轮椅，怎么做都可以减少嫌疑，但她一点儿都没做，在我看来不合逻辑。"我附和道。

假如凶手除张锡和祝沛蓉外另有其人呢？

我们综合目前所获得的线索拟定了凶手的作案过程：2014年 5 月 10 日深夜，趁詹世安和祝沛蓉关灯睡觉后，凶手潜入詹世安的房间，致其昏迷，开车将其带到报废车厂内，拿出准备好的武器击杀詹世安，再脱掉死者衣服，之后将尸体绑在由两块铁板组成的十字架上，倒置，最后用准备好的水果刀在尸体肚子上扎三个口子，离开。

关于尸体胸口所绘的图案，徐浪之前在美国生活上学，参与过犯罪纪录片的拍摄工作，接触了五花八门的邪教知识。（其中最著名的当属撒旦教，倒十字架、倒五角星都是他们的符号，跟詹世安的死亡造型高度重合，唯一不同的是倒五角星里面一般画的是山羊头，詹世安身上的倒五角星里面画的是一只倒挂蝙蝠。徐浪推测，这很可能是一种以撒旦教为基础衍化的邪教。）

徐浪仔细分析詹世安额头上的枪击伤口，认为口径这么大的枪支，冲击力相对也会很大，但并没有形成爆头，很难在市面上找到一种对应得上的枪械。从伤口周围的压痕推断，凶手是用枪抵住额头再扣动扳机的，但伤口周围平整，无火药灼伤痕迹，他判断"很可能是使用一把经过改装的系簧枪，就是电影《老无所依》里杀手用的那种枪，靠高压气体射出尖锥，再收回，不在体内留下子弹"。

6

在发现詹世安的尸体后，我秘密调查了祝沛蓉在詹世安失踪前一周的行动轨迹，她工作日上班、买菜、回家。周末带詹世安去残疾人康复中心，下午4点接回家。找人查询她的网络账号浏览记录和手机通话记录，并无异常，在公司也没有与某个同事有暧昧关系。

为了另一半酬金，我们又来到她家。

两年前那场车祸，已经给她带来极大的摧残，如今詹世安又以如此惨烈的方式死去，这些已经彻底将她打垮——我们第一次到她家时，房间给人一种简洁舒服之感。但这次房间凌乱了许多。洗手池旁满是纸团和污迹；饭桌上堆满未收拾的一次性饭盒，有些菜几乎没动，在这样潮湿的环境内已经滋生霉菌，发出馊味；地板上踩满各种访客的鞋印。

这种自暴自弃的状态也表现在她身上，她将灰白的头发绾起，发有油光，显然这几天都未洗。蜡黄的脸上，五官呈下坠状，看起来老了许多。说话气若游丝，有时问她话，过几秒才反应过来。

她让我们坐在沙发上等待，然后从房间提出一个纸袋，放在茶几上："谢谢你们的帮忙。里面是十万元现金。你们点点看。"

"十万元？"徐浪问道，"你先前已经付了一半订金了，只要再付另外五万元就行。"

"嗯。"祝沛蓉点头，"另外的五万元是新的订金，我想让你们再帮我最后一个忙，凶手目前还没有抓到，我希望你们能帮我抓到他。"

她所说的"凶手"，无疑就是张锡。"警方已经发布通缉令，现在全城搜捕，相信很快就会抓到他的。"徐浪说。

"多一方的帮忙，进度会快点儿。就算最后是警方抓到他，这五万元订金也不用归还。"祝沛蓉坚持。

"我们出去外面商量一下。"徐浪拍了拍我的肩膀，我跟着起身。

"还接吗？"徐浪在门外点烟，问我。

"没有不接的道理。"

"越深入越危险。"

"反正就算她不找我们帮忙，我个人还会接着查下去。"我直言，"难道你不觉得查到现在放弃很可惜吗？"

"拿钱办事，一题一解，简单明了，绝不越界。"徐浪说，"放弃当然可惜，但干夜行者这一行，就得接受案件成谜的现实。"

"接吧，"我说，"现在一切还在掌控中。"

"行吧。"徐浪把烟踩灭，返回屋内，"祝女士，麻烦将有关你丈夫詹世安的所有情况都告诉我们，包括你从警方那边了解到的，以便我们开展后续计划。"

从祝沛蓉口中，我们得知一个重要的新信息——法医通过对詹世安胃中食物残渣、呼吸道黏膜和血液的检查，证实了他死前并不是昏迷的状态。这个信息有力地证实了我们的推断，能在詹世安清醒状态下挟持他到一间长满霉斑的平房内并杀害，而且现场无搏斗和挣扎痕迹，这说明了詹世安认识凶手，甚至信赖凶手，绝非仇人张锡所能为。

"可以问一下，你们为什么分房睡吗？"徐浪又问祝沛蓉。

"嗯……是世安的主意，"祝沛蓉停顿，"他说自己太过依赖我，反而会丧失自主能力，书房又空着，他想有调理自己的空间。现在我仔细想，他这样做是不想麻烦我，让我压力大。工作的缘故，我习惯早睡，他认为跟我同屋，会降低我的睡眠质量，因此一直很愧疚。"

"还记得他大概什么时候提出这个建议的吗？"徐浪问。

"两个月前。"祝沛蓉想了想说。

"詹先生平时会出门吗？"徐浪问。

祝沛蓉摇了摇头，又说道："除了有时清晨或傍晚，自己去外面散散心。"

"你陪同吗？"

"有时陪，但后面他说想一个人转转，就没有。"

"一般都出去做什么？"

"就一个人待着。瘫痪后他性情变得很冷，不跟人搭话，这也是他选择清晨和傍晚出门的原因，这两个时段人比较少。"

"在家他都干吗？"

"有时是呆坐，有时看书。有几次我去他房间，发现他在哭，儿子的死对他的打击很大，我知道他一直很悔恨。"

"听说周六日你会带他去残疾人康复中心，他自己有跟你说过对那个地方的印象吗？"

"他挺喜欢的，他觉得里面的康复训练对自己的帮助挺大，那里还有心理辅导。"

"什么时候开始去的？"

"今年过完春节开始去的，2月15日。"

"谢谢你的配合。"徐浪站起身，"请节哀顺变，有消息我们会立刻通知你。"

"对了，"我问，"请问两年前的车祸报告还在吗？可以的话，麻烦借我一下。"

"在，可以的，我去拿。"祝沛蓉走进詹世安的房间，过了一会儿，拿出一份文件交给我。

7

排除张锡和祝沛蓉，综合所有已知线索，徐浪对实施杀人者做了初步侧写：能单独实施犯罪，并事后布置尸体，根据现场十字架的横条高度，推测凶手为男性，身强体壮，身高在一米八左右。从对广州各地点的熟悉程度看，他大概率是本地人。选择在深夜作案，说明时间自由，如果不是单身，可能也是独居。

"你认为这个人是在残疾人康复中心跟詹世安接触，并取得了詹的信任？"在前往残疾人康复中心的路上，我问道。

徐浪点头，说道："詹世安的人际关系面非常窄，凶手只有在那里有机会接触他。2月15日他开始去残疾人康复中心疗养，不久后，就提出跟妻子分房睡的要求。单独住一间房，对凶手实施谋杀明显起到便利作用，这之间的逻辑是通的。因此，我认为詹世安有可能在残疾人康复中心接触了某个人，受到了比如为了安心疗养之类的教唆，起了与祝沛蓉分房睡的念头。"

有了祝沛蓉的授意，见到院长比我们想象中更容易。这起命案人尽皆知，院长很配合，找来了詹世安的护理医生，是个妇女。问她詹世安平时在院内跟谁走得比较近，她回答有几次看到他跟一位男子在交流。"高高的，三十岁上下，绑有一条小辫，戴着一副眼镜，有时蹲着，有时坐在花园的草地上，跟詹先生有说有笑。"又问了几个医生和护士，得到一致的回答，"詹先生喊他 Fu 先生。"但大家都以为是詹先生的朋友或亲属，皆不清楚男子的身份。

"我看进入到主楼都需要登记身份信息，除了护理中心的职工，什么情况下可以不用登记身份就进入？"虽然我们把那几天记录的访客信息簿偷偷拍了照，准备回去筛查，但徐浪认为如果此人有意识犯罪，应该不会在这里留下信息，因此多问了院长一句。

"康复中心平时也开放一些护理课程，供这里的残疾人的亲属过来学习。院方会给这些家属办理一个出入证，这样就免去了每次都要登记的麻烦。"院长回答。

"这张出入证录入的信息是残疾人本人的还是其亲属的？"徐浪问。

"录入的信息是残疾人本人的。"

"出入证上面有标明期限吗？"

"什么意思？"院长皱眉。

"就是这个证上有规定失效的日期吗？"

"没有，都是统一的。"

"也就是说，假如拿几年前的出入证也是可以通过的。"

"对的。"

"请把所有办理过这个出入证的残疾人资料复印一份给我们。"徐浪说。

"所有吗？"院长面有难色。

"对。"

"这不太好办吧，涉及个人隐私，而且数量也很多。"院长回答。

"看看这个。"僵持下，我掏出之前在香港的记者证，给院长看。

"什么意思？"对方不解。

"通俗点儿说，我是一个狗仔记者，专门在各大媒体发布八卦新闻。我们做个交易如何？用你的隐私换你院里病人的隐私。"我跟他说。

"我有什么隐私！"院长脸色通红。

"你跟你助理的那点儿事，还需要我明说吗？"我看看他的眼睛，"我拍的那些照片如果是假的，你尽管去告我诽谤。如果是真的，只要把名单给我们，我保证之后你不会看到这个新闻。"

院长往后瘫坐在沙发椅子上，咽了口唾沫，用座机安排助理把办理过出入证的残疾人资料打印给我们。

"你没有拍过他幽会的照片吧，"离开康复中心，徐浪好奇，"到底是怎么断定他跟他助理有一腿的？"

"他办公桌上摆着老婆的照片，刚才他喝水时，却很自然地拿起了女助理喝过的水杯。"我说。

8

　　残疾人名单上共有 438 人。要快速筛出目标，只能根据目前推测及掌握的嫌疑人特征，一层层缩小范围。

　　"万一这人的姓是胡编的呢？"在康复中心接近詹世安的是一位"Fu"姓男子，我对此表示质疑。

　　"我倾向于认为是真的。"徐浪分析，"如果我们要编一个假姓，出于惯性，通常会选择常见姓氏，但'Fu'是一个少见的姓。先以真姓做条件来筛选，不行我们再找其他办法。"

　　名单中总共有 41 位"Fu"（富、付、符、伏）姓者，年龄范围在 28 岁到 74 岁，根据嫌疑人年龄 30 岁和一米八左右身高条件比对，如果残疾患者是他的父亲，那么患者年龄应该在 50 岁以上，身高在一米七以上，加上广州户口，有 5 位"Fu"姓者符合条件。

　　如果残疾患者是嫌疑人的兄弟姐妹，那么年龄在 20 岁到 40 岁之间，符合条件的人有 8 位。

　　"如果患者是他的母亲或者妻子，就不姓'Fu'了，符合的人选有一大把，难道一一实地走访？"我问。

　　"嗯。"徐浪点头，"但我认为父亲的可能性最大。现场犯罪细节有条不紊，从所绘图案和工具摆设的对称构图看，凶手应该有轻微强迫症，或是完美主义者，这样的人，多成长于家教颇严的家庭。如今敢做出这样骇人的犯罪举动，可以视作一种行为反弹，比如像阴影一样管束他的父亲去世了。"

　　我们调查了 5 位"Fu"姓长者的身份，有三人已经去世，排除掉其中有女无子的一人，剩下两位，一位叫富安明，经营不锈钢的商人，于去年去世，公司如今由长子继承，次子在上海读大二；另一位叫付岩，广州大学历史系教授，三年前去世，有一个独子，在美国留学。从去世时间看，前者的可能性更大。我们假装生意人去公司拜访富安明的长子，却发现他身材粗壮，身高不足一米七，而犯罪当天，富安明的次子在上海，有明确的不在场证明。把两人的照片给康复中心的目击医生看，他们都认为不是接近詹世安的人。

我们接着去拜访另一位人选付岩。他生前的住址位于佛山市南海区莺涌桥附近一座两层高的自建房，车床的撞击声响彻四周，一些楼房的侧墙贴有"拆迁"的告示。一个六十岁左右的妇女从门中探头，脸上涂粉白净，齐腰的头发黑亮，我们谎称是付岩儿子付璧安的大学同学，她热情地邀请我们进屋。

随她上二楼，客厅不大，收拾整洁。电视上挂着一张家庭合照，付璧安和父母坐在绿沙发上，面对镜头微笑。茶几上有一个堆满烟头的烟灰缸，屋里只有她一个人住。徐浪给对方递烟，妇女愣住，之后接过，"见笑了"，熟练地抽起烟来。

"璧安在美国还没回来呢。"她坐进绿沙发，"那边工作忙，他一般春节才会回来一趟。"

"郑读，你还记得吗？璧安之前还邀请过我们去他住处玩呢。"徐浪问我。

"哦，就去过那一次，今年他回来让他再组织下，毕业后大家都忙，是时候该聚聚了。"我看向徐浪，"对了，那个地方在哪来着？"

就这样，我们套到了付璧安的住处，趁阿姨去厨房拿水杯的间隙，我还拍下了他的照片，康复中心的医生看了照片说："虽然发型不一样，也没有戴眼镜，但脸形和五官很像"。

我们当即前往广州市钟升路汇龙湾小区3号楼2单元903室。

门上贴着水费单，显示去年 11 月到今年 5 月的水费是 134 元，看来有人住，但用水量很少。门把手上插着几张广告传单，表明这几天门没开过。徐浪敲门，喊收水费的，我盯着透光的猫眼儿和门缝一分钟之久，并没有黑影遮挡。付璧安不在房内。

徐浪拿出开锁工具，由于门锁构造高级，他花了以往双倍的时间才打开。房间里面空空如也，并不是没人的空，而是空旷的空。门边的鞋柜有两双 44 码的灰色耐克跑鞋，宽大的客厅里面只放着一台跑步机，还有一个哑铃架。卧室放着一张床，衣柜里面挂着几件同款的深色衣服和李维斯牛仔裤。徐浪特地翻看药柜，发现大多是精神药物：舒必利、阿普唑仑、劳拉西泮、卡马西平、氟哌啶醇等。"头痛、抑郁、焦虑、躁狂、失眠，"徐浪说，"看来这个付璧安问题不少。"

在厨房的铁质垃圾箱中的纸灰里，我翻到一个没有完全烧毁的纸团，展开来，是手绘的地图，马路是两条平行线条，房屋则是一个个长形方框，没有其他文字描述，在其中的一个方框中，记了一个星标。

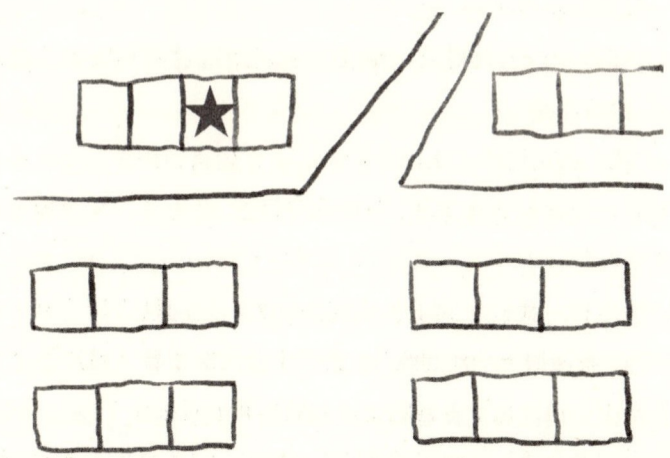

我们把这张缺失的手绘地图扫描成地形图，在网上下载了一张相同比例的广州市内地图。我第一次看到大小超过 1G 的图片，打开都费劲，我俩在酒店各自用电脑一点一点地比对，花了整整一夜的时间，找到了两处相似的星标所示地址，一处在广州市增城区，一处在天河区，开车前往，最后发现都是寻常百姓家——跟付璧安没有半点儿关联。

明明都按照步骤进行，却白折腾一场。暮色降临，我们筋疲力尽，在街边找了一家大排档，带着一种泄愤的性质，点了白切鸡、芥蓝炒牛肉、蒜蓉空心菜、炒花蛤、腌虾蛄、茄子煲、蚝仔烙、一扎啤酒。

9

"没理由啊，到底哪里出了问题？"徐浪边吃边寻思。

"付璧安这条路没走通，"我说，"但是张锡这条路却好像有些眉目。"

"什么意思？"

"我不是跟祝沛蓉要了詹世安的车祸报告吗，是因为我觉得当时那场车祸不太寻常。昨晚我在对比那张手绘地图时，我特别留意了几个地点，似乎发现了一些问题。"我环顾大排档周围，看到街对面有一家书店，于是从凳子上站起，在店里买了一张广州市地图和红色签字笔，回到大排档，拉来另一张折叠桌拼上，把地图在空桌面上铺开，"图形比文字更一目了然，我也不知道这个猜测对不对，标注下看看有没有收获。"

在那场车祸发生之前，詹家住在白云区黄边北路的云山小区，而张锡出狱后的前三份工作地点分别是黄边北路的汽修行、陈田村的报废车厂和嘉和街的嘉和商城。我在这三个地点上用红笔标注,再将这三个点连成三角形,可以清楚地看到,三角形的中心,就是詹家,这些地方之间相隔的距离不超过 3 公里。

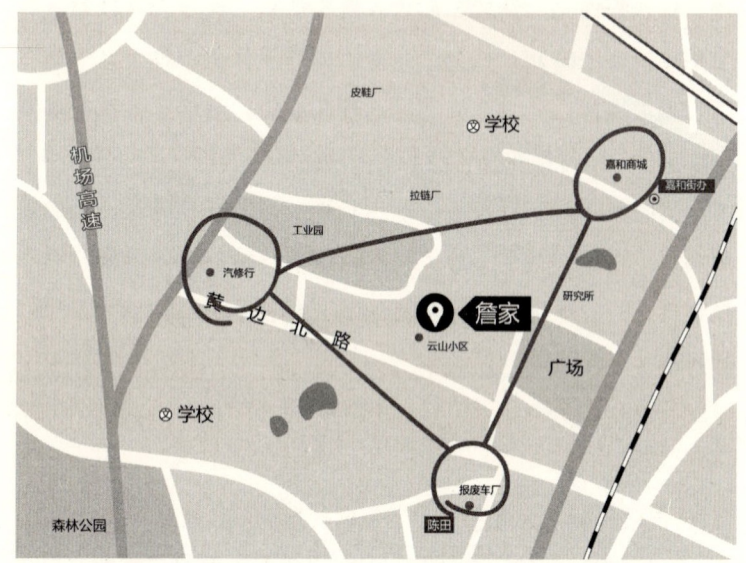

詹世安的车祸报告中写明,2012 年 6 月 1 日,下午 4 点 20 分,詹世安开着祝沛蓉的汽车,载着儿子,从嘉和商城离开,在行经 106 国道时汽车失控,撞向人行道的水泥围墙,儿子当场死亡,自己则下肢瘫痪。事故结论为司机驾驶不当。自此詹家命运败落。

当时的张锡,恰巧就是嘉和商城地下停车场的管理员。事故之后不到一周的时间,张锡就辞去了停车场的工作,跑到广州最南端的南沙区,租了一间城中村房,开了一家海鲜干货店。将嘉和商城和金洲农贸市场这两个地方用线连起来,是一条长长的红线。

为什么张锡出狱后找的三份工作都在詹家周边,而且都与汽车相关?为什么詹世安车祸的前一站就是张锡工作的停车场?为什么车祸后的第四天张锡就辞职跑到距离很远的南沙区?为什么出车祸的那辆车,就是张锡曾经在上面刷上"荡妇"两个字的那辆祝沛蓉的轿车?

只有一个答案能够解答这些问题:那场车祸,是张锡出狱后蓄谋已久的报复。张锡就是害死詹世安儿子、导致詹世安瘫痪、让祝沛蓉一夜白头的凶手。

"汽修工,报废车厂拆解工,停车场管理员。"徐浪沉思道,"也就是说,这些工作,其实都是张锡为了制造车祸所做的准备。"

"你还记得当时汽修行的店长说张锡深夜经常把车子的零件拆开看吗?他在汽修行弄懂了各种汽车零件的原理,学会了怎么隐秘地做手脚,比如让刹车轻微失灵,或者让方向盘失去精准度;之后在报废车厂,他主要是收集与祝沛蓉那辆标致汽车同类型的零件,防止车祸发生之后被检查出异样;最后,在詹家附近的嘉和商城停车场做管理员,他一定事先做过调查,知道詹家人会经常去这个商城。2012年儿童节那天,张锡终于等到了詹世安带儿子过来玩,他拿出提前准备好放在停车场住处的零件,快速探到车底改装。从而制造了这起不为人知的车祸。据当时的同事回忆,他工作时经常戴帽子,就是为了避免被祝沛蓉或詹世安认出。"我激动地说道,"这就是为什么警察调查詹世安失踪案时,张锡要逃跑的原因,他以为警察是为了这起车祸而来的。"

"付璧安之所以接触詹世安,知道他的瘫痪情况,会不会是因为他得知了张锡制造的这起车祸?"徐浪说,"两人至今下落不明。如果付璧安是杀害詹世安的凶手,张锡有没有可能是他的教徒?张锡人际关系淡薄,如果他们两人认识,张锡现在最有可能就躲在付璧安提供的住所内。"

"很可能就是手绘地图里面那个星标房屋。"我叹气,"可惜没找到。"

"那是因为我们找的方式不对。"徐浪把杯中的啤酒喝光,"回去重新找。"

10

撒旦教,倒五角星。徐浪突然意识到,在付璧安家找到的那张手绘地形图,上面房屋的标记符号就是一个五角星,之所以找到相似的位置却无功而返,是因为我们都下意识地以正五角星为方向根据,去看待那张手绘图。换句话说,付璧安在标注地点时,用的理应是画在詹世安尸体上的倒五角星标,那张地图的正确打开方式,应该把五角星倒转过来看。

将手绘图翻转,我们重新在电脑里一点点地对比广州地图,这次我们各自找到了一个高度相似的地址,两人一比较,发现找到的是同一个地方:广州市番禺区屏口一村。原来手绘图中的路线,在真正的地图中显示的是河流。

我跟徐浪在车上预先安排了初步的作战计划。在雨中开了一个多小时,到了屏口一村。我们把车子停在桥头,下车,披上雨衣。此时已经是5月18日的凌晨0点11分。

星标的地方是一座两层瓦屋。屋外墙面石灰大片剥落,门框的对联已经褪成白色。木门掩着,徐浪透过门缝看了看,向我点头,推门而进,门轴发出吱呀声。院子杂草丛生,堆满了一些腐朽的木头家具,散发出一股霉味。

我们把手电光朝下射,来到房前,门仍没锁,屋内漆黑。"你夜视能力比较好,看看里面的布局。"徐浪小声跟我说。

我低身探头看向门缝,突然闻到里面传来的一股酸腐味,听到苍蝇的嗡嗡声,"你闻闻"。徐浪嗅后,看向我,点点头,把铁门全推开。他照上,我照下,在我们正前方的地上,躺着一个蜷曲着的身体,左手压在身下,朝上举着的右手臂上有两个深黑的细洞,双腿呈蛤蟆状趴着,侧向一边的脸五官狰狞,唇色淡紫,在紧闭的牙冠周围有干了的涎沫。潮湿天,气候闷热,尸体已弃置多日,腹部已肿胀,散发出阵阵臭味。手电光束中,飞舞着无数黑点。

死者正是张锡,看样子是被毒蛇咬致身亡。在他裸露出来的颈部处,文着一个黑色的倒蝙蝠图案。

我找到开关,打开灯,发现房间上空还高速飞着两个黑影,被强光刺激,咻咻飞出门外。

"是蝙蝠。"徐浪说。

桌上有张纸,写着三个字:我有罪。

二 凌老师

1

我们在张锡的死亡现场待了十多分钟,徐浪查找各房间时,我听到客厅角落柜子下有响动,蹲身用手电筒往里照,黑暗中有对发光的亮点在浮动,我找到了杀害张锡的凶手——一条蜷成一团、昂头的眼镜王蛇。

我们轻手轻脚退后。离开前,徐浪戴上手套,用左手在纸上写了"内有毒蛇"贴在门上,然后把房屋和院子的门打开。尸体这种情况,明天一早就会有人闻到臭味报警。

车开上土路,挡风玻璃撞碎雨珠,雨水岔开分流两旁,前方是照亮的沙土路和杂草,二十分钟后才见朦胧橙光,车行驶到高速路上。两次,我们都在短时间内找到人,但找着的都是尸体,心中难免郁结。而认定的嫌疑人付璧安仍不知所踪。

"接下来怎么做?"回到酒店,瘫倒在自己的床上,我连洗漱的力气都没有,朝徐浪的方向问。沉默了一段时间,听到他说:"明天再看吧。"

我是被手机铃声叫醒的。祝沛蓉来电,说今早警察发现了张锡的尸体。我正犹豫是否跟她说昨晚的情况，徐浪拿过手机跟祝沛蓉说，张锡也是被人杀害的，杀害你丈夫的凶手很可能不是张锡。"我们会接着帮你调查，暂时不用加钱。"

将这些信息透露给受害者家属，不仅不会减轻祝沛蓉的伤痛，还可能火上浇油，我不懂徐浪的用意，"为什么这次不收费？"

"付璧安不怎么好找，我没底。"徐浪说。

调查至张锡尸体，线索基本闭合。我们对接下来的行动毫无头绪，我洗了个澡，出来看到徐浪坐在床沿看着一张纸。

"看什么呢？"

徐浪把彩印纸递给我，是在张锡干货铺抽屉里拿的基督教义宣传单。

上面是一则鸡汤故事：有个人被上帝带去参观天堂和地狱。他首先来到地狱，看到一群人围着大锅，每人手里拿着只能够到锅里的汤勺，但勺柄却比他们的手臂还长，所以没法喝到汤。这里的每个人都瘦骨嶙峋，绞尽脑汁想办法，仍吃不到食物，感到非常痛苦。接着他来到天堂，这里的人也围着大锅转，也拿着长柄勺，但都笑容满面，因为他们懂得分享，知道用自己的长勺喂养对方。

"宣传对象是张锡这种进去过的人，让这些犯过罪的人加入基督教，改过自新，互相帮助，传单上的地址是张锡的店铺，可那不是个能聚会的地方。"等我看完，徐浪说。

"我们再去看看。"我提议。

2

现在是金洲农贸市场的营业时间，人山人海，张锡的店铺大门紧闭。周围商贩说早上警察来过，应该是发现张锡的尸体后来复查的。徐浪认为，张锡印那一大摞宣传单，目标是出狱人员，如果找到寻址过来的人聊聊，说不定对接下来的调查会有帮助。

我朝徐浪努努嘴。张锡店铺对面，是家门庭若市的干果店，店门前有个摄像头，用来监控顾客停放在外的两轮车。店铺之间相隔近，张锡的店铺也在摄像头的范围内，干果店门外贴着一张告示：请看管好自己的车辆，丢失自负。徐浪心领神会。

我租了辆电动车，到干果店外停好锁住。去店里试吃坚果，询问店长价格，逗留半小时后，让店员包了一大盒坚果礼包，门外的电动车，早被徐浪开走了。出门后，我假装来回寻找，折回店中，焦急地跟店长说停放在外的电动车不见了，车座下放了贵重物品。店长带我到店内一间房间，指着电脑说："店里比较忙，监控录像都在里面，你自己看可以吧？"

我点开录像文件夹，发现监控只保留一个月的记录，我把内容拷进U盘，离开市场。徐浪已经还好电动车，在一棵榕树下等我。开车回程途中，我把录像导入电脑，快进，辨别这期间出入张锡店铺的可疑人员。

刑满释放人员，因为长时间跟社会隔离，刚出狱后，来到市场这种具有"人气"的地方，举止和行为会很别扭，缩手缩脚，探头探脑，有的人会提着一个过时的包，或穿着不合时宜的衣服，基本都留寸头。我很快找出六七位这样的人，可单凭模糊的录像，无法得知确切身份。直到出现一位开着摩托车来的人，光头，提着一个黑色布包，下车后从口袋里拿出一张折叠的纸，展开出示给门外的张锡看，张锡邀他进店。我记下了摩托车的车牌号。

　　因为之前做狗仔常要追踪车牌，我认识一些匿名的车管所人员。我找他们拿到光头男的信息，他一周前刚出狱，现在在家人开的沙县小吃帮忙。

　　店址在广州南站附近，徐浪顺路转去光头男蹲过的番禺监狱，在监狱附近的墙上，贴有张锡所印的基督教义宣传单，看来光头男是从这里获知了张锡的店铺地址。

　　在离店面200米远的地方停好车，徐浪拿出一顶黑色鸭舌帽，把头发收拢，塞进帽中。下午2点，持续半月的雨已停，日头高照，眼前明晃晃的一片。我们走进店里，饭点已过，人不多。光头男穿一件背心，在柜台前坐着。

　　我们坐下，他过来问："两位吃什么？"

　　"有啤酒吗？给我先上两瓶啤酒，冰的。"徐浪抬头说，"再给个杯子。"

　　"葱油拌面和猪脑汤。"我说。

　　等光头男进厨房，徐浪拿出那张基督教义宣传单，平放在桌面上。光头男端了吃的过来，徐浪点了点宣传单，提高声调问我："你说我去不去，听说包吃包住有钱拿。"

　　"地址在南沙区，可以去看看，要不要参加再说。"

　　"你们，"光头男看了看我俩，"刚出来？"

　　"他是。"我指了指徐浪，"你怎么看出来的？"

　　"这不是只有出狱人员才可以参加吗？"他拉了一张椅子坐下，"我前几天刚去过这个地方。当时那个张锡给了我500块，说活动不想让外人知道，在纸上画了个新地址给我。"

　　开了话头，徐浪给对方倒了三杯啤酒，很快就从他口中套出了地址。那个地方是间大仓库，因为张锡涉嫌谋杀在逃，光头男看到新闻，在前天报了警，如今那个地方已被警察查封。

3

仓库位于天河区森林公园附近的工业园中。白天工业园有管理人员看管，我们等到深夜才行动，把仓库大门上贴着的封条割开，开锁，进入仓库中，再把门掩上。从窗户漏进的月光看，大致可以推测出仓库高达8米。我很快适应了室内环境，但前方的黑暗深不见底。脚踏在地上，纵使小心翼翼，仍被空间放大声响，在仓库里环绕。

"我们各自沿着墙的边缘走，测测长宽，顺便看看有什么线索，到里面会合。"徐浪低声跟我说。

我突然想到废弃车厂平房内詹世安尸体的画面，心中一凛，建议道："还是一起行动吧。"

我用步幅测出仓库深度约28米，宽度10米，中间空地上散放着一些坐垫，墙边堆放着一些折叠椅，看来这里确实做过聚会场所。堂中一侧搭了很多小隔间，里面皆放着一张床，"24小时封闭式管理，"徐浪说，"不是邪教就是传销。"

抽屉、柜中空荡，料想警察已把大部分文件和资料搜走，我们没找到什么东西。仓库深处，还有一个密码门，密码锁已被卸下。徐浪用荧光照密码屏，记下印有指纹的按键数字。推开门，用手电光大致观察室内，这是个50平方米左右的办公间，门的左边放着一台跑步机，跑步机一侧的墙边，安装着一台壁挂风扇。门右边有间厕所，厕所外不远处的墙上用钉子固定着一块长约5米、宽约3米的黑板。房间里放着一个写字台和一个座椅，西北的墙角堆起一小撮灰尘，根据地上的痕迹推测，这个角落曾放着一个面积有一平方米的保险柜，之所以不在，可能是因为打开需要时间，侦查人员索性搬走了。

我从厕所舀了勺水，蹲在房间正中，慢慢把水倾倒在地上。地上的积水形成细流，像一条小蛇蜿蜒流向门外。徐浪站着用手电光照水流，疑惑不解地俯视着我。

"地势朝向门外。"我站起，用手电光朝内照射，"但位于地势高处的房间西北角，被搬走的柜子的下方，却隆起一堆灰尘杂物。"

徐浪走向墙角，用脚扒拉那堆粉末，蹲下身研究灰尘的构成：塑料泡沫粒、头发，还有沙尘。

"都是轻质物。"我说。

假如一间房地势靠内，那深处的家具底下日久一定会有很多杂物。珠子、硬币、瓶盖之类会滚动的东西最多。但这个房间的地势朝外，深处墙角却堆积杂物，且杂物都是轻质物，势必有定向风力在朝内作用。单靠门外吹进来的风灰尘无法达到这种往内堆积的状态，因此可推测在房间东南角，有股风长久朝对角吹拂。

"风扇？"徐浪回身看向房间的左右墙壁。

风扇在西南（左），黑板在东（右），风力会把粉笔灰等轻物吹向东北（右上）墙角，但现在这些轻质物却在西北（左上）墙角，可见办公室的东南面应该曾有一台风扇。

"左右两面墙都有风扇不合理，假设这台西面的壁挂风扇曾经挂在东面呢？"我分析道，"可能是黑板过大，要装在东面墙，必须先将风扇卸下，腾出空间。之后再把风扇装到对面的墙上，使房间恢复正常。"

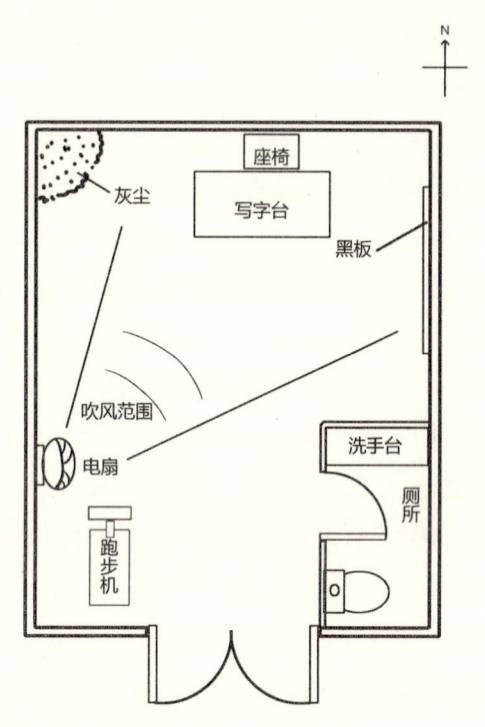

[图示：房间平面图，标注有"灰尘""座椅""写字台""黑板""吹风范围""电扇""跑步机""洗手台""厕所"，并标有指北针N]

徐浪弯曲食指和中指，敲击黑板面，发出"哆哆"声。"是想用黑板遮住墙里的东西？"

"卸下来看看。"

黑板四角被铁钉钉住，我们拿折刀嵌入缝中掀起。黑板后面果真藏有东西，是一幅巨大的广州市地图，由纯黑色线条绘制而成，布局清晰，细节精准，哪怕是临摹，绘画者的功底至少也在五年以上。我用相机拍下地图。

"看这里。"徐浪指着屏口一村某间老屋的图形，上面有被钉子扎下的细坑。地点正是张锡的死亡现场。我受此启发，把光束上游，定在陈田村上，同样发现一个钉子扎过的坑——这是詹世安的死亡地点。

"詹世安家也被扎过。"徐浪找到第三个地点，看来这是一张犯罪地图，有人在上面用小钉子做过标记，后来钉子拔掉，留了坑。

张锡所属的组织果真与詹世安的命案有关。

我从办公桌的笔筒里拿出一支红笔，在发现的三个坑洞上画上叉号。经过半小时的细细搜寻，我们总共在地图上画出九个叉号。除去三个已知的地方，还有六个地方，可能已经或即将发生命案。

但由于地图细节模糊，加之有的地点是小区和高楼，我们无法得知具体楼层和房间，因此只能大致记下范围，准备明天白天前去暗访。

4

隔天，祝沛蓉打电话过来，让我们有空去一趟。

这是我们第三次到她家，一位身上带着一股淡柑橘香气的年轻女子开了门。我们以为是祝沛蓉的朋友，后来得知是她刚雇的保姆。这次祝沛蓉的状态比前两次更糟，如果说之前头发只是灰白，如今则是干枯和银白，看起来像无力回天的重症病人，支撑身躯的灵魂没了，奄奄一息。她说："前天起床时摔了一跤，身体很虚弱，请人过来照顾一阵。"

"这是今早在世安书中找到的纸条，"祝沛蓉的手颤抖着，递给我们一张纸条，"上面有个陌生地址，我想着或许有帮助。"

纸条上的地址是用宋体字打印的，在越秀区大德路段的一座烂尾楼内。这座烂尾楼于2011年开建，后来由于几位合伙人产生矛盾，建了一半后停工。2013年新开发商接手，但只把底下十层楼做了修缮，后来又废置了。附近地痞看大楼无主，接管并低价出租，没做登记身份的工作。十层以上的框架，有些流浪汉入住其中。导致大楼呈现两种局面,底下十层的窗台有不锈钢栏杆,阳台盆栽枝叶招摇,晾着衣服,富有生活气息。十层以上似无牙的嘴,日与夜,黑漆漆,风直贯而入,吹落一阵烟尘。对比昨晚找到的"犯罪地图",上面并没有这个地方。

整座大楼电梯停运,只有一道楼梯贯通。纸条上的地址是1002室。上楼之前,我们看向窗台,朝北,安有栏杆,晾衣架上并无衣物。这座楼每层有两套房,在楼梯两翼,楼道墙壁贴满小广告和一些用黑漆喷写的脏话,角落堆满垃圾。虽然租住这里的大多是贫困者,但每户门前尚算干净,从门外贴着的鲜红对联看,他们并没放弃对生活的希望。

闷热的天气,我们一口气爬上十楼,汗水湿透T恤。我谨慎地敲了敲门,良久无响应。等徐浪上场,谁知他摸了摸身上的衣裤袋,跟我说:"坏了,工具落车里了。"

"一起下去拿。"他揽住我肩膀,推不情愿的我下楼。

"怎么回事?"我直觉他是想换地方说话,走到楼底下才问他。

"你发现没?"徐浪边走向汽车边说,"楼下902室和1002室的对联,还有门口摆放的盆栽一模一样。对联样式有多种,内容更是千差万别,纵使两户相识,买回同一副对联和同样的盆栽这件事的概率也极低。这太巧了。"

我拉开车门:"可能有诈?"

"嗯,"徐浪关上车门,打开车窗,点烟,说,"代入罪犯的角度,假如你在1002室内埋伏,为了让来者降低戒备,你势必要在门口装饰一番,使外观看起来像正常人家,但时间紧急,你只好照着楼下住户的门口依样画葫芦,买回同样的对联和盆栽摆放。"

"随机买的对联，正好与楼下是同一副的概率也很小吧。"我质疑。

"不然就是两户串通，1002室是陷阱，902室有人监视。对联和盆栽都是同一批买回来的。"徐浪拿出把带皮鞘的折刀，绑在脚踝处，又把电击器揣进兜里，"多留个心眼儿不会错，你不是练过自由搏击吗？可能要派上用场了。"

我们再次来到1002室外，徐浪蹲身开锁，"咔嚓"一声，门开了。

一进门是道两米宽的走廊，左边是堆满杂物的露台，右边是扇紧闭的小门。徐浪戴手套的手轻拧了一下圆把手，门没锁。我们侧身在门外站立，等黑暗封闭的房间被阳光映亮，我大致看清里面的布局：这是一间60平方米左右的毛坯房，无梁柱，无隔墙，房间右侧放着一个两米高的白色衣柜，深处角落有间小房，目测是厕所。地面上满是沙堆和水泥，凹凸不平，看起来正在装修。

徐浪用手电光扫射房间，发现朝南的墙面有扇窗，但被人用遮光布封住。他在衣柜和小隔间外用手电光束画了个问号，意思很明显，如果这间房里躲有偷袭者，应在这两个空间中。

徐浪把折刀轻展开，说"到里面看看"，却蹑步到门边的衣柜前，我握紧手中木棍。还没走近，就见衣柜门弹开，从里面跳出一个身形魁梧的蒙面人，他右手握一把大砍刀——手和刀柄用绷带缠住，二话不说朝徐浪砍去。徐浪一个闪躲，身子踅进屋内。我一棍抢去，被他刀背格挡开后又反手快速劈来一刀，我朝后跳离，顺手用棍抵御——棍被砍刀一削为二，刀尖离我咫尺，上衣瞬间被划开一道口子，所幸皮肉无伤。此时徐浪飞起一脚，正中蒙面人后背，他脚步趔趄，眼见躺倒，右手却及时将刀尖拄地，在地上划拉出火花，他回身站好。

我们站成三角形，面面相觑。蒙面人靠门，伸左手握住门把，将门关上。室内瞬间漆黑一片。在这样的黑暗中，我们互相看不见对方，受袭概率相差无几，想不通他为何要这样做。

我朝后移步，突然发现房间地板有隐约光线透入，再细辨，联系徐浪"两户串通"的猜测，恍然大悟，惊出一身冷汗。蒙面人千方百计让我们置入黑暗，目的不在于袭击我们，而是为了让我们意外掉入陷阱——从地上的光线轮廓看，房间中心似乎是凿空的。在我们来之前，他在楼洞上覆盖帆布，再铺上砂石、水泥灰掩饰，静待我们踏入。而在黑暗中，人会本能地后退，这就是蒙面人关门、封窗的原因。

"徐浪，停下，别再往里退，房间有陷阱！"我朝徐浪方向大喊，引起蒙面人注意，脚步向我而来，我后退不得，唯有整个身子俯身向前冲，撞向对方腹部，我顺势双手抱住蒙面人腰部，侧身躺地，将他拽倒，之后朝他脚边滚离，以防被乱刀劈削，左手快速摸向木门，把门拉开。强光漫射，我一瞬间失明，突感到腹下有冰凉穿刺而过——蒙面人把砍刀朝前刺来，穿过横在我们之间的木门，贴着我的肚皮而过，若再偏移一寸，我肚里的肠子恐被刀刃齐齐划断。

我大力把门关上，刀被卡在门中，蒙面人被带向我近前。他左手朝我打来，我低头闪躲，看准他的脖颈，曲掌朝喉头猛地一击，致他当场蹲地喘气。他用右手挣扎着从门中拔刀，我见状伸脚踹向刀柄，把刀踢出门外，因他右手与刀绑定，手臂同时带出，被断裂的门板划破皮肤，鲜血淋漓。我把右腿朝后垫地，再弹起，扫向蒙面人的太阳穴，使他的头重重撞向门板，砸出一个坑。左手准备向他鼻梁一记重拳，将他制服，这时我听到一阵喧哗，徐浪来帮忙时脚踩到虚空，房间地板大片陷落，光线从九楼涌进。蒙面人趁我转念，把刀从门中拔出，胡乱挥砍，逼我远离，随后拉开门，往室外跑。我无暇追赶，转身营救徐浪。

"拉我一把！"喊声从下方传来，徐浪双手掣住十楼楼板，我趴向地板，伸手抓住他。在他身下，悬空罩着一张方格铁网，人一旦跌落，手脚会被卡进网洞中，动弹不得。整面铁网连接电流，蒙面人只要摁动电流开关，我们便如同电蚊拍上的蚊子一样，噼里啪啦烧成黑炭，在这座烂尾楼中直至成为一堆灰烬。

徐浪爬上来后，我们望向902室，发现四周墙面上，用黑油漆涂满了填充蝙蝠的倒五角星标志。为让我们步入死亡，蒙面人提前布置了一个祭坛。

"刚才那袭击者持刀的手臂上，有个倒蝙蝠文身。"我对徐浪说。

5

凌黛子今年30岁，肤色白，眼睛大，显得黑眼圈厚重。狭长的脸颊，乌直的长发，看起来像电影《闪灵》中作家杰克那位病恹恹的妻子。三年前她因偷窃坐了一年牢，出狱后离婚，儿子判给了丈夫。两年来她在广州做保姆，一周前，因照顾的老人去世而待业，之后很快又得到新工作——照顾祝沛蓉的饮食起居。

之所以怀疑她，是因为那张纸条。离开烂尾楼后，徐浪用工具提取了纸条上的指纹，在众多指纹里，并没有一个属于詹世安。

"书是詹世安生前看的，如果纸条是他所夹，没理由不留下自己的指纹。"徐浪说，"凌黛子刚到詹家上班，祝沛蓉就给咱俩一条'死亡线索'，咋都不像巧合。"

我去凌黛子任职的祥福家政公司假装找保姆，在大厅的优秀服务人员名单上看到她的照片，总业绩是公司第二名，在工作的两年间，从没遭到客户投诉。工作人员给我一台 iPad，里面存有保姆信息，"右上角有绿点的阿姨是待岗状态，您自己慢慢看，有什么问题随时找我"。

我点开凌黛子的客户回访，看到很多好评，但都设置为匿名。从内容看，凌黛子服务的对象大部分是孤寡老人或伤残人士。问工作人员她如今在哪工作，得到了"保密"的回复。想从这条路获知她曾服务的客户信息，基本无法走通。但从目前情况来看，我难以看出凌黛子与犯罪的关联。

上次我们见祝沛蓉，徐浪问她近期有没有陌生人给她打电话，她摇头，说除了一个推销人员三番五次打电话推销人寿保险。后来徐浪在网上查了那个号码，发现归属地在广州，并被 72 个用户标记为"推销人员"。

贷款人员会向银行购买客户信息，房产中介会守在售楼处寻找客源，找家政中介公司的，很多家里有老人。徐浪认为，这个保险人员可能跟家政公司的员工有交易，买到目标人群的资料，比如祝沛蓉，然后有针对性地推销。

徐浪给那个人拨电话，说想咨询保险，跟他约在一家餐厅的包厢，时间是下午 5 点。

他自称小刘，穿着笔挺的西装，手提锃亮的皮包，兴致高昂地坐下，叫我们"哥"，随后问："你们是怎么知道我电话的？"

"昨天去祥福家政找保姆，有人介绍的你。"徐浪说。

"祥福家政公司。"小刘眼珠一转，随即说道，"哦，是咪姐吧，我跟她认识。"

"她说你跟她买过客户资料。"徐浪说。

"这个也说？"小刘狐疑地看着我们。

"我做医疗生意，她们也会跟我买信息，都算同行，没啥秘密。"徐浪说得轻描淡写。

"唉，哥，咱也可以合作啊。"小刘拿出一包软中华拆开，给我们递烟。

"信息有，你拿什么换呢？"徐浪接过烟。

"我可以买啊，你开个价。"小刘点火凑近徐浪嘴边，说道。

之前我们在残疾人康复中心拿到了一沓人员名单，徐浪拿出三张订在一起，"这样吧，名单可以给你，也不要你钱，你替我们跟咪姐买一位保姆的工作经历"。

"你们不是跟咪姐也熟吗？"小刘疑惑。

"这烟抽不惯。"徐浪把烟掐灭，掏了根万宝路点上，"我们跟咪姐是单向合作，不方便跟她要信息，省得她狮子大开口，所以找你帮忙。"

看小刘点头，徐浪在纸上写"凌黛子"，递给他："要这个人在祥福家政公司的所有工作经历，以及雇主信息。"

小刘拿手机出门，五分钟后回来，跟徐浪要邮箱，发了一个 Excel 表，里面是凌黛子的工作经历。

"哥，我多嘴问一句，你要这保姆信息干吗？"小刘临走前问道。

"五年前，有人跟我俩借款，后来失踪，最近打听到这人跟他雇的保姆有一腿，恰巧这保姆在祥福家政公司工作，找到她，就可能找到欠债人。"论胡扯功夫，徐浪是一流。

"看来向我咨询保险是假。"小刘笑道，"希望两位哥讨债成功。"

6

2012年5月，凌黛子入职祥福家政公司，两年服务了九位雇主。其中七位雇主的住址，与仓房办公室墙面地图上画叉号的七个地点重合——包括詹世安家。这些地方没人报案，却跟詹世安和张锡的被杀现场出现在同一幅地图中，我们决定一一实地探访。

天河区茶山路的旧住宅区在20世纪80年代是化工厂宿舍，如今住的多是老人。早上到时，我看到两排住宅之间的空地上搭了个竹棚，棚前摆满花圈，里面坐着披麻戴孝、神情悲痛的人，徐浪指了指挽联，上书"吴明先生千古"，死者正是凌黛子上一份工作照顾的老人，我们赶上了他的葬礼。

竹棚附近的地上洒满纸钱和纸灰，一台音色失真的音响正播放《为了谁》，几位穿着白衬衫的青年正在收拾乐器，女人露天卸妆，仪仗队在收尾，说明葬礼已差不多结束，死者也已送往火葬场。徐浪看到一个花圈挽联上写着"痛失老战友"，跟我说："去棚里看看。"

他在垃圾筐中翻出一个红包，装入400元，来到葬礼前台，编造了一个名字说："老父身体不便，托我们来吊唁，来晚莫怪。"登记人员在花名册上将我们备注为吴明战友的儿子，之后说道："请到里面坐。"

死者的弟弟是葬礼的主持人，我们找到他，跟他握手，请他节哀顺变，之后徐浪问："吴叔叔的儿女呢？"

老者脸色陡变："不要提这个不孝子！"经我们问询，了解到吴明的独子身在澳大利亚，已有十年不曾回来，如今父亲去世，也托词生意忙，只汇了一笔钱过来敷衍了事。

"就只会汇钱,把自己的父亲扔给保姆照顾,这么多年没回来过一趟。"老者说得唾沫横飞。

"阿姨走得早,儿子不回来,保姆又是个外人,吴叔生前应该挺遭罪吧?"徐浪试探。

"最后找的那个保姆不错。有时上门,能看到哥哥的笑脸。"

我们接着去荔湾区的另一个小区。2012年10月至12月之间,凌黛子受雇于此,照顾一位瘫痪妇女。我们在楼下摁门铃,假装祥福家政公司的员工,说要上门做个回访。对方回复:"很满意你们的服务,不用上楼了。"随即挂断。

徐浪又按,男子接听:"人都死了,回访有什么意义?"我心里咯噔,怎么又死了?徐浪也始料未及,但很快接道:"走个形式,我们也没办法,有个表格需要你代为签名,麻烦了。"对方终于开了门。

房间很拥挤,两室两厅一卫,面积最多只有50平方米。开门的男子黑着脸,显然是户主,瘫痪的妻子已经去世,但现在房间中却有另一位女人。我留意了一下,房间并没摆妻子的遗像。

"不是说签个名就可以吗?"看我们自顾自在客厅的椅子上坐下,男子语气不快。

"是这样,"徐浪拿出一个大本,"凌黛子去年在你家照顾你妻子,最近有人反映她品行不端,我们特地来调查一下。"

"说实话,那保姆照顾我妻子时,我很少过来,不清楚她人品怎样,反正我每次过来,看到妻子跟她交流得很好,也没听有过抱怨。"男子说。

"请问兰女士是怎么离开的?"徐浪发问。在小刘给我们的雇主名单上,显示女主人姓"兰"。

"她身体一直很差,死是早晚的事。"男子显然对妻子没有感情,并没有意识到话中的冷漠,"就是有一天,我接到保姆的电话,说我妻子没呼吸了,我就回来料理后事,就这样死的。"

"医生检查后怎么说呢?"

"什么医生?"男子问。

"事后医生出具的死因是什么呢?"徐浪补充,"人去世总要有个原因吧。"

"她的身体差有目共睹,为什么还要多此一举?"男子对徐浪的话感到诧异,"很快就火化了。"

"能让我们看一眼兰女士的房间吗?"徐浪看向男子。

"这屋子这么小,房间要住人,哪还能留她的东西呀,早清空了。"男子想了想,又说,"倒是有箱东西,还放在厕所的壁橱中,正打算找时间扔了。"

我们趁机说离开时顺便帮他扔箱子,搬下楼后就地找了条石凳搁下。拆箱的瞬间,阳光下灰尘浮动。箱里装着发霉的书本和衣物,我们从里面找到一个密码本,徐浪直接将本子掰开,单薄的锁芯被折断。

本子里记叙了兰女士的绝望。中风后,她日渐感受到丈夫的冷漠,后来还发展成厌恶。外人一直认为他们是恩爱伴侣,甚至给了丈夫情深义重不离不弃的称赞,出于对好丈夫标签的维护,以及离婚之后涉及的财产分割,丈夫勉强保持着这段无爱的关系,将照顾工作都交给保姆,自己在外面跟别的女人厮混。

"我问他在外面干什么?起初还有掩饰,后来直接跟我摊牌,自己找了别的女人。他跟我说,如果我好心,就赶紧离开吧,不要拖累他。我绝望极了,恨自己行动不得,否则立刻从窗口跳下去。"

对凌黛子的到来，兰女士很欣喜，因为只有凌黛子能跟她谈心，解她愁苦，开导她。跟凌黛子接触半个月后，兰女士对她的称呼从"黛子"变成了"凌老师"："凌老师说，我看到的光，是回光返照了，是另一个光明世界对我的呼唤，好人和干净的幼儿在那边等着我。我儿子在那边等着我。是时候过去团聚了。"

兰女士怀胎八个月早产，生下来却是死胎，手捧着一具成形的婴孩尸体，是覆盖在她人生中的第一朵乌云。

兰女士写道："凌老师跟我说过一个天堂和地狱的故事。有一个人被上帝带到了地狱参观，他看到地狱里的人都围着一口大锅在转，他们手中拿着一柄比手臂还长的勺子，舀上汤汁却吃不得，个个瘦骨嶙峋，愁容满面。之后他又来到了天堂，看到的景象跟地狱一样，但这里的人却个个体态优雅，笑容满面，原因是他们懂得用手中的勺子喂养对方，成全对方即是完满自己。

"凌老师说，人的灵魂要到澄净之地，就须脱离这具笨重的皮囊。我们都是天堂的孩子，手握长长的解脱之刀，却刺不到自己的身躯，但她愿意助我一臂之力，让我脱离束缚，身轻如燕。我很高兴她愿意这么做。我没多想，我请求她执行。我跟凌老师说，我中风前自己存了一笔钱，现交给她，作为施恩的回报。"

7

我们又去了地图上画叉号的其余四个地方，无一例外，凌黛子照顾过的人，最后都成为一张遗像。他们都死了，但家人却没对他们的死感到一点儿异常。

原因是，这些受照顾者都是困顿、失意者。他们残疾、瘫痪、脏臭、垂垂老矣、无人问津，想过一死了之，却无法迈出最后一步。凌黛子是一名高超的死亡诱导师，她对失意者无保留地关怀，深化现实的残酷，描绘生之彼岸的美好，一点点把他们向死之心诱引出来。

家政中最麻烦的，就是照顾这样生活难以自理的人。但凌黛子却逆流而上，利用职务之便，暗中选择最佳钓点，驻守原地，耐心配饵，精准下钩，盯住浮子的动静，最后镇定提杆，把鱼收入网兜。

涉及伦理难题的议题，往往经历漫长时间的争论也难得统一，比如同性恋婚姻、基因改造和安乐死。凌黛子知道在灰暗中存在这样一批人，他们本已经遭受了命运的重击，却还要经历一遍家人的遗弃，他们只能自己蜕化成甲虫，躲在床底，无能为力，自暴自弃。他们脑子里都是痛和苦，如果死亡不是被唾弃的行为，他们会二话不说步入其中。现在，凌黛子跟他们说，死是向更好的生，交给她来帮忙，他们自然感激涕零。

然而，这几起隐蔽的连环谋杀案却让我们束手无策。因为这些人的死亡对于家人是种解脱，纵使他们身上有易见的窒息和毒杀痕迹，也都被自己"残障"的原罪掩盖了。身边人流泪，却默认他们劫数已至。尸体应该体面、光鲜、安详地下葬，把身上的溃烂、伤疤、萎缩和斑点藏在绸质寿衣和脂粉中。葬礼的声响有多洪大，死者就有多卑微。他们都已化作骨灰，凌黛子的罪证也荡然无存了。我们试着跟其中一个家庭说出推理的真相，男主人认为是天方夜谭，"我们都已从伤痛中走出来了，为什么你们要来开这种玩笑"？

凌黛子无疑与付璧安一伙，她入驻詹家，借祝沛蓉之手，给我们提供一个致命线索。如今我们参破她的犯罪，继而贯通了詹世安的死亡之谜：詹世安被张锡陷害，惨遭车祸、痛失爱子后，意气消沉。付璧安适时出现在他眼前，跟凌黛子一样，抓住了詹世安的向死之心。并说服詹世安,杀他如救他。

詹世安受到付璧安的引导,与妻子祝沛蓉提出分房睡。2014年5月11日凌晨,趁祝沛蓉睡下,付璧安进入詹世安房间,把他背走,开车载其到陈田村的废弃车厂平房内,用枪抵住詹世安额头,将其击杀。之后,付璧安把尸体身上的衣服褪去,摆成倒十字状,并在胸口处画上倒蝙蝠五角星,在尸体周围摆上八烛阵,最后往死者肚上刺三刀,将犯罪嫌疑栽赃给张锡,然后哄骗张锡到老屋藏身,利用毒蛇杀死他,伪造凶手畏罪自杀的假象。

依此推测,詹世安授意付璧安杀死自己,但他并不知道尸体会成为犯罪分子的道具。他爱妻子,死前很可能会留遗书,这封遗书自然不会到达祝沛蓉手中。

"张锡宣扬的是假基督教,借着基督教包装的邪教。"经历了一天的奔波,徐浪的嘴唇有点儿发白,"宗教和邪教的最大差别就是,宗教宣扬利他,邪教宣扬利我,用主宰自己的灵魂和生命的教义,来宣扬自毁和害人。"

张锡、凌黛子,包括烂尾楼的蒙面人,应该都有过入狱经历,付璧安在大仓库中创立出狱者互助会,只是为了从这些出狱者当中筛出恶根未除之人,慢慢将他们培养成犯罪教徒。

我躺倒在床上,想大睡一场,"杀人于无形,手法太高明了"。

"九个地方,死了八个人。"徐浪突然从椅子上站起,"八个死者联系仓库墙面的八个地点,剩下一个地点在詹世安家,因为他已经死了,所以我们默认那也是命案现场,但那里并没有发生命案,詹家极可能是第九个命案的现场。"

"凌黛子出现在那里,一个目的是给我们传送错误的信息,另一个目的是祝沛蓉,她丧夫丧子,她是凌黛子的猎物!"我顷刻变得精神起来。

詹世安惨死后,祝沛蓉第二次找我们,她说"再帮我最后一个忙"。因加了"最后"两个字,徐浪留了个心眼儿,儿子和丈夫相继死去,她唯一的诉求就只剩下凶手被捉拿归案,若心事一了,她怕是要步家人后尘。这是徐浪跟祝沛蓉说明张锡不是真凶,并愿意免费帮她查下去的原因——让她有个事惦念,不至于陷入虚无,从而自杀。

我们当即赶往祝沛蓉的住处。路上电话一直无人接听,到达时已是深夜11点,窗户无光,敲门无人应答,徐浪用工具打开门,进门前深吸一口气。我们做好了准备。

打开客厅的灯,徐浪轻声叫"祝女士",并无回复。拧开祝沛蓉的卧室门,里面收拾整齐,但人并不在床上。我跟徐浪看向詹世安的房间,心中有不祥的预感,小心翼翼开门后,看到天花板的吊灯上垂吊着一个人。我摁亮吊灯开关,灯光照亮了死者银白的头发,之后是暴突的眼珠,毫无血色的脸孔,外伸的发紫的舌头,枯萎的身体。垫脚物是詹世安的轮椅,把脖子套入绳圈后,祝沛蓉把脚下的轮椅踢向远处。

房间桌上放有一张纸,是祝沛蓉留下的遗书,前部分交代了遗产的归属问题以及对亲戚朋友的歉意。最后提到了我跟徐浪:"感谢你们仍然为我奔波,但我已不想知道最后的结果了,就算知道又能怎么样呢,我丈夫和儿子并不能因此活过来,我想过去跟他们团聚。如果你们看到我写的这些话,请原谅我,也不必再为我劳心了。谢谢。"

最后一行写着:"谢谢凌老师的开解。"我们有种被戏弄感。

凌黛子两天前已经离开詹家,根据警方的后续调查,祝沛蓉属于自杀,凌黛子并没有犯罪嫌疑。后来她从祥福家政公司离职,不知所踪。

8

回到深圳,一段时间内我跟徐浪都避开这个话题。但一个月后,6月23日的傍晚,我接到一个香港的电话,铃响三声,我摁了接听键。

"老同学。"电话中传来一个沉稳的男声,"最近过得怎么样?"

我头皮有一瞬间发麻:"你是谁?"

"付璧安啊,"对方说,"你们不是去过我家,跟我妈说过我们是同学?"

"什么事?"我气息一时没掌控好,口气明显慌乱,把手机移开耳边,打开扬声器。

"你在看电视吗?"对方说,"可以看看翡翠台正播报的新闻。"

我找出遥控器,打开电视,调到翡翠台,里面正在播报一则明星坠崖的报道,画面中的死者倒挂在一棵树干上,身体呈倒十字状,头部虽打了马赛克,但马赛克粒粒透红。据现场记者报道,死者是从狮子山头逾百米的悬崖处坠落而死,"据悉,陈先生近来无戏可拍,郁郁寡欢,独来独往,这次死亡是否与他个人状况有关,具体情况正在调查之中"。

我手微抖,去年当狗仔时,跟我一同策划失踪案的香港明星,正是此次坠崖事件的死者。现场周围多岩石,工作人员在其中攀上爬下,我看到焦点外的画面中,一片布满涂鸦的岩石上,赫然涂有一个大大的倒五角星蝙蝠。

"假新闻成真了。"手机里传来声音。

三 何年

1

广州的"蝙蝠组织"命案让我饱受挫折,看似找到了凶手,但背后又牵扯出千丝万缕的事情,特别是那通"神秘"电话,让我困扰不已。焦头烂额之际,徐浪再次找来,说他新近接到了一个案子,问我愿不愿意去调查。为了转移注意力,我接下了这份工作,哪怕对方给的酬劳并不是很多,哪怕徐浪知道,这样一桩尘封两年的案子,查起来必然费力不讨好。

委托人是一个叫"何年"的女孩,2014 年 7 月 11 日,她经网友指路,来深圳找徐浪,希望徐浪帮忙调查朋友贺娉儿的死因。

这件事要从 2014 年 5 月说起。当时汕头发生一起谋杀案,一名男子深夜在街头拐走一个疯女孩,藏在出租屋内溺水杀害,之后开摩托车逃窜。案发后,警方高度重视,部署大量警力全市搜寻,最终用两天半时间,在原小区一幢废弃的楼内抓到了藏匿的凶手。经披露,凶手患有精神疾病,在不同地区骑摩托车物色女疯子。在此案之前,他用同样的溺亡手法已经杀害了两名疯女孩，无人知晓。案件被报道后社会哗然，因凶手和受害者皆有精神病，案件被媒体称为"双疯案"。

2014年6月，一条与此案相关的消息在微博引爆，一名用户称自己朋友两年前也死在命案小区里，最终以自杀结案。"双疯案"发生后，她做了个噩梦，认为朋友同样也是他杀。她在微博附上两人的合照，死者双眼被打上马赛克。这条微博转发近万，形成了不好的舆论，两天后微博消失，博主道歉。

何年正是发布这条微博的博主。据何年讲述，她跟贺娉儿认识三年，志趣相投，情同姐妹。2012年3月12日深夜，贺娉儿在厕所浴缸中溺水身亡，事后报道是酒醉后服用安眠药自杀。"娉儿天性乐观，不可能会自杀。"何年说。据闻小区的开发商还给了贺娉儿父母一笔赔偿金，这点让何年越发觉得可疑。

我问何年，如果这是一起谋杀案，谁有嫌疑？她对我们摇了摇头："娉儿的社交圈复杂，死前是单身。"我们让何年带路，动身到汕头贺娉儿的父母家。

娉儿父亲是位退休的高中语文老师，母亲是家庭主妇，如今他们把全部心力放在小儿子身上。何年跟娉儿认识时，娉儿已经在外租房，这也是何年第一次到娉儿父母家。何年摁门铃，一个单眼皮小男孩打开内门，身后有个女声问："阳阳，是谁来了呀？"一会儿，一位中年女人把小男孩抱起，隔着铁栅看向我们，迟疑地问我们找谁。何年举起准备好的果篮，笑着说："阿姨，我们是娉儿的朋友。"女人怔了一下，给我们开门。

房子在四楼，采光不好，午后日光强烈，客厅却一片昏黑。一套红木沙发占据客厅三分之二的面积，一位穿着睡衣的白发男人坐在沙发上煮水泡茶，电视里播放着潮剧，屋里响彻锣鼓声。何年把果篮放在茶几上，"伯父伯母好"，我们问候。贺老师向我们微微点头,阿姨用不标准的普通话问我们:"你们这次过来,是有什么事吗?"

何年在副座坐下,说道:"这次过来,是想了解下娉儿的一些事。"

"事情都过去这么久了。"贺老师洗杯冲茶,"你们是娉儿的朋友,过来坐坐就好,别再提伤心事了。来,喝茶。"

徐浪只好向阿姨请求,大老远赶过来,想看一眼娉儿的房间。我注意到他直接提到"娉儿的房间",而不是问"她房间还保留着吗"。阿姨犹豫了一下,站起来带我们前往。

房间大约10平方米,外加一个小阳台。床上铺着草席,床头叠着一条粉色薄被,床边有张书桌。墙上贴有娉儿的照片,整个房间很整洁。阿姨说:"我时不时会来收拾一下。"从阿姨口中得知,娉儿大学谈过一段恋爱,后来男生留学两人就分开了,这个男生如今还没回国。

我们又去厨房给娉儿的骨灰上了三炷香。回到客厅,徐浪问阿姨:"阳阳今年几岁?"男孩向徐浪比出五个手指。阿姨微笑点头。

临走前,徐浪想"借一步说话",阿姨随我们下楼。

"阿姨,我知道你很爱你女儿,作为好朋友,我们这次来,是想弄清楚她的死因。前段时间发生了一起谋杀案,有个女孩死在娉儿租住的楼里。我们怀疑娉儿并非自杀。"徐浪陡然转变话题。

阿姨站定,眼神现出惊惧,几乎不假思索,脱口而出:"就是自杀!"意识到自己的失态,她用一种冷冰冰的口气问道:"你们到底什么意思?"

"阿姨,娉儿死后,有没有检查出死因?"徐浪继续逼问。

"滚！"阿姨一改亲切，用手推搡我们，掉头快速离开。

"你们用开发商赔的钱，买了阳阳吧。"徐浪对着阿姨喊。潮汕地区传宗接代的观念根深蒂固，私下买卖男童的情况时有发生。

阿姨停下脚步。

"阿姨，娉儿是您亲闺女，我们真是来帮忙的。"徐浪又说。

阿姨背对着我们擦眼泪，过了一会，指着远处的亭子："去那边说吧。"

贺娉儿生前租的房子位于汕头濠江区北面，出事后，小区开发商很快找到她父母，支付了一百万赔偿金，条件是认可自杀判定。

"我们起初坚决不同意，但那边律师说，他们只是不想将影响扩大。而且根据现场勘查，娉儿死前在浴缸旁喝了很多酒，吃了一整瓶安眠药，没必要进一步尸检。那个律师说，走法律程序也可以，但耗时耗力，弄坏娉儿的身子，最后结论仍是一样，到那时我们不仅付了律师费，还拿不到赔偿金。我们也咨询过律师，他也认为结果不乐观。"阿姨声泪俱下，"这边的习俗讲求有始有终，完完整整，既然女儿已经死了，我们也不想让她不安宁。"经过慎重考虑，最终娉儿父母与那边达成和解。

"后悔吗？"徐浪试探。

"想不通，我女儿怎么会自杀，也没留个遗书呢？我常常感到后悔，当初没坚持调查下去。"她用手掩嘴，大哭。

回去的路上，我好奇，问何年："你跟徐浪说过阳阳是抱养的？"何年摇头，徐浪说他刚才翻看家庭相册，注意到在所有合照中，没一张是四人一起的。"贺娉儿是两年前死的，阳阳今年5岁，姐弟俩在照片中没有交集，这不合理。况且贺娉儿和她父母都是双眼皮，阳阳却是单眼皮。"徐浪说。

"你怎么有把握她妈会对我们说实话呢？万一她被激怒了呢？"我心里还是有疑惑。

"因为她仍然爱着女儿。"徐浪分析，"贺娉儿去世两年，房间保留原貌，从风扇和叠好的被子看，她妈可能还经常去女儿床上睡觉，这种举动说明母亲想念女儿。如果对女儿的死心存愧疚，那十有八九会后悔。"

"网友说你调查有一套，"何年仰望徐浪，"果然名不虚传，今晚一起吃个饭吧，我请客。"

"等忙完这阵再说，"徐浪说，"我们等下还有事要处理。"

2

鸿腾小区是老式别墅楼，总共六栋五层，每层一个大套间，无电梯。因建在江边，地基不稳，时间长了东北角的3号楼墙体裂了条大缝，住户陆续搬离。昌盛地产趁机收购，规划重建。贺娉儿死后一年，2013年10月，小区拆迁，但刚拆掉3号楼，开发商行贿被抓，工程搁置。与3号楼相对的6号楼当时也被拆掉了一部分，成为危楼，住不了人。除此之外的其余四栋楼，大部分房间还在低价出租。"双疯案"就发生在西南角4号楼顶层，案发后凶手躲在6号危楼内，警察搜索时，他用自制的土炸弹炸毁梁柱，导致整栋危楼倾塌，并压毁临近的5号楼。

如今小区所有住户全被疏散。我和徐浪深夜到达。两栋楼的倒塌，致使小区整个覆盖灰尘，如同步入遗迹。

贺娉儿死在4号楼的第二层。打开贴着褪色"福"字的铁门，我观察了室内布局，三室两厅，面积大约140平方米。在她之后，没人再租住这间房子，因此室内还保留着她生前的大致样貌。但因事发已久，纵使当时留有证据，如今也消失殆尽了。五层就是疯女孩的被害现场。根据报道，房间是凶手低价所租，受害者溺死在主卧浴缸内，尸体遭啃噬，警方未公布受害者的真实身份。

跟疯女孩一样，贺娉儿也死在主卧浴缸内。在房间木地板中部，我发现一处由多个碎片构成的划痕，图案呈迸射状。根据经验，这是人站着往地上掷玻璃器皿所造成的破坏，从划痕的数量和开口角度可得出砸下的力度不小。玻璃器皿是在贺娉儿的房间被砸，假设是她所为，那她当时一定充满愤恨，是什么人或事能让她在这个私密空间里形成这样的极端情绪？我感觉她并非单身。

"一个单身女孩，独居，这样一间套间大了点儿。"我嘀咕。

"如果有伴侣却没公开，给人一种单身的印象呢？"徐浪问。

"贺娉儿可能是第三者，这间房是那位隐形伴侣为她租的。"我推测。但后来我联系了当时房子的原户主，却被告知房子是贺娉儿本人所租。

贺娉儿死前最后一份工作是银都夜总会的大堂经理。作为汕头濠江区唯一一家夜总会，银都曾经风光一时。后来随着时代发展，年轻人娱乐转向，银都渐渐现出颓势，于2013年10月停业。老板邓明赚了钱后在家乡大做慈善。银都关门后他赋闲在家，因是名人，我们很容易打听到他的住址——他在本市有几处房产，但单身，跟老母亲住在一栋自建楼房中。

到达邓明家时，一楼的卷闸门大开，里面停着辆白色路虎，既做车库，又是会客的地方。在靠近楼梯的附近，摆有一套红木家私，茶几上是一套潮汕标配的工夫茶具，一位精瘦的老妇坐在门口抽烟，看样子像是邓明的母亲。我们说明来意，她用眼睛瞥我们，好像深知邓明交友广泛，并不意外，让我们自己摁三楼门铃："阿明还在上面睡觉。"

我们走进车库，看见墙面贴着邓明跟一些政府官员或明星的合照。照片中的他理着一个寸头，矮个子，五官单挑出来都不好看——小眼睛、蒜头鼻、厚嘴唇，但放在一张方脸里，却神奇地显现出一种敦厚的观感。在合照周围，还贴有邓明相关荣誉的新闻剪报，我发现大部分剪报出自当地一份日报，撰写者全部是一位姓薛的记者，估计是花钱买的软文。

"他跟薛记者关系貌似不错。"我指着一张今年的报纸，低声对徐浪说，"等下顺水推舟，我们也假扮这份日报的记者吧。"

徐浪摁门铃。

"谁啊？"对讲器里传出不耐烦的声音。

"邓先生，您好，我是日报的记者，薛老师派我们过来的。"徐浪应答。

"噢，老薛啊，他最近不是去广州开会了吗？"对讲器的声音变得温和。

"事出突然啊。您也知道，前段时间这里发生了一起命案，一位女孩死在鸿腾小区里面，领导希望我们对整个事件做个报道。听薛老师讲，您了解一些情况，我们今天过来，是想咨询曾经在您的夜总会工作过的一位女孩，希望没有打扰到您。"徐浪说。

停顿了一下，声音变得平缓："嗯，杨晓诗确实在我这里工作过，但我印象里没跟老薛提起过这事啊。"

"谁？"听到一个陌生名字，我感到意外。

"那个女疯子啊，杨晓诗，之前确实是我这里的员工。"邓明说，"我下楼跟你们说吧。"

邓明错会我们来意，歪打正着，我们因此意外获知了"双疯案"受害者的身份。同样死在一栋楼，同样的溺亡死因，同为妙龄女子，尚且可当作巧合，但如今又有一条线索搭连上：杨晓诗和贺娉儿都在同一家夜总会工作过，两人间也许有某种关联。

"你们坐。"邓明下楼，支开母亲，走向主位坐下，煮水烫杯盏，放铁观音茶叶，注入热水，用壶盖刮掉茶沫，先冲泡一次，倒掉，再注水，浸一会儿，分别倒进小杯中，用杯叉分别将茶送到我们座位前的茶几上，"喝茶。"

我们拿起来喝掉。

"你们想了解什么？"邓明从茶几下抽出两个红包，在每个红包中分别塞入四张百元红钞，递给我们说，"既然是老薛安排你们来，那咱们就开诚布公，你们有什么问题尽管发问，我知道的都跟你们讲，到时你们择要点撰写一篇我乐意看到的报道。最近警察在找女疯子的身份，迟早找上门问我，到时还需要你们把我今天说的录音文件提供给他们，这样我就不必再跟他们细说了，我不太喜欢跟警察打交道。"

我们接过红包，点头。徐浪打开本子和录音笔，问道："你还记得杨晓诗在你夜总会工作了多久，具体做什么吗？"

"应该是三年前，当时是夜总会的陪酒小姐。"邓明回答。

"后来怎么疯了？"我问。

"听说是得病。"邓明又补充，"就是得了性病。她发疯后，我们也通知过她的家人，但没人过来认领。"

"你觉得她的死你有责任吗？"我话锋一转，盯着邓明的眼睛问道。徐浪显然没料到我会问这个有火药味的问题，轻咳了一下。

邓明眼珠朝上看，过了一会儿说："我不会强迫每一个人工作,事前也都清清楚楚签了协议,但我没法预知灾害,能做的就是尽量避免。"

"你又是怎么看待这起凶杀案的呢?"我又问。

"小姐、疯子、流浪汉都是边缘群体,没人关心,容易成为罪犯们的目标。"邓明说。

"嗯,"我引导,"既然受害者是你之前的员工,邓先生一定很了解这起案件。"

"我就是不想了解,人人都在讨论,没法不了解。"邓明回答我。

"据说凶手是个精神病人。"我说,"我总感觉这不像是个精神病人会做的事。"

"确实不像。"邓明附和,"报纸说他挑在那样一处废弃的小区,租在顶层六楼。为了方便清洗,所以选择在浴缸内作案,案情暴露后,还做了一系列诱导警方的行为,说明具有反侦察意识。疯子能做出这样的事?我看更像是心理变态。"

"据说他是在残害尸体时,被突然回访的保姆吓到,起了疑心,很快就潜逃了。"我接话。

"一切准备就绪,突然有人敲门,猫眼又看不清,开门后发现是辞退了的保姆,难免会起疑。心理变态都很谨慎的。"邓明降低声调。

"你又怎么看待贺娉儿的死?"我突然问。

邓明神情骤变,声线微颤:"谁?"

"贺娉儿。"我提高声量。

"不认识。"邓明缩身,摆了摆头,动作僵硬。

"她也在你的夜总会工作过,两年前死在鸿腾小区4号楼,跟杨晓诗死因一样,都是溺亡。两个死者位于上下楼,有很多共同点。"

"夜总会那么多人,我哪能都认识?"邓明态度大变,看了看手表,"你们怎么回事?我只说杨晓诗的情况,该说的都说了,你说的那个什么娉儿,我不认识,别问我,我还有点事,就这样吧。"

3

三年前,昌盛地产的人找田至婉谈拆迁条件,老人不为所动:"我想在这屋子里等死。要么等我死后你们拆,我无儿无女,一分钱不用给;要么强拆,把我埋在这里。"工作人员没辙,没想到后面鸿腾小区的拆迁工程刚开始,老板就因为贪污被抓了起来。

田至婉也没想到,最后还是要活着离开她的屋子。"双疯案"发生后,她被福利院护工抱上救护车,每天在福利院里发呆,问护工最多的问题就是:"现在几点了?"

我和徐浪找她,是因为她是4号楼一层的住户,在她楼上先后发生两起案件。虽然她是一位盲人,年岁已高,给不了我们画面性的线索,但秉承"盲人听力都好"的准则,我们相信能挖到其他东西。

她坐在福利院走廊阴影处的一张椅子上,白眼睛一眨一眨的,我们走到她面前,还没开口,就听到她缓缓地说:"你们是来找我的吗?"

"您怎么知道?"徐浪讶异。

"走路声音朝着我来,又提着塑料纸包着的礼物,我猜应该是来找我的。"田至婉一字一顿地说。

徐浪向我挑眉,意思是没白来。他把补品放在老人座位旁。

"你们是记者吧？警察脚步声不这样轻。"老人朝着徐浪方向说，"小伙子，抖腿习惯不好呀。"

徐浪停止抖腿。

"找我是因为前段时间六楼女孩的命案吧？"老人说。

"奶奶，你还记得两年前，住在你楼上的姑娘吗？她也死在房间里。"徐浪俯身问道。

田至婉表情一瞬僵住，以为自己听错，又向我们确认了一遍："你是说二楼的女孩，叫娉儿的那位？"

"对。"

老人的身体下陷，神情哀伤："当时我就说，楼上女孩不是自杀，但没人相信我。觉得我在说胡话。这两年来我经常回想这段记忆，想着以后能用上，给她一个公道。"

一层地板之隔，楼上的声音，田至婉听得清清楚楚。2012年3月12日晚上9时许，田至婉听到楼上响起一声尖锐的玻璃碎裂声，接着是一男一女的争吵。消停后，田至婉入睡，后来又被楼上的声音惊醒，她听到有皮鞋踩在玻璃碴上咯吱咯吱的声音。因为是木地板，声音异常清晰。那时的报时钟正好响了第12下。有人在楼上清扫玻璃碴，田至婉感觉不对劲，凝神细听，大概过了一个小时，响起开门声，脚步声步下楼梯，发动汽车离开，田至婉保证："是三个脚步声。"

也就是说，当晚有三个外人在贺娉儿房间内。这三个人，无疑就是谋杀贺娉儿，并伪装成自杀现场的嫌疑人。

"根据您以往听到的声音，女孩之前是一个人生活吗？"我问。

"不是，"老人摇摇头，"有个男的经常过来，一般是晚上过来，白天离开。"

"这个男人的身份，您知道多少？"我问。

"我记得女孩经常喊他'zhōng'（忠）。"

"有必要再去趟鸿腾小区。"出福利院后，我跟徐浪说。

我用手机搜索贺娉儿的自杀报道，里面写她赤裸身体，浸在盛满水的浴缸中，旁边堆满了啤酒瓶，还有一罐空了的安眠药瓶。根据浴缸附近的洗浴用品杂乱堆放的现象推测，勘查人员认为，她死前曾经挣扎过，但因为缸壁太滑，大脑混沌，最终没能脱身。报道中附有一张现场的彩色图片，是厕所内凌乱的景象。

卧室地板上的玻璃划痕，是贺娉儿遇害当晚所砸，后被清扫处理。往地上大力砸玻璃制品，碎片会四散开来，势必会有某些进到桌底墙角，我在主卧的房间角落里，找到三枚棕色透明的玻璃碎片，拿出跟现场照片中的啤酒瓶对比，发现是同一种颜色和质地。那款啤酒品牌叫"金威"，是当时广东流行的一款啤酒，如今已停产。我们推测，贺娉儿当时可能处于醉酒状态，跟那个叫"忠"的男人爆发了争吵。"忠"冲动犯罪，把她摁在满水的浴缸中，在昏迷时强喂安眠药，致其溺死后，又叫了另外两人来帮忙清理现场。因为贺娉儿和"忠"的关系没有公开，所以只要细心抹除房间内有关"忠"的痕迹，独居者在房子里死亡，现场没有搏斗痕迹，最终导向的结论就只剩自杀。

当务之急是找到这个叫"忠"的男子。

我们离开4号楼。

"等等。"在楼下出口，我突然停住脚步。徐浪回头看我。

单元门外面竖着一排铁柜子，是一排信箱，已经锈迹斑斑。我走近看，徐浪上前问："怎么了？"

"你看这个。"我指着信箱上的编号。

"4-6，4号楼6室的意思。"徐浪复述出来。

我又指着前面的信箱编号，"4-1，4-2，4-3，4-5，4-6，这里总共五层，但四楼名称不吉利，所以被省略了，也就是说，三楼上面是五楼，顶层是六楼。"

"很多小区都这么做。"徐浪不解。

"你还记得吗？田至婉老人下午偶然提到疯女孩命案，她说的是'六楼女孩命案'。"我拿出录音笔，找到田至婉当时的录音。

"什么意思？"

我又点开"双疯案"报道，所有的新闻里都写到命案楼在五楼。"只有熟悉鸿腾小区的人，才会称顶层为'六楼'。去年这个小区拆迁，很多人已经离开，'六楼'的说法已经不再沿用，记者报道疯女孩命案，都写成'五楼'，他们并不知道顶层楼曾经是'六楼'。"

"然后呢？"

我又调出一个录音播放："报纸说他挑在那样一处废弃的小区，租在顶层六楼……"是早上我们采访邓明的录音，他也把顶层称作"六楼"。

我再调出邓明的另一段录音："一切准备就绪，突然有人敲门，猫眼又看不清……"

根据多年的记者经验，我的秘诀是，找出采访方说话的兴趣点，进入他的语境，他信任你，就会说多。早上跟邓明聊天时，我顺着他的话走，其实想博取他的好感，让他放松戒备。在当时的录音里面，他借着杨晓诗命案，无意提到了很多有用信息，只是当时身在此山中，如今牵一发动全身。

"关于杨晓诗命案，邓明早上说多了，在话中透露了一些细节，他说'顶层六楼'，还说了'猫眼又看不清'，一开始我以为是细节错漏,但信箱上的编号显示,鸿腾小区的楼房四层并不叫四楼,第五层统称六楼。这里对应了一个细节。"我带徐浪走上二楼,站定在门前,"二楼这里,我又对应上另一个细节。"

徐浪看向二号房门,明白了我所说的另一个细节是什么——门的中上部分,贴着一个大大的褪色"福"字,而这"福"字,正好遮住门上的猫眼——邓明很可能曾在门内往外看,视线被"福"字遮蔽,所以在复述的时候,错记成整栋楼的猫眼坏了。然而,从五楼杨晓诗命案房间门的猫眼往外看,视野一片清晰。

"贺娉儿曾在邓明手下工作,今早提到时,他闪躲话题,迹象可疑,如今我们又发现他熟悉这个小区,"我看向徐浪,"他很可能跟贺娉儿的死有关。"

4

何年联系我们,问调查进度。徐浪只是简略回答"有进展"。

"我能不能跟你们一起调查?"何年在电话里说,"我很喜欢看侦探故事,很崇拜你们。"

"不好意思,我们不是侦探,为了安全考虑,除非必要情况,否则不会让雇主参与进来。"徐浪冷冷地拒绝道。

我和徐浪再去邓明家,车库那辆白色路虎不在,邓母仍在一楼抽烟,跟我们说邓明昨晚没有回家。取得她的同意,我们打算在楼下等邓明回来。刚坐下没多久,邓母的电话就响了,她接起,几句应承,脸色大变,问我们是否开车,能否载她到珠河北路和达南路的岔口,"警察说,阿明出了车祸"。

邓明开车撞开达南路的桥栏,栽进濠江里。清晨车子打捞上来时,人已经死了。我们赶到时,发现空地的担架上放着一个浅蓝色尸袋,周围积了一摊水。我们搀着邓母下车,领她到警戒线外的一位警察旁边。证实是死者母亲后,警察让她上警车等待。之后我们作为死者的朋友随同到派出所协助调查。

下午车祸报告出来,邓明酒驾,死亡时间在凌晨 5 点左右。昨晚 11 点邓明独自在一家酒吧喝酒。警方传唤了酒吧老板,证实邓明凌晨 3 点左右离开,当时有位男子搀着他。那人"戴着鸭舌帽,样貌看不清"。从监控看,是个身形消瘦,身高一米七左右的男子,身穿的牛仔裤腿上有花点装饰。

戴鸭舌帽的男子是谁,这是疑点一;出事时,邓明驾车行驶的方向并不是回家的方向,这是疑点二。我们刚推测出邓明与贺娉儿的死亡有关,邓明就发生了车祸,实在过于蹊跷。假定这是一起谋杀,嫌疑人的动机是什么?我们推导出的答案是:嫌疑人可能是杀害贺娉儿的凶手"忠",邓明是他当年找来清理现场的帮手,因为我们最近重启了调查,让"忠"感觉到邓明是个隐患,他害怕身份暴露,就设局杀了邓明。而这一切都是因何年找我们调查而起,作为贺娉儿生前的好友,她目前可能也有危险。

从派出所出来已经是傍晚,我给何年打了电话,得知她刚准备下班,我跟她说了邓明的情况,让她暂时留在公司,等我们过去找她。

何年是一名建筑工程公司的资料员,公司在开平大厦十七层。推开公司的玻璃门,我们发现她的工位空着,包还在。我打电话给她,她说正在楼道抽烟,出门右拐走到尽头,厕所对面打开门,就是抽烟处。虚惊一场。我们过去,徐浪跟她一同抽烟。"不用紧张,我不会有事的。"她吐了一口烟雾,淡定地说。

"娉儿有没有提起过一个名叫'忠'的男人?"徐浪在楼道问她。

何年摇了摇头。

"娉儿曾是邓明的下属,她有一位没公开的伴侣,这位伴侣是杀害娉儿的最大嫌疑人,这个人很有可能也认识邓明。现在邓明已死,我们准备从邓明开夜总会时的人际关系着手,看能不能查到一位叫'忠'的已婚男子。"我跟何年说。

"为什么是已婚男子?"

"我们怀疑娉儿曾做过小三。"

从楼道出来,我去上了个厕所,洗手时,从镜子里看到进来一位灰扑扑的像建筑工人的男子。建筑公司难免有工程队的人,我却想起在派出所看到邓明出事前的酒吧监控录像,那个搀扶他离开的鸭舌帽男子,后裤腿上布满白点,当时以为是图案,此刻两个元素突然连接起来,裤腿上那些白点也许是泥点呢?

只一晃神的工夫,我猛地抬头看向镜子,发现男子已潜近我身后,右手拿一块手帕意欲捂住我的脸。我闪身挡开,他立即伸出左手勒住我的脖子,右手从左袖中扯出一根钢丝,两手各绞着丝线一端,往后一拉。我直直后退,感到脖颈刺痛,呼吸困难,慌乱中右手摸到洗手池上放着的花盆,抓住边缘就向后猛砸,瓷盆砸到行凶者的脑门,碎裂开来,钢丝圈因此松开,我顺势跪地挣脱,脖颈被钢丝勒出一道裂口,血流如注,整个人晕头转向。我跪坐在地上,双手捂住伤口,血仍从指缝中溢出。我喊不出声音。

行凶者看我力气不支,环顾周围,从门边提起一个灭火器朝我跑来,往我头上砸,我向后退,俯身躲进洗手池下方。第一下,他把灭火器砸向洗手台,发出闷响。我抬右脚狠狠往上一踹,踢中他的裆部,使他退离两米开外,蜷身在地。他身高一米七左右,身形瘦弱,我断定他不是我的对手。趁他倒地的时间，我赶紧调整心态，稳定气息，并脱下身穿的T恤揉成一团，堵住脖子上的伤口，扶着洗手台站起。

他也颤巍巍站起来，并移向门口处，防止我逃出。我右手握一个花盆瓷器碎片，想趁着他朝我冲来的劲头，与他相撞，把尖锐的瓷器刺入他的胸口。我攥紧瓷片，手掌被割裂出伤。一招定胜负。"来啊！"我嘶哑地喊道。

他提起灭火器，再一次冲过来。突然厕所门被打开，原来是徐浪在外听到声响，心中起疑，开门瞬间，看到我光着的上身沾满血，就快速追上行凶者，借着对方的冲劲，将他大力往前推撞。行凶者被撞向洗手台，头磕向镜面，冲力之大，使整个镜子碎裂，玻璃碎片纷纷掉地。

行凶者反弹倒地，额头肿胀，抬头起身时，血液从鼻梁垂直流下，在鼻尖处簌簌滴落。他手中的灭火器掉落，被徐浪拿起。徐浪将我护送到门边，并堵住厕所唯一的出口。行凶者只好靠向厕所内，他随手拾起一块尖锐的玻璃碎片，指向我们。我们对峙着。他又向前，用玻璃片刺向徐浪。徐浪用灭火器打向他的手腕，再一个侧身，右手快速伸入行凶者腋下，挽住他的手臂，左手握住他的手腕，深扎马步，借力将他背负于右肩，一使力，重重把他过肩摔向地面，再拧住行凶者的手一掰，玻璃碎片掉地，徐浪趁机用脚踢向远处。眼见制服行凶者，这时行凶者探头就要咬徐浪手臂，徐浪甩开，跳离原地。

"你无路可逃了。"徐浪站在厕所门口说。

行凶者脸上狰狞，青筋暴突，像只疯狗。他再次冲来。徐浪把灭火器横放，用瓶底狠狠撞击行凶者的脸部，致他往后躺倒。不一会儿，他又支撑着站起来，脸上鼻血四溢，右手被徐浪掰折，额头磕肿，身上被地面的玻璃碎片划伤，胜负已定。

同楼层的人闻讯围观在门外，厕所门这时推开，何年进来，跟我们说："我已经报警了。"

徐浪对行凶者说："投降吧。"

谁知行凶者步步后退，退至厕所的窗户旁，他用没受伤的左手拉开窗户，一秒都没有停顿，探身栽下楼去。

十七楼的高度，我们还没反应过来，就听到楼下响起一声沉闷的坠地声，接着是纷纷响起的汽车警报声。此时，捂在脖子下的衣服已经被血湿透，我浑身发冷，意识渐渐模糊。

5

醒来已是第二天的上午，我躺在病床上，脖子上缝了 11 针，伤口外包扎着一圈纱布。徐浪、何年和一位护士在周围。我想说话，却发声艰难。护士打断我，说："伤口刚缝合，先不要说话了。"

徐浪跟我说，行凶者已死，警方根据他的身形比对，发现他符合当晚出现在酒吧、搀扶酒醉的邓明离开的鸭舌帽男子。他确实是开平大厦里面建筑公司的施工人员，但登记所用的是一张假身份证。他所携带、最后遗留在厕所中的那块手帕上，检测出麻醉药异氟烷的成分。在他身上，警方没有搜到任何可以表明身份的东西。除此之外，法医检测到他患有艾滋病。这可以作为他视死如归的解释。得知这个消息后，徐浪回酒店重新洗了个澡，把溅有血迹的衣物统统扔掉。

"今天我从法医那得知了一个重要线索。"徐浪对我说，"与我们的调查相关的两位死者，都是艾滋病患者，一个是行凶者，另一个是那个女疯子杨晓诗。"

"事情越来越复杂了。"徐浪说，"但我有预感，案子已经到了尾声。等你好了我们再查不迟。"

"要不是因为我，你不会有事，对不起。"何年眼圈泛红。

我向她点点头，表示不要在意。

后面三天，何年在医院寸步不离地照顾我。为了让我好好养伤，徐浪独自进行接下来的调查。他去参加了邓明的葬礼。怎么说邓明也是名人，葬礼排场很大，大堂外停了多辆各市牌照的豪车。徐浪以为邓明的死，会让邓母伤心欲绝，却没想到她整个人清醒坚定，在台上发言，声音锵锵："阿明比我还迷信，开公司要看风水，觉得葬礼晦气，很少参加，哦，两年前他参加过一次葬礼，那晚回来还把身上穿的衣服扔掉。他一定没有想到有这么多人来参加他的葬礼。我跟大家说，他人很好，也做了很多好事，大家回去后，不必把今天穿的衣服扔掉。"底下的人听了发笑。

徐浪在葬礼上找到邓明之前的司机，司机也觉得邓明死因反常，他认为虽然邓明喜欢喝酒，但惜命，绝不是会酒驾的人。

"你给邓总开了多久的车？"徐浪问。

"八年，夜总会关门我才离开。"司机说。

"刚才他妈说，邓明两年前参加过一次葬礼，那时你就是他的司机，你知道是谁的葬礼吗？"

"不知道。"司机摇摇头，"我给他开了八年车，只有那一次，他让我提前回家。"

"时间还记得吗？"徐浪警觉。

"3月12日，我以为是什么重要日子。"

2012年3月12日是贺嫣儿的死亡日期。邓明并不是去参加葬礼，而是去了贺嫣儿的房间。徐浪事后找了邓母问："你还记得两年前邓明参加葬礼那天的情况吗？"

邓母想了想，说："他把当天穿的衣服都装到一个黑袋子里，被我撞见，就跟我说参加了个葬礼，让我帮他把这些衣服和鞋子扔掉。我看这些衣服还很新，想着可以送给亲戚，就瞒着他放在了一楼的杂物间里。其余的记不太清了。"

"衣服后来送人了吗？"徐浪问。

"后来这事就给忘了。"

在一楼的仓库中，邓母翻出一个大黑塑料袋，里面是一件黑色夹克外套，一条西装裤，一双手套，还有一双棕色皮鞋。徐浪在鞋底发现了一些嵌入的玻璃碎片，他悉数抠了出来，放在密封袋内。田至婉回忆，贺娉儿死亡当晚，房间发生争吵，还有砸碎玻璃制品的声音，后来她又听到有鞋子踩到玻璃碴的声响。徐浪拿出我们在主卧角落找到的三枚棕色透明玻璃碎片，对比发现跟邓明鞋底的相同。这基本坐实了他是杀害贺娉儿的帮凶之一。

在外套内袋里，徐浪找到了另一个物证，是张揉皱的横线纸。看完上面的内容，徐浪串联了所有线索，明白了贺娉儿的死亡之谜。

贺娉儿死时已经从银都夜总会辞职，徐浪再去贺家，从她父母口中得知她当时正准备当地电视台的入职工作，已经通过了笔试和面试，却在关键时刻选择自杀，这也是贺母想不通的地方。当时电视台的人事主管已经离职，徐浪辗转找到了她。人事主管接触过无数个面试者，却对贺娉儿印象深刻："她长相甜美，普通话很标准，语言表达能力突出，确实是我们要找的人选，可惜笔试和面试都过了，没想到卡在最后一关。我们的体检标准是按照公务员考核来的，她体检没过。"

"具体是因为哪项检查没过呢？"徐浪问。

"虽然我已经离职了,但还是有保密约束的,不好意思。"人事主管面露歉意。

"是因为这个吗?"徐浪在桌面上展开邓明衣袋中找到的那张横线纸,递给对方看。对方看后,吞咽了一口口水。她知道,徐浪已经清楚一切,此行找她,不过是想做最后的证实。

与此同时,在我出院的前一天晚上,何年离开病房后,没有再回来。

6

徐浪来接我出院,他去何年的公司和房子找过,没有找着人,电话也关机。

"报警了吗?"我声音仍然嘶哑。

"她不会有事。"徐浪说。

鸭舌帽男在开平大厦工作,平时独来独往,同事说有时会看到他在楼道里抽烟。徐浪不解,他跟何年同在一家公司,有大把机会对何年下手,为什么那晚却反而来袭击我?况且施工人员一般在外作业,专门跑来楼道抽烟很奇怪。徐浪对何年起了防范之心,他私下找人恢复了何年发布的那条转发破万的微博,发现她跟贺娉儿的合照有问题。徐浪在贺娉儿的房间墙上找到了那张照片,背景一样,但那是一张自拍照,里面只有贺娉儿一个人。"当时何年把贺娉儿的眼睛打上马赛克,看起来是尊重死者,但其实是为了掩饰照片中两人瞳孔光源点不一致的问题,那张照片是合成的。"徐浪说。

"她造假的目的是什么?"我问。

"为了增加可信度,让我们参与进去,搭'双疯案'的便车,让贺娉儿的死亡成为焦点。当一件事情拥有广泛的群众基础,我们往往不会怀疑它的真实性。"徐浪说,"这几天我问了贺娉儿的同事和朋友,他们都不知道何年的存在。贺母一直留着女儿生前的手机,通讯录里也没有何年。她并不是贺娉儿的朋友。"

"就算她不是贺娉儿的朋友,但贺娉儿的死确实有问题啊。"我对徐浪说的话感到震惊。

"贺娉儿的死,就是自杀。"徐浪说,"这是一起看起来像谋杀的自杀行为。何年知道我们查下去,只会陷入死胡同。"

在邓明的夹克内袋里,徐浪找到的是他没处理掉的贺娉儿的遗书。遗书里写到,当天她被电视台的人事告知,自己感染了艾滋病,她后悔自己做了小三,被男方感染了艾滋病,还一直蒙在鼓里。

2012年3月12日那晚,因为得知自己感染了艾滋病,贺娉儿在房间跟男友大吵,后来自己锁在房间内喝酒,起了死心,服用大量安眠药,溺死在了浴缸中。男友发现不对劲,拿出备用钥匙开门,发现贺娉儿已经死亡,于是他叫来邓明和另一个人帮忙清理现场。因为他的身份没被公开,很容易就抹除掉自己的痕迹。况且贺娉儿是自杀,事后警方自然没有怀疑到他身上。"何年可能就是当时房间里的第三个人。"徐浪说。

事后他们拿走遗书,是不想里面透露的两个信息曝光。

一个信息是男友的名字。张子宏,已婚,富二代,是银都夜总会的座上宾。早先我们排查邓明的人际关系时,曾看到过这个姓名,只不过我们的思维被一楼的田至婉老人误导,没有想到"zhōng"其实就是潮汕话"子宏"的合音。

另一个需要隐藏的信息是艾滋病。贺娉儿是自杀,而且当时的鸿腾小区已经有拆迁重建的打算——不存在房间成为凶宅的可能,昌盛地产为何还要向死者的父母付一笔高额的赔偿款?

因为开发商是张子宏的父亲。这位父亲真正想掩盖的,是贺娉儿有艾滋病的事实。他阻拦死者父母进行尸检,并花钱买通知情人,因为事情一旦曝光,儿子感染艾滋病、婚姻不顺的负面新闻就会接连见报,对家族产业是个打击,张子宏未来的人生也将完蛋。

银都夜总会表面上是个歌舞场所,但大家都心知肚明,里面存在色情交易。为巩固地位,邓明攀交各路权贵,其中就包括张子宏的父亲——昌盛地产的老板。邓明摸透了花花公子张子宏的偏好,竭尽所能巴结张子宏。杨晓诗和贺娉儿的长相相似,都是长头发、大眼睛、瓜子脸、高挑身材。或许杨晓诗的艾滋病也是张子宏感染的,她们一个发了疯,一个自杀,真是让人唏嘘。

邓明和张子宏是一条船上的人。一家夜总会如果爆出艾滋病丑闻,小则被查封整顿,大则会有他惹不起的人报复。这是邓明承担不起的代价,唯有想方设法抹除贺娉儿患有艾滋病的事实。

在邓明的葬礼上,徐浪与他的司机抽烟闲聊时,获知一条重要信息:银都的倒闭,并不是因为市场的原因。2013年8月,有顾客感染艾滋病,报警,终于捅破了窗户纸。警方根据这个线索调查,发现夜总会与昌盛地产的资金联系,因此查出了昌盛地产老板行贿的证据。10月,鸿腾小区的拆迁工程搁置,张子宏的父亲入狱。

家道没落后,传言张子宏于2014年4月死于吸毒过量,对于记者的探究,其家人一律缄默。

"何年扮演了什么角色?袭击我、跳楼自杀的艾滋病男子,又是谁?"我说话较急,牵扯到脖子的伤口,一阵痒痛。

徐浪摇了摇头,说:"还不清楚。但何年的目的,应该在咱俩身上。"

"你的意思是,她知道有人会在厕所袭击我。她跟行凶者认识?"

"对。"徐浪跟我说,"你还记得吗?她几次要跟我们一起行动,或许就是在找下手的时机。那天你去上厕所,她说有个视频要给我看,我就跟着她去工位。她让我戴上耳机,假装不经意碰我的手,眼神、鼻息、跟我靠得很近,使的都是陪酒小姐的伎俩。我刚要戴,就听见厕所那边的声响。现在想起来,公司已经下班了,屋里没几个人,看视频还要让我戴上耳机,一是制造跟我肢体接触的机会,二是为了屏蔽厕所的打斗声。包括后面她跑进厕所,说已经报警了,现在想起来,像是说给行凶者听的,行凶者听后就跳楼了。"

"等下。"我停住脚步,"你什么时候觉察到这些的?"

"你手术的时候。"徐浪说。

"那按你这么说,何年有害我的嫌疑,这几天你还让她在医院单独照顾我,不是给她提供下手的便利吗?"

"对,我就是在等她下手。"徐浪不顾我的惊讶,微笑地说。

趁何年上厕所的间隙,徐浪在我对床的台灯上,装了一个针孔摄像机,他付了值班护士一笔酬劳,跟她轮流值班,在同楼层的值班室监视何年的一举一动。本想趁着何年对我下手时将她抓获,没想到等了三天,一无所获,还让她跑了。

"必要时,可以将同伴当作诱饵。"我揶揄他,"可以把这条列入夜行者守则里。"

"其实她对你下手了。"徐浪横放手机屏,给我看他拍下的录像。

画面是我出院前一天深夜,何年离开病房前的最后时刻。她从我床边的椅子上站起,走向熟睡的我,俯身抱了我一下,用嘴唇轻点了我的脸颊。

在何年俯身瞬间,徐浪暂停,指着她后腰处,我看到那里文着一个倒蝙蝠文身。

"走,请你吃卤狮头鹅,"徐浪拍拍我的肩膀,"脖子还疼吗?"

四
刑
房

1

何年后腰部位的蝙蝠文身，将她与广州的发生的命案串联了起来。这个标志，同样出现在被毒蛇咬死的张锡的颈部，以及广州烂尾楼里伏击我们的蒙面人的右臂上。他们无疑同属一个犯罪团伙，头目可能就是创立"蝙蝠组织"的付璧安。因为我和徐浪在广州破坏了他的犯罪计划，于是他掉转矛头，对我们施行报复。蒙面人的伏击，何年的委托，都差一点置我们于死地。我的脖子上因此留下了一道近10厘米长的伤疤。

回到深圳，我休息了一段时间。一天，徐浪约我喝茶，聊起之前的几起案件，有些担忧。他觉得付璧安的报复不会停止，我们应该停掉其余工作，主动出击，找出他的下落。

怎么找？徐浪推想，这个犯罪团伙背后势必有金钱支持。纵使付璧安有强大的蛊惑力，但单靠他的财力，显然无法吸纳这样一批犯罪者。

我们重返广州天河区，去了付璧安创立"出狱者互助会"的工业园，找到园中的管理者，两条中华烟换一个人名，他很爽快地把承租方信息给了我们。

仓库每月租金 67000 元，承租人并非付璧安，而是一位名叫陈桦兴的男子，31 岁，美国国籍，现居香港。和付璧安一样，他也在亚利桑那州立大学读过管理学。

徐浪用 Facebook 联系到一位认识陈桦兴的同学，证实陈付两人在留学期间就已认识，付璧安很有魅力，陈桦兴对他言听计从。我们在网上搜索"香港"和"陈桦兴"，果不其然，搜出多个条目。出乎意料的是，头条是一则与他相关的命案新闻。

2014 年 10 月 27 日凌晨，香港离岛大屿山南部一座别墅内发生了两起命案。一男一女溺死在别墅后院的泳池中。女子全身赤裸，男子只穿着一条四角内裤，两人嘴巴被黑色胶带贴住，眼睛蒙黑布，死前遭受歹徒的棍棒袭击，身上有多处淤青和伤口。两人因双手双脚被绳子捆住，在水中很快溺毙。房间保险柜被搜刮一空，估计损失的财物价值在一百万港元以上。

两位死者都是名人。男子是陈桦兴的哥哥陈楠振，千晨地产董事长的长子，34 岁。女子是夏瑶，曾获得某选美比赛亚洲区冠军，后短暂进入过演艺圈，还拿了个影后，2012 年与陈桦兴结婚后息影。

陈楠振遇害前刚换了一辆新车，案发一周后，有人在网络上发布了一段他与夏瑶在车内亲密的视频，网民最终认定两人偷情的事实。丑闻爆出，陈桦兴不得已召开了一场新闻发布会，会上说自己家暴是导致这桩悲剧的根源之一，他有愧于两位死者，会大力支持警方办案。

妻子与哥哥偷情，陈桦兴有作案的动机，但经过警方排查，陈桦兴有不在场证明，而且命案现场留有线索，警方很快抓到了嫌疑人。

名人，偷情，凶杀，这起案件在香港引起轰动。根据我对香港狗仔的了解，相关人事一定会被扒得底朝天。这对我们接下来调查陈桦兴有很大的便利。至于从哪个角度切入，自然要找之前在香港带我入行的前辈，叶枫。

2

叶枫是香港人，夏天常穿纯灰色T恤，冬天会披一件黑色风衣。他的衣柜备有多套同款衣服，一方面是懒，一方面是狗仔的工作必须低调。

他以挖掘香港名流资讯为生，跟踪技能尤绝。之前我当狗仔是生活所迫、自甘堕落，但他是真正热爱，并以此为荣。他很少会跟人直视，一开始是避免被跟踪目标发现，后来形成习惯，连跟同事和朋友说话，也大都以余光瞥人。

到达香港时是2015年元旦后的第二天，我们约在观塘广场的一家咖啡店。我在熙熙攘攘的店内正中发现叶枫的身影，于是走到他身旁，用指关节磕桌面，他抬眼看向我们，站起来跟徐浪握手。

"不好意思，久等了。"徐浪说。叶枫以蹩脚的普通话说他也刚来。我向徐浪比个给钱的手势。叶枫不明所以，我解释："进店时徐浪看你桌前放着两个咖啡杯，一杯已喝完，认为你在这里等了段时间，而我觉得你刚来，所以我们打了个赌，我赢了。"

叶枫看我："怎么看出我刚来？"

"你知道我们是两人前来，却选择一张两人座的小桌，位置还是店内正中，而你一贯坐在角落。这家咖啡店现在是满客状态，座位基本靠抢，可见你好不容易找到这张空桌，服务员还没来得及收拾桌面，你就已经落座了。"我说，"你约我们到这家咖啡店,说明这里安静适合谈事,但现在这么吵,我猜想你没把'元旦假期'这个额外因素考虑进来吧。或许接下来你会跟我们提议,重新找个地方。"

"不愧是朋友啊。"叶枫拍了拍我的肩膀,"确实有这打算。"

我们步行到广场附近的海滨花园,找了个僻静处坐下。叶枫跟我们说他去年6月就不做记者了,开了一家私家侦探社。"术业有专攻,之前我的兴趣方向是明星出轨,但 Cases 有限,所以改当侦探了。这起泳池溺毙案本来与我没什么关系,但去年7月中旬,夏瑶找我调查过她丈夫。她的死,我觉得事情不像表面那么简单,因此一直在跟进。"叶枫说。

叶枫还记得夏瑶找他时的模样,堂堂选美冠军和影后,竟落得形容憔悴不堪。大热天,她穿着一件外套与叶枫相见,摘下墨镜,右眼圈乌青,眼睛充血。她说自己被丈夫陈桦兴家暴,还撸起外套右袖,露出手臂上的累累伤痕。掀起后背的衣服,一道道裂开渗血的伤口触目惊心——陈桦兴经常用皮带打她。

她看过叶枫的报道,知道他查出轨有一手,所以希望叶枫能够帮忙。她感觉丈夫在外面有其他女人,找到丈夫的罪证,能增加她离婚的筹码。

"夏瑶跟我说话时浑身发抖,不是愤怒,而是害怕。眼泪不停地流,不自觉的,好像她自己都不知道。工作这么多年,我以为自己已经足够冷漠,但看她落魄成这个样子,我心里很不是滋味。"叶枫说,"我接下这个委托,给夏瑶一部按键手机,让她私下跟我联系。"

但叶枫并没找有到陈桦兴出轨的证据。就在焦头烂额之际,他收到了夏瑶的短信:"停止调查,不再联系。勿回。"后来他就再没收到夏瑶的消息,他用长焦镜头对准陈桦兴屋宅的窗户,发现那面遮阳窗帘自始至终没有拉开过。

"再次听到夏瑶的消息，没想到是她的命案。"叶枫非常懊悔，"假如当初查下去，或许夏瑶不会死。"

"咋的呢？"徐浪问。

"夏瑶跟陈楠振偷情，这事非常可疑。圈内一直流传陈楠振是同性恋。他交过几任女友，只不过是因为父命难违。他父亲已经有退休意愿，听说陈楠振接任的条件，首先就是要成家生子。虽然这些消息无法证实，但从他这几年独居的习惯以及业界对他的评价，我认为他不会跟自己的弟媳偷情。"

"这都是推测。陈楠振也可能是双性恋啊。"徐浪说。

"况且网上还有两人偷情的视频。"我补充。

"视频你们看了吗？"叶枫问。

我们摇了摇头。

"行车记录仪的镜头对外，说是视频，其实只是录音。桃色新闻历来传播广泛，因其能满足网民的窥探欲，再经过发酵，转化成一种深入人心的印象。有一些心地坏的记者，会使用这样的手段污蔑明星，哪怕明星拿出有力的证据自证清白，网民也会当成是一种公关手段。"叶枫在手机中搜索出这段视频，点开给我们看。

镜头对着一片海域，画面不动，看起来是将汽车停在了某处码头。时间是2014年5月6日下午6点，视频中传出两人的对话，男声用粤语问："桦兴呢？"女声答："去汕头了，说是一周后回来。"男声问："他又打你了吗？"接着听到一阵啜泣声。男声说："同他离婚吧，跟我住一起。"女声问："爸爸会允许你这样做吗？"男声说："没事，我来处理。"之后响起了座椅摩擦声……大概半个小时后，画面转移，汽车启动。

"短短几句交谈,看似随意,实际都带着信息,把人名、人物关系、家暴、父亲的地位都交代出来了,不太像是正常聊天,更像是剧本台词。"叶枫指出,"交谈内容可以造假,声音亦可造假。但画面不会。"

视频流出后,叶枫看了多遍,注意到车前的海面在这期间经过一艘游艇。画面定格放大再锐化,可见艇身上标有"虎"字。

香港三面环海,私人游艇文化盛行。叶枫通过关系网,很快就找到船主,本来想问船主2014年5月6日下午6点游艇经过的路线,但他的出海日志上没标注这个日期。5月6日是周二,船主表示自己一般周末才会出海,周二没出海。

"所以视频是伪造的。"叶枫说,"得益者就是造假者。我查过,陈桦兴在汕头有家夜店,去年4月发生火灾,5月4日至8日他去那边善后,这也是他选择6日这天造假的原因——既让这个视频更具说服力,也证明了妻子与哥哥偷情已久。"

"行车记录仪录音的那天陈桦兴不在场,你寻思是他让别人干的?"徐浪深思。

叶枫点头,说:"这起凶杀案跟陈桦兴脱不了干系,我甚至认为他的真正目标是哥哥陈楠振,除掉他哥,家族就剩他一个男丁,董事长位置迟早传给他。"

"那可以直接杀掉陈楠振,没必要伪造他俩偷情啊。"我质疑。

"所以我的调查一直没有进展。"叶枫转变话题,"对了,你们也是过来查他的?"

"去年在广州办的一件案子和他有关。"徐浪一笔带过,他不想叶枫知道太多,以免误伤。

"正好我们可以一同调查。"叶枫说。

"你为啥还想接着查?"徐浪反问。

"我不喜欢半途而废。"叶枫说,"夏瑶当时的委托,我只做了一半。"

3

陈楠振有个众所周知的爱好,开古董车。

遇害前一周,他刚购入一辆1970年款的道奇Charger。警方后来根据命案现场的线索,抓到了嫌疑人。他是金利古董车行的员工。陈楠振的新车,就是在那购买的。

陈楠振的别墅布满监控,大门有指纹和密码两道验证,门锁系统没有被破坏的迹象。车库在别墅一楼,警方发现里面的古董车后备厢没有闭合,后备厢盖上留有一个机油的手掌印记,从纹路上看疑似布手套所留。锁片上钻有一个小孔,据推测,凶手事先躲在陈楠振后备厢中随车进入别墅,等时机成熟后再打开后备厢。因车库与别墅各房间联通,嫌疑人得以顺利潜入房内,劫持陈楠振和夏瑶。

警方在陈楠振的房间地板上,发现一张写有"车行"二字的纸条,应该是陈楠振被凶手反绑双手后,觉察出凶手身份,在背后用手摸索桌上的纸笔,偷偷留下的线索。因反手盲写,笔画歪曲,难以辨别字迹,但纸条上检测到多处陈楠振的指纹。

凶手一开始可能没有杀害陈楠振的意图,从三个方面可以判断,首先,陈楠振可能判断自己不会死。他认出凶手与车行相关,意欲绑架,向家里勒索财物,所以冒险留下"车行"二字的线索,希望获得营救。其次,夏瑶的死亡时间比陈楠振早了三个小时以上。最后,遇害之前,陈楠振还给助理李叔打了一个电话,说明天不去公司。

这一般都是绑架犯的做派，后来之所以又杀害陈楠振，唯一的解释是，凶手发现自己的身份被对方识破了。

金利车行铺面不大，只有一位老板和三名员工，警方根据线索，调取了金利车行的人员资料，很快锁定一名叫吕含光的员工。吕含光，福建人，单身，21岁，2014年来港，借住在姑妈家，地址位于荃湾路附近的一栋唐楼内。警方到车行进行突审，其余三人都有不在场人证，唯独吕含光的姑妈那时在日本旅行，他独自居住。

警方怀疑他有同伙，因此快速申办搜查证，让嫌疑人带领至房屋进行搜查，最终分别在客厅的灶台后面找到两块名表，在卧室的床下搜出65万港元，10万美元，这些东西后来被证实是陈楠振保险柜内财物。

警方调查了嫌疑人吕含光的人际关系，与陈桦兴从无互动，排除两人串通的可能。警方以故意杀人罪和盗窃罪对吕含光进行逮捕，关押在荔枝角收押所中，但吕含光一直没有认罪。

通过叶枫的引荐，我们来到吕含光的辩护律师高瑞的事务所。叶枫还是狗仔时，经常充当一些律师的"线人"，亦曾帮过高瑞搜集打官司所需的证据。两人因此结下情谊。

2014年11月中旬，高瑞接手这桩案子，在办公室内，他为我们讲明了吕含光被捕的经过，最后他总结道："这桩案子的可疑之处，就是犯罪现场及从吕含光居所搜到的赃物上，都没有他的指纹。这些充其量是间接物证，难以形成完整的证据链。"

我们看了现场的照片，卧室的地上散放着衣物，遇害前两人显然有过一番激烈缠绵。

两位死者被反绑双手，侧身裸体浮于泳池内，身上遍布淤青和伤痕。夏瑶缺失一颗门牙，现场遗留一根铝合金棒球棒，非别墅物品。棒身上部多处凹陷，上面沾染两人的血迹，还有一处牙印，后经检测与夏瑶的牙印吻合，推测凶手一棍抡到夏瑶的牙齿上，致其门牙脱落。

陈桦兴别墅的监控显示，2014年10月26日晚10点15分，陈桦兴驾驶一辆兰博基尼离开，11点7分，夏瑶步行出门。10月26日晚11时许，陈桦兴去了某高层员工家里跟三名高层员工打麻将。27日凌晨2点10分，油尖旺区基隆街一家清吧门口出现陈桦兴的座驾，有多人证实他在店内。法医推定夏瑶的死亡时间在10月27日凌晨0点到1点之间，陈楠振的死亡时间在凌晨3点到4点之间。陈楠振别墅的监控录像硬盘丢失，至今没找到。

根据陈楠振助理李叔的口供及电话录音，证实在10月27日凌晨2点1分，陈楠振给李叔电话留言，说："老李，明天我不去公司，一切事务你来跟进。勿扰。"

"既然有意绑架，没必要还用棍棒袭击受害者吧？"看完各种线索，我很快发现问题。

"有发泄的嫌疑，"徐浪说，"但吕含光跟俩受害者没仇，折磨人没必要啊。"

"嗯。"高瑞赞同，"别墅一楼有三间房，二楼除了陈楠振的卧室，还有另外三间房，当晚这些房间都关着门，罪犯却径直去了陈楠振的卧室，其余六间房的把手上都没有被拧过的痕迹。而且罪犯也清楚通过车库可以潜入房内。陈楠振是个很注重隐私的人，很难相信一个与他没有交集的人，会这么清楚他别墅内部的构造。"

"看这个指甲。"徐浪指着一张陈楠振被绑住双手的特写照片，他左手拇指指甲里，沾染了绿色物质。

"感觉像草汁,难道是在后院的草坪上蹭到的?"高瑞推测。

"可以见见吕含光吗?"徐浪问高瑞。

"可以。"高瑞说,"但我只能带一个人。"

4

我们兵分两路,徐浪随高瑞去收押所见吕含光,我跟叶枫去了金利车行,叶枫向车行老板出示侦探证,表示自己正在跟进陈楠振的案子。

陈楠振购入道奇 Charger 的同时,把自己的宝马 E9 3.0 CSi 抵给了老板。

车如今仍在店内,偷情视频流出后,老板检查了车内的行车记录仪,发现内存卡不见了。"警察之前来问过了,店里进进出出这么多人,很难找出谁是偷卡的嫌疑人。"老板说。

我们还问了陈楠振当初购车的情况。老板说,因为陈楠振是老顾客,有新货到店前,都会事先通知他。

那辆道奇 Charger 他几乎没有犹豫就决定买下,当场刷卡支付。

"当场开走的吗?"我问。

"不是,两天后才过来开走。"老板说。

"当时是吕含光接待他的吗?"

"是另一位伙计接待的。当时是正午 1 点左右,吕含光在后面的房间午休。他一定是在房间里得知了陈楠振的身份,萌生犯罪意图。"老板猜测。

警察从吕含光居所搜出罪证的消息一经公开,虽然案件还未判决,但民众心中已经默认吕含光就是凶手。

"陈楠振过来提车时,吕含光在店里吗?"

"那天是礼拜天，店里只有我一人。"老板答。

回去的路上，叶枫做结论反推：假设吕含光犯罪，陈楠振购车后，趁车子停在店内的机会，他对后备厢锁做了手脚，之后得以潜入受害者的别墅中。但是他并没有跟陈楠振有过直接交流，单靠屋外短时间内得到的信息就决定犯罪，未免草率了一点。

"被绑者要有十足的把握知道绑匪的身份，才会在现场留下线索，因为一旦出错，就会误导侦查方向，陷自己于不利。"我分析，"陈楠振两次前往车行，都没有见过吕含光。那遇害当晚，陈楠振留下'车行'的线索，基本可以排除他是从罪犯的身形、面孔甚至声音这些个人特征得出的结论。那他究竟从哪里得出罪犯与'车行'相关呢？"

"难道罪犯是车行里另外某个人？"叶枫看我。

我们又去了陈楠振的别墅。命案发生后，别墅被警方封锁。我以为叶枫有好办法进入，他却给出"翻墙"这个简单粗暴的答案。

"这可是私闯民宅啊。"我说。

"顶多算私闯空宅，这房子没人住，不算民宅。"他将车停在别墅后院的围墙边做垫脚。

"现在别墅里面应该断电了，不会触发警报。"他从储物箱里翻出两个口罩、一卷胶带和一把锤子，递给我一个口罩，说："戴着，以防万一。"又自顾自说道，"大门的指纹密码锁对进出的办案人员很不方便，想必他们会用一把锁头锁住大门。这样的锁头用锤子可以砸掉。胶带是用来贴玻璃的，方便敲碎。"

我们站上车顶，先后翻入别墅围墙，看见一个死寂的空泳池——也就是两位受害者溺毙的地方，上面漂浮着一堆落叶，风吹不动。池壁因长时间没有清理，长满青苔，仔细辨别，青苔之间似乎还点缀着一些红斑。

绕过泳池，面前出现一道漆成墨绿色的车库闸门。我抬头看向二楼窗户，发现窗户离地有四米多高，各扇窗户都安有栅栏，看来打碎二楼窗户进入房间的办法是行不通了。我们走到正门处，发现两扇铁门中的一扇向外敞着，门底下垫着一小块石头作为阻隔。"胶带和锤子用不到了。"叶枫耸耸肩，先一步说道。

别墅窗户栅栏是不锈钢材质的，棱柱形，在午后阳光的映照下明晃晃的。刚才我抬头看二楼窗户时，发现房内一侧的栅栏有黑影反射，之前已经遭遇两次突袭，这次自然不能掉以轻心——哪怕是看花眼。

我接过叶枫手中的锤子，示意他不要说话，并将胶带轻轻撕开缠在手上。房间总共三层，一楼和二楼是复式结构，通过一道环形楼梯，我们轻声步上二楼，来到那间窗户栅栏映照黑影的房门前。

房间门紧闭，我让叶枫先留在门外，然后深呼吸，快速拧开门，推门进入，侧身闪进房内，门边并没有如我预料的站着一位袭击者。我又快速打开房间两个两米高的白色衣柜，里面同样没有藏人。我推开房间厕所的小门，俯身看向床底，然后拉开露台窗帘，都空空如也。我大舒口气，锤柄已被握出汗，脖子上的伤疤一阵瘙痒。看来被袭击的经历已经让我形成应激反应。我安慰自己想多了。

这间是主卧，也就是陈楠振遇害的房间。房间宽敞，装修颇有日式风格，露台的落地窗边摆着两盆一米高的绿植，因窗户朝阳，枝叶葱茏发散，生机勃勃。

靠里的那盆酒瓶兰，外形并不对称，我发现盆内掉落着几片叶子，从叶子的断口看，似乎是人为撕下的。我正打算前去察看，突然听到外面一阵滚落的响动。

果真有人！

并不是我多疑，跟叶枫上二楼前，本着未雨绸缪的想法，我用他带来的透明胶带缠绑在楼梯中部两侧的铁质扶手之间，形成一条绊脚带。我们进入别墅前，房间里的人事先躲了起来，趁我们在主卧检查的空当，他趁机下楼，准备偷偷溜走，不料被我设下的机关绊倒，从环形楼梯的中部，结结实实地滚落至底。

听到响声的刹那，叶枫一下子就追了出去。"小心点！"我边说边跟着跑出去，看到跌下楼梯的是一位戴着黑色口罩的男子，身高在一米六五左右，头上的一顶黑色鸭舌帽在滚落中掉落，露出银白色的板寸发型。他躺倒在地，显然受伤不轻，看到我们追赶，又挣扎着爬起，跑出屋外。

如果他有意袭击我们，早有下手机会，但他做逃离之举，应该是无害之人。这样想后，我加快速度跑下楼梯，跨过绊脚胶带处，追向银发者。

"包抄两路！"叶枫对我喊，自己跑向别墅大门。银发男子因右腿受伤，跑得不快，只能折回后院，跑到游泳池旁，我跟他之间的距离只剩两米。"站住！"我在他后头喊道，准备向前将他扑倒。这时从他的右侧来了一个飞踹，奔跑中的男子被叶枫踹到右肩，整个人飞进泳池内。"抓住我！"叶枫刹车不及，我伸手想要拉住他，没抓住，他整个人也掉进了那个漂满腐烂落叶的冰冷的泳池里。

银发男子往泳池对面游去，叶枫只好继续扑腾追赶，很快就赶上对方,他抓住对方左肩将他扳回,因男子和叶枫在游泳时口罩掉落,二人面对面时,他们各自认出了对方。

"李叔!"叶枫突然喊道。

"是你!"老者面露惊异。

5

李叔是陈楠振的助理,严格来说,他是陈家企业的老功臣,20岁就进入陈家,今年已经63岁,公司继承人陈楠振死去后,他成了陈桦兴的助理。虽然年过花甲,头发褪白,但他精神矍铄,眼珠黑亮。

因别墅断电,无法洗热水澡,李叔翻出陈楠振的衣服,递给叶枫:"内裤是新的。"

"穿这些衣服没问题吗?"叶枫被冰冷的池水一浸,浑身发抖。

"没事。"李叔说,"警方已经对这里做了勘查,基本不会再来了。"

他们换好衣服后,我问李叔来别墅做什么。

"我还没问你们呢,好像你们才是外人吧?"李叔反问。

"我们正在调查陈楠振的命案,这个案子有很多谜团,凶手不像是那个车行小工。"叶枫回答。

"狗仔也有这种道义?"李叔露出怀疑的眼神。

"我现在不做娱乐记者了。"叶枫掏出自己的侦探证,"夏瑶之前找过我调查。"

"哦,因为陈桦兴家暴的事?"李叔问。

"你什么都知道嘛。"叶枫用毛巾擦头发,擦完闻了闻毛巾,一脸嫌弃。

"他自己都在媒体面前承认了。"

"李叔，你来这里做什么？"我又问。

"这是陈家的别墅，怎么？我来这里还需要原因吗？"李叔说。

"你戴了口罩和鸭舌帽。"我说。

李叔沉默一会儿后说："跟你们说也无妨，我觉得楠振死得蹊跷，前几天陈桦兴说别墅已经彻底勘查过了，准备收回，我就想着趁现场还保持原样，过来再看看。"

在跟我们的交流中，我觉察到李叔称"陈楠振"并不加姓，但"陈桦兴"却是直呼姓名或以"他"替代。我不知道李叔站在哪一边，但决定赌一把，直接祭出底牌。

"说实话，我们怀疑陈楠振的死，跟他弟弟陈桦兴有关。"我说。

李叔再度陷入沉默，这次沉默的时间更久。一开始我还提防，他是受陈桦兴嘱托，私下过来销毁遗留的罪证。现在我感觉自己赌对了，他是站在陈楠振这边的。

"你们真的为查案而来，"李叔看向我说，"而不是为了写报道？"

"对。"我认真地说，"为了案子而来。"

李叔叹了一口气，说："我这个助理做得并不称职。楠振给我留言那晚，其实我当时听到语音，但并没发觉问题所在，隔天到了公司，越想越不对。中午给楠振打了电话，但并没有人接。下午3点左右，我请示了老爷，老爷派人来楠振别墅看，才得知他遇害了。你们说，如果我当场就觉察到问题，楠振这孩子是不是就不会死？"

"你当时发觉了什么问题？"我问。

"你们不知道，虽然我是楠振的下属，但他一直称我'李叔'。那天的电话留言却叫我'老李'。声音确实是他的，起初我以为他太累了，混淆称呼很正常。"李叔神色黯然。

"谁会叫你'老李'？"叶枫坐直身体。

"只有两个人，一个是老爷，另一个就是陈桦兴。"李叔说。

"声音确实是陈楠振的，但却用了不一样的称呼。应该是罪犯逼迫陈楠振打留言电话，陈楠振觉察对方身份，所以在留言中，留下这样一个隐蔽的线索。"我推测。

突然我想到了房间那盆酒瓶兰的对应线索，说："对了，陈楠振拇指指甲里的绿汁。"

陈楠振如果觉察到罪犯的身份，理应会想方设法留下线索。但他被反绑住双手，在房间内，可以怎么做？他会不会蹭到酒瓶兰旁边，用指甲在枝干上刮下线索，顺便用手折下几片枝叶，希望事后有人发现。

我们三人凑到房间的盆栽前，撩开垂落的枝叶，发现粗大的枝干上，歪歪扭扭地刻着一个"弟"字。后经过检测，"弟"字周围，还有折断的枝叶上，只附有陈楠振的指纹。

当晚 9 点，我、叶枫和徐浪在铜锣湾汇合，叶枫说请我们吃香辣蟹。

过了饭点，店内上座率并不高，叶枫说来这里必吃炒肉蟹，又点了蒜蓉蛏子皇、椒盐九肚鱼、腐乳油菜。蟹肉饱满，铺盖在蟹上的生粉用辣椒、豆豉和炸蒜蓉煸炒，又吸收了蟹本身的鲜甜，确实可口，缺点是略咸。

我看价格并不便宜，每只蟹就要 1000 元港币以上，不像叶枫的请客风格，就打趣说"我们之前当狗仔时的据点不都是中国冰室吗"，他说今时不同往日，狗仔翻身做侦探，身价至少翻三番，来者是客，能不将就便不将就。而且冰室的桌台凑得太近，不方便我们说话。说话间,叶枫又向服务员点了一瓶红酒。

"来,为徐浪接风洗尘。"叶枫举起酒杯开玩笑,"他今天不是刚从监狱出来吗,有什么收获没?"

徐浪白天在荔枝角收押所跟吕含光交流,他让吕含光仔细回忆,陈楠振命案发生当天,2014年10月27日,有没有比较奇怪的客人到店里?

吕含光沉思了一会,说:"当天下午两点左右,来了位高高大大的客人,我陪同试了店里的宝马 E9 3.0 CSi,他一路问东问西,问我从哪里来的,多少岁,为何到香港,生活作息怎么样,还问我有没有女朋友。

"因为是顾客,这单做成老板会给提成,我基本有问必答。后来他还问我联系方式,还说下次开他的车带我兜风。当时我认为是遇到了一位亲切的客人,现在想起,他确实跟别的客人不太一样。"

"记得长啥样吗?"徐浪问。

"身高一米八左右,戴着一副眼镜,看起来30岁上下,背着一个双肩包,脸比较长,下巴圆圆,眼睛很有神。"

"发型呢?"

"他当时戴着一顶鸭舌帽。"

"有聊到住哪儿吗?"

"得知我是内地人,他跟我说如今香港房租很贵吧,我说我住在我姑妈家,荃湾路附近,他说他有位亲戚也住在那边,说不定还是邻居。

"我说是德仁唐楼,他露出惊喜表情,问我住在几单元几楼,我说是一单元顶楼。他说他细姨(小姨)住在三楼呢,让我今天回家问问姑妈,认不认识三楼的主人,我就跟他说姑妈这段时间在日本，等她回来后说给她知。"

徐浪最后对吕含光说："我相信你是无辜的，我们会努力帮你脱身，到时可能需要你帮忙做证。"吕含光含泪点头。

6

"案发当天到车行的人是付璧安。"回到酒店后，徐浪跟我说。

"你这也太肯定了吧。"我说。

"我拿付璧安的照片给吕含光辨认了。"徐浪说。

"那刚才为什么不跟叶枫说？"我问。

"调查付璧安是咱的事，不要把他卷进来。"徐浪说。

综合调查结果，我们大致弄清了命案中的诸多疑点。现场信息表明，凶手一开始只准备绑架陈楠振。陈楠振最后被杀的原因，我们猜测是因为他识破了凶手的身份。这里面有一点很奇怪，就算凶手被识破身份，照样可以实施绑架，拿到赎金之后再撕票。

所以，杀死陈楠振很可能是凶手一开始就筹划好的。既然凶手本来就打算杀害陈楠振，又为何多此一举让陈楠振在死前给李叔留言呢？大部分预谋犯罪，不管绑架还是杀人，罪犯都不会在实施犯罪之前或过程中给外人发出讯息，这样做过于冒险。

"因为他想空出一天，找个替罪羊。"徐浪说，"替罪羊至少要满足两个条件：一、这个人曾接触过陈楠振，最好是位新面孔；二、这人有办法潜入别墅。陈楠振刚买了辆新车，于是凶手想到这样的办法：车行员工对顾客起了绑架意图，在后备厢动手脚，躲在车内潜入别墅。"

"凶手是了解陈楠振的人。"我顺着徐浪的推理延展。

"嗯。他进入别墅后，先杀了夏瑶，之后恫吓陈楠振，自己的目的是绑架，只要按他说的做，就可以不用死。他安排陈楠振反手在纸条上写'车行'二字，又让陈楠振给李叔打留言电话，之后在泳池旁绑上陈楠振的双脚，将其推进泳池里淹死。最后他给汽车后备厢钻孔，在盖子上印上手套印，拿走别墅监控系统的硬盘，扫空了保险柜，把嫌疑甩锅给吕含光。"徐浪分析。

"这期间，陈楠振应该觉察出了凶手的身份，趁其不意，偷偷在房间内的盆栽枝干上留下'弟'的线索。"我说。

"陈楠振遇害，他老弟有不在场证明，员工说和他一起打麻将可能是串通造假，但基隆街那家清吧多位顾客的证言，造不了假。"徐浪点了一根烟，我们住在酒店的吸烟楼层，可以在房间抽烟。

"犯罪现场的凶手，只能是跟他相关的其他人。比如说付璧安——他还去车行找了个替罪羊吕含光，问清他的生活、情感和住址等情况。吕含光说付璧安背着一个双肩包，里面装的可能是栽赃用的两块名表，65万港元和10万美元。"徐浪继续说道。

"如果付璧安没有找到合适的替罪羊呢？"我思索道。

"那照样能让案子变复杂，警方会认为，嫌疑人是在跟车行员工的聊天中，得知了陈楠振近期购车的情况，起了绑架的歹意。"徐浪回答。

"那你不觉得他的犯罪顺序很奇怪吗？"我说，"我们要摆脱嫌疑，一般在犯罪之前就会先找出那个可栽赃的人。付璧安完全可以先去车行，确定吕含光当晚的情况，再去犯罪，这样可以省下很多事，也稳妥很多，为何他要挑更难的路走？"

"可能他那天那个时候必须犯罪，容不得多做准备。"徐浪用笔在床头柜上的记事簿记下："付璧安在2014年10月27日必须犯罪的理由？"

"妻子和哥哥被害，陈桦兴显然是知情人，甚至是这起犯罪的授意人。他是付璧安的资金支持者，付璧安帮他杀掉哥哥，他自然就成为公司未来的继位人。说到底，陈桦兴才是最大的受益者。"我推测道。

"可为啥把夏瑶也搭进来？"徐浪皱眉，在本子上记下第二个疑点。

"这些毕竟都是我们的推测，要说证据，也就只有别墅里那株被刻上'弟'字的植物，还有吕含光关于犯罪当天付璧安出现在车行的证言。我们需要找到更多的证据，才能将陈桦兴和付璧安一举拿下。"我说。

"叶枫不是跟踪大师吗？"徐浪把烟掐灭在烟灰缸里，"让我见识见识。"

7

"你们跟踪陈桦兴干吗？"叶枫在车上问我们，我们在千晨地产大厦停车场东门外已经等了两个小时。

"看他跟啥人见面，去哪些地方？"徐浪说。

"如果他今天都待在公司，那我们……"叶枫眼睛突然一亮，"他出来了。"

陈桦兴的座驾是一辆黑色的迈巴赫 S600，他坐在副驾驶，司机兼他的保镖，后座还坐着一个人。我们悄悄跟上去，汽车沿着海兴路开，之后上了荃湾路。

两车保持着距离，跟了一个多小时，发现对方似乎沿着九龙与新界的边缘在绕圈子。

"应该是被发现了。"徐浪说。

"没事。"叶枫镇定自若。

绕了一大圈后,车子往离岛方向走,行经长青桥末段,迈巴赫 S600 突然停下,从车上下来三人,陈桦兴穿着一身黑色西装,头顶毛发稀疏,脸庞宽大,身材粗壮。除他外,另外两人手持一根金属棒球棍。"退后。"徐浪跟叶枫说,叶枫不为所动,端起相机朝前连拍数张,之后从储物箱中拿出另一台微单,把身上的相机塞进柜中。我看向后视镜,有一辆丰田车逼近,从车上同样下来两个拿棒球棍的人。

前后四人走到我们车前,一人用棍子敲敲驾驶车窗说道:"下车!"叶枫再次启动汽车,对我们说:"都先别动。"我做好了干一仗的准备。四人开始疯狂用棍子砸车窗,两块车窗玻璃破裂,碎片在车内迸溅,我用手遮挡。车子往前开,陈桦兴站在前面,看车开来,并不躲开。"停车!"徐浪对叶枫喊道,叶枫刹车,引擎盖与陈桦兴双腿之间距离不到半米。"下车都别动手,我来处理。"叶枫嘱咐我们,打开车门,后面四位持棒者追了上来。

"陈总,一场误会。"叶枫脖子上挂着一台相机,脸露谄媚。

"又是你这个垃圾!"陈桦兴对着手下喊道,"把他车砸了。"

"息怒息怒。"叶枫看我们有阻止之意,对我们喊,"不要交手,让他们砸。"又转向陈桦兴道歉:"不好意思,下次不会了。"

陈桦兴看向我和徐浪:"他们是谁?"

"他们是我的手下,您大人有大量,放我们一马,下次不会再犯了。"叶枫身体微躬。

"把身上的相机拿来。"陈桦兴朝叶枫伸手。

"这样不好吧,我们靠它维生的。把内存卡抽出给你怎么样?"叶枫提议。

"拿来!"陈桦兴一手抓住叶枫的相机带,扯下,随手把相机抛向桥下河中。

叶枫满脸愤怒,抓住陈桦兴西装衣领,却不能言,四个手下见状跑上前,将他扯开,陈桦兴一脚踹向他的胸口,叶枫朝后飞离两米开外。"错就要认,打就要站定,知道吗?垃圾!"陈桦兴一脸嫌恶,转身朝车子走去。

看我们要上前,叶枫连忙制止。对方开车离开。

我把叶枫搀扶起来,看到他的风衣胸口处有个鞋印,问:"没事吧?"叶枫面露痛苦,却摆摆手,走向被砸得稀烂的汽车。

汽车玻璃皆碎,四面透风,一月天冷,叶枫开得很慢。他左手打开储物箱,拿出一包万宝路,抖出一根,叼起,把烟递给我们,自己点火。

"为啥故意带着相机下车?"徐浪问。

"哦,替换法则嘛,砸车和扔相机会让他觉得已经处罚了我们,不然我们可能要被打一顿。"叶枫叼着烟说,"反正昨天我掉进泳池内,那个相机被浸坏了。"

"又是你这个垃圾?"徐浪问。

"什么?"叶枫不解。

"陈桦兴看到你的第一句话用了'又'字,"徐浪问,"之前你跟踪也露馅过?"

"嗯,夏瑶委托我查他时,有次跟踪被他觉察到了。"叶枫右手拿烟,朝车窗外抖烟灰,"后来我才知道陈桦兴有时会让手下再开一辆车跟在他后面,他很谨慎。这次是我故意被他发现的。"

"为啥啊?"徐浪诧异。

"接近他,然后再找机会跟他拉扯,为了在他西装内衬贴一个定位器。"叶枫扬扬得意,"我们这样跟,很难有什么收获,据其他狗仔线报,他有个秘密据点,定位器会帮我们找到这个据点,最后一定能找到他的罪证。"

8

早上7点,叶枫就给我打来电话,说他在酒店附近的澳牛餐厅。我们洗漱后下楼。

餐厅有浓浓的早市气,店内白气氤氲,奶香充盈,周边都是粤语声和杯盘相磕的清脆响声,我点了一份炒蛋文治和鸳鸯茶,徐浪点了碗通心粉,服务员刚记完菜单,我们还没说上话,餐就端上来了,这效率令我叹服。

"你们看。"叶枫把自己吃完的碗碟移开,然后把手机放在桌面中央,屏幕显示一个红点固定在地图上的某间房屋内,"我昨天不是在陈桦兴身上贴了个定位器吗,从昨晚11点到现在,他一直在这个房屋内,动都没动过。我今早查了这个地址,房屋在大屿山梅窝的一个旧村中,那片要建景区,房屋基本都空了。"

"吃完过去看看。"徐浪喝了口热汤。

"做好准备,也有可能是陷阱。"我说。

"车还在修,我们等下从中环6号码头坐渡轮到梅窝码头。"见我们吃完,叶枫背起椅子上的背包。

我们坐渡轮到达梅窝码头,再乘巴士到达街市,沿斜坡步行而上,眼前棚屋错落,恍若《警察故事》开头警匪枪战的场景。

"应该就是前面那间。"顺着叶枫的手指看去,有间二层老屋单独屹立在平地上,天台上摆着一台太阳能电池板。

我们弯身贴房屋的墙壁,从一楼窗户细听屋内,并无响动。叶枫起身瞄了一眼屋内,跟我们表示大厅里面没有人。他走到掩着的木门前,敲了敲门,喊有没有人,无人应答,便将门推开。我们逐一进入。

一股老屋惯有的石灰味，厅中的红木椅和桌子上蒙着一层灰，一隅的灶台空空，水槽附近的水龙头在缓慢地滴水。前方是一道楼梯，在楼梯旁边是一间关着门的小房间。徐浪用手示意我们放轻脚步，他打头阵，走到房间门前，戴手套的右手握住圆形门把，没有拧开。"锁了。"他用口形传达。

叶枫用双手对着我们做拨开的动作，自己朝后退，我和徐浪各站在房门前两侧，叶枫跑上去，一脚踹开房门。屋内，有个人坐在椅子上，一动不动。

"已经死了。"徐浪探了探鼻息，证实道。

我和叶枫又上二楼检查，并无可疑之处。

死者是陈桦兴，只穿着一条内裤，昨天那套西装扔在地上，白胖的胸口中央文着一个倒蝙蝠文身。他双手被绑在椅后，双脚被分别捆在椅腿上，椅子下积着一摊水，有尿骚味，旁边倒着一个红色的水桶，看来有人曾往他头上浇水。

他眼神惊恐，嘴巴微张，脖子上缠着一根皮带。在他左右两旁，各立着一台一米高的电热器，电源已被关闭。在房间四周的墙壁上，贴着一层灰色吸音棉。

在陈桦兴正前方，摆着一台银色磁带录音机，款式老旧，如今这种电器已经被时代淘汰。

"又死了人，咱们报警吧！"叶枫额头渗出汗珠。

"录音机里面有盒磁带，听后再报吧。"徐浪摁了播放键。

"你是谁？绑我干吗？"录音机响起陈桦兴的粤语，伴随椅腿的蹬地声，"这里是什么地方？"

"选择，"声音似乎被面罩阻隔，粗壮混沌，"1至10，选一个数。"

"我劝你早点放开我，不然你不会有好日子过。"陈桦兴强装镇定的声音。

"1至10，选一个数。否则，"嘶哑的粤语声说道，"我就用这把小刀刺入你的胸口。"

"好，好，我选，我选。"椅腿蹬地声，"6。"

这时，响起水滴落的声音，"第六个窿"，随即响起走路声。

"你要干什么？"陈桦兴声音惊慌，又喊道，"救命啊！"

"还太大，你仲未死。①"嘶哑的声音用粤语继续说，"现在，我问你问题，你诚实答我，如果骗我，我会把你颈上的皮带再收一个窿，直到勒到你窒息。"

接着，水倒落声，桶倒地声接连响起。陈桦兴惊叫："救命啊！"

"问答开始。"嘶哑的声音停顿一会儿，"是你杀了你妻子夏瑶吗？"

"救命啊！有人要害我！"

"回答错误。"走路声，解皮带声，嘶哑的声音继续说，"第五个窿，接近你的脖围了，要好好作答啊。"

陈桦兴的咳嗽声："你放过我，我给你钱，你要多少？"

"仔细听题，"嘶哑的声音说，"是你杀了你妻子夏瑶吗？"

"是。"陈桦兴说。

"怎么杀的？"

"她跟我哥哥偷情，我派人教训她，没想到酿出惨祸。"

走路声，椅腿蹭地声，解皮带声，嘶哑的声音说，"第四个窿。"

"我说实话，我说实话。"陈桦兴声带似被压迫，声音变小，

---

① 粤语，意思是"你还没有死"。

"夏瑶是我杀的！那晚我打她，她一直哭喊，我就将她的头摁入鱼缸中，不小心将她杀死了。"

"很好。"响起两声开关声，"你很冷吧，这两台电热器是为你准备的，像这样答，就会有奖赏。好点了吗？"

"好很多了，好很多了。"陈桦兴急促地说。

"请听题，"嘶哑的声音说，"那晚你用什么武器打你妻子夏瑶？"

"棒球棍，"陈桦兴说，"我快呼吸不了了，皮带好紧，拜托你将皮带解开，我什么都告诉你。"

"你接着讲，我觉得可以了自然会解开皮带。"

"那晚，我先用棒球棍打她，咳，然后，她哭。杀死她，然后，打电话问'蝙蝠'。我不能呼吸了，解开，救命……"椅腿剧烈蹬地声响，陈桦兴的声音停止。

9

这桩案件有两个疑点困扰着我们：一、为什么夏瑶会死？二、为什么付璧安要犯罪之后再去车行选择转移嫌疑人？这两个疑点因为录音中的真相，迎刃而解。

那晚陈桦兴家暴夏瑶，意外将她摁在鱼缸中溺死。事后他打电话向付璧安请求帮忙。付璧安快速想到了一个一石二鸟的办法：杀掉陈桦兴的眼中钉陈楠振，并把意外溺毙的夏瑶扔进陈楠振别墅的泳池中，伪造成她与陈楠振偷情被劫匪杀害的假象。

两人在同一家公司，又是亲兄弟，陈桦兴要得到陈楠振的指纹膜和别墅密码轻而易举。陈桦兴又常去陈楠振别墅做客，对里面的布局一清二楚。因此，付璧安当晚潜入别墅，先把绑住手脚的夏瑶裸尸扔进泳池，再套上陈楠振的指纹膜，潜进房间，制服正在睡眠中的陈楠振，逼他脱衣、写"车行"字条、给李叔打电话，再在地上放夏瑶的衣物，用家暴夏瑶的棍子袭击陈楠振，最后将其杀害，拿走别墅的监控硬盘。

因为夏瑶意外死亡，陈楠振必须紧随其后，这是付璧安在那天那时犯罪的原因。而为了解除陈桦兴的嫌疑，付璧安还需要找个替死鬼，这是他栽赃吕含光的原因。

至于那个杀害陈桦兴的凶手，我们毫无头绪。只知道他在一间不足 10 平方米的房间内布置了一间刑房，用事先浸水的皮带扣住陈桦兴的脖颈，逼其说出部分真相，本来第四个孔不会将陈桦兴勒死，但是两边的取暖器蒸发了皮带中的水分，使皮革收缩，最终勒死了陈桦兴。

陈桦兴一死，录音磁带曝光，之前做证和陈桦兴一起打麻将的三位高层员工纷纷承认自己录了假口供，警方搜索陈桦兴别墅，发现 2014 年 10 月 26 日晚，他和夏瑶前后离家的监控录像被做过手脚。警方还从他家客厅的沙发缝中找到了夏瑶断裂的门牙，在鱼缸中也检测到夏瑶的血迹。

胜利在望，只要再找到付璧安犯罪的其他证据，或许就可以借警方的力量通缉他。徐浪又去了一趟荔枝角收押所，之后给我打电话时，他声音激动："郑读，付璧安可能留下证据了。今天吕含光跟我说，付璧安离开车行不久，警察就上门了，让他带路，要对他的住处进行搜索。在跟警察上楼梯时，501 室的住客背对着人正在关门。吕含光最近才想到姑妈说过，501 室的老太太死后，房屋一直空着。"

"那个人，很可能就是付璧安。他正在房间放赃物，没想到警察来得这么快，吕含光住在顶楼，天台门又被锁住，他只能走下楼梯。而此刻警察正带着吕含光上楼，为避免被吕含光认出,付璧安转身假装是住户正在锁门。在警察面前,他可能会摘下手套,因此他的指纹可能留在上面。你赶紧过去。"徐浪在电话中急匆匆说道。

因叶枫的车还没修好,我们打车前往,跑上徐浪所说的501室,由叶枫用工具提取指纹,很快,叶枫就站起来,对我露出失望的神情,他说:"门把手和门锁附近,一个指纹都没有,被人擦得干干净净。我们慢了一步。"

祸不单行,2015年1月20日,我和徐浪在一家咖啡厅约见高瑞,得知了一个坏消息:答应做证的吕含光,在收押所的厕所中,被人用磨尖的木棍刺中心脏死亡。

我们仍然拿付璧安没办法。

"在搜集泳池溺毙案证据时,我查阅了杀妻凶手陈桦兴的资料,其中有个疑点,或许你们感兴趣。"高瑞用粤语跟我们说道,"2014年9月,香港西贡北港村一间阳台屋内,发生一起命案,尸体放置多日,警察到达现场时,已经发臭。后查明死者身份,男性,名叫黎诚知,41岁,无业,离过婚,有一个女儿在美国读书。这个人,跟陈桦兴有两点关系:第一,他曾经在陈桦兴的物流公司工作过,后来离职。第二,北港村的村屋较少出租,也不便宜,黎诚知住的那栋二层楼房,是陈桦兴的房产。"

"陈桦兴有犯罪嫌疑?"我问。

"听我讲完。"高瑞抬起双手,制止我们说话,"陈桦兴没有嫌疑,黎诚知被杀那天,他有不在场证明。他向警方供述,黎诚知确实是跟随他多年的员工,后来陈桦兴得知黎诚知离过婚,生活贫困,住在劏房①内,而且身体不好。他想到自己北港村有

---

① 劏房:指一间房屋隔开为两间或多间。

间空置房,阳台有间植物屋,正好可以托对方照管,就让黎诚知去那边住,每月仍付他薪水。警方调查黎诚知银行流水,陈桦兴确实每月都会给他汇款。正是靠着这笔钱,黎诚知才供得上女儿在美国读书的费用。"

"但是,"高瑞喝了口咖啡,"前几日,陈桦兴被人杀死后,有不止一位员工曝出,他旗下一家生物制药公司,曾经秘密做过人体药物实验。他提供高额报酬,在自己员工中招募试药的志愿者,黎诚知就是志愿者之一。警方根据这个线索,去那家制药公司调查,发现是很正常的血压药公司。如今陈桦兴已经死了,黎诚知的命案,很有可能就此成谜。"

"黎诚知命案现场照片,你有带来吗?"徐浪问。

"没有。"高瑞摇头,"就是一个插曲,但我知道你们可能会感兴趣。"

"但你看过现场的照片,对不对?"徐浪改问,"可以为我们描述一下,黎诚知命案现场的细节吗?"

"细节?"高瑞疑惑,"尸体赤裸,腐烂,发臭,生蛆,尸水遍地。大肠内产生大量的腐坏气体,导致腹部鼓胀,看起来像大肚婆。阳台屋靠近尸体的植物,都枯萎死掉了。"

"不是这些细节。"徐浪说,"尸体是不是倒置的?尸体有没有绑在一个倒十字架上?尸身上有没有蝙蝠图案?尸体的致命伤是不是在额头中心?还有尸体下是不是有一个八圆点方阵图?"

"你怎么知道这些?"高瑞惊异地看向徐浪,"尸体确实是倒置的,绑在身后的一个木桩上,尸检报告确实说是死于头上的枪击伤,但因为现场的尸体高度腐烂,并不清楚身上有没有图案。还有地上覆满尸水,看不到什么方阵图,但是报告里面提及,地上有烛油的痕迹。"

跟广州詹世安的死状一样。又是一起蝙蝠邪术的命案。

"总之,这事就当作闲谈,我不想知道太多。"高瑞最后把一个文件袋递给我们,"这是你们跟我要的东西,看完记得烧掉。"

五狗坑

1

律师高瑞给我们的文件袋中，装着一份陈桦兴近五年来的私人往来账目。我们发现2013年5月、2014年2月和7月，他分别全款购置了三套房产，两套在深圳，一套在珠海，总额在千万元以上。投资房产不稀奇，奇怪的是这三套房产的所有者都是一个叫王贵标的人，名下开户行是一家银行的丰顺县支行。这种行为很像洗钱——将违法所得经房产转手，变成合法收益。

付璧安创办出狱者互助会，从中吸纳手下，这些手下基本符合两个特征：

蹲过监狱

身上有倒蝙蝠文身

为了验证王贵标是否有案底，徐浪在司法案例网中检索"王贵标"和"丰顺"，果真找到一份符合的判决书：2010年4月，王贵标在广州因开设赌场罪被判处有期徒刑一年，2011年3月出狱。王贵标户籍为广东省梅州市丰顺县，跟三套房产所有者王贵标一样。他可能也是蝙蝠组织的成员之一。

我们猜测，王贵标出狱后，被付璧安收入麾下，回家乡进行非法勾当，并通过同伙陈桦兴洗钱。通过他，或许能找出付璧安的据点。徐浪看完后，点燃账目文件。

我们从深圳出发，开车四个多小时，到达那家银行的丰顺县支行时，是下午6点。

出于方便，人们会选择在常驻地附近的银行办卡。这是个小镇，王贵标又是本地人，我们认为他住的地方应该离银行不远，加上他资产不菲，想必在当地有一定知名度。

丰顺县潮客交融，两种语言都走得通，我在银行对面的手机店用潮汕话打听王贵标，对方摇头表示不认识。我们又去了另一家商铺，徐浪买了盒芙蓉王，我问店主认不认识王贵标。店主在玩斗地主，头也不抬地说："你是说那个放高利贷的刀佬吧？沿汤坑路往南走100米，拐入一条小路，里面有家富贵饭庄就是他的。"

"汤坑路在南面，你怎么往北开。"我看徐浪开车掉头，不明所以。

"这儿是温泉胜地，我刚订了个酒店，事儿明天再说。"徐浪踩下油门。

我们在酒店吃了脆皮乳猪海鲜煲、白切鸭、虫草花乌鸡汤，还点了这里的特色小吃笋粄——把蒸好的米皮包裹笋粒、香菇粒和虾米，再淋上酱汁，吃起来像广式肠粉，但米皮更弹韧，用料更多，吃起来很满足。吃完后我们泡了温泉，感觉这一趟来得值。

晚上我们在房间搜索了丰顺论坛和贴吧，得知富贵饭庄名声显赫，表面是吃饭的地儿，但真正吸引人的是里面的斗狗比赛。从网友发的现场照片来看，赛场中心有一处方形混凝土，往外拓展成阶梯看台，中间圈出一个方形铁栏，铁栏内有一只黑狗和黄狗在撕咬，地上都是血迹。两只斗狗旁边站着一个光头裁判，手里拿着一块木板，围栏外站满了亢奋的人。不远处墙面贴着一个标语："文明观赛，杜绝赌博。"

"标语是给检查人员看的，没有斗狗不赌钱的，要么就是王贵标神通广大，能买通人，要么就是他们有隐蔽的赌法。"徐浪之前接触过斗狗，知道些内幕，"对赌双方，也就是斗狗的主人要签一份斗狗合同，合同里有赌金、时间、场地及赌法。既然是赌场，一般还会相应提供高利贷业务，明天我们过去看看。"

2

上午9点左右，我们开车到富贵饭庄，一个瘦高个在门口拦住我们的车。敲敲车窗，伸手："入场费，一人300。"

"兄弟，我们是狗主，来谈比赛的。"徐浪递给瘦高个一根烟。

"谁来都得交入场费。"

"现在到第几场了？"徐浪问。

"第二场。"瘦高个答。

"今天有几场？"徐浪又问。

"两场。"

"那300不合适吧，只剩一场了。"徐浪从储物箱拿出包芙蓉王，又掏出300块，一起递给瘦高个，说："俩人，300。"对方挥挥手，放我们进去。

我们把车停在空地，饭庄的深处传来嘈杂声，那肯定是斗狗场。我们直接进了饭店，从墙上贴的菜单看，主打狗肉煲。

徐浪跟前台说，我们是狗主，来咨询斗狗的事，想见见老板王贵标。前台让我们在旁边的沙发那儿等着。

不一会儿，来了一个留着八字胡的小伙，穿着束脚黑裤。他说刀哥在斗狗场，徐浪说自己斗狗看腻了，等他看完再说吧。小伙就说，先去他办公室等，然后带我们上二楼，到了走廊最里面的一间办公室。

我们给八字胡小伙报了假名，刚坐下，他就拿来两份合同："陈哥，李哥，这是斗狗合同，你们先看看。"合同就两页纸，内容如昨晚徐浪所述，末尾提及贷款服务，从利息标准看，无疑是高利贷。

"请问狗是什么品种？"小伙问。

"比特犬。"徐浪事前做了准备，"公狗，48斤。"

"合同金额五万起签，钱不够可以从我们家贷，也可以让其他人入股。OK 的话，咱约个时间称狗、验狗，在比赛日前把狗寄养在这儿。要先交定金 200 块。"小伙说。

"钱够，没问题。"徐浪说，"我们今天先跟王哥聊聊，确定之后再带狗过来。"

小伙往窗外看了一眼，"比赛要结束了，刀哥要过来了。"

"王先生做过厨师吗？"我好奇，"为什么大家都叫他刀哥。"

"嘿。"小伙没回答，拿出手机，点开一个视频。这是一个斗狗视频，一只黑色比特犬咬住一只白色比特犬的脖子，白狗全身沾血，侧躺在地，四脚抽搐，败局已定。

裁判用木板隔开黑狗，宣布结果。白狗挣扎着站起，走到主人旁边。主人手持一把大砍刀，大喊一声，一刀下去，白狗当场毙命。周围人群欢呼，持刀人满脸横肉，发出大笑。他就是王贵标，之前我们只在网上的照片里看过他的样貌，如今在视频中,看到他的粗壮身材、那把大砍刀,以及撸起袖子的右手臂上的倒蝙蝠文身,我们一怔,他就是曾在广州烂尾楼设陷阱袭击我们的蒙面人!

"结束了。"小伙又看了眼窗外,"刀哥过来了。"

"喂。"徐浪接起的电话是我在衣袋里按键偷偷给他打的,"好的好的,我们现在赶回去。"挂了电话后,他跟小伙说,"家里有点急事,不得不撤,改天我们直接带狗过来,顺便把合同签了。麻烦跟刀哥道个歉,先走了。"

如果被王贵标发现,我们今天估计就无法离开这个狗场。

我们走出办公室,从就近的楼道下楼,听到楼下有说话声,刀佬正走上来。我们返回,往另外一边楼道快步走,还跟八字胡小伙解释,"车停在那边。"然后跑下楼,钻进车,开走。

出门前我看到瘦高个在打电话,徐浪双手握紧方向盘,如果车子被拦,我知道他会踩紧油门冲出去。

经过瘦高个,他刚打完电话,看到我们,朝我们挥挥手。我们开出富贵饭庄。

3

车子在路口等红灯,徐浪说:"你也发现了吧?"我点头,后视镜里不远处有一辆棕色现代车,汕头车牌,从我们离开富贵饭庄后就一直跟着。徐浪看导航,往拥挤路段开,现代车尾随,我们之间隔着两辆车。

车子随着车流挪动,渐渐开到路口,发现堵车的原因是有民众在游行,领头的举着一张女子的黑白大照片。旁边有人举着喇叭喊:"王蝶非法集资,携款潜逃,请求政府严惩,还我们血汗钱!"后面排着长队,一些人拉着长条横幅。徐浪长摁喇叭,硬是从人群中间挤出空隙，把车开出长队，车子右拐，前行一段，拐入小路。我们摆脱了跟踪的人，回到酒店。

刚坐定不久，突然响起敲门声。徐浪看我，问："谁啊！"回应的是再一次敲门：两声，用一个指关节叩，清脆。徐浪向我打手势，他从房间窗户攀出，沿着房檐到楼道，来个前后夹击。

我点头，对着门喊："来了！"侧身走到门边，先用卷成筒的报纸挡一下猫眼——如果外面的人拿着枪啥的，往门内崩，能逃过一劫。但并没有反应，响起第三次敲门声。

我透过门上的猫眼，看清对方面孔，有一阵晃神，制止准备出窗的徐浪："是何年。"

"谁？"徐浪没听清楚。

"汕头双疯案。"我提示。

徐浪上前，我开门。何年穿一件黑色大衣，化了淡妆，手中提着一个白色纸袋，在我开口前，抢先一步说："让我进去再说。"

我探头看向左右走廊，关门。何年把大衣挂在衣架上，从酒柜中拿出一瓶百威，用起子起开，把纸袋放在茶几上，在沙发上坐下。

"袋里是啥？"徐浪警觉。

"哦，给郑读的。"何年手伸入纸袋，徐浪身势往后。何年从中拿出一个罐子，看向我说："你脖子上的伤还好吧？这药膏去伤疤很有效果，你试试。"

"有啥事？"徐浪抱臂站着。

"我是来帮你们的。"

"帮我们？"徐浪不屑，"凭啥相信你？"

"凭这个。"何年掏出一张门禁卡，扔到茶几上，"这是酒店保洁人员配备的通用门禁卡,所有房间都可以开,我刚才顺手偷的,我车里还有一把弩,今晚等你们睡下,一人一箭,当场毙命。"

"我们有安全门挡。"徐浪反驳。

"你没安。"何年回应。

"我晚上睡眠浅,风吹草动都能醒。"徐浪再反驳。

"说正事,"我阻止,"你能帮我们什么?"

"帮你们抓到'蝙蝠'啊,付璧安。"何年说,"我要获得自由身,必须先脱离他。我给你们提供情报,你们帮我搞定'蝙蝠'。能合作吗?"

"玩无间道啊?"徐浪质疑,"你可以去报警。"

"第一,我不想坐牢。第二,就算报警,我也说不出'蝙蝠'的下落,还可能被他知道,反咬一口。"

"既然不知道'蝙蝠'的下落,我们又怎么帮你搞定他?"

"通过刀佬。刀佬是'蝙蝠'的打手,专门帮他善后,肯定知道'蝙蝠'的下落。"何年把酒瓶放在桌面上,"我把我知道的统统说出来,合不合作由你们。"

4

付璧安绰号"蝙蝠",留学美国期间接触邪教,回国后说服崇拜自己的同学陈桦兴,让对方提供资金,供自己创办犯罪团伙。

"蝙蝠"目前有六个手下。

一号成员陈桦兴,父亲是地产大佬,他一直想取代亲哥哥陈楠振,成为家庭企业的继承人。

二号成员王贵标,绰号"刀佬",放高利贷,在饭庄里面开斗狗赌场，用斗败的活狗直接做成肉煲供应食客，是个杀人不眨眼的主儿。

四号成员凌黛子，保姆，工作两年间照顾的人死了七个。

五号成员张锡，车厂修理工，通过伪造车祸杀人，后来被毒蛇咬死。

"还有一位叫谢宁山，六号成员，有心理疾病，但很聪明，是'蝙蝠'的军师。现在人在潮州开一家养蛇场，张锡就是他用毒蛇杀的。"何年说，"财主陈桦兴、打手刀佬和军师谢宁山，这三人能接触到'蝙蝠'。"

"那你呢，怎么害人？"徐浪问。

"我是三号成员，用身体，也用弓弩。"

何年真名金汐，生于1987年，长沙人，体校射击运动员，曾获得全国射击比赛冠军，本来前程似锦。谁知2010年的一个夏夜，回家途中被人袭击致昏迷，醒来发现遭到强奸，后来得知强奸犯有艾滋病，自己不幸被感染。

强奸犯被关在佛山监狱，服刑一年后，2011年保外就医，就医期间参加了"蝙蝠"的出狱互助会。

因为患上艾滋病，何年感受到家人和队友若有若无的嫌弃，索性独居，破罐破摔。她几次寻死，没有成功，后因为空虚和绝望，萌生报复男人的念头，开始利用网络和男性频繁约会。一男子应约而至。男子身材瘦长，短发，戴一副眼镜，文质彬彬。何年心想，果然不管看起来多体面的男人，内心都是禽兽，直到对方跟她说，自己的名字叫付璧安。他通过强奸犯，得知何年的下落。付璧安见何年，是为了拉她入伙，他清楚何年的绝望与怨恨，为她"出谋划策"：既然生命即将走到尽头，与其自我放纵，不如以眼还眼，以牙还牙，利用自己的身体报复那些男人,让他们为她陪葬。为了说服何年,付璧安安排了一场"华丽"的复仇仪式。

他领她来到广州的一间大仓库内,那是2011年的溽暑,凌晨的空气中有层层水雾黏附在身上,何年感觉到粘腻。付璧安打开棚顶的一盏射灯,仓库正中倒立着一个人,辨清面孔,何年吓得后退两步,后腰旋即被人托住。付璧安跟她说:"他就是两年前强奸你的那个人。他没有得到应有的惩罚。"

强奸犯被绑在一个十字木桩上,倒立着,后边是一块两米高的木板。他裸体,胸口画着一个倒五角星,里面填充了一个倒蝙蝠图案。他一个劲地摇头,脸色充血通红,因嘴巴被封住,只能发出呜咽。

付璧安递给何年一支弩,然后牵起她的手,让她站到地上画着的一条白线外。何年离强奸犯5米。仓库很空,但闷热不减,汗水从她的脸上滴落。何年接过弩,强奸犯扭动身子,发出更大的呜咽声。"想想两年前他怎么伤害你,故意把艾滋病传染给你。这样的人留着对世界只会造成更大的危害。"付璧安在何年耳边轻语,何年闭上眼睛。"扣下吧,做个了结。"付璧安说道。

她总共射出十支箭。第一支箭射出木板范围,刺入黑暗中。有五支箭射穿了木板。其余四支射中强奸犯的身体:一支在大腿根部,一支在腹部,一支穿过肋骨,致命的一箭射中强奸犯的脖子,血沿着箭杆流下,在箭羽处汇集滴落。

保外就医期满时,强奸犯并没有去监狱报到,经警方调查,行踪成谜,随后向社会发布通缉令。但其实尸体当时就被刀佬带走了,至于怎么毁尸灭迹,何年并不知道。

"就这样,我加入了'蝙蝠'的组织。"何年说,"他给我弄了个假身份,安排我到汕头犯罪。我成为何年,贵阳人,生于

1989 年，水瓶座，O 型血。"

2011 年，何年在银都夜总会坐台，见识到了那些心怀不轨的男人们的丑恶嘴脸。特别是富二代和花花公子们，并不把小姐们当人看，而只是视为玩物，这更加激发了何年的仇恨之心。想想命不久矣，何年决定以身体为武器，把那些不堪的男人们拉下水——把艾滋病传染给他们。

为掩盖何年的病情，付璧安花重金撮合了银都夜总会和一家莆田系医院合作，夜总会各房间内摆放着医院的宣传广告单，医院则定期给夜总会所有人员免费体检。一到体检时，付璧安就用一管干净的 O 型血换掉何年的血液。

"如果能摆脱'蝙蝠'，我就找个海边城市隐居，靠这个假身份，至少还有几年时间好活。"何年说。

5

2014 年 6 月，"蝙蝠"联系何年，让她帮个忙，引两个夜行者上钩。"接近他们，找个机会把艾滋病传染给他们。""蝙蝠"说。

"我试过的。"何年说，"在汕头我勾引过你们，但你们一丝回应都没有，不像我遇到过的男人。除非你们对女人没兴趣。"

"在厕所偷袭我的那个艾滋病人是怎么回事？"我问。

"去年'蝙蝠'让我给他整理感染艾滋病者的名单。"何年从纸袋中拿出一张对折的白纸，在茶几上展开说，"他从中招募杀手，承诺死后会补偿家人一笔巨款。他们都是将死之人，甘愿为这笔巨款卖命。"

"我们不合作，请离开。"徐浪说。

"我会付一笔非常可观的费用。"何年起身，"不再考虑一下？"

"好话不说第二遍。"徐浪正色道。

"刀佬有个癖好,会把现金兑成黄金,黄金是他的命,没人知道他把黄金藏在哪里,你们找到黄金,就能制服他。"何年看着我道,"他杀人不眨眼,你们小心点吧。"

何年走后,徐浪用反窃听探测仪扫了一遍她进来后的活动范围,着重扫了那罐药膏,没有收获。"感觉不像骗人。"我说。

"跟她不是一路人,各走各路,免得惹出更多事儿。"徐浪收拾东西说,"换地儿住。"我最后把药膏和名单收进包内。

富贵饭庄正对面有一家快捷酒店,我们订了顶层的标间。等夜幕降临,我们熄灯,拉上窗帘,用望远镜和长焦镜头窥视对面饭庄里的活动——除了饭庄深处的斗狗场被树丛挡住,其余一览无余。

连续两天都正常,我们摸清了饭庄人员的活动规律:上午斗狗结束,刀佬会开着他的奔驰离开。饭庄经营到晚上10点,工作人员11点前陆续离开。11点半,那个管我们要入场费的瘦高个会推着一辆斗车往斗狗场走,斗车内装满喂狗的肉块。他在饭庄过夜。

直到第三晚,饭庄暂停营业。10点左右,一辆白车驶进饭庄,在饭店门前停住。穿着西装的刀佬亲自出门接待,从车上下来一位妇女,妇女手中牵着一个小男孩。大概两个小时后,刀佬和瘦高个从饭店出来,此时刀佬穿着一件灰色衬衣,袖子撸起,双手戴着黑色橡胶手套,腰间围着一块黄布,他对瘦高个耳语几句,对方点头,钻进开来的那辆白车,驶出饭庄。又过了半小时,刀佬推出一辆装满肉块的斗车,往狗场去,然后再回饭庄,1点13分,他开车离开。

"那个妇女好眼熟。"我在黑暗中看刚才用长焦镜头拍下的女子脸部特写,递给徐浪,"你有没有印象?"

徐浪看后,摇头,站起,从衣架上拿下外套说:"趁瘦高个回来前,我们进里面看看。"

6

饭庄里狗吠不绝,我们潜入,引起更多狗吠。外人觉察不出个中差别,但我内心发怵,怕有疯狗突然跑出,于是掂了掂衣袋内的电击器。徐浪往狗场处走,我在后头轻声问,"这里是狗场,万一狗挣脱出来咋办?"

"那就跑啊,你不是跑得很快吗?"徐浪说,"随机应变。"

每一声狗吠都在刺激我的恐惧神经,我没跟徐浪说,小时候曾被狗追出阴影,现在还怕,硬着头皮上吧。

我跟着他来到斗狗场——那个被树丛挡住的神秘所在。一个个狗笼赫然在目,手电照过,闪着红、绿、蓝色的目光。每一只都是大型犬,看到我们走来,彻底暴躁,狂吠,咬着铁笼要挣脱出来,它们的呼吸在寒冷的天气腾起白雾。我吓得连连后退,腿脚发软。

徐浪左手在空中做按压手势,发出轻微嘘声,稍微安抚了局面。他转头看我脸色发青,便问我:"你怕狗啊?"我点头,他又说,"那你在这里把风,我进去看。"我说:"还是一起吧,速战速决。"

更深处还有另一处狗吠的声源,我们又往里走,直至无路,眼前是块空地和围墙,我们的手电光汇聚在地上的一块绿色帆布上:更刺耳的狗吠就是从里面传出的。

徐浪掀开帆布一角,说:"你看。"他把帆布掀开更多,一股腥臭扑面而来。

这是一个直径约 4 米的圆坑，深约 3 米，坑顶上盖着一面铁栅栏，栅栏上铺着一块防水帆布。坑内，群狗乱窜，这里的狗比外面狗笼的斗狗更脏，更疯，更恶，更精瘦，看到顶上有人，它们目露凶光，往上跳跃，好像要把我们咬入坑内。

"都不要叫了！"伴随着金属敲击声，外头突然响起一声喝止，是瘦高个的声音。周围的狗吠太吵，我们没听到汽车驶入饭庄的响动，现在瘦高个回来了，而且往狗坑来，我们无路可走。

"进去！快点！"徐浪将盖在狗坑的铁栅栏推移半米，空出缝隙，示意我躲进去。

"进去，你疯了吗？"我浑身微抖。

"不是进里面，是攀在栅栏背面，用帆布盖着。"徐浪催促，"快点啊！"

情急之下，我不得已钻进狗坑，双手扒着铁栅栏攀入里面，紧紧握住铁杆，双腿卡在栏间，整个人平行于狗坑之上。

徐浪把帆布铺上，也钻进来。瘦高个的脚步声走近。底下的疯狗一直在蹿跳，试图咬住我们，我甚至能感觉到狗呼出的热气。

我整个人抑制不住发抖，身上都是汗，徐浪用手制止我想要往下看的冲动，做出一个闭眼的表情，脸上非常淡定。

"别叫！"瘦高个喊，徐浪往他站的反方向轻移，帆布被掀开一半，我们仍悬于帆布内，但我动弹不得，如果他再掀帆布，我必暴露。

"还叫！"从我左边的栏杆间，飞入一支削尖的铁棍，直直插入一只狗的腹部，再拔出，我感觉有血溅到我脸上。狗群消停了一会儿，注意力转向受伤的同伴，它们围着伤狗撕咬，我身下响起扑腾声、一只狗的哀号和一群狗的嘶吼。

帆布又盖上，瘦高个脚步声变小。我整个人泄气，抱着铁杆，怕体力透支下坠，徐浪一手托着我，慢慢把我挤到出口。我钻出，躺在平地上大喘，过了几分钟才平复。"下次我宁愿跟那人干一仗，也不钻狗洞了。"我说。

"过来。"徐浪掀开帆布，用手电筒往里探照，群狗无暇顾及我们，在啃咬同伴的尸体。在另一边的空地上，有几只弱狗在啃着一双断手，剩下的两根手指指甲上涂着红色指甲油，臂上还挂着一根银链子。

"我想起来了！"我低声说道，"那个来饭庄的妇女，是王蝶！"

"谁？"徐浪不解。

"昨天的游行队伍，领头的举着黑白大照片，照片里的人，就是王蝶。"我说，"当时说她非法集资，携款潜逃。"

7

王蝶的丈夫姓白，绰号"黑弟"，做民间借贷，人很亲切，给的利息比银行高出不少，村民信任他，越来越多人把余钱放在他那里，每月收取利息。两个月前，他在家洗澡时中了煤气意外死亡。葬礼结束不久，就陆续有借款人来到他家，跟他的妻子王蝶表明，想把放在他家的钱拿回去。王蝶信誓旦旦地说，你们放在这里的钱一分都不会少，等丈夫的后事处理完，悉数归还。

两周前，有村民又到她家要钱，发现已经人去楼空。他们认为王蝶携款潜逃，便集结借款人，报警，立案。但人没找到，警察建议他们走法律程序。有部分人想搞臭她的名声，印了她的黑白照片，以送葬的形式游街声讨。

王蝶家是一处自建楼房,三层,一楼是车库,二三楼住人。车库大门被人泼满红漆,门顶有个监控,我们另寻他法——从隔壁楼潜入。

隔壁楼是一栋出租楼,四层,我们趁外卖员开门时进入大楼,上阳台,徐浪打开阳台门锁,我们沿着侧墙上突出的钢筋攀下,准备借着王蝶家阳台水箱垫脚,忽然发现水箱上有几个鞋印,因上面蒙着厚灰,鞋印清晰。我拿出卡片机拍下,两人跳落到地面。

房间并不凌乱,但衣柜没了大部分衣物,珠宝首饰盒空空如也,想必王蝶的确做好了潜逃的准备,去刀佬饭庄并不是受到胁迫。

徐浪指着床头柜上的王蝶照片,她右手臂上戴着一条银手链——与出现在狗坑里面的断手一致。

房间内的厕所长约两米,宽一米五,在这样狭小的空间内放着一台洗衣机,一个马桶,马桶旁放着一罐液化气瓶,瓶口气阀呈关闭状态,一根黄色软管连接液化气瓶与顶上的热水器,厕所没有窗户。厕所南面天花板有一个排气扇,徐浪打开厕所内的开关,发现灯能亮,但排气扇没有动静。仔细看热水器与煤气管接口处,有松开的迹象。徐浪盖上马桶盖,站上去,掰开排气扇盖,用手电筒照射,发现扇叶轴承捆满长发。徐浪扯下其中几根放在密封袋内,说:"轴承被咬死了。王蝶的丈夫洗澡时煤气泄漏,中毒身亡。排气扇坏掉,煤气管接口没接紧,应该是人为陷害。"

联系轴承上的长发,我说:"难道是王蝶下的手?"

"还不确定。"徐浪说,"得查一下水箱上的鞋印是谁的?"

自从王蝶失踪,很多借款人将她告上法庭,明天将公开审理本案，我们打算去法院旁听。

王蝶自然没有出庭，取而代之的是她的母亲。在法庭上，王母出示了自己的手机，证实在 2015 年 1 月 27 日凌晨 0 点 25 分，王蝶给母亲发了一条短信，提及带孩子出去避避风头，再打电话，就一直关机。

我们在丰顺论坛上还找到了一个发布王蝶潜逃的匿名帖子，发布时间是 2015 年 1 月 28 日晚，里面的照片显示，在潮惠高速口拍到了王蝶的车子，发帖者猜测，她可能往珠三角方向逃跑。

车确实是她的，但 1 月 28 日王蝶已经遇害，当时驾车的司机是瘦高个。在富贵饭庄晚上营业时，我们拿着电脑在饭店围墙外搜索里面的公共 Wi-Fi。我们第一次去时，在墙面上看到饭庄密码是八个 8。连上饭店 Wi-Fi 后，我们查看局域网 IP，对比论坛上的匿名 IP，证实为同一个。瘦高个 1 月 27 日晚开走王蝶的车子，在靠近高速口处拍下照片，之后回到饭庄，在论坛上发布她已经逃走的照片，混淆视听。

8

"明天有小雨。"徐浪看了下天气预报，"雨后再行动。"

雨来，雨停。富贵饭庄营业，富贵饭庄打烊。我们要借这场雨来证实一个疑点。富贵饭庄大门处是一片泥地，每天早上斗狗比赛前，瘦高个都会站在大门右边收费。泥地经雨湿润变得松软，因此可以看到上面清晰的瘦高个的鞋印。我拍下照片，回房间跟王蝶水箱上的鞋印比对，证实纹路和大小相同。黑弟意外中煤气死亡，可能是瘦高个的蓄意谋杀，而瘦高个的行动，皆是刀佬授意。

除了开饭庄和斗狗场赌博，刀佬还放高利贷。综合已知线索，我们推测黑弟把村民存在他处的钱款贷给刀佬，从中拿高利。为了私吞黑弟的款项，刀佬先让瘦高个潜入黑弟家，在热水器上做手脚。黑弟意外死亡后，借款人自然担心存款，纷纷跟王蝶要账。刀佬或许利用了她的贪心，怂恿她带儿子潜逃，并跟王蝶约定1月27日晚到他饭庄拿钱，之后二人被刀佬双双杀害，再让瘦高个伪装她潜逃，顺利吞下巨款。

"一家人都用这间厕所，"我疑惑，"假如中毒的人不是黑弟呢？"

"不论是谁，只要他家死人，借款人都会想要回自己的钱。"徐浪说，"跟股票一样，一点负面新闻都会影响整个市场。"

在丰顺的论坛、贴吧，我们找到欠款维权的QQ群，用小号加进去，发现群成员有两百多人，存在黑弟那的钱金额最高的有五十万，低的也有一两万，总金额合计一千万上下。

我在群里发布了王蝶带儿子去富贵饭庄的照片，说当天开王蝶车离开的并不是她本人，她把大家的钱贷给了饭庄老板王贵标，钱现在就放在王贵标家里。徐浪也在群里附和，说我们这样游行下去，很可能啥都捞不着，闹大了还会以扰乱治安的罪名被拘留，得不偿失。既然刀佬吞款证据确凿，人多力量大，大家直接去他家要个说法。在那种情境下，加上照片佐证，人很容易被煽动情绪，大家很快达成共识，约定当晚9点去他家楼下文明维权。

我们退房，把车停在刀佬住的小区停车场。晚上9点，维权人群陆陆续续在刀佬楼下会合，拉横幅，喊喇叭，吸引路人围观，楼上住户开窗。我们躲在远处观望。

群体会根据事实片段自行编造故事，在维权人员的版本中，王贵标和王蝶私通，儿子是他们的私生子，黑弟死后，王蝶带儿子躲在情夫王贵标的住处，想等风声过后私吞巨款。

大概二十分钟后，刀佬下楼。我将镜头拉近。刀佬气势汹汹，大骂脏话，直到看到有人举着我早先发在群里的照片：王蝶带儿子在饭庄与他会面。刀佬蛮横的脸上瞬间流露出惊慌，以为自己的犯罪暴露了，他向喊话的人耳语，然后返回楼内。

如果真如何年所说，刀佬把现金都兑换成了黄金，那么他现在上楼，就是拿钱准备跑路。我们回到停车场，在车内盯着刀佬的奔驰。

9

"他现在很慌，找个合适的时机制服他，用钱逼问出付壁安的下落，然后再报警。"徐浪交代行动，我们远远地跟着刀佬的车。

奔驰车往南开，一公里后，我们觉察到刀佬目的地是饭庄。"他回饭庄干吗？"我纳闷。

徐浪把车停在饭庄斜对面，瘦高个已在门口等刀佬。未到饭庄打烊时，里面却已无人迹。刀佬摇下车窗，跟瘦高个说话，之后开车进饭庄。我们装备武器下车，"我来制服瘦高个，"我拿出电击器，对徐浪说，"你接着跟刀佬。"

我往大门走去，瘦高个警觉，把烟踩灭，喊："谁啊？站住！"

"兄弟，还认识我不？"我用潮汕话说。

"你他妈谁啊！"他右手从墙后摸索，拿出一杆两米长的开刃铁枪——就是刺死狗，狗血溅我脸上的那把，"你再走近试试。"

我再走近两步，瘦高个横枪上前，我心想被扎到够呛。这时我发现徐浪已经沿着后墙来到附近，为了成功让徐浪从后面袭击他，我必须再引瘦高个走出来，于是双手向对方招呼。瘦高个跑向我，伸枪向我刺来，徐浪从后头飞踹，踢中他背部。趁瘦高个往前跌，我看准枪杆，双手握住，顺势夺取，再抛掷远处。

瘦高个站起，说道："原来是你们。"我们还没回话，他就向徐浪冲过去，飞起一脚往徐浪太阳穴踢去。徐浪用左手挡，他一脚落地，立刻就腾起另一脚踢出，踹向徐浪胸口，将徐浪踢飞两米开外。

原来练过，脚很厉害，近身对战更有优势。我凑近他身后，他回身一个右肘击，我闪开，他再转身快速使出左拳，我只能接着退后，这时他腾起右腿踢中我胸口，我重心不稳，往后栽倒。

要两人合力才行。我站起，跟徐浪一左一右靠近，他后退，徐浪身子探前，逼他起腿，我蹲身扫腿，把他撂倒。谁知倒下后他快速一个后滚翻，又站立起身，这时我飞身向他冲撞，抱住他的身子，他背部落地，右腿屈膝，猛击我腹部，我不得不松手。瘦高个朝后跑，徐浪追上，对方拾起地上的铁枪，回身一枪，我从后面看到枪头从徐浪身上穿过，吓了一跳。

原来铁枪穿过徐浪左腋下，被徐浪夹住，他用脚底踢向瘦高个抬起的小腿骨，制止对方起腿，浮尘四起，之后又用右手握住枪杆，支起左肘，转身，击中后面瘦高个的头部。这时我跑上前，握住枪杆，打开电击器抵住杆身，徐浪松手跳开，电流传导至瘦高个手上，他被电到弹开，旁边徐浪一拳揍向他脸部，致使他直直倒地。

"还好戴了皮手套。"我拍拍身上的灰尘。

徐浪用塑料捆扎带捆住昏迷的瘦高个，将他放在饭庄大门旁。

10

饭店一片漆黑，狗场吠声四起，我们闻声而去，看到刀佬拖着两个行李箱，吭哧吭哧往前走。看到我们，他一惊，随即摁了手中遥控器，三个智能狗笼的门缓缓上升，从中伸出三个狗头。"咬死他们！"刀佬大喊。

我退后，徐浪喊："跑！"

徐浪在我后头，用手引狗追他，但还是有一只黑色比特犬朝我追来，我边跑边回头，气息大乱，加上内心恐惧，双腿渐软，再一回头，黑狗离我只有两米。

我转身，狗向我扑来，我倒向一面斜坡上。狗咬住我的皮靴，死命摆头，鞋面被扯出两个洞，它的尖牙被卡住，我伸出左脚，踹向狗头，将狗踹倒。它很快站起，发出呜呜声，又向我扑来。

它扑向我的脖子，这下玩完了，我心想。我用双手护头，感受到它的重量压到我身上，狗头就在我耳边，扑哧扑哧地喘气，却没有啃咬。我睁开眼，发现狗已经断了气，一支短箭穿进它腹下。

何年走过来，手拿的弩弓在月光下发出光泽。"没事吧？"她问。我摇摇头，指着徐浪的方向，何年朝徐浪走去。

何年一箭解决了追徐浪的一只黄色比特犬后，又瞄准棕色猎犬。徐浪赶紧制止道："别杀！我能制服它！"之后他躬身，双手朝前张开，猎犬发出低吼，没再向前。

"小心前面！"何年向我喊道。我回过神来，看到刀佬拿着砍刀向我跑来。我撑起身体，霎时，刀已劈来，我侧身躲过，刀把狗尸一砍两半，狗血又溅我一脸。

刀佬步步紧逼，我缓慢后退，重心下移，以便上身能够灵活闪躲。他又劈刀砍来，砍刀却掉在地上，在水泥地上发出"噔啷"一声。何年一箭射穿他右臂。

刀佬往回跑，提起地面的两个行李箱。何年举弩瞄准，又一箭射中刀佬的右大腿，他不得已放下一箱，拖着一箱，踉跄着往饭庄里面逃。何年紧追，我也跟上。

刀佬跑至狗场深处，无路可逃了。何年又站定瞄准。"别！"我在后面喊道。箭已发射，这次射中了刀佬的左小腿。刀佬跪地，正正栽进狗坑中，顷刻群狗暴动，坑里发出刀佬的嚎叫。

我上前往坑洞里看，发现之前盖在坑洞上的铁栅栏此时竖在洞内，将群狗隔在一侧，另一边是一条一米五左右的过道。一架竹梯放下，过道深处开着一个保险箱门。原来刀佬在狗坑内的土壁上嵌了一个保险柜，把金块藏在柜中。这就是他在跑路前夕来饭庄的原因。此时他双腿中箭，跌进疯狗群中被群狗撕咬，仍在大力挣扎。我从旁边拾起石块准备制止疯狗，这时何年把弩指向我说："帮我拿一下行李箱。"

我拖着行李箱，何年在后面用弩挟持我，又让我拿地上的另一个行李箱。箱子死沉，两箱总共约莫有80公斤重，发出噔噔的撞击声，以纯金算，价值在两千万元上下。徐浪已经把猎犬制服，何年威胁他，如果靠近一步，就先让我右肩中一箭。

我们走到刀佬的奔驰车前，何年打开后备厢，让我把两个行李箱放进去，之后让我背对着她往前走去，她关上后备厢，启动汽车，开出饭庄大门，从车窗内扔出两块金块，"之前说过，如果合作，会付你们一笔可观的费用。说话算话。"随后她扬长而去。

一块金块有一斤重。"怎么处理？"我问徐浪。

"留作纪念吧。"徐浪说，有只猎犬一直跟着他走。

"狗也留作纪念？"

"走吧。"

11

警方后来搜查富贵饭庄，在后院的园圃里，挖出六个头颅。奇怪的是，只有头颅，没有骨架。经过鉴定，六位死者中，有王蝶和一对本地的夫妻，两人曾是合会[①]的会头，两年前被传携款跑路，还有三个头颅所属身份不明。

在刀佬的办公室角落，放有一台双门立式冷柜，金属柜门上锁。柜底放着一面跪蒲，柜旁有一架小几，上面放着一鼎香炉。警方把柜门撬开，在场目睹者皆被眼前景象吓到。冷柜中放着王蝶儿子白丹的尸体，瘦小的尸体倒置，由身后的倒十字桩固定。额头有一个射击的圆洞伤口，干瘪的腹部有一道缝线。尸体胸口依旧画着一个倒五角星蝙蝠图案。在无血色的右臂上，有一个细小的圆点。刀佬把白丹的尸体当作祭拜的对象。残酷案件的细节流传开来，震慑四方，媒体统称其为"富贵饭庄尸神案"。

至于刀佬的下落，丰顺论坛上有人说看到刀佬的奔驰车开上高速，后来警方在深圳某个立交桥下发现了这辆车，崭新的车身已经蒙灰。

中国自古流传着一种畜虫害人的巫术——蛊。其法是在一个器皿中汇聚各类毒虫，令其相互啖食，剩者成为极残暴的杀人凶器。富贵饭庄的狗坑就是刀佬所造的狗蛊，将斗败之犬放

[①] 民间小规模经济互助组织，参加者按期交款，轮流使用。

进坑中，任其厮杀，日复一日，坑中剩下的都是目露磷光的恶犬。刀佬绝没想到，自己人生的终局，会落在自掘的坑洞中，以此终结。

他彻底地人间蒸发了。

六 毒蛇

1

桌上的蛇肉火锅咕噜噜沸腾，徐浪捞起笊篱，我从中夹了颗小肉丸蘸豆瓣酱，丸子由蛇肉和猪肉手工捶打糅合而成，掺香菇粒和马蹄粒，汁水丰富，入口弹、紧实、清甜。三天前我们到潮州，专门挑蛇肉火锅店吃，这已经是第三家了。

何年说付璧安有个手下叫谢宁山，在潮州开养蛇场。我向每家饭店的店主打听，都不认识这个人，心想，难道何年骗我们？徐浪每次吃饭都会跟店主碰杯问："你家的蛇从哪拿的货？"

我们开车到店主所说的养蛇场，场主说整个潮州就两家养蛇场，他的蛇最靓。徐浪接问另一家养蛇场的老板是不是谢宁山。"不是。"对方摇头，"宁山蛇场的蛇不卖给饭店的，主要取毒供应药厂。"

谢宁山是汕头人，2011年3月，他在广州住处和人吸食冰毒，对方吸毒过量死亡，尸体放了好几天，发出臭味才被人发现。谢宁山因为容留他人吸毒罪，被判了三年。2014年1月出狱。

我们来到潮州市饶平县的宁山蛇类养殖基地。暗中观察了两天后，确定了谢宁山本人：卷发，国字脸，粗眉，戴一副黑框眼镜，身高一米六五左右，开一辆黑色大众车，每天早上7点半到蛇场，中午12点左右回趟家，下午2点回蛇场待到晚上9点。

他家在湘桥区，每天早上6点半，他会送一个小孩到附近的小学上学。因为担心他知道我们的长相，所以我俩行动很隐蔽。我在车内用相机拉近观察，从小孩胸前戴的校章知道他叫谢彬，读四年级四班。除此之外，没看到其他人一同出入。等谢宁山离开小区，我们下车。

小区里住着很多外地人，人员复杂，大部分户主索性搬离，把房子交给中介。小区楼道装的是声控灯，有一晚谢宁山回家，我们看他停好车，进了C幢，一分钟不到，五楼过道窗口亮灯了。

我们坐电梯到五楼，每层楼分布四间房，在502室门前的鞋架上，只摆有一大一小两双拖鞋。我负责把风，徐浪从背包掏出隔墙听放门上，之后对我说："里面有电视和人声。"

他拿出手机搜无线网，无意搜到附近有三个前缀为"Chaoju"的Wi-Fi，502室的Wi-Fi全称是"Chaoju-c502"，另外两个分别是"Chaoju-c601"和"Chaoju-c204"。

"中介公司会把出租房的WiFi加一样的前缀，去小区附近看看。"徐浪说。

等电梯时，楼道方向突然传来号叫声。我吓了一跳，仔细听，是男声，声音从502发出来，突兀、尖厉。奇怪的是，隔壁501的房内仍响着大人责骂小孩的声音，周围人对这喊声似乎并不在意。我们刚想一探究竟，号叫却停止了。我看了时间，大概只持续了两分钟。

在小区外的街道，果真有家"潮居租房"的铺面。一个短发女孩接待了我们，我用潮汕话问这个小区的房源，她说里面有三套待租房，A 幢两套，C 幢一套。

"C 幢五楼是不是有房？"我问女孩。

"在六楼，五楼那套租了。"

"能看看什么时候到期吗？我们比较信风水，快到期的话可以等，再加点租金也没问题。"我说。

"我看看。"女孩打开电脑，也不避讳我们。我瞥到租客姓名就是谢宁山，住 C 幢 502 室。"抱歉，五楼的房子签了三年合同，要后年 3 月才到期。六楼那间朝向更好。我带你们去看看吧。"

女孩拿了钥匙，走在前头。看房期间我们拐弯抹角探听 502 人员情况，她说应该住了三人，"一个大人带着小孩来租房的。"

"另一个是妻子吧？"我问。

"不是。"女孩摇头，"是个男的。"

"大人的父亲？"我又问。

"这个不太清楚。"女孩对我笑笑。

"我们今天提前过来看房，听到 502 有人喊叫。"我看向女孩，"好像出了什么事。"

"没事，之前有房客投诉过啦，每天上午，502 里面的男人都会叫一阵，就一会儿，后来大家就见怪不怪了。跟主人也反映过，他说没事。"女孩安慰我。

2

谢宁山出狱后离开家乡，如今在潮州经营养蛇场，过着两点一线的生活。我们观察了好几天，一无所获。叫谢彬的小孩是他儿子吗？房间里号叫的男人又是谁？他的妻子在哪？必须先把他的家庭情况了解清楚，才好做下一步计划。

这几天我们大部分时间都待在车里,心中烦躁。徐浪扭转颈椎,发出"咔咔"的响声。"我们换个方式,查那个叫谢彬的小孩。"徐浪说。

"怎么查?"我灌了一口咖啡。

"今晚去他学校。"

小学围墙上缠绕铁丝网,我们等到凌晨两点,先后爬上墙边的榕树,沿着枝干跳进围墙内。眼前是一个大操场。四年级在教学楼四楼,学校的门锁构造简单,徐浪掏出两根铁丝,打开楼梯口的铁闸门,我们上楼进入办公室。

"找四年级四班的作文簿。"徐浪说。

小学四年级作文主题基本离不开写人、写景和状物,小孩还没掌握虚构的技巧,因此多为纪实。

我们翻到了"谢彬"的作文簿,快速浏览标题。在《我最思念的人》中,谢彬写到自己的妈妈一年前生病去世,他答应妈妈要听爸爸的话。

在《眼镜叔叔的眼镜蛇》里,他写到因为爸爸离家多年,一开始见到他时,觉得他只是一位戴眼镜的叔叔。有一次"叔叔"带他去蛇场,他看到了很多条没有戴眼镜的"眼镜蛇"。"眼镜叔叔跟我说他之前去环游世界了,他为我画了一张大大的世界地图。他还有一个爱好,喜欢表演和唱戏。"

在《再见,我的小猫咪》中,谢彬写到妈妈和奶奶先后去世,爸爸决定到潮州开养蛇场,他不得不弃养了他的小猫。

在《我的超级英雄梦》中,谢彬畅想:"……蝙蝠侠将在这个世界上选出八个男徒弟,爸爸问我,如果未来某一天,蝙蝠侠找到我,让我成为他的徒弟,帮助他,创造新世界,我答不答应?我想都没想就点头了。"

在最近一篇作文《变身叔叔》中，谢彬写到小叔是个坏人，经常气奶奶，拿她的钱，有几次甚至还动手打人，他很讨厌小叔。去年小叔受了伤，爸爸把他接回家，他坐在轮椅上，身上缠满了纱布。"爸爸跟我说，小叔玩火烧伤了自己。上周爸爸请蔡阿姨照顾他，但蔡阿姨昨天走了。爸爸说因为小叔的脸吓到了阿姨。爸爸没有办法，在家里放了一台电脑，在工厂一边工作一边照顾小叔。我替小叔感到可怜，他却对我傻笑，还经常流口水。我不那么讨厌他了。"

谢宁山的妻子一年前去世，房间内喊叫的男人是谢宁山的弟弟。从谢彬的描述看，他应该是烧伤后痴傻了。因为雇不到保姆，谢宁山在家里安监控照看弟弟。还好昨天没有贸然进屋。我把谢彬所有的作文用手机拍了下来。

隔天，等谢宁山开车离家，我们来到502门前，敲两下门后，里面的电视声依旧，但没人回应。

"从谢彬的小学到谢宁山的养蛇基地，不算堵车的情况，也要一个小时才能到。谢宁山要到蛇场才能看到家里的监控，在他开车的这段时间，我们进去，半个小时内出来。"徐浪看了时间，早上6点50分，他快速打开门。

屋内开着空调制热，涌着一股浓浓的药味。经过一道狭窄的玄关，我侧身往客厅探望，先看到墙上的一台液晶电视在放潮州台的一档早间节目，接着看到茶几上背对着门放着台笔记本电脑，电脑屏幕对着不远处的躺椅，上面倚坐着一个人。见有人闯入，那人转过脸来，虽然已经知道他是个烧伤患者，但看到一副形似骷髅的面孔，还是让我吓了一跳。

无发的头顶露出一块块红斑，红斑里面分泌黄澄澄的组织液。右耳萎缩，眼白通红泛光，双眼周围涂着如沥青一样的膏药。

鼻梁歪曲，两个气孔朝天。他的嘴巴咧着，露出参差黄牙，口角处垂下黏涎，滴在胸前戴着的一块白布上。整个身躯绑着已经透黄的纱布，身上盖着一条薄毯，双手乌黑通红，右手的食中二指黏合在一起。腹部上捆着一个粉色的暖水袋。他看到我们，脸颊面部肌肉拉伸，嘴咧得更大了。他对着我们笑，嘴里发出"呵呵"声。

3

我们避开摄像头对准的客厅。在书房抽屉里，我们找到了伤势鉴定书和保险合同。

谢宁山的弟弟叫谢远岭，1987年生，2014年4月21日晚上10点，在汕头一家KTV遭遇人为纵火，导致全身85%的面积被烧伤，经鉴定为重伤一级。保险合同里写着，虽然谢远岭在出事三天前有吸食毒品的行为，但与火灾事故没有关联，保险公司负责理赔。

在谢彬的房间墙上，贴着一张约4米长的手绘世界地图，地图下贴着好几张照片，其中一张是2014年8月的照片，谢宁山和儿子湿淋淋地站在游泳池前，谢宁山穿着一条绿色游泳裤，从他正面身躯上，没发现蝙蝠文身。

谢宁山的房间里放着一个化妆台，台边的挂钩上吊着一些戏剧的头饰，走近看，周围墙上贴有多张潮剧的照片，从妆容和服饰上看多扮演花旦。我联想起谢彬的作文——"爸爸喜欢表演和唱戏"，没想到谢宁山还是个潮剧爱好者。在化妆台旁边的挂历上，2015年2月11日这天被红笔圈了出来，旁边备注：揭阳榕城区潮剧小年演出。就是明天。

在房间的另一张桌子抽屉里，我们找到一本相册，里面记录了谢宁山的成长历程。他小时候练过武,照片上一位长辈在指导他动作,后来加入了兰花潮剧团,看样子也就十岁左右。在一些合照里,有某个人被剪掉,其中一张剧团大合照里,裁剪位置在第一排正中,我们据此猜测,被剪掉的人应该是剧团的老师或领导。

我正在拍相册,突然炸起的一声号叫,让我为之胆战。联想起谢远岭每天上午的举动,才反应过来。受损的声带发出的声音,在外面听已足够刺耳,如今身处房内,被尖叫刺激耳膜,百爪挠心。徐浪走出客厅,拿遥控器放大电视音量。电视上正在播早间新闻开播前的一段烟火片花,"嘣""嘣""嘣"的响声与谢远岭的尖叫声交相混合。我额头渗出薄汗,把相册小心合上,放归原位。片花结束,病人很快恢复平静,继续看着电视"呵呵",徐浪走到门前看了看猫眼,跟我说:"撤!"

"还有一间房呢?"我打开房门往里看,墙角放着一张单人床,紫色床单上散放着编织袋和盒子,不像有人住。

"估计是个杂物间。"徐浪看了一眼,"下次再说。"

"谢远岭吸毒。"走出小区,徐浪推测,"每天上午这样号,估计是毒瘾犯了。"

车里,我打开电脑搜索"汕头KTV"的新闻。

"上个月我们去香港调查陈桦兴前,搜出他几条新闻,头条是他妻子和哥哥的命案,二条新闻是他在汕头的一家KTV发生火灾,致7人死亡,11人受伤。纵火犯死亡。"我把屏幕转给徐浪看:"那家KTV就是谢远岭被烧伤的KTV。"

"难道是骗保?"徐浪的第一反应跟我一样,"谢宁山给弟弟买高额保险,然后借事故拿赔偿金。"

"这样做的前提是,他必须知道那天有事故发生。"

"火灾是蝙蝠组织里的人干的,再找个替罪羊现场烧死,把纵火罪推给死者。"

"感觉不那么简单。"我说,"犯罪者确有其人。"

新闻说,当天晚上有人在 KTV 过道洒汽油,点火,肇事者事先在自己身上淋汽油,也被烧死在现场。有逃生者说,肇事者在火中大喊"同归于尽"。

"你看这儿。"我把新闻拉到底,"经过调查,纵火者的犯罪动机很可能是报复社会。据其妻子证实,丈夫嫖娼感染艾滋病后,产生厌世情绪,最终酿出大祸。"

"艾滋病?"徐浪若有所思。

我展开何年留下的艾滋病患名单,KTV 纵火者的名字果真在其中。他先是受害者,后成纵火犯。

"何年说过,付璧安在艾滋病患中招募杀手,承诺死后补偿家人一笔巨款,这个纵火犯会不会也是他招募的杀手之一?"徐浪说。

"新闻显示这个纵火犯是汕头最大的一家爆竹厂的老板,家庭优裕,并不需要以死来为家人获得巨款。"我打开两个网页对比,"你看,一个是这家 KTV 的地址,一个是银都夜总会的地址。这两个地址一模一样。"

这家 KTV 的前身,就是银都夜总会。

2013 年 10 月,银都夜总会爆发艾滋病丑闻停业,贺姆儿、疯女孩杨晓诗,以及蝙蝠组织成员何年都曾在夜总会工作。不久,该场所被另一位蝙蝠组织成员陈桦兴收购,改造成 KTV。2014 年 4 月底,这家 KTV 就发生了纵火案。

我推测银都夜总会利用色情交易传播艾滋病,欠下一堆罪债。付璧安清楚,银都是个隐患,而一旦有艾滋病人想要实施报复，首选就是自己被感染的场所。

这或许是陈桦兴收购银都的原因，以KTV的新面貌重新开业，让无辜者鱼贯而入，为的是等待某个复仇者上门屠戮。这种谋篇布局的邪恶，让我心生寒意。

4

"付璧安和陈桦兴知道KTV可能有艾滋病人报复，但纵火犯跟蝙蝠组织无关，他什么时间犯罪属于偶然，也就是说，谢远岭的烧伤，可能真的是个意外。"我说。

"看起来是意外，实际是有预谋的犯罪。"徐浪纠正。

"好一招借刀杀人。"

"太闷了，先找个地方吃饭，慢慢琢磨。"徐浪启动车子，"你的地盘，你做主。"

"既然来潮州，"我提议，"那就试试鱼生吧。"

"我不喜欢吃鱼。"

"不只是鱼。"我说，"还有生蚝。"

我们开车到新洋路的一家店。鱼生讲究薄至透，将草鱼削去鱼皮，去骨晾干，切成薄片，放在圆竹篾上。我们点了鱼生和虾生拼盘，一盘北极贝，半打生蚝，两人份的海鲜粥。刚要吃，老板娘过来指点，夹一片鱼生放在小碗里，加香菜、菜脯粒、洋葱、辣椒、金不换、萝卜丝等配料，再拌上一勺炸蒜香油。我用勺子舀进嘴里，嚼起来嫩脆爽滑。这里的海鲜粥不同于砂锅粥，米汤分离，吃完鱼生再喝碗烫嘴的粥水，神清气爽。

"难道谢宁山是因为弟弟的烧伤，认识了付璧安，然后被付洗脑纳入组织？"徐浪夹起一片北极贝轻蘸芥末。

"你看看这个。"我放大手机照片，"谢彬的作文簿不止一次提到奶奶跟他说，'你爸不该帮助阿岭'。2011年他俩在广州打工，一起合租。这里说的帮助，会不会是帮他弟顶罪入狱啊。"

徐浪拿起一只生蚝，用筷子将蚝肉与汁水拨入口中，眼睛盯着手机屏，喉结上下滚动了一下，说："嗯，我也觉得吸毒这事跟谢宁山不搭。"

"吸毒过量死的那人，我查过他的学历，是汕头一所职高的学生，早上看谢远岭的档案，他也就读于那所职高，两人曾是好朋友。"我说。

"俩人在房间内吸毒，朋友意外死亡，谢远岭求助他哥，谢宁山为了救他，把这个罪揽下，让弟弟离开广州。"徐浪又吞了一颗生蚝，说，"谢远岭被火烧成那个样子，如果谢宁山有心要害他，有很多种办法。可谢宁山却还把他安置在家中照顾。我倾向于认为他是真心关爱他弟的。"

"如果谢宁山真替他弟顶了三年罪，不太可能会在出狱后陷害他。谢远岭被烧伤，谢宁山只会认为是个意外，并不清楚这是蝙蝠组织预谋已久的犯罪。"我说，"跟他说弟弟被烧伤的真相，他会不会反过来帮助我们？"

"这是目前最稳妥的办法。"徐浪仰头把生蚝倒入口中，"如果说刀佬的软肋是黄金，那谢宁山的软肋或许就是他弟。"

5

傍晚7点，我们开车下了揭阳市老北河大桥，左拐进棱松路，用潮汕话跟路人打听，"哪里做大戏？"路人说的地方，车子进不去。我们下车随着人流，走过一道拱桥，来到一处埕地①。正

---

① 福建、广东等地滨海培育蛏类的田地。

前方用竹子搭成一个戏棚，戏棚左右两边竖着两块液晶屏，戏台前放着一台方形音响。台前的红幕布垂落，戏还没开始，但已有很多老人坐在台下等着。液晶屏上显示，今晚的戏是《闹钗》[①]。我们站在路灯阴影处，等待潮剧开场，等待谢宁山上台。

随着一声大鼓声，幕布缓缓拉开，台上花脸人物陆续登场。我们看了一个多小时，以身高和声音条件筛选，最后也没把握哪个角色是谢宁山扮演的。落幕后，我们往棚后走，一台木阶搭在棚下。进入后台，一些人看向我们，但也没阻止。我用潮汕话打听谢宁山，对方指向坐在妆台前卸妆的粉衣花旦。出乎我们意料的是，因表演时他的声音是纯正的女唱腔，加之妆容和仪态极妩媚，一开始我们就没把他当作男人看。

脚步声踏在木板上，发出"吱呀"的声响，我们走到他背后。

感到背后有人，已卸下半面妆的谢宁山看向镜面，头不动，目光上挑，又下移，继续卸妆，缓缓道："请问有什么事？"声音下沉，厚重，与刚才的唱腔迥异。

"想跟你聊聊。"徐浪说。

"我们好像不认识。"对方把剩下的半面妆擦掉，露出面孔。

"我们想跟你说说你弟的事。"徐浪说。

"哦？"对方从椅子上站起，我后退半步，"我弟没什么事可说的。"

"付璧安呢？"徐浪说。

谢宁山脱衣的动作停顿几秒，之后把粉色戏服脱下，自顾自挂在妆台旁边的衣钩上，又把白色内衬脱下，露出精瘦的后背，我上下看了他的后身，也没有蝙蝠文身。

[①] 潮剧传统剧目，其原本出自明代传奇《蕉帕记》中第九折。

"一起吃个夜宵吧。"徐浪说。谢宁山没说话，从衣架上拿下自己的衣物，慢慢穿上，之后跟同事告别，走出戏棚。

戏棚旁有条宽一个身位的窄道，谢宁山在前，我和徐浪随后。一台射灯立在棚前，余光刺眼，谢宁山随着步伐摆头，白光一晃一晃的。突然他一个俯身，我用手遮光，看清他左手抓起道边的垃圾桶往后甩来，垃圾纷扬，一转眼，他已经弯腰探进棚底。徐浪弯身追赶，而我则跑出窄道，看见谢宁山从棚底钻出，往场外跑去。

我们快步追赶，看他步伐左倾，徐浪判断他跑出场子后极可能左拐，对我指了指左边的一条横巷。我左转，快速穿过巷子，果然看到谢宁山低头向前跑来。我侧身，左肩朝前，双臂夹紧，扎紧马步。他一抬头，看到我时已经太迟，刹不住脚步了。我狠狠一撞，左肘正中他的胸口，他往后踉跄，被后面追来的徐浪一绊，整个人向后摔倒。我们走上前，他仰面手脚并用往后爬，突然举手："别打，别打，我不跑了。"我和徐浪伸手将他拉起，他拍拍身上的灰，说前面有家肠粉摊。

徐浪把折叠桌朝墙摆放，支一只小凳在墙边，让谢宁山靠墙坐下，我们一左一右坐在桌子两角，围住他，以防他再使诈，然后各点了一条肠粉和一盅炖汤。

谢宁山舀汤，问："你们怎么找到我的？"除了翻他儿子作文簿和潜入他家搜查，其余徐浪如实说了。

"既然你们知道我跟付璧安是一伙的，还敢来找我，就不怕有危险？"谢宁山问。

"我们认为你被利用了。"徐浪答。

"哦？"谢宁山停勺，"怎么说？"

"你弟弟重度烧伤，是付璧安的预谋犯罪。"

"这不可能。"

"这是我们早上去汕头调查的 KTV 纵火者资料，他是汕头一家爆竹厂老板，2013 年间频繁出入银都夜总会，后来甚至因包养其中一位小姐，感染了艾滋病，去年 4 月萌生报复念头。但他不知道，此时的银都夜总会已经被付璧安改成 KTV，并非同一个老板。付璧安在知道可能有人纵火的前提下，仍然听之任之，你弟和其余 17 位受害者，都是他借纵火者之手犯罪的对象，并不是意外。"徐浪把打印出来的调查资料，从包内拿给谢宁山看，"这都是事实，不信你可以去验证。"

"既然是萌生报复念头，你们又是怎么知道的？这个纵火犯总不会跟他妻子说他要去纵火吧？"谢宁山质疑。

"事故之后，警方调查纵火动机，在肇事者工厂的办公室垃圾桶中，找到了 16 个纸团，拼出 11 封废信，证明罪犯在犯罪之前，曾秘密抄写过匿名报复信。他在信中写道，要让银都夜总会付出代价。联系他的艾滋病情，这之间的关系一目了然。实施纵火的两个月前，沿途的监控也记录到了纵火犯去 KTV 信箱投信的四次证据。这些都是有据可查的，随便问一个当时跟进新闻的记者，就可以了解。警方后来询问 KTV 老板陈桦兴匿名信的下落，他说并没有拿信箱里的信件。可惜现场信箱已被烧毁，无法证实。"徐浪从手机上搜出一则相关新闻，相关图片就是匿名废信的照片，"唯一能证实的，就是纵火犯确有纵火报复的念头。"

"首先，存在陈桦兴真没收到信的可能；其次，就算付璧安事前知道匿名信，单单靠里面的一句话，也无法判定真假；最后，就算真的是报复行为，因为信中没有透露报复的时间和方式，自然也无法做出相应的防范。"谢宁山表情严肃。

"看来你还不清楚,这个事件里面存在的巧合已经超出概率范畴,只能是人为设计的必然。"徐浪说,"首先,银都夜总会爆发的艾滋病事故,就是付璧安让手下何年传播的。爆竹厂老板就是受害者。如今手下陈桦兴再把停业的银都夜总会收购,改造成同类型场所,加以诱导,激发出艾滋病人的报复念头,我想不难办到。纵火犯四次投匿名信,KTV连报警都没有,我们有理由断定,这是他一手策划的犯罪链条,你弟弟是他害的。"

徐浪把名单放在桌面上:"这是付璧安托何年整理的艾滋病患名单,里面的人没有一个是意外感染的。纵火者的名字就在里面。"

"这不可能。"谢宁山右脸颊肌肉微抖,"我不相信。"

"谢先生,我们这次找你,是经过事前调查的,虽然你与付璧安是一伙,但我们从一些侧面渠道得知,你待人友善,孝敬父母,三年前,甚至为弟弟顶罪入狱。"我说,"付璧安利用了你。"

6

"付璧安为什么这样做?"谢宁山问。

很难想象作为蝙蝠组织成员之一,会问出这种局外人的问题。但看他的样子,并不像假装。

"你不是他的手下吗?"我问。

"我确实替他办事。因为他付我酬劳。"谢宁山说,"你们说纵火案是他一手策划,搬起石头砸自己脚的事,我想不通。"

"他创办了蝙蝠组织,召集像你这样有入狱经历的人,不为别的,就为给这个世界添乱,让更多无辜者死亡,"徐浪合理臆测,"魔鬼的志向,不就是把人间变成地狱吗?他们犯罪没有动机。"

"那这样说，你们是天使咯？"谢宁山面露揶揄之色。

"我们找他，只是因为他惹了我们。残害无辜，他对我们是个隐患，就这么简单。"徐浪直言。

"我喜欢你这个回答。"谢宁山说，"我的家人是我的生命，如果我弟弟的烧伤真的是他们预谋的，我一定追究到底。但在我相信你们之前，你们必须拿出更有力的证据。"

"我们会的。"徐浪看着谢宁山，"只要你把付璧安的下落告诉我们。"

谢宁山点烟，深吸一口，并不吐出，烟雾从半开的口中升腾。

一分钟之后他说："我可以告诉你们。付璧安在的地方只有我知道，万一被他察觉，他一定知道是我搞的鬼。我付出代价没问题，但我不能拿我弟弟和儿子冒险。你们去找他之前，必须答应我一件事，把我弟弟接到安全的地方，儿子有学业牵扯，我自己来处理。"

徐浪点头。

"后天早上 9 点，你们来我住处，湘桥区佳怡园 C 幢 502。保险起见，我们不要碰面，我会给你们留门，并告诉小区的保安，你们是来接我弟的医护人员。我在小区后门空地给你们留一辆贴红十字的白色丰田，车门不锁，里面准备两套护工制服，你们穿上，戴上口罩和头罩，把我弟放在特制后座上，躺椅折叠好放在后备厢。切记开车小心点，我弟受不了颠簸，走高速到汕头。还有，烧伤之后他精神出了问题，难以面对这个现实，你们不要直视他，不然久了他会认为自己是怪物，变得很烦躁。为了事情败露后有回旋余地，我会在躺椅下安装一个定位器，你们假装不知。到时我会在客厅的茶几上留下会合地点的纸条，我们在那个地点会合，再做下一步打算。"谢宁山说，"我弟和

A Fool Removes Mountains

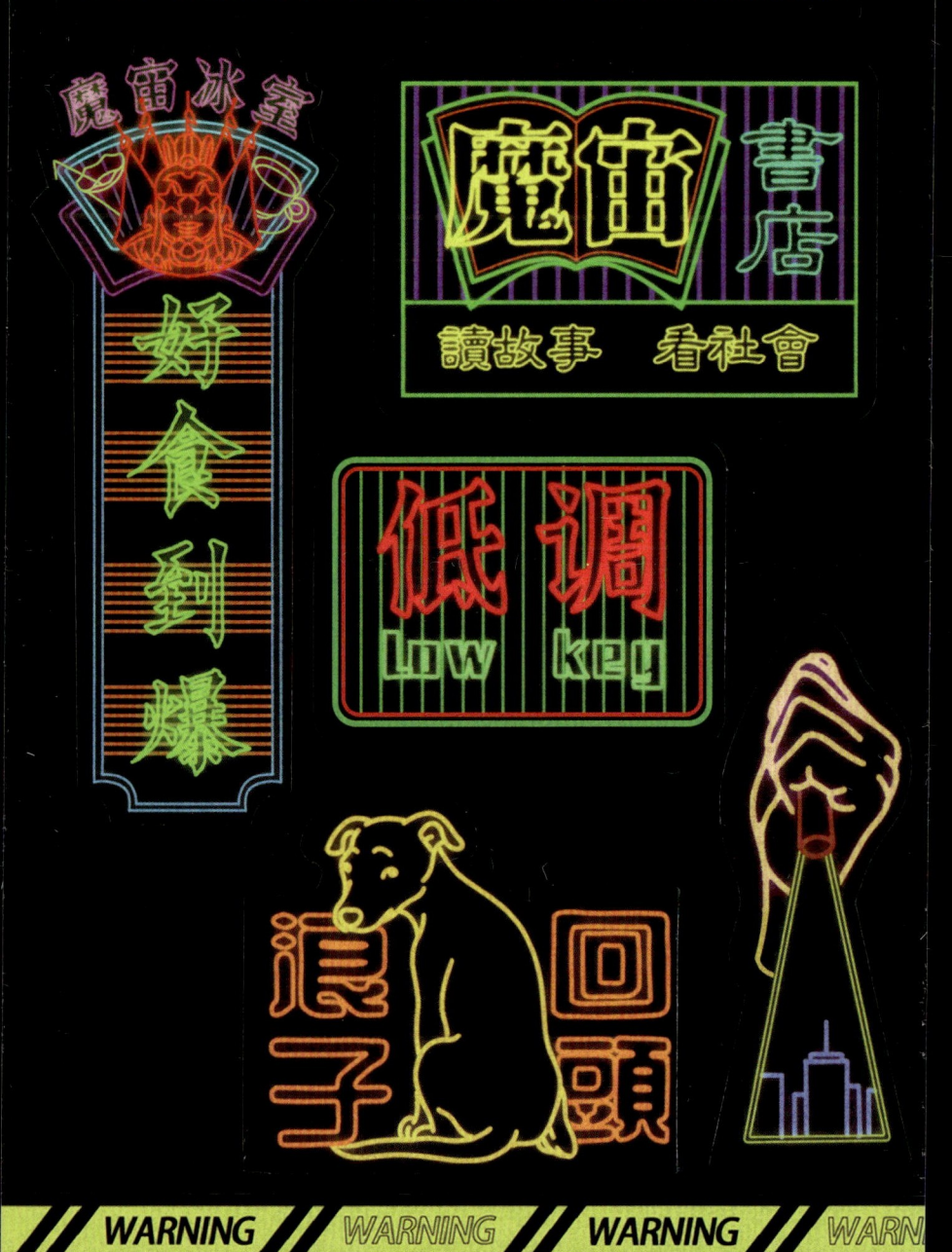

魔宙冰室

好食到爆

魔宙書店
讀故事　看社會

低調
Low key

浪子
回頭

// WARNING // WARNING // WARNING // WARN
// WARNING // WARNING // WARNING // WARN

儿子安置好后，我自会告诉你们付璧安的地址。"

"没问题。"徐浪说。

"既然你对我们有所求，我也有一些问题想请教。"我问，"你是最后一个加入蝙蝠组织的成员，对付璧安的犯罪意图了解不深，但前面几位资历老的成员都没法接触到付璧安，为何你却可以？"

"因为我的工作就是帮付璧安养蛇。"谢宁山直言不讳，"每个季度我都会亲自运送一批蛇毒到香港码头，每次都是他来接洽。"

"蛇毒的用途是什么？"我问。

谢宁山摇摇头。

"能说说他是怎么说服你加入的吗？"我很好奇付璧安的洗脑能力。

"不能说是说服。"谢宁山说道，"去年我妻子和母亲都去世了，弟弟烧伤后，我万念俱灰。我一生没做过坏事，命运这样待我，我非常不甘。作为伤者家属，我接触到了付璧安，他向我承诺会帮我治好我弟。看我落魄，又接济我去潮州帮他养蛇，付我酬劳，时不时会交代一些事给我做。你们要证明他真如你们所说利用了我，不然我不会放过你们。"

"最后一个问题。"我问，"当初你既然决定为你弟顶罪，为什么不尽快自首，却等到尸体发出味道被人察觉？"

"因为我要确保我弟体内的毒品全部代谢完，这样我的顶罪才有效。"

7

两天后的早上，我们去佳怡园后门，找到那辆白色丰田。车窗贴黑膜，在两个前车门处，各贴着一个红十字标。我们进入车内，按照指示，穿上制服，9点准时上楼。

502开着一条缝，电视节目的潮语声和膏药味充斥着整间房。监控电脑这次被合上。谢远岭转头看我们，又看电视，发出"呵呵"声。与第一次见时不同，他身上换了新纱布，头顶的伤口涂抹了红药膏，双眼周围仍是一片黑，鼻子部位连同双耳被纱布缠绕，在鼻孔部位开了透气口，嘴巴咧着，口水滴在胸前的白布上。腹部放着一个粉色的卡通暖水袋。谢宁山在茶几上留了一个汕头酒店的地址，以及一些简单护理的事项。

徐浪关掉电视，我以为病人会叫，可是他不为所动。离开房间前，我看还有时间，让徐浪等下，打开上次来不及检查的杂物间，里面布置依旧，编织袋和纸盒中是衣物和鞋，在紫色的床单上，我发现了几根长发，窗沿放着一本患者照看手册，桌上有一个记账本，零星写着上周的日常支出。这原本应该是保姆房。我把账本带走。

我们把病人推出房间。来到楼下，人们侧目，看到我们的穿着，又收回了疑虑。

我俩把谢远岭抱进车后座，我坐他旁边。车子开上潮州大道。除了味道大点儿，病人倒是很安静，好像第一次出门，一直看窗外。

"徐浪，"我从后座拍拍他的肩膀，"这么做真的稳妥？"

"目前来看，谢宁山没有骗我们的理由。"徐浪说。

"确实，"我身子前探，"但我总觉得他说的话有矛盾。"

"怎么说？"徐浪从后视镜看了我一眼。

"谢宁山是因他弟烧伤而加入蝙蝠组织，他弟是2014年4月烧伤的，也就是说，谢宁山是4月之后才加入的，"我看向谢远岭，继续说道，"你还记得带我们看房的女孩怎么说吗？她说502签了三年合同，房子要2017年3月才到期，说明房子是2014年3月租的。他弟弟没烧伤之前，他就来潮州了。"

"来潮州不一定就是替付璧安养蛇啊，就是换个地儿生活。"徐浪回答。

"不，来潮州，就是为养蛇而来。"我说，"他儿子在作文里写，妈妈和奶奶去世后，爸爸决定到潮州开养蛇场。"

徐浪皱眉。

"啊！"我突然被一声尖叫吓了一大跳，病人僵硬的身躯颤动不止，突然停声，转头看我，双眼流下两行眼泪，张着的嘴巴微微颤抖。他伸出黏合的手指，在我左手背上，颤抖着写：药。一直点头。

"什么事？"徐浪回头。

"他好像毒瘾犯了。"在潮汕，人们习惯把毒品说成"白药"。

谢远岭边发出嘶哑的"啊""啊"声边摇头，眼眶涌出更多泪水，又大力点头。

"他好像有事要跟我们说。"我向着徐浪说道。

徐浪找了个僻静处把车停下。

8

"药？"我向谢远岭确认，"你痛是吗？要抹药？"

他用力地摇了摇头，然后大力点头。

"你，想吸毒？"我用动作辅助表达。

他仍旧摇头。

"什么意思嘛。"我把手背伸向他，他又颤抖着写了一个字。

"袋子的袋。"我复述给徐浪，"啥意思？"

徐浪表情突然严峻，说道："下车！慢点。"

我也意识到问题的严重性，从车内退出。

"'药'很可能是炸药，"徐浪说，"在车内某个袋子里。"

车子是谢宁山备的，如果他事先在车内藏好炸药，开到半路引爆，我们将死无全尸。

我们把谢远岭小心翼翼地抱下车，平放在地上，之后徐浪检查车内，我检查后备厢和车底，并没有发现可疑的袋子。

"不对啊，引爆的话，他弟弟也会死啊？"我突然反应过来。

"为了干掉我们，他不惜牺牲他弟弟。"徐浪说，"或许我们把他想错了。"

"如果他提前在车里藏炸药，谢远岭一个瘫痪病人不可能看到，又怎么会知道？"

"东西在病人身上。"徐浪看向我。

"身上那个暖水袋！"我一下想起。

"小心点儿。"我们走近谢远岭身边，掀开他身上的薄毯，目光聚焦在他大腿间的粉红色暖水袋上。

装暖水袋的袋子由尼龙粘扣贴合在谢远岭身后，徐浪用剪刀剪下袋子，小心翼翼地将暖水袋捧到附近的石阶上，看暖水袋离身，病人惶恐的状态得到平复。

徐浪看了我一眼，我吞了一口口水，点头，他拿出一把小刀，沿着袋子边缘轻轻割开，从中抽出暖水袋。在暖水袋底下，我发现了一个装满白色粉末的鼓囊囊的密封袋，袋中不是炸药，我松了一口气。

徐浪掂了掂袋子，打开封口闻，"是海洛因，二两（100克）左右。"

我拍了车牌照片找熟人查询，证实这是一辆失窃车。

没想到整件事情是谢宁山策划的阴谋。他用自己的弟弟作饵，消除我们的戒心。然后在病人身上藏毒，以弟弟怕颠簸为由，让我们走高速。

2013年12月29日，"雷霆扫毒"行动对广东省陆丰博社村实施大清剿，打掉18个特大制贩毒团伙，共抓捕近200人，缴获制毒原料过百吨。潜逃的犯罪分子向周边村落扩散。2015年农历新年将至，各交通要道自然成为警方的重点关注对象。我们开着赃车，车上躺着一位缠满绷带的病人，完全是自投罗网。运输海洛因50克以上即可判处死刑，我们只会被当作利用无行动能力的病人运毒的罪犯，在目前"谈毒色变"的形势下，不可能有好下场！而谢远岭事后会完好无损地回到自己哥哥身边——谢宁山只需向警方说明我们趁他不在，挟持了他的弟弟。

徐浪停车的地点再往前两百米，就是甬莞高速的入口，我都能想象两分钟后，车子被警察拦下的画面。原来借刀杀人，并不是付璧安的专属。

七花旦

1

我们把谢远岭抬上后座,徐浪摘下定位器,踩碎,启动汽车,然后拐入小道。

"谢宁山没有料到我们能觉察出他的意图,现在他弟在我们手上,等他打电话过来。"徐浪在车上说,"留意路边有没有公共厕所。"

"被刚才这么一吓,我也有点内急。"我说。

"是处理掉那个东西啊。"徐浪低声说。

白粉还在车上,我提议。"导航到附近的麦当劳。"

"这附近啥快餐店都没有。"徐浪点击导航,一个急转,拐入福水路,五分钟后,在一家华莱士门口停车。

"你去点餐,我去厕所处理掉。"徐浪在车内吩咐。

我点了两份套餐,找了个桌位坐下。不一会儿,徐浪出来,用纸巾擦手,对我点头。

"我估摸谢宁山一开始就盯上我们了。"我上了个厕所回来,徐浪跟我说。

"多早?"我拆开炸鸡堡的包装。

"至少在我们潜入他家前。"徐浪说,"还记得客厅那台笔记本电脑的位置吗?摄像头对着躺椅背面,我们当时没有察觉出问题,现在想想这都是谢宁山计划好的。"

"不太懂,摄像头跟计不计划有什么关系?"我一时没反应过来。

"用监控照看瘫痪病人,一般都会把镜头对准病人的正面吧?何况是一个可以视频互动的电脑。"徐浪说,"正确的位置应该是把电脑放在电视柜上,屏幕朝向病人。但把电脑放在茶几角落,重点就不是镜头了,而是电脑的背面。"

"背面?"

"谢宁山想让我们安心,然后在他家随意搜查,不会被拍到。"

"他故意让我们搜查的?"我惊讶。

"目前来看是这样,"徐浪分析,"按照经验,现实中调查一个事,大部分找到的都是无用的线索。那天在他家的调查,你现在回想,会不会觉得太顺利了?"

当时我们通过谢远岭的伤势鉴定书、保险合同、档案和毕业合照,得知了他有吸毒史,跟 2011 年在广州吸毒致死的那人是朋友,以及烧伤的原因。从而推测谢宁山可能替弟顶罪的事实,哥哥爱弟弟,自然不会设局陷害。我们又在谢宁山房间内找到他的资料和相册,得知他与人为善,关爱家人,还是一个潮剧演员,进一步证实了他可能被付璧安利用而不知的结论。

"是这些信息引导我们去跟谢宁山见面,整个搜查过程甚至都没超过半个小时。"徐浪说,"只要我们跟他见面了,他的目的就达到了。于是他把演出日期标记在挂历上,他练过武术,潮剧不也讲究闪展腾挪？但去戏棚找他那晚，他随即逃跑，结果被你一撞就求饶，丝毫没有反抗的意思，实在不像一个练家子的反应。"

"把我们当棋子耍？"我掏出口袋中的小笔记本翻阅。

"确实比较难搞。"徐浪把番茄酱挤在薯条上问我，"你看啥？"

"早上在他家那个杂物间找到的记账本，"本子前几页记了生活支出，最后一页记了几个人的联系方式，"谢彬在最近的作文里写到，他爸请了'蔡阿姨'过来照顾病人，这个本子应该是被病人面貌吓跑的那位保姆的，你说房间的物品是谢宁山有意摆设的，这位保姆应该清楚他家原先的布置。问问看。"

我打了本子里面某位联系人的电话，佯装是户主，要找"蔡阿姨"。得到号码后，我降低声调，伪装成谢宁山的嗓音，用潮汕话问蔡保姆：书房抽屉我弟的伤势鉴定书和保险合同找不着了，之前收拾的时候有没有留意到？对方并没有发现声音异样，一五一十回答我。

"很快，很快。过几天我回复你。"我挂断电话。

徐浪看我问道："她说抽屉有这些东西吗？"

"她说收拾的时候没动过里面的东西，并不清楚。"我回答徐浪，"但她又转问我，啥时候可以复工？"

保姆并不是因为害怕病人的面貌而辞职的，而是谢宁山辞退她的，并向她承诺，之后会让她复工。综合谢宁山的其他举措，他这么做的答案很明显：他知道我们已经来潮州找他，提前辞退保姆，是为了让我们顺畅无阻地进入他家，而在家中放重要物证，是为了诱导我们，跟他见面。

2

我们开着赃车，挑小路走，两小时后到达汕头的西堤公园。我下车，从后备厢搬下医疗椅支开，两人将谢远岭从后座抱下来，徐浪又把车开走，找个地方遗弃，之后打车跟我会合，这期间我找了家儿童玩具店买了一副磁性手写板。为避人耳目，我们打车在濠江区找了间简陋宾馆住下。我看了下时间，已过零点，2015年2月14日，是情人节。

"不对啊，"徐浪在房间检查来电记录，"谢宁山怎么还没打电话过来？"

我刚刚按照喂食指南，给谢远岭喂了一碗瘦肉粥。此时他在看着电视，我把音量调到很小。

"阿岭。"我试着叫他，他侧头，眼看地面。

我把椅子拉到他身边说："你知道我们在说什么，对不对？"

他眼神闪躲，头轻微摇摆，慢慢点头。

"我们不是坏人。"我说。

他低头，头顶朝向我，散发出刺鼻的药味。

"你可不可以回答我几个问题？"我拿出手写板，"在这里写字。"

他迟疑，之后点点头。

"你为什么要在你哥面前装傻？"我一字一顿地问，徐浪也靠过来。

谢远岭低头用右手接过笔，食中两指黏合，弯曲不得，他用发黑的无名指和尾指圈住笔杆，在写字板上费力地写下"他""烧""我"。

我跟徐浪面面相觑，再谆谆问道："KTV 的火灾，他原来是知道的吗？"

谢远岭点头，又写下"骗""我""去"。板面不够写，他指了指擦拭按钮，我往左一刮，将三字擦除，他继续写到"醉""烧"。

"他骗你到KTV，然后灌醉你，之后你就被烧伤了是吗？"我问。

他点头。

"2011年在广州，他是不是曾帮你顶过罪？"徐浪探身问。

他点头。

"为什么出狱后又要害你呢？"

他写下"毒""不""听""话"，我擦掉字，"妈""死""气"。

"你吸毒，不听话，妈妈被你气死了，所以他要害你？"我根据他的字意猜测。

他点头，眼泪滴落在腿上。写："罚""我"。

"他想要除掉阿岭，但一直没找到合适的下手机会，正好得知付璧安的犯罪计划，于是把阿岭骗到KTV，之后灌醉他，借刀杀人，摆脱嫌疑。"徐浪向我总结道。

谢远岭慢慢点头。

"但他最后还是救了你？"我问。

他点头，写下"爱""我"。

"他只需要你听话，对不对？"我问，"你变成这样，就听话了，是吗？"

他点头。

我转向徐浪："如果说谢宁山有意陷害阿岭，他必须知道纵火者何时犯罪啊？"

"你哥，带你去过几次KTV？"徐浪低声问谢远岭。

"1"。他用颤抖的手写道。

3

我们安置好谢远岭,来到濠江区的KTV现场。2014年4月20日,这里发生纵火案,如今整个现场已被夷为平地。看外围竖着的一块规划图,要将这里改建成商场。

KTV对面,是一条商店街,恰逢情人节,节日气氛浓厚。在一家烟酒铺招牌附近的楼板处,仍有火燎的痕迹,想必当时也受到火灾波及。我们进店买了条中华烟,徐浪现场拆出一包,递给店主一根,店主听徐浪口音,问"是东北人吧",他年轻时在北京当过兵,有好几位东北战友。徐浪顺势跟他攀谈。

"你们来汕头玩啊?"

"对面不是要建商场吗,未来想在这里盘个店铺,做点买卖。"徐浪给对方点火。

"那个地方风水不好。"店主吸烟,摇头,"出了很多邪事。"

"你是说去年的火灾吗?"

"当时我目睹了现场,非常惨,死了二十几人。"店主夸张数量。

"能感觉出来火势很大,"徐浪问,"我看中间隔着条马路呢,你这边的墙壁居然也都被熏黑了。"

"不是烧到的。"店主吸烟,绘声绘色地描述,"你们不知道那个起火的人用什么点的火吧,新闻没报这些细节,他在KTV二楼沿着过道倒火油,然后在出口处点燃那种大烟花,往窗口方向射,火苗四溅,一下子就起了大火。有一些烟花冲破窗户,射到了我这里来,差点也把我这里烧了,倒霉。"

联想到纵火者是爆竹厂老板,用烟花纵火倒也合情合理。

"对面的 KTV 生意很好吗？怎么会死那么多人？"徐浪又问。

"一般，但那天人确实很多。"店主说，"一来我记得出事那天是周末，二来在事故发生前，商家就一直在门前用大喇叭宣传，说开业半年，大酬宾，4月20日全场半价，跟复读机似的。那几天被噪声烦得要命，我都差点想要报警了，没想到转眼就出事了。"

商铺对面的 KTV 已被拆成一片废墟，外面围着蓝色铁皮，我们通过大门进入。拿出手机装模作样地触击，一个戴安全帽的人走过来，看样子是管理员，问我们做什么。徐浪又递烟，我用潮汕话说我们是运营商工程师，在附近测手机信号，又扯了一堆 3G、通信、基站、天线覆盖之类的术语，那人被唬得一愣一愣的。我记得有一位作家说："奇怪的对话有神奇的效果。"我深以为然。

"进去吧。"管理员最终放行，我们刚准备往里走，他又喊住我们，递给我们两个黄色安全帽。

我们沿着废墟边缘观察，徐浪想从残垣断壁中找出当时 KTV 的平面图，用来还原犯罪现场。"留意木门。"我们还真在垃圾堆中找到一块门板，掀开却看到贴着一则标语：预防艾滋，人人有责。一个预防艾滋病的场所最终被艾滋病患者毁掉，真够讽刺。

一无所获，直到梭巡到角落一处废铜烂铁堆里，徐浪停下，从中翻出一面设备，擦拭设备上的灰尘后，露出"美创达诚"四字，徐浪用手机查了下说："是一个安检设备公司。"又找到一块被砸坏的面板，他掀开细细端详："看样子应该是 X 光安检机的某个模块。"

"你们在干吗？"突然一声喝止，我们转移视线，一个穿黄色工服的工人朝我们喊道，"这里在施工，赶紧离开！"

我们站起，拍拍身上的灰尘，走下废铁堆。徐浪向工人递烟，在潮汕，疏通关系靠散烟，但也并非人人都吃这一套。工人狐疑地看着徐浪，并不接烟，又问："你们想偷东西吗？"

"我们看起来是偷东西的人吗！"徐浪盯着对方，正色道。

"那你们在这干吗？"那人被徐浪一呛，声势陡降。

如果一根没起效，就一包。徐浪掏出包新烟塞到工人手中说："想来问几句话。"

工人环顾左右，再把烟放入口袋："我只是干活的，啥都不知道，我去叫我们头儿过来。"

"这些设备是从哪里拆下来的？"徐浪指了指不远处的安检板，"怎么零零碎碎的？"

"拆一楼过道时，从墙里扒拉出来的，都是坏的。"工人说。

"哪个过道？"

"就是通向电梯的过道。"

"有楼道的平面图吗？"徐浪问。

工人走到废铁堆旁边的黑色塑料桶边，掀开顶上的塑料布，从中挑出一块铁片。KTV 的平面图绘在铁片上，钉在墙上，拆迁时工人悉数卸下来，准备收集当作废品卖。

"这里吗？"徐浪点了一楼平面图的过道，通过这条狭长的过道，出现楼梯和两架电梯的图示。

"嗯。"工人回答。

"那些设备就是嵌在这个过道的墙后？"徐浪问。

"嗯，过道有一部分是木板墙，设备就藏在里面。"

4

为什么要在 KTV 的过道安装安检仪？因为付璧安要预判纵火犯上门的时间。

他在 KTV 一楼通向电梯的唯一过道中装了两面薄木板墙壁，再在墙内安装了经过改造的安检设备，只要雇些人，专门在一楼的房间里面检查，通过此过道的顾客，身上携带的物品都将被看得一清二楚。

预谋犯罪者，都会提前到现场勘查，为了找最佳的下手时间和地点。收到报复匿名信后，付璧安首先在何年给他的艾滋病患者名单中排查，只要有名单里面的人上门——他是潜在报复者——就会被暗中监视。这个人在犯罪之前可能会三番五次过来踩点，加上无意间看到 KTV 过道中眼花缭乱的预防艾滋病标语，便被催生更多恶意。

至于怎么诱导他下手？付璧安采取的办法是，在时机成熟时，举办开业半年大酬宾的活动。

这个活动广告，既是给消费者看的，也是在推纵火者下定决心。4 月 20 日，周日，KTV 全场半价，对于消费者来说，是性价比高的优惠，对纵火者来说，这天人会满场，与大家共赴火海，是"性价比高"的犯罪。为了让犯罪后果最严重，他十有八九会选择这天动手。

纵火者在 4 月 20 日前预订一间包厢，那晚他带了足够的火油和最璀璨的烟花，独自坐在霓虹闪烁、歌声萦绕的包厢内，屏幕中在随机播放歌曲，时不时跳出预防艾滋病的警告。他厌烦，索性关掉电视，一瓶瓶地喝酒。等到晚上十点，人们喝了酒，微醺，这时是犯罪的最好时机。他走出包厢，沿着过道，掩人耳目地倾倒火油，发出刺鼻的气味。他动作迅速，又跑回出口，点燃烟花。嘣！再点一朵。嘣！作为一个烟花厂的老板，他或许从没见过，横着发射的烟火。火苗滋燃火焰，KTV如坠炼狱。

而此时的另一间包厢内，躺着已醉倒的谢远岭。谢宁山在纵火者犯罪前，已经离开现场。

我们获知了谢宁山母亲的姓名后，找人查了她的死因，中午时分，我们找了家隆江猪脚饭店，正吃着饭，收到了回复消息：2014年1月因心脏病发死亡。

"谢远岭在他哥坐牢期间，因为吸毒，气死了他妈。谢宁山出狱后，应该试过纠正他，但为时已晚，他觉得弟弟已经被毒品废掉了，留着只会拖累自己，又因为母亲去世，心生愤恨。正好他得知付璧安和陈桦兴的KTV将有一场人为火灾，于是借机骗远岭到包厢内，灌醉或者直接迷晕，让他被烧。"徐浪将因果捋顺。

"远岭也说了，最后是他哥救了他。"经历早上的奔波，我饿得发慌，拨了一大口饭，囫囵吞下，说，"我想不通的是，在火灾中是最难控制伤势程度的，而且进行营救也极危险，他哥是根据什么来判断营救时机？又是怎么在火场中进行营救的？"

"在火灾中确实很难预设伤势，我认为谢宁山本来只是希望他弟被烧到行动不便的程度，这样就能控制他。但没想到最后烧得这样严重。"徐浪猜测。

"他至今一个电话都没打给你吗？"他弟在我们手上已经一天半了，我纳闷。

徐浪拿出手机："算了，给他打过去看看。"

徐浪把手机放在耳边，看我，一分钟后，对我摇头："没接。"

"接下来怎么办？"我问。

"为了让自己弟弟听话，不惜将他烧成这样，真够变态的。"徐浪说，"兰花潮剧团就在汕头，去找个从小跟他一起长大的人问问，看谢宁山究竟是个怎样的人。"

5

2006 年，潮剧入选国家级非物质文化遗产名录——它必须以这种载入历史的方式被铭记和保护，但在新生代人中，它已经过时了。因为潮剧式微，兰花潮剧团也不得不数易其址，从一个悠久、德高望重的大戏班，变成了现今需要依靠几位资深戏迷资助才能续命的团体。凭着热爱，大家会定期聚在一起唱戏，平时则各自四散谋生。四乡一有演出活动，则登台表演，那点收入微不足道，就是图个热闹和开心。

我们在汕头澄海区的环城东路找到兰花潮剧团的活动地点——一幢老式住宅楼的一楼套间，走近时就能听到悠悠的唱腔传出，循声而去，一间大门敞开着，我们向内张望，室内地上摆着大大小小各种潮剧乐器，正中墙上挂着一副牌匾，木头深黑，多裂痕，年代久远，但书其上的"兰花潮剧团"五个字仍旧鲜红夺目，看来有人定期漆色。牌匾下的展示台上，立着各异的奖杯。在左墙面上，挂着多面锦旗和奖状。右墙面上，则贴满了各种照片，靠上的多为黑白照，最顶上则是一张黑发老人的遗像。

一位穿着家居服的妇人背门，站着排练。我轻轻叩门，妇人停下动作，唱腔停止，转头回看，是一副和蔼面孔。

"你好，我们是记者，"我举起相机，用潮汕话说，"我们想对兰花潮剧团做些采访，请问方便吗？"

"欢迎欢迎。"妇人笑，圆润的脸颊露出酒窝。她指引我们到门边的红木椅落座,煮水,从茶几下拿出一个铁茶罐,用茶勺舀两勺茶米,倒进茶盏中,问:"你们喝得惯炒茶吗?"我们连忙点头。

一有文化作业,汕头各所学校的学生都会来这里参观拜访。来者是客,妇人乐于传播潮剧文化,对我们有问必答。她是兰花潮剧团团长的女儿,墙上的照片有一张黑白大合照,跟谢宁山家中看到的合照一模一样,当时合照正中位置的某个人被谢宁山剪掉,此刻我们发现这个人就是团长,即遗像本人,名叫陆霄殿。从遗照下面备注的生平看,逝世时间是上个月。

"走的时候安详吗?"我问。

妇人掉泪,摇头:"出了车祸,我跟他说年纪大了,出行我开车载他,但他就是不服老,结果就出事了。"

"怎么出的事?"

"就是公交车冲下大桥那个事故。"妇人哽咽,"都是命,不说这些了。"

"这个小孩是不是谢宁山?"我指着黑白合照中,站在陆霄殿旁边的少年。

"唉,你认识他?"妇女看我。

"前几天你们不是去揭阳演出吗?我们当时也在现场,他扮演的花旦,演得很好。"我说。

"他确实很优秀,听说前几年吸毒入狱了,我以为不会再见到他,没想到出来后这么快就回到正轨。"妇人说。

"他跟陆老师的关系怎么样?"我问。

"家父特别喜欢他,简直比对我还亲。"妇人说。

"这位兄台现在还演潮剧吗?"徐浪指着站在谢宁山旁边,跟他搭肩的少年。

"他很早就退出了，"妇人回忆，"应该是2000年前后退出了。"

"你有他的联系方式吗？我们想要多采访几个人，这样报道才全面。"

"我们逢年过节还有来往，"妇人在抽屉的铁盒内拿出一张名片，"他的纸厂在渡亭村的工业区，就在附近。"

6

机器的轰鸣声经过宽敞的厂棚放大，变得邈远。在厂墙高处，安装了四个呼呼作响的排气扇，粗如油桶的卷纸堆放在厂房一角，另一边是全自动制纸机器，一粒粒卷纸被切割送往传送带，两边的工人将其码进纸箱。

有了妇人给我们的引荐纸条，我们很容易就见到了纸厂的老板黄贤木。他三十多岁的样子，说话轻声细语，他请我们到工厂的一个会客间，用钥匙起开茶罐盖，这次喝的是大红袍。

妇人说陆霄殿喜欢谢宁山，但谢宁山却悉数剪掉照片中陆霄殿的身影，显然他心怀恨意。在多张合照中，谢宁山跟黄贤木勾肩搭背，可见在少年时代的剧团生活中两人关系深厚。要套出实情，最好的办法是直入主题，让对方没有犹疑的时间。

"听陆女士说，你与谢宁山当时关系很好？"我问黄贤木。

"跟他在剧团最合得来，"黄贤木喝茶，"但我退出后，跟他就没有来往了。"

"陆老师对谢宁山并不太好是吗？"我抛出问题。

"你听谁说的？"黄贤木神色意外。

"谢宁山2011年不是吸毒入狱嘛，我看过他的一篇访谈，他说自己走到今天这步，都是别人的错，他点名陆霄殿老师，说在剧团时陆老师经常体罚他，让他蒙受阴影，一蹶不振。"我施展话术,希望对方中招,继续说道,"哪有这样的人,自己犯错却赖别人。"

黄贤木不语,但眉头紧锁,接着冲茶,突然说:"他说的话是有道理的。"

"陆老师真的体罚他啊?"

"可以把这个关掉吗?"黄贤木指了指桌面上的录音笔,"陆老师已经去世,事情过去太久,翻这些旧账不合适,但不说出来我心里憋得难受。这一段你们删掉,当作我吐苦水,可以吧?"

我关掉录音笔说:"你请讲。"

"说体罚,是抬举陆老师了。"黄贤木说,"陆霄殿是个坏人,戏班里这些男孩,没有哪个没被他侵犯过的。这里面,要属谢宁山受的伤害最大。我就是因为这个才退出的。"

陆霄殿经常带谢宁山到戏棚的后台,放下幕布,给谢宁山画妖媚的花旦妆,穿粉黛戏服,之后猥亵他。谢宁山几次向好朋友黄贤木求救,少年黄贤木躲在棚前,透过木板缝隙目睹这个过程,瑟瑟发抖,动弹不得。

他无法面对好友,亦无法面对自己,渐渐与谢宁山疏远。有一天,少年谢宁山找他,问:"你是不是嫌弃我,觉得我不干净?"黄贤木害怕,不久后,他就退出了兰花潮剧团。

"这些年我刻意远离潮剧的一切,远离谢宁山,是因为我对他有愧,他吸毒犯罪,在我看来只是为了忘记那些阴暗的记忆,他完全可以把所有罪名指给陆霄殿,而我是间接罪人。如果我当初及时制止,甚至我给他多点关心,退出剧团之后报警,他也不会落到那个地步。"黄贤木摇头,"我辜负了他,还想过跟他道歉,但实在无颜见他。陆霄殿的意外死亡,真像是天意。"

"在剧团时,谢宁山人怎么样?"徐浪问。

"他心地很好，人很聪明，善于发明创造。我记得院前有一大片园圃要定时浇水，既浪费水又累，他后来琢磨出个办法，引了几条水管到园圃里，把口堵小，定时开水龙头喷洒，就可以完成工作，让我印象很深。又因为他练过武，有人欺负我们，都是他出头解决，他有大哥风范，我们都愿意听他的。"黄贤木回忆，"但被陆霄殿伤害后，能感觉到他整个人就变了。"

"变了？"

"感觉生命力没了，闲时无精打采的，就呆坐着。"黄贤木说，"一旦扮演花旦时，又感觉魔怔了，像一个女孩儿一样，对我搂搂抱抱，还容易哭。"

"那天我们看过他扮演的花旦，确实没认出来。"我附言。

"有一晚，我起床撒尿，听到外头有'唧唧'叫的声音，还伴随'呵呵'的声响，我心中害怕，就站在厕所的洗手池上往窗口望去，看到谢宁山侧身蹲在角落，他用白粉涂了个白脸，在眉眼间抹了一抹黑，再用黑油沿着鼻梁往下涂。你们也知道，白脸在潮剧中一般代表奸诈凶残之徒，大半夜看到有人画这样的妆，蹲在角落，吓了我一大跳。再定睛一看，他手中握着一根塑料绳，绳端点了火，熔化的塑料滴在下端鼠笼里的老鼠身上，把老鼠炽得乱窜。我怕被他发现，赶紧溜回去睡觉，隔天他像是忘了有这事一样，我以为做了噩梦，偷偷再去现场看，发现笼里的老鼠尸身上滴满了凝结的黑色塑料油，我当场就吐了。我后来远离他，跟这个事情也有关。"

7

2015年1月17日上午9时许，汕头一辆公交车在过河时，司机被车上的歹徒用小刀刺中脖颈动脉晕厥，罪犯抢过方向盘，往右方打死，车子撞开桥上的围栏，坠入河中。车上15人，仅有一名乘客生还。陆霄殿当时就在车上，每周末上午，他都会搭乘公交到剧团与朋友喝茶。

我们调查罪犯身份时，发现他是个空白人，报道指出，他十指指纹皆削毁，艾滋病患者，哑巴——没有舌头。他的犯罪被认定为报复社会。

这人跟曾经袭击我，致我脖子受伤，最后跳楼自杀的人特征一样。何年曾说，付璧安从艾滋病患者中挑选杀手，抹除掉身份。这两个人，无疑都是付璧安培养的杀手。一个被派来谋杀我们，另一个成为谢宁山的作案道具——杀掉仇人陆霄殿。单杀他一人容易暴露犯罪意图，有牵连自己的风险，因此他们不惜伪造成一桩社会事件，用其余12人的生命来遮掩动机。

"更可怕的情形是，车祸原本就是蝙蝠组织策划好的，陆霄殿只不过是个附加条件。"徐浪说。

"弟弟谢远岭，老师陆霄殿，但凡谢宁山想要除掉的人，都用了这种犯罪手法。"

"唐朝时的节度使制度使得贫民为了一笔安家费，甘愿成为卖命的雇佣兵。艾滋病杀手离死不远，如果对家人有愧，难免想要在死前给他们留笔遗产，付璧安抓住他们这个心理弱点，很容易用钱让他们卖命。这些杀手都是定时炸弹，是不成功便成仁的主儿，数量应该不止两个，凡事要小心。"徐浪说。

一天下来，我们接连跑了三个地方，得知了KTV的纵火情况，并了解了谢宁山幼年学艺时曾被自己的老师性侵，这个噩梦经历借以潮剧面具，分化成其他人格。正常时，他热心、积极、聪明，是一位受称赞的人；扮演花旦时，他眼神、腔调和身形皆为女人，如入戏中；还有一种人格，使丝丝恶念在他的心底聚成黑潭，他蹲在潭边，用黑水涂抹白脸上的眉眼和鼻梁，终成为阴鸷、残暴、狡诈之人。

是这个白脸人格，加入了蝙蝠组织，也是这个白脸人格，设局烧伤弟弟，对老师搭乘的公交车制造车祸，意图用毒品构陷我们。

晚上，我们找了家牛肉炒粿店吃饭，牛肉炒粿是我特别喜欢的食物，但此刻却没啥胃口。之前，遭遇危险面对那么多凶恶歹徒，哪怕是付璧安，我也不怕，但谢宁山不一样，我隐隐担忧，对徐浪说道："这样的人不按常理出牌，我们不能用常规方法对付他。"

"我们摘掉了定位器，换了车，行事隐蔽，他不可能找到我们。"

"但他到现在都没联系咱们。"

徐浪看了眼手机。

"我在想，谢远岭有没有可能会跟他哥通风报信啊？这样我们的行踪不就暴露了嘛。"

"你这个想法有点多虑了。"徐浪说。

"有根据的。"我说，"你还记得他跟我们在宾馆房间的交流吧？"

徐浪看我，示意我接着说。

"记者报道事件，会有一个视角的选择，比如非虚构报道，一般是以第三人称视角，作为局外人代入到事件中。"我说，"谢远岭跟我们说的情节没有问题，但我总感觉他讲述的视角很别扭。"

"比如？"

"他是火灾的受害者，也就是说，他应该是受害者的视角，因为被哥哥设局，理应是仇恨哥哥的。"我分析，"但提及哥哥为什么要害他时，他的表述是这样的：因为自己吸毒，不听话，妈妈被气死，所以哥哥要惩罚他。这样说，更像是在把哥哥的犯罪合理化，'我是受害者，哥哥害我，是因为我有错在先'。这不是很奇怪吗？"

徐浪点头："倒有点道理。"

"还有，你当时在旁边根据他说的信息跟我总结，说这是付璧安策划的犯罪，我注意到他点了点头。"我停顿，"他为什么要点头？他不可能认识付璧安。"

徐浪环顾四周，寻找禁烟标志，没有发现，就从烟盒拿烟，分我一根，点火，沉思。

"你被自己的哥哥设局烧成重伤，最后侥幸捡回一条命，你会感恩他吗？想杀了他的心都有吧。"我吸了一口烟，继续说，"但当时我问谢远岭，你哥为啥救你？他写了啥？"

"爱，我。"徐浪说。

"他替他哥说话。"我说，"只有两种半可能，要么他被烧成斯德哥尔摩综合征，要么他跟他哥是一伙的。"

"还有半种呢？"徐浪看我。

"谢远岭是谢宁山假扮的。"我很快又否定了这个想法，"但这个基本可以排除掉。因为谢远岭被烧成那个样子，光化妆是不可能达到这个效果的。单从牙齿来说，第一次去谢宁山家搜查时，我注意到病人上颚缺了两颗门牙，下颚的牙参差不齐，在揭阳跟谢宁山吃夜宵时，他牙齿是完好整齐的。谢宁山不会为了假扮他弟，将自己的牙拔掉和掰裂。"

"如果他俩是同伙，在高速路口谢远岭没必要提醒我们车内有毒品啊？"徐浪问道。

"如果他想博得我们的好感呢。"我说，"毕竟就算真被栽赃了毒品，只要有证据，我们还有获释的可能。但先设置威胁，再为我们解除，消除我们的警惕，再下手的成功率会大大增加。"

"那假设他跟他哥是一伙的，现在最坏的情况，就是谢远岭趁我们出门调查，知会他哥，谢宁山现在躲在宾馆房间，等着伏击我们。"徐浪说。

8

抱着是我们多虑的希望，我给谢远岭打包了一份粿条汤。情人节，又逢农历新年将至，在宾馆楼下的街上，一些情侣在放烟花，我驻足观看了一会儿，火光从竖在地上的纸筒里升腾，在半空炸裂，焰火璀璨，转眼熄灭。

进宾馆，前台小姐在玩手机，我再看向大厅的沙发，有个人被报纸挡住上半身，我往楼上走，再看，发现报纸后是个老头。

二楼，房间在楼道中部。"如果房内真有人，拿着枪，我们往左右哪个方向跑都来不及，因此跑出门后要立刻贴墙站着，等里面的人追出来。他一定不会料到我们这手，刹不住脚，我们趁其不备抢走他的武器再跟他搏斗。"徐浪低声吩咐。

"夜行者防守？"我打趣。

"算是吧，你可以记下来。"

我们轻声走到门边，站立，徐浪再用手机给谢宁山打了个电话，接通。我竖起耳朵细听，房内没有铃声或震动声，徐浪关掉手机。

开门先不进屋，之后我开灯，徐浪检查门右边的厕所，我提防着走道两边的墙后，如没问题，先俯身检查床底，再进屋，然后拉开窗帘，看房檐和空调架。再拿出"隔墙听"各听左右两间房。我们早已规划好进门后的步骤，徐浪拿出门卡开门。

我们在门外站立一会儿，没有动静，谢远岭坐在房间窗户边，转头看我们进来，此时窗户外正好炸开一朵烟花，房间瞬间明亮，谢远岭向我们露出笑容，"呵呵"笑着，参差的黄牙露出，强光打在他扭曲的脸上，嘴角似一条阴影拉长，如狞笑一样瘆人。我开了灯。

不对！我脑海中闪过一丝不祥的预感。快速把徐浪揽进开着门的厕所。走道正中这时闪出一个戴着口罩，身材高大，穿皮靴的男子。他手持一把消音霰弹枪，直接朝徐浪开枪。子弹射出，门被轰出一个圆洞，我们倒在厕所地上，徐浪用脚把厕所门踢上。

徐浪左手臂擦伤，我们快速站起，厕所的门把手接着被轰掉，我躲在厕所门后，掀开粿条汤的汤盒，热气滚滚。门被踢开，杀手持枪准备进入，我转身往他面部倾洒热汤，他发出惨叫，乱枪轰在淋浴间，往后退出了厕所。我们刚想趁机逃跑，发现房内还有另一个脚步声靠近。

徐浪掏出兜里的开锁铁丝，快速缠绕在三角插头上，再插入插座里，电路短路，房间一下子漆黑。我打开厕所门，用衣架支起毛巾，引杀手开火。四发子弹已打完，我们听到霰弹枪的装弹声，趁机快速冲出厕所。大门已被崩坏，我们蹿出后，立刻转弯止步，临门贴墙站立，调整呼吸。杀手追来，没料到我们由守转攻，徐浪趁对方停顿，抓住枪杆，夹在腋下，利用惯性将他甩出，对方扣动扳机，子弹击中徐浪身后的墙面，徐浪大力用脚踹向对方胸口，把枪从杀手手中捋过来。

对方摔向对面的墙，倚坐在地，徐浪握住枪杆，用枪柄大力掼向对方头部，对方躺倒。徐浪把枪从手中甩脱，他被炙热的枪管烫伤，双手通红。我拾起枪，这时房间内的另一个杀手跑出，同样戴黑口罩，高个子，但他手中没枪，而是一把短刀，我用枪口对着他喊道，站住，再过来就开枪。他不为所动，拔刀刺来，楼道窄小，动作受限，他被徐浪压制。我趁其不意，用枪柄用力砸他下巴，再砸鼻梁，他连连后退，最后我砸在他额头上，他终于晕厥倒地。

徐浪用塑料捆扎带捆绑了两人，让闻声出门的房客帮忙报警。

在打斗过程中，谢宁山拆掉自己身上的绷带，从房间逃离。徐浪左手臂被霰弹擦伤，双手手掌被灼伤，我让他留在原地，自己追赶谢宁山。

9

对，烧伤病人就是谢宁山，他假扮成弟弟，在赃车上为我们指出毒品，消除我们可能对他身份的怀疑，然后为我们讲明哥哥陷害他的真相，让我们深信他是受害者。为了计划成功，他剃了光头，在鼻子和耳朵上缠上绷带，将右手食中二指黏合，甚至不惜拔掉自己的两颗上颚门牙，并把下颚的牙齿用老虎钳掰得参差不齐。他这样大费周章，实在让人意外。但想想他本来也是个戏痴，儿时又有过那样极端的遭遇，看来，他当初见我们的时候是隐藏了自己极为疯狂的一面，我甚至怀疑他杀我们也只不过是个借口，而是想借由这次任务达成自己的华丽演出，只是事与愿违，没想到他的阴谋被我们抢先识破。

事后，在房间的床底，我们发现杀手带来的两个32寸行李箱。如果我们遇害，就会被他们装在两个行李箱内运走。这也解释了这两个杀手身形跟我们差不多的原因——只要拿我们的身份证，戴着口罩退房，我们便从此消失无踪。

我是怎么发现谢宁山诡计的？全在烟花绽放的闪念之间。那个瘆人的笑容，在我脑海中连通了四组画面：少年谢宁山画着白脸蹲在地上虐鼠、KTV纵火者用烟花纵火、潮州台每天早间节目前会放送一段恭贺新年的烟花画面还有谢远岭的号叫。

我明白了谢远岭每日早上号叫的原因，不是毒瘾发作，而是恐惧。纵火者在KTV里用烟花纵火，那个爆炸声响结合火焰烧身的痛苦，深深地刻在谢远岭的脑海里，成为恐惧的来源。春节将至，潮州台每天早上7点28分，会特别播放一段烟花爆竹的画面，谢远岭看到这个画面，恐惧被触发，脑海中复现自己当时被火烧的惨状，因此号叫不止。我回想起当时在他家目睹的过程，新闻主持人一出现，烟花画面消失，他的号叫也一并停止。这种行为恒固，日复一日，绝不会是假装。谢远岭不是一个神智正常的人，那个跟我们交流的病人，不是他。

而刚才烟花在他身后绽放，他不仅无动于衷，还对着我们笑。眼前的病人眉眼间涂了黑色药膏，分明就是现出白脸人格的谢宁山！

他在房内拆下身上的绷带，赤脚逃窜。根据地上遍布的绷带线索，我追至小巷，渐渐将我们之间的距离缩小。他跑不过我，拐入一条小巷后，他突然停住，前方巷口被石墙堵住，这是一条死胡同。他背向我，身上的绷带已经拆除干净，光头，赤脚，身上只穿着一条四角内裤。

"你是谢宁山吧。"我在后头喊道。

他转过身来，抬头，昏黄的路灯照亮了他的脸，因之前被绷带遮挡，没看清全貌。如今整个妆容呈现，他眉眼之间涂深黑药膏，再沿鼻梁画下，细辨之后看到他的脸上画的正是一只倒挂蝙蝠的图形。我惊诧，怪不得之前在他身上没留意到文身。

"呵呵。"他咧开没门牙的嘴，蹲下身，右手往地上的砖头一劈，砖头碎裂，他从中挑出两块锥形石块，各攥在手中，朝我走来。

我想起他练过武。随后退出巷子，看到空地有一个晾衣架，我从中抽出竹竿，衣服纷纷掉地。竹竿有三米长，我双手握住，深入巷内，向他杵去。

巷道窄，竹竿伸展不开，他灵活闪躲，趁我打向墙面之际，用身体贴住竹竿，快速朝我翻滚，来到近前，我不得不放下竹竿，与他打斗。他握尖石的手如虎掌，向我连环快击，石块砸向墙面，擦出火苗，我闪开，没料到他曲掌向前，双拳砸向我的胸口，我后退多步，喘气不止。

趁我还没缓过来，他又跑上前，双手上下夹击，我唯有用手臂阻挡，想要抓住他手臂，却被尖石不断砸伤，稍一分神，他一脚蹬向我右膝，我整个人失去平衡，向前倾倒，眼见他右手蓄势，往上抡向我头部，我双手护头，右手腕被石块击中，人往后翻倒。所幸用手护住，只是鼻子流血，不然被石块击中面部，鼻骨至少断裂。我本想撑起身体，发现右手腕无法发力，伴随一阵剧痛，一看，整个手腕是垂落的状态，估计骨折了，皮肤通红，里面充满淤血。

他"呵呵"笑着向我走来，嘴里滴下涎液，看起来是发狂的状态。他手中握着沾血的尖石，我不是他的对手，估摸最多再打一两个回合，就会被他弄残。我在地上连连后退，用左手撑起身体，刚转身准备跑，就被他一脚踹向背部，整个人朝前趴下。

"别动，别动！"他在后头低声说道，声线如垂死的老人。

我感到背部有重量压下，他坐在我腰部，我用左手死命撑着,一躺倒,就绝无生还可能。不远处的角落有一根烧烤的竹签子,但我左手撑地无法摸到,只好弯曲手臂,用肘关节支撑,身子下陷,攥住签子,再奋力往右转身——肘尖擦地一阵剧痛,竹签扎穿了他的右手臂,没想到他一点停顿都没有,好像是无痛之躯,反而用拳头狠揍我的脸部。鼻血四溢,我彻底躺地上了。

谢宁山左手抓起我的两只手臂,右手抽出一条捆扎带,将我双手捆住。他起身,抓住我的头发,把我从地上拔起。我身子瘫软,任他将我扛上肩膀。

巷口传来警笛声,我心中燃起希望,又听到脚步声跑来,有妇人声响:"在那边。"谢宁山察觉不妙,将我从肩上卸下,自己往巷内跑,我大喊:"在这里!"他跑到巷后石墙前,跳起,踢踏左右墙面,两下翻过围墙。

警察走进巷内,徐浪右肩绑了绷带,双手包扎,俯视躺倒在地、面目模糊的我,伸出左手拉我起身,我伸手示意被绑住,他用刀子割开捆扎带,扶我站起。

我得知,刚才在宾馆埋伏的两个杀手,在押往派出所的救护车上,往自己身上注射了备好的蛇毒,到医院已经死亡。

"艾滋病人,哑巴,没有指纹。"徐浪说,"又是空白杀手。"

八 游戏

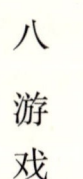

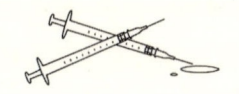

1

叶枫家住油尖旺区北海街，2012年我跟他一起当狗仔时，经常在他家附近的佳佳甜品店吃芝麻糊，我就是从那时养成了吃糖水的习惯，后来在内地很少吃到这种味道。如今重返旧地，顺路打包了三份芝麻糊，跟徐浪一起到叶枫家。

我们敲门，等了半分钟他才来开。他睡眼惺忪，显然刚醒，让我们进屋随便坐，他在洗手池上捧了把水抹脸。房间的陈设还是老样子，沙发上堆满衣物，有一整面墙贴满明星和电影的海报，另一面墙上挂了一块大白板，上面涂涂画画。我移开茶几上散放的物品放上芝麻糊，其中一个开口的黄色信封中掉落出几张拍立得。

"脸怎么受伤了？"叶枫看我，从袋中拿出芝麻糊，掀开盒盖，自顾自喝起来。

"前两天在潮州被人揍了一顿。"我说。

"来香港过年吗？"今天是腊月廿八。

"这是啥？"我拿起拍立得，图片是一截小指。

"一个器官切割案。"叶枫用食指拨开拍立得,共有六张,分别是一截小指,一截脚小趾,一个耳朵,三颗牙齿(两颗门牙,一颗犬齿),一小块带发头皮,还有两颗男性乳头。

"什么情况?"徐浪皱眉。

"昨天在一个垃圾桶翻到的。"叶枫说,"接了个调查婚外情的案子,本来想从出轨者的垃圾中找些物证,结果在他入住小区的公共垃圾桶中意外翻到了个黑袋子,里面装着这些东西。我怀疑这些人正遭到虐待,就带回来调查。"

"没报警吗?"徐浪问。

"打算今天报。"

"这些东西在哪儿?"我指了指拍立得。

叶枫打开冰箱冻柜,从中拿出一个黑袋子,放在桌面上,撑开袋口,里面的器官结了一层冰霜。

"有什么发现没?"徐浪俯身看器官。

叶枫摇摇头。

"查查手脚断指指甲中的残留物成分,或许有突破。"徐浪建议。

"要不一起查?"叶枫问。

"等我们忙完自己的事儿后,过来帮你。"徐浪说。

"你们遇到啥事了?"叶枫注意到徐浪双手缠着绷带。

"前段时间在潮州调查一个蛇毒案,线索牵到香港,这批蛇毒量很大,用途不明,只知道在潮州取毒,在香港的某个码头交货,我们想找到这批蛇毒,再找出那个接货人。"我说。

"蛇毒液还是蛇毒颗粒?"叶枫问。

"有啥区别?"徐浪问。

"蛇毒是蛋白毒素,容易腐坏,冷藏得当最多也只能保存两周时间。大批量的话，应该是用于生产，这就需要将毒液制成干品才好保存，不仅转化流程复杂，而且需要一整套制备干品的高尖设备，比如干燥器、冷凝机及无菌消毒柜之类。"

"是蛇毒液。"徐浪说，"在潮州的养蛇基地，我们并没有发现这样的设备。"

"运送过来的蛇毒液急需保存、转制，那交货地点附近很可能就是存放这批蛇毒的地方。"叶枫说，"我先试着从码头找找看有没有这样的工厂，但香港大大小小的码头有两百多个，给我点时间。"

2

2015年的除夕夜，我和徐浪是在车里度过的。

叶枫用了两天，帮我们找到了转制和保存蛇毒的地方。那是一间仓库兼工厂，建在东涌码头边。

去戏棚找谢宁山的那晚，他假意答应跟我们合作，我问他是怎么接触到付璧安的，他回答"每个季度我都会亲自运送一批蛇毒到香港码头，每次都是他来接洽"。结合泳池溺毙案的律师高瑞给我们的信息——"陈桦兴旗下有一家生物制药公司，曾经秘密做过人体药物实验。"我笃定谢宁山所言为真，因为这间大型仓库确确实实是蝙蝠组织成员陈桦兴的资产。

恰逢除夕，仓库的工作人员放假回家，独留一位保安在前门的值班室看守。这个仓库四周密不透风，两道钢闸后，门由内反锁，如果强行撬开，会被仓库的空间放大响声，想进去只有通过前门一个办法。

借暮色行动，我们准备在值班室窗外点燃浓烟，引保安出来。我们先收集纸品，捆成筒柱，徐浪不知从哪里拿出瓶伏特加，准备做点火的燃料。之后我们待在车内，打算等零点过后街道人稀再行动。看着对岸灯火璀璨，海面上遍布欢庆春节的游艇，我们心中萧然，拿出两个纸杯倒了点伏特加，就着三明治碰杯，算是庆祝新年。

10点左右，有游艇在放烟花，声音响亮，我盯着灰烬落入海面。不多时，徐浪推我，示意我看仓库：因值班室窗口看不到海，保安走出大门，绕到海边，正盯着烟花看。事不宜迟，我们赶紧下车，进仓库前戴上衣帽，钻进狭窄的门缝。

仓库里一片漆黑，依稀看出前方是两排高大的货架，我们沿着货架往深处走，看到一间用玻璃隔开的房间，把手电筒抵在玻璃上往内照射，看到里面摆放着一些仪器，门上贴着一个繁体字的"研发室"的牌子。门锁普通，徐浪用工具打开。

如叶枫所说，机器都是蛇毒转制设备，我们正检查，突然听到室内响起窸窸窣窣的声响，朝声源走近，发现是养在笼中的小白鼠，单独隔养，都是实验鼠。

房间一角有间冷库，把手挂着锁头，库门厚重，边缘被冰封住，拉开会有涩响，徐浪打开锁头，看向仓库缝隙，等外面亮起了烟花光，他随即拉开冷库门，响声因此消弭在烟花炸开的声音中。

冷气森森冒出，我们进入冷库，门边的温度计显示为零摄氏度，我将外套拉链拉到顶。徐浪打开灯，眼前是一排排木架子，架子上排列着用软木塞封存的锥形玻璃瓶，瓶身围着一圈锡箔，贴着标签，注明蛇毒名称、采毒及制毒日期、重量和批号。瓶里装着黄澄澄的小颗粒。

外面的货架上存放着一些化妆品，其中部分是蛇毒面膜。徐浪认为这只是幌子，实验室这个阵势，还用到小白鼠，不像是在研制化妆品。西南面有扇门，是一间会议室，我们进入，50平方米的空间被一张长木桌占据，在桌子中央固定着一台投影仪，靠里角落有个文件柜。

我们翻找柜中文件，发现蛇毒主要用途确实是制作面膜，有部分蛇毒用于抗癌和降压药的研究。徐浪关闭室内的铁片百叶窗，然后打开投影仪，打算查找视频内容，没想到这一投射，随即发现问题：投影的视窗左边缘打在了文件柜上，虽然只是微微延出1厘米，但高低落差导致像素变形，用这样的视频开会，不要说强迫症者，谁看了都受不了。

投影仪是固定的，投射在墙幕上的视窗也是固定的，那说明柜子近期被移动过。我们把柜子搬开，墙里果真嵌着一面两尺见方的密码保险柜。我们要找的东西，不出意外，就在里面。

密码是九宫格，徐浪用荧光照射，在五个数字键上显出密集的指纹印，五个数字分别是2、3、4、6、8。

虽然得到密码数字，但并不清楚密码长度。"这有啥用？"我纳闷。

"密码应该是六位数，242638。"徐浪不假思索。

"什么？"我惊讶。

徐浪拿出手机，打开九宫格输入法说："将这六个数字转化成拼音键，就是B（2）I（4）A（2）N（6）F（3）U（8），'蝙蝠'。"

"你这想得也太快了吧。"我暗暗佩服。

"你还记得广州那间仓库吗？那里同样有个密码锁，我上次也提取了指纹，同样也是这五个数，我花了些时间才发现要由拼音转化。"徐浪用手摁密码，"咔嗒"一声，保险柜锁芯弹开。

联系到这里是个毒蛇据点，我想到电影《杀死比尔2》中在钱箱中藏毒蛇的诡计，担心有诈，提醒徐浪小心。他吞一口口水，把柜门轻轻拉开，我用手电筒往里照，发现柜子里只放着两个红色本子。

从中拿出本子，红色缎面的封皮上写着"请柬"二字，我疑惑地翻开，看到里面用毛笔字写道：送呈郑读先生，请于2015年农历大年初五，公历2月23日星期一，参加付璧安先生与陈琦莹小姐的结婚典礼。设席：香港半岛酒店一楼利士厅，时间：下午6点。再翻开另一本，除了被邀请人是"徐浪"外，其余信息一样。

我们被耍了！

3

"陈琦莹是千晨地产董事长的女儿，"叶枫跟我们说，"也是陈桦兴和陈楠振的妹妹。"

作为付璧安背后的财主，陈桦兴一死，资金链断裂，我们推测蝙蝠组织会出现难以为继的局面。没想到这才是付璧安最终的目的——除掉两个继承人，跟千晨地产董事长的独女结婚。

"这个新郎什么来头？"我向叶枫打探，他并不知道我们在查付璧安。

"听说跟陈桦兴是一同留学的朋友，广州人，很受陈董看重。"

"两个儿子都没了，也就是说，他是陈董钦点的上门女婿？"我问。

"对。"叶枫说，"听人说是入赘，以后等陈董退休，估计会接手千晨集团。你们还在调查陈桦兴的案子？"

"最近又看到陈家上新闻，好奇了解一下。"徐浪转问，"对了，你那个器官切割案有没有进展？"

叶枫报警后，警察随即封锁了找到器官的愉景城小区，调查了当天出入大门的人员，挨家挨户询问，都没发现可疑人员，甚至连一个缺小指的人都没有看到。

愉景城是高级住宅区，门卫森严，只有像叶枫这种经验丰富的狗仔侦探才能混进去。他是2月15日早上8点左右翻到的器官，而小区每天早晚10点各会清理一次垃圾桶，也就是说，作案人是在14日晚10点至15日早8点间扔的垃圾，这个时间段人少，外人容易引起注意。如果这人不住在这里，完全没理由冒着被抓的风险，就只是为了潜入这个小区，扔掉赃物。叶枫因此猜测，凶手，或者认识凶手的人，有可能是小区内的服务人员。假设是外人，冒险扔在这里，就一定有不得不为的目的。

之后器官的检验结果出来，证实手指、脚趾、耳朵、头皮和两个乳头，分别属于六个人，加上无法检测的三颗牙齿，这里面的受害者，少则有六位，多则有九位。但诡异的是，最近香港并没有发生凶杀案，警察局也没有接到与之相关的报案。

"这些受害者要么仍被囚禁，要么就是事后不声张地生活着。"叶枫推测。

"仍被囚禁的可能性较低，莫名其妙失踪，总会有家人报案。"徐浪琢磨，"这个案子说是虐待吧，感觉不太对得上，哪有凶手虐待，只切割受害人身体一个非要害部位的？而且你们发现没，切割的器官，都非致命，不仅不致命，甚至可以说，一个人身上少了这些部位，并不会对他的生活造成多大的困扰。所以我倾向于认为，这是一起系列恐吓案。"

"黑社会行为？"我举例。

徐浪点头："不排除这个可能。"

"那还查吗？"我问。

"但也有可能是伤害或虐待案，如果是这样，受害者就有生命危险，最好能找到其中某个受害者，问清楚，才好做判断。"徐浪问叶枫，"这些器官有什么身份特征吗？"

"我提取了断指甲中的残留物，脚趾没什么突破，但在小手指里面发现一些细小的金属丝，成分是锌、铁、铜合金。"叶枫拿出一个塑料密封袋，递给徐浪，"你说这个受害者会不会是个电工之类的？"

用放大镜放大铁丝，发现皆是螺旋形状。"电工高温操作，会灼烧金属，但这几根铁丝仍保留光泽，应该是机器切割，什么机器能切出这么细的螺旋丝状，以我的经验，只有配钥匙机能打磨出来，况且钥匙的材质通常就是锌、铁、铜合金。"徐浪分析。

"找有配钥匙机的店？"叶枫说，"以愉景城为中心往外找？"

"这样的店铺其貌不扬，数量太多，以我们的人力找不过来。"徐浪问，"有没有更快的办法？"

"寻人启事？"我突然想到之前做狗仔时经常会使用的一个办法，"在香港各大报纸上登寻人启事，就说我们要找一位亲戚，把五金铺、钥匙机这些信息带上，再说一下酬金数目，缺小指是个很明显的特征，只要接触到这样的店主，一定会有印象的。"

"嗯，那两条路一起走，先在媒体渠道发布寻人启事。我们实地探访五金铺。"徐浪说道。

4

我、徐浪、叶枫和两位助手，找了两天五金铺，一无所获。这时寻人启事却有了反馈，有人见到了缺小指的五金铺店长。店铺地址在湾仔春园街，离愉景城有12公里的距离，怪不得我们没找到。

上午 11 点，我、徐浪和叶枫三人来到五金店铺，说是店铺，其实只是在门前放了个玻璃柜，一架配钥匙机摆在台上。我拿了一把钥匙给店主，他从椅子上站起，矮个子，两鬓灰白，有三道深刻的抬头纹，脸色泛油光，说话从口中涌出臭味，五十岁上下。他用左手接过钥匙，举在眼前端详了一下，之后用右手掰开机器轴。我们注意到他右手缺失了小指，包扎着纱布。我从台面的名片盒里拿了张名片，得知他叫葛民杰。

店里还有个门，掩着，里面并没有开灯，徐浪进店佯装看货架，趁店主专心打钥匙的间隙，推开门往里看一眼，突然躬身向里道歉："不好意思，走错了。"之后门由内被推上。店主转身问："你做什么？"徐浪连忙解释："我以为里面还有零件呢，抱歉。"

"里面是房间，那人是我老婆。"店主狐疑地看着我们，把配好的钥匙递给我。

叶枫把一张 500 元港币放在台面上，移向店主："老板，跟你打听个事。"

葛民杰身子往后："你们到底要干吗？"

叶枫又从衣袋里掏出一张折叠成块的报纸，举给葛民杰看，并说道："警方最近通报了一个案件，在一个小区的垃圾桶里翻到了一些身体器官，其中一截小指我们查实是你的，想跟你了解更多情况，麻烦配合。"

"你们是警察吗？"葛民杰神色慌张。

"我们是侦探，在协助警察办事。"叶枫引导，"没事的，我们会保护好证人安全的。"

"滚！"葛民杰犹豫，"不然我报警了。"

"你报啊，"徐浪说，"这个案子警察最近正在查，让他们来问你。"

听到外面的动静，店内的房门打开，出来一位面色憔悴的妇人，伛偻着，似生了重病："民杰，发生了什么事？"

"没你的事，进去！"葛民杰转头吼道，门又合上，他神情挫败，"小指是我操作机器时，不小心切到的，我真的不清楚为什么会被扔到垃圾桶里。"

"什么机器切的？"叶枫问。

"就是，"葛民杰指了指配钥匙机，"就是这个啊。"

我刚准备反驳，却听到徐浪抢先一步说道："谢谢你的配合。"

叶枫把桌面的 500 元港币收走，换了张 20 元港币，跟着我们离开。

刚没走几步，一个穿校服的少年与我们擦肩而过，径直走进五金店里的房门，我听到声音说："妈，今天人怎么样？"他并没有跟葛民杰打招呼。

"折腾了这么久，一点进展都没有。"叶枫路上抱怨。

"有进展。"徐浪说，"首先，他确实是受害者之一，其次，他表现慌张，撒漏洞百出的谎，可能是害怕或在袒护凶手。"

"或者他本身也存在问题，害怕案情暴露自己也受到牵连。"我附言。

"那接下来应该怎么办？"叶枫问。

"你接着盯着他，"徐浪说，"我们明天先去办个急事。"

"啥事？"

"跟一个老同学见面。"徐浪说，"我们后天下午两点去你住处。"

明天是大年初五,付璧安结婚的日子。

5

香港半岛酒店坐落在维多利亚港边,自1928年开张以来,接待过无数名人政要。第二次世界大战时香港沦陷,时任总督就是在这家酒店签署了投降书,并被囚禁于此。这家酒店因其深厚的历史底蕴逐渐成为香港的坐标之一,千晨集团的千金大婚,这里自然成为首选场所。陈家两个儿子先后遭受意外死亡使千晨集团一下蒙受阴影,如今这场婚礼的举行,从前期造势和排场来看,有冲喜的意味。

我们为此定制了两套西装,徐浪还戴上一副有录像功能的黑框眼镜。焕然一新走在路上,我们发觉女孩儿看我们的眼神都不太一样。我寻思等下一旦发生打斗,这样的衣服碍手碍脚的。徐浪觉得我想多了,这场世纪婚礼付璧安筹备已久,他不会选择在这个时机对我们下手。

"再说我已经跟叶枫约定了见面的时间,万一我们真的出事,他也会报警的。"徐浪扶了下眼镜说,"这还是我们第一次跟付璧安见面,既来之,则安之。"

酒店大厅金碧辉煌,整个楼层布满各种颜色的鲜花,经过安检门后,我们被安排落座。现场宾席上,坐了很多有头有脸的人物。婚礼开场隆重,如果不清楚付璧安干过什么事,你会认为站在台上那位穿着黑丝绒西装,别着黑领结,胸前戴着白花的仪表堂堂的新郎是位青年才俊,也会笃定千晨集团未来由他接手,将会节节攀升。更会觉得,他跟陈琦莹是天造地设的一对。

陈琦莹身形高挑,面容姣好,她挽着付璧安的手,在那仰慕的眼神里，我看到了不掺杂质的爱意。一开始我一直疑惑，付璧安究竟有何等魅力，能招募到那些为他卖命的手下，能说服陈桦兴为他的邪恶事业投入资金，如今还能骗取一位富家女的芳心。看到台上那个笑意吟吟，一脸谦卑的付璧安，我突然解开了心中的谜团：有的人生来就拥有蛊惑人心的磁场，而这样的人，通常都不会走上正道。

整套婚礼流程走完，该敬的酒也都敬了，付璧安自然地跟我们碰杯，说"谢谢赏脸，招待不周"。接近尾声，付璧安再次上台，他接过主持人的话筒，用粤语表达了迎娶新娘的荣幸，对来宾的感激，突然视线朝我们这个方向转移过来，我预感不妙，接着果真听到付璧安说："接下来我想再邀请两位老同学上台，自从我去美国留学后，这还是我们第一次见面呢，郑读、徐浪，上来，我想向大家介绍你们。"

宾客纷纷朝我们看来，徐浪低头用嘴型骂了句脏话，微笑站起。我们走上台。

"老同学，拥抱一下！"付璧安向我们张开双手，用普通话说道。我正迟疑着，徐浪跟他拥抱，我照做。

被人注视的感觉真糟糕，让我复现了曾经在学校升旗台念检讨书的感受，我低着头，感到双耳发烫，手心出汗。

"这么多年没见，你们现在在干吗呢？"付璧安发起攻势。

徐浪接过主持人递来的话筒说道："你一个上市集团总裁，问这个问题不是在取笑我们吗？我们做啥，在你眼里不都是混口饭吃。"

"你这话说的，"付璧安笑，朝向宾客，"当时在学校，他们俩可是我崇拜的偶像，非常聪明。说真的，邀你们上台，是想当场问一下两位，愿不愿意赏脸，来我这边帮忙呢？只要你们答应,公司各部门各职位任你们挑。虽然我们这么多年没见,但是你们的一举一动,我还是有些了解的。你们这个能力,在别的地方屈才了。"

"谢谢邀请,"徐浪说,"但我们自由惯了,受不了大公司的制度。"

"郑读,你也表表态呀!"付璧安看向我。

"胜任不了。"短短四个字,我仍能听到自己声音的颤动,只想赶紧退到台下。

"既然说到工作,我倒对你们公司的一个部门感兴趣。"徐浪由守转攻。

"是吗?"付璧安仍然笑吟吟,"哪个部门啊?"

"就是那个研究蛇毒的部门。"徐浪说,"我听内部消息说,这些蛇毒不仅仅用作面膜生产,是不是真的?"

"这消息是从哪听到的?你消息还挺灵通,"付璧安看向台下,顺势说道,"化妆品只是蛇毒业务的一部分,实验室一直在利用蛇毒研制药物。其实爸爸有高血压,我获悉矛头蝮毒素中的肽有降低血压的功效,因此顺便组建了一个药物研发室,而且已经取得一定进展,只是还在测试阶段,目前并没有对外公开。同时我们也在研究蛇毒中的镇痛和抗癌功效,相信在不久的将来,这块业务会为我们带来意想不到的成果。"

"爸爸"就是千晨集团的陈董,他坐在主座上,显然喝了不少酒,脸色红润,两道粗眉毛连一起,不怒自威,年轻时想必也是个狠角色。两个儿子的被害,让他深受打击,一蹶不振,但商界竞争血雨腥风,一秒都停顿不得。据说付璧安给他请了一个心理团队,经过疏通辅导,近期有好转迹象。他带头鼓起了掌,随后全场响起热烈的掌声。一个难题就这样被付璧安无形化解，我感到挫败。

"原来是这样，那祝千晨集团未来更上一层楼。"徐浪准备下台。

"等等。"付璧安叫住我们，接过服务员递来的香槟，摇晃瓶身，"嘣——"瓶塞弹出，瓶口涌出泡沫。他将酒倒进高脚杯，递给我和徐浪，又朝向台下："最后，我们大家再次庆祝一下，干杯！"

6

回到座位上不久，有位服务生来我们身边，俯身悄声说："两位先生，付先生邀请你们一小时后到1904房，想跟你们谈谈蛇毒的事情。"

果然还有下半场，徐浪将一把餐刀用毛巾擦干净，趁人不注意藏进衣袖中。婚礼结束，新郎新娘去门口谢客。一小时后，我们进电梯，到1904房前敲门。

付璧安开门，看我们迟疑，说道："放心，房间只有我一个人。"踏入门厅，左边是一个半开放式厨房，客厅有一大面落地窗，窗外是维多利亚港的璀璨夜景。客厅西北角的圆桌上，放着一个沙漏，黄色砂砾呈细线状落下。

"你们喝什么？"付璧安在柜子中拿出杯子。

"谢了，不用。"徐浪在窗边的沙发上坐下，说道。

付璧安拧开水龙头，盛了杯水，喝了一口，走到我们对面的沙发前坐下。

"去年你们坏了我的好事，让我不得不更改计划。"付璧安笑道，"说实在的，我能走到今天这步，还得感谢你们。"

"你确实很谨慎，没有露出破绽，但既然我们能跟到这里，就说明你的时间不多了。"徐浪说,"我们有大把的时间陪你玩。"

"道高一尺,魔高一丈,你们是在成全我。"付璧安挺直身躯,双手放于双膝上,"你们是合格的对手,我喜欢你们,为了之后我们能公平竞争,今晚我想跟你们聊聊我后面的行动计划。你们也清楚,用蛇毒制作化妆品、药物,都是幌子,其实我在用蛇毒研制一种新型毒药。"

世界上蛇毒中的毒素种类分为神经毒素、心脏毒素、细胞毒素、出血毒素、溶血毒素及肌肉坏死毒素。中毒后,毒素通过血液循环扩散至全身,引起一系列中毒症状,来势迅猛,成分繁杂,目前还没有一种通用的抗蛇毒血清,这意味着医生要救被毒蛇咬伤的病人,要先知道蛇毒来源。如果被一些小众毒蛇咬到,而恰巧医院没有存储这类抗毒血清,那病人就只能等死。全世界每年有将近十万人死于毒蛇口下,其中一部分人就是因为错过了救援时机。

"以目前的科学水平,大部分毒发身亡者体内的毒素成分还难以通过体内的反应来辨别,主要依据体表症状及临床经验来判定。蛇毒是蛋白类毒素,无非由 C、H、O、N 元素构成,便于合成和研制,也比无机毒素反应更温顺,如果能制成一种未知蛋白,被检测出来的难度是很大的。"付璧安喝了口水,继续说道,"于是我便有了一个构想,用蛇毒及其他蛋白质毒素来创造一种新型毒素。这种毒素要满足两个条件,一个是难以检测,一个是可以把控发作的时间。而且由于我知道这种毒素的合成原理,可以顺便研制对应的抗体,也就是解药。"

我身体绷直,做好防御的准备。

"对,我已经研制出了这样的毒药,现在给你们展示一下。"付璧安站起,转身走进房间,徐浪放下二郎腿,用眼神向我示意"见机行事"。一会儿，付璧安提出一个鼠笼和药箱走来，笼中的白鼠因颠簸而吱吱乱窜。

"这种延迟死亡法，需要精准控制好药量，以及找准注射的位置。"他把鼠笼和药箱放在茶几上，戴上手套，用细针管插入药瓶，抽取了 0.2 毫升的黄色液体，然后打开鼠笼，用左手从笼中抓住白鼠，将针管插入鼠头下方。期间徐浪曾制止，可付璧安不为所动。注射完毕，付璧安又将白鼠放入笼内。

"这只老鼠会在两天后死去。死于呼吸肌麻痹引起的窒息，看起来就像是自然死亡。更妙的是，这种毒素会慢慢在体内自行降解，最终无迹可寻。而它在死之前，一切迹象如常。"付璧安说，"你们可以带回去观察。"

"目的是什么？"徐浪顺着他的话意问道。

"有了这样的毒药，犯罪的风险会小很多。首先，不用费尽心机地去制造不在场证明，只需注射定量毒液，甩手走人，静候对方死亡。其次，由于可以控制死亡时间，就产生了一种游戏的意味。事情带有游戏性，才有存在的意义。最后，这种犯罪的成本低，追查难，可操作性强，试想一下，在特定的期间内，一个地区的人陆续毙命，体表正常，在毒源未知的情况下，会造成怎样的恐慌？这在历史上有很多案例。"

"为什么要这么做？"

"历史的进程是个试错的过程，文明发展到这里，已经走入死路了，再走下去，只是加速末日的到来。现在的方向是错的，秩序也是错的。改变方向，最快的方法是让人类经历新一轮的混乱，在混乱中自行涤清，才有机会发展新的秩序，展开新的世界。"付璧安神情安然，"我要打破如今这个秩序，方式就是在群体里面投入恐慌——这就需要大量的资金和手段。当科学解释不了死亡和灾难,当科学救不了人,人这种脆弱的物种,就会把神当作寄托,神来,魔鬼就诞生了。"

"神和魔鬼都是虚幻的,经不起考验,总会败露。"徐浪看着付璧安。

"所以就必须有代理人,不管是神还是魔鬼的代理人,他们百分之百是真的。"付璧安拍手鸣响,表达真实之躯。

"这只是你的一厢情愿。"徐浪说。

"这是上面给我的启示,"付璧安说,"而我奉为真理。"

"你以为你这个计划能顺利实施吗?"徐浪反问道。

"有你们在,实施难度会加大。"

"也就是说,你想先把我们解决掉?"

"你们一直在追捕我,这是猫鼠游戏。既然现在我们都面对面了,说明用常规办法解决不了你们,也没意思。"付璧安转头看向圆桌的沙漏,"我必须有人追赶,才能更快跑到目的地,但在新的猫鼠游戏展开之前,我想先换个游戏。"

我心跳有点快,身旁的徐浪气喘得有点急。

"刚才在婚礼台上给你们喝的香槟掺了麻痹毒素,能让你们身体不听使唤,但感官正常。"我听到付璧安说道。

徐浪从袖中抽出餐刀,餐刀掉地。

"不用挣扎了,沙漏已经漏完,毒素发挥效用的时间正好是三个小时。"付璧安说道。

"你也喝了。"我感到舌头肿胀,堵住气管,发出的声音异常粗哑。

"我有解药啊。"付璧安从药箱中拿出两支新的针筒说道,"麻痹你们的身体,让你们意识清晰,并不是要虐待你们,只是我希望你们能听到我将要向你们传达的游戏规则,犯罪带有游戏性,才是真正的犯罪。"

我的身体陷入沙发。人生中两次陷入泥沼,都非现实,一次在噩梦中,另一次在一间五星级酒店的房间里,两次都让我浑身冒冷汗。徐浪口中发出嘶嘶声,他勉强站了起来,又跌进沙发里,脸色通红。

"游戏规则是这样的,这很重要,关系到你们五天后的生死。请务必记住。"付璧安起身,右手指缝中夹着两支注满透明液体的细针筒,向我们走来,"我先在你们体内注射毒液,毒效大概会在五天之后发作。今天是 2 月 23 日,也就是在 2 月 28 日的晚间,你们会死于某种正常的意外。"

我的身体完全动弹不得,激烈的情绪涌动,眼眶滚落热泪。

"但是,我会给你们留下解药。只要你们在这五天内找到,就可以获救。"付璧安把徐浪的头摁到沙发扶手上,拍拍他的颈部,将毒液注射进去。

"想要找到解药的位置,就必须按照我的提示,线索很简单,请听好了。"付璧安说,"沿一条线返回,要搭三站地铁,旺角已没太子,六耳猕猴捞月,Salvation lies within。"

我的脖颈一阵刺痛,感到冰凉的液体涌入血管。

"垃圾我顺便带走,对了,这几天不用花时间找我,明天我就离开香港,跟新娘去度蜜月。"付璧安摘下徐浪的录像眼镜,和针管、药瓶一同扔进垃圾桶。

"祝你们今晚好梦。"

九 解谜

1

"郑读，醒醒。"

蒙眬中听到声音，睁开眼，看到两个徐浪，又闭上眼，甩甩头，徐浪将我从地上拉起。窗外是雾蒙蒙的清晨，看一下时钟，未过6点。我走向厕所。"把尿憋着。"突然听到身后徐浪说，"去做个体检。"

我们就近找了家医院，结果是血液、心肺、肝肾都正常。我瘫在椅子上一筹莫展，问徐浪是否也胸闷气短头晕。徐浪站起身往外走，边走边说："没吃早饭呢。"

回酒店餐厅，我感到前所未有地饿，吃了一份炒蛋，两根香肠，两枚蛋挞，四个叉烧包，又喝了一杯咖啡后，整个人好了许多。

"怎么办？"我问。

"还能怎么办，跟他玩呗。"徐浪说。

"妈的！"我说，"你还记得昨晚他说的那个提示吧？"

"嗯。"徐浪招手跟服务员要了支笔和一页记事纸。

"沿一条线返回，要搭三站地铁，旺角已没太子，六耳猕猴捞月，"我回想，"最后那句英语怎么念来着？"

"Salvation lies within。"徐浪悉数记在纸上，"是电影《肖申克的救赎》的台词，得救之道，就在其中。"

"酒店附近是尖沙咀站，往北搭三站是旺角站，再上一站是太子站。"我疑惑，"解药放在这两站之间？"

"去看看。"我们进了电梯，徐浪摁了19层，"走前把那只小白鼠带走。"

正值早高峰，地铁人山人海，逆着人流寻找无头绪的线索，只会徒增焦躁，加之体内被注射了定时毒药，让我对时间的流逝感到恐慌。我虚汗直冒，阵脚大乱，在太子站的垃圾桶里把早饭全吐了出来。内心燃起无名火，只想揪出付璧安狠揍一顿。

"别急。"徐浪在旁边安慰，"五天时间，找出解药绰绰有余。"

只有冒险家才能在这种情境下镇定，徐浪就是这样的人。后来我发现，不是因为他的职业使他置身险境，而是危险在吸引着他，让他成为夜行者。对于答案他或许没有把握，但胜在心态稳定，常常能化险为夷。看他一脸悠闲，不像是死之将至的人，作为同伴，我也在无形之中被感染，深呼吸，振作起来。

"这是一道谜语，谜底是一个位置。"我们转去叶枫家，在车内，我用笔在纸上演算，"一步步来，先从花里胡哨的谜面中找出关键，推敲付璧安设谜的用意。"

"沿一条线返回。"我圈出"返回"二字，在右边打了箭头，记下，"顺序应该考虑在内。"

然后在第二句里圈出"三站"，"注意数量。"我自言自语。

"旺角已没太子。"我圈出"太子"，"地点和人物。太子站好像是纪念英国的某个王子访港，这个要问问叶枫。"

"已没。"徐浪提醒,"已经没有,用了过去时,说明曾经有过。"

"嗯。"我记下,"六耳猕猴捞月,有两个解读,猴子捞月,做无用功,六耳猕猴,是假美猴王。"

"月亮可能跟时间有关,比如中秋。"徐浪补充。

"倒回去三站地,旺角的王子已经不在了,有个假王在做无用功。"解读出第一层,我们仍是一头雾水。

2

"你们看报纸了吗?"叶枫刚开门就问道。

"器官案有消息了?"徐浪猜测。

叶枫递来报纸,头条配图是陈桦兴的大头像,右下角是脸部打了马赛克的嫌疑人被押上警车的照片,标题名称为《杀害陈桦兴的嫌疑人近日已落网》。报道回溯了案情经过:凶手在废弃屋内设刑房,在受害人脖颈上扣上湿皮带,再用暖气烤,使皮带收缩,勒死受害人。因嫌疑人事后不慎将此事说漏嘴,致使案情暴露。

"这个张大利你认识吗?"徐浪指着此篇报道的记者署名。

叶枫看了看,摇摇头。

"能帮忙找到他吗?"徐浪问。

"我问问。"叶枫打了电话问同行,很快得到了他家的地址。

徐浪拿起报纸,和我说:"郑读,走。"

叶枫困惑地看我,我耸肩说道:"你先忙你的事,之后再跟你细说。"

"对了,再帮我个忙,"临走时我在客厅的挂历 2 月 24 日的空格中写下谜语,"帮我查查,旺角站和太子站有什么典故?很急，越快越好。"

"这是一则独家报道，说明警方并没有公开案情，是有人走漏了风声。"下楼，我赶上徐浪，听到他说，"在这个当口出现这种讯息，实在不似巧合，更像是付璧安有意指引。当务之急要找到这个记者，问清他的消息源。"

看着报道中"陈桦兴"的头像，我想起谜题中的"太子"——作为千晨集团的继位人，如今已经死去。这个突然出现的嫌疑犯，是否跟这则谜语也存在关联？

我们驱车来到沙田区的盈喜花园1座13楼，摁门铃，一会儿有女声在门后用粤语问："哪位？"

"你好，请问这里是张大利家吗？"徐浪问。

"他搬走了。"门后的女声说，"我们已经离婚了。"

"麻烦告知一下他现在的住址。"徐浪说，"我有要事找他。"

"我也不清楚，离婚后我们并无来往。我也没有他现在的联系方式。"

"他在哪工作呢？"

"他很久没工作了，"女声说，"五年前他在《大公报》待过。"

"你有他同事的联系方式吗？"

"没有。"

"方便让我进去吗？"徐浪问。

等了一会儿，听到里面回答："不好意思，不接待生人。"

"张大利留在房间的东西可以给我看看吗？"徐浪请求，"随便什么都可以，你递出来就行。"

"我们已经离婚了，"女声开始不耐烦，"这里没有一点他的东西。"

我们怏怏而退。在楼下，徐浪用工具打开张大利家的信箱，找到了几封律所发来的广告函，介绍了离婚后财产分割的咨询业务。还有一封香港妇女服务会对秦芝女士的回访信，信中给出一些离婚后重建生活的建议。秦芝就是张大利妻子，也是楼上跟徐浪对话的女子，看来她所言非虚。

我们只好再托叶枫帮忙，叶枫认识很多圈内人，辗转找了负责张大利的报社编辑，询问张大利的新闻来源，对方摇摇头说："他认识的人多，又备有各种证件，总能搞到第一手内幕。我只看稿件的证据和结论是否翔实可靠，并不过问其他。"

想让对方约张大利出来，编辑说："我们通常在网上沟通，他很少露面，现在警方都想调查他，近期应该是不会出来了。"

"你有他的联系方式吗？"徐浪问。

"这个不方便说。"编辑回答。

最后，看在叶枫用一个内幕交换和5000港币的分上，他才勉强把张大利的电话和邮箱告诉我们，他最后说："电话我打过了，一直关机。运气好的话，你可以通过邮箱联系到他。"

3

通过邮箱联系张大利，首先不一定能骗他出来，其次他不一定会及时看到。我们只能寻找更快的方法。

从有限的资料入手，我们发现他的邮箱前缀是SonicYouthfans，可见他是摇滚乐队"音速青年"的粉丝。网民有个习惯，一个用户名用顺手，会在其他网站注册的时候重复使用，徐浪试着在几个常用的社交网站搜索"SonicYouthfans@"，找到的用户动态跟张大利并不符合，最后却在微博个性域名上有了突破。这个用户所在地区为香港，粉丝寥寥。2月24日他发布了两条动态，一条晒了一张杀害陈桦兴疑犯落网的报纸头条照片，附上笑脸表情；另一条晒了"The Thurston Moore Band Live"的购票截图——Thurston Moore 是曾经音速青年的主唱，演出场地是香港湾仔 The Vine Centre，时间是 2 月 24 日晚上 8 点 30 分，就在今晚。

我们已经知道张大利的长相，要做的就是去现场守株待兔。但演出票早已售罄，我们赶到 The Vine Centre 时接近开场，在门口花了十倍的价格，才从黄牛手中购得两张票。

场地不大，目测两百多人，迷幻的灯光，嘈杂的电吉他，随着音乐抖动的人群，都增加了我们找人的难度。我和徐浪分左右两边挤进人群，仔细去瞥每人的面孔，直到在中部会面，都没有找到目标，只好退到后场吧台，各自点了瓶啤酒，还没喝两口，我就看到旁边有个眼熟的人。

我推了推徐浪，在他耳边说："后面那个穿飞行员夹克的老兄应该就是他。"

徐浪摇头晃脑地瞄了眼，向我点头，说道："你蹿到他后面，用电击器装枪在后头抵住他，让他到外面聊聊。我去出口拦截，以防他逃跑。"

等徐浪出门，我绕了一圈，来到那人身后，用电击器抵住他后腰，他一激灵，挺直腰板，我随即说："张大利吧，方便出去聊聊吗？"

那人没回头，用粤语大声说："兄弟，你认错人了吧。"

"不想有事的话，出去说。"我用电击器推了推他。

"出去就是，不必这样。"那人往出口处走。

没走几步，他突然拉住旁边的女孩往身后甩。被这一冲撞，我侧身倒地，看他扒开人群往门口跑去，接下来看徐浪的了。

我扶起女孩，跟人家道歉后，紧追着张大利跑出门外。

出口处的一个垃圾桶被掀翻，金属桶身有一大处凹陷，看来徐浪并没制服他。我们接着往室外跑，看到远处有三人，其中一个是保安，在询问发生什么事，张大利大吵大闹，说不认识我们。保安拿起手机作势要报警，我走近他，恫吓："大家都是同事，玩一玩，不必报警吧。"张大利转念一想，制止保安，一脸嬉笑："不好意思，我们喝了酒，在玩大冒险呢。"保安看了看我们，悻悻地挂了电话，走开。

"把我耳朵拿来！"张大利边说，边从徐浪手里夺回一个肉色的东西。

刚才在追斗中，徐浪扯了张大利的右耳，居然把它扯了下来！

"你耳朵怎么回事？"我突然想到了器官切割案。

"关你屁事。"张大利把假耳安上，抚平头发遮住耳朵，"你们要干吗？"

"咱们是同行，想问问你那个嫌疑人的消息来源。"徐浪掏烟，"帮个忙。"

"既然是同行，那你也知道行规啦，大家各有各的线人，我凭什么给你？"张大利盯着徐浪。

"警方正在追查消息是怎么泄露的，你不想我们把你的行踪告诉警方吧？"综合他刚才的举动，徐浪顺势威胁道。

"他们有调查我的权力，我也有沉默的权利吧？尽管去报，我不怕。"他不为所动。

"如果是耳朵的事呢？"我直觉他跟器官切割案有关，联系断指五金店老板的反应，决定赌一把，"前几天出现了一个器官案子，你是受害人之一吧，怎么没报警啊？"

他果真中招，看着我，脸上渐露慌张，说："你怎么知道这事？"

"既然能找到你，就已经把你的信息摸透啦。"我说道。

"一万块，我把消息给你们。"他略一思索。

"摆好自己的位置，你没有要价的资格。"我拿出手机。

"好好好。"他摁下我的手。

张大利带我们走近一辆白色丰田面包车，拉开车门，一股异味涌来。后座一排座椅被卸下，空出位置，里面放了被褥和行李箱，显然他在车内睡觉。

"上周五我收到了封邮件，发信人提到杀害陈桦兴的疑犯已被警方逮捕，希望我来写这个报道。"张大利打开他的电脑，点开邮件给我们看。

正文交代了简要的信息，最后写道："这是一条独家内幕，我深知你能力，希望由你来搜集资料，撰写报道，并于下周一2月23日投递报社，如2月24日未见报，我会将消息发送给另一位记者。"附件是嫌疑人多张被逮捕的照片，嫌疑人看起来是个三十多岁的男子，身穿一件标有数字"310"的灰色卫衣，白天在一个商场前被警察扣上手铐，带进警车。

"我多方探听之后，证实是个真新闻，就按照发信人的指示，在2月23日给报社交了稿，24日登报。"张大利说。

"线人的联系方式呢？"徐浪问。

"我不想骗你，"张大利说，"我真不知道他是谁，这个人是用公共邮箱给我发的讯息。"

邮箱全称是"info@zionluth.org.hk"。

"公共邮箱，什么意思？"我问。

"这是一个教会的邮箱。"张大利说，"zionluth，路德会锡安堂，就在北角英皇道那里。"

"明天跟我们去一趟吧，发信人如果是教会的人，他会认出你。"徐浪说。

"别搞我了，好吗？"

"那跟你借几个道具，"徐浪转问，"听说你调查有一手，备有不同的警务证件？"

"你们到底是从哪里知道我这么多资料的？"张大利叹口气，打开行李箱，把三张证件中的小照撕下，甩给我们。

"这个张大利也是器官案的受害人。"去叶枫家的路上，我向徐浪说道，"所有事情搅到一起，你觉得付璧安与器官案会不会也有关系？"

"器官案的线索让叶枫先盯着吧，"徐浪吸烟，"我们先干要紧事。"

4

2月25日早上9点，我们来到路德会锡安堂。

"找教堂的牧师，直接给他出示重案组证件，然后问他对疑犯的了解，如果不清楚，再问他近期有没有见到可疑人员。"徐浪提前制订好计划。

进入教堂院门，发现有两位青年从屋内走出，从别在便衣领口的证件看，他们是如假包换的CID[①]——被捷足先登了。等警车离开，我们来到牧师办公室，敲门，听到里面传来"请进"二字。开门前，徐浪示意他来应对。

[①] 全称为Criminal Investigation Department，中文：刑事侦辑处。该机构于1923年成立，隶属于香港警察队，负责刑事案件的侦缉。

"阁下有什么事？"一位头发稀疏，穿黑西装，戴无框眼镜的中年男人坐在办公桌后面，桌上立着的金属名牌显示他姓"乔"。

"乔牧师，刚才在门口看到两位同僚离开，想必也是来调查那个案子的？"徐浪尽量将信息虚化，等对方入套。

"嗯，"牧师点头，"我刚跟他们交代了，我也不清楚这事怎么会登报。你们也是警察？"

"我们分属不同部门，按照流程，需要对你再做一份口供。为了大家方便，麻烦你把刚才讲给他们听的信息再向我们复述一遍即可。"徐浪拿出证件，举到牧师面前，我注意上面印着"ICAC"①四个红色字母，心想这案子跟廉政公署啥关系啊，但没办法，张大利确实只给了这两种证件。

"你们请坐。"牧师并没有发现证件的疑点，示意我们落座。

2月17日晚9时许，有位消瘦的青年走入教堂，找到乔牧师，要向他忏悔。青年说自己是杀人犯，起初乔牧师以为对方只是失意、绝望，在说大话，就对他循循开导。后来青年痛哭流涕，点明自己正是杀害陈桦兴的凶手，并说出了作案细节。

陈家两子接连被害的新闻，在香港尽人皆知，而真凶仍逍遥法外，这让乔牧师留了心眼。他以关心的名义，慢慢套出了这位疑犯的个人信息：从内地过来，流离失所，在香港各大商场的楼道睡觉。最后乔牧师给了对方一些钱，并留他在食堂用膳。

"你会为我保密吗？"嫌疑人问牧师。

乔牧师点点头。

---

① 香港廉政公署（Independent Commission Against Corruption），1974年2月17日组建，是一个与所有政府机关相脱离的独立反贪机构。

罪人向牧师告解，牧师有保密的道德。但这个秘密显然超出了乔牧师能承受的极限，因此在嫌疑人离开的隔天，牧师选择了报警。警察根据乔牧师提供的情报，在商场抓住了嫌疑人。

不管出于什么目的，牧师的行为终归是告密。如果消息公开，怕是会被不怀好意的人曲解，影响教堂声誉。因此乔牧师要求警方保护好他的身份，由于还没找到谋杀的证据，警方也并不打算过早公开案件。但就在昨天，2月24日，这个新闻突然出现在报纸上，一时间在社会上造成不小的动荡。于是警方过来询问乔牧师，乔牧师表示，自己绝对没向除警方之外的任何一人说起这件事。

"当时嫌疑人的忏悔是在哪里进行的？"徐浪问。

"就在这间办公室。"乔牧师补充，那晚工作人员已下班，不存在隔墙有耳。

"你仔细想想，这段时间你有没有见过行为可疑的人员？"徐浪提示，"但凡让你觉得不合常理的地方，都请说出来。"

乔牧师沉思了一会儿，说："如果硬要说谁行为奇怪的话，老吴倒是符合，老吴是教堂的保安，前段时间他请了大概一周的假，重新上班后，整天戴个鸭舌帽，低着头。我问他是不是有什么事，他却说没事。"

"等下我们出门跟他谈谈。"徐浪接着问，"回到嫌疑人身上，当时他除了说自己是凶手，有交代作案动机吗？"

"没有。"牧师摇摇头，"忏悔的动机倒是有说，他说自己是个艾滋病患者，感觉自己不干净，作案后常发噩梦。他还特别跟我提到，一晚他梦到一只红眼狐妖，说要吸他的血，他吓得半死，躺在床上动不了，惊醒过来，发现自己抱养的猫咪暴毙在旁，他才警觉是自己造下了孽，来向我忏悔。"

又是艾滋病患者!

"Salvation lies within."徐浪低语。

"什么?"牧师问。

"没有。"徐浪表情振奋,回过神来,对牧师说,"办公室有没有被窃听的可能?"

乔牧师疑惑地看着徐浪,摇摇头说:"没有人会来窃听教堂吧。"

"方便我们检查一下吗?"徐浪说,"我们带了设备。"

在去车内拿探测器的路上,我不得其解,问徐浪:"你发现什么了?"

"付璧安谜语的最后,说了一句英文'得救之道,就在其中',这是《肖申克的救赎》里典狱长说的台词,"徐浪说,"安迪最后在《圣经》里面藏了把锤子,是这把锤子让他得救。我认为这个嫌犯并不是真正杀害陈桦兴的凶手,而是付璧安安插在游戏中的棋子,目的是指引我们找到教堂,解药会不会就藏在教堂某一本《圣经》当中?"

我们借探测器的掩饰,着重翻看了牧师办公室的《圣经》,并没有在里面找到玄机。又得到牧师的授权,查遍了整间教堂所有《圣经》,同样一无所获。

之后我们跟那位叫老吴的保安做了例行询问,除了人确实怪了点,并没有套出什么有用信息。

徐浪的脸上显出懊丧。线索至此中断,我们心力交瘁,举步维艰。

回到叶枫家是下午 4 点,穿过窗户的阳光中尘埃浮动,我们沉默地坐着。

"你说它今晚会不会真的死去。"徐浪突然开口。

我看向书架上的鼠笼，那只小白鼠依然活蹦乱跳。当时付璧安在我们面前给它注射毒液，说它距死期还有两天。两天倏忽而过，我们折腾一通，毫无突破。

我说不出话，随手拿了本书，摊开盖在脸上，躺在沙发上沉沉睡去。

"你可真会挑书啊，拿了我珍藏的写真书当眼罩。"叶枫把我脸上的书拿走。

我瞥一眼书名，《庭砂の女》。女优姓名是个日文，但模样有点面熟。

"你也有这个雅致的爱好？"徐浪指了指《庭砂の女》，随口问叶枫，"这本写真书很贵吧？"

"现在确实很值钱，"叶枫将写真书放进书架，"但我是刚发售时买的，当时只发售3000册。"

我无心参与话题，看向窗外，霓虹灯已经亮起。

"你要的资料搜集好了。"叶枫给我拿来一沓资料，内容聚焦旺角站和太子站相关的凶案新闻及都市传说。我掂了掂重量："这么多啊？"

"那可不，那附近一堆故事呢。有旅游团还组织游客游览命案现场，就是围绕旺角站展开的。"叶枫打开饭盒，"慢慢看，都很有意思。"

我分开其中一半给徐浪，他接过放一旁，心不在焉。

半夜，我睡不着，上了个厕所，回房时恍惚看到客厅沙发上坐着个身影，警觉，细辨，发现是徐浪的轮廓。"怎么了？"我走近。

"真的死了。"徐浪坐在沙发上，怔怔地看着鼠笼。

借着窗口的月光，我看到鼠笼里头的白鼠平躺着，一动不动,面部安详。

"睡吧,明天还有更重要的事。"我看到徐浪的眼眶通红——不知是劳累还是伤感,那是我第一次看到他表现出脆弱的一面,但后来再提起,他矢口否认。

5

小白鼠死去,表明我们的期限已经过半。我难以入睡,更害怕醒来,比死亡更令人厌恶的是等死。就这样折腾了一夜,天擦亮时才睡着,结果还没睡安稳,就被电视的声音吵醒。

"看电视。"叶枫推了推我,并把音量调大。

电视在播报早间新闻,陈桦兴命案嫌疑人落网的消息见报后,为给公众一个交代,警方紧急召开记者会,警长在会上宣称,他们确实逮捕了嫌疑人,但经过调查和审问,证实对方系恶作剧,基本可以排除作案可能,经过教育,已于今晨释放,并遣回内地。配图是嫌疑人被逮捕现场的照片,嫌疑人脸上被打了马赛克,身上穿的卫衣标着"310"。

"请问有什么证据可以证实他无犯罪可能?"底下记者发问。

"我们调取了各个过关监控,加班加点检查,发现在受害者被害当日,当事人还未到港。"警长回答。

"徐浪,有眉目了!"我收拾茶几上叶枫给的那沓资料,装进包里。

"去哪儿?"徐浪问。

"去吃早饭,边吃边说。"我开门,"叶枫,你接着盯着五金店老板和张大利的动向。"

"你昨天的思路是对的。"我把最后一口猪扒包咽下,"如你所说,那是个假疑犯,他充当付璧安安插在这个寻宝游戏中的棋子。既然是游戏的组成,那就一定是有用线索,根据它,我们来走下一步。"

"他指引我们到教堂,然后呢?"徐浪问。

"信息在跟乔牧师的对话中。"我说道,"我刚开始做狗仔时,为了挖一个内幕,深入到一个权色交易的组织里,一有差错,性命不保,我必须牢牢记住各种细节,越小越琐碎的细节越重要。有个同伙跟你私底下取笑老大上周放了个响屁,你要记住他放屁的地点。说这个是想表达,既然这个疑犯是游戏中的功能角色,那就要特别注意他携带的信息,他的艾滋病患身份,他的'310'卫衣,还有他跟乔牧师忏悔的事情里面,越细,越具体,越八竿子打不着的情节,很可能就是故意埋下的线索。你想想他跟牧师说了啥让你印象深刻的?"

"他作案后,经常梦到一只狐妖作怪,还真害死了他的猫。"徐浪想了想,说。

"对,狐妖。"我翻出包内叶枫搜集的资料,给徐浪,"昨天我浏览了这沓资料,当时信息繁杂,加上没有头绪,并没在意'狐妖'的典故。如今一串通,恍然大悟——这个解谜步骤要先从香港曾经流传的'狐妖杀婴'的灵异故事开始说起。"

1981年,香港温莎大厦位于三楼东区的酒楼举办了一场婴儿满月的酒席,当天晚上孩子的母亲回家后做了噩梦,她梦到自己身处空无一人的酒店大堂,撞见一只巨大的银光狐狸,狐狸俯视着女子,发出阴森的声音:"你知道这里是谁的地盘吗?你们来我这里摆酒席,却不给我狐狸大仙敬酒,太猖狂了,我要吃了你的孩子!"母亲惊醒,听到婴儿房内的风铃巨响,赶紧来到婴儿床前查看，发现婴儿脸色发青，已经没有声息。后来尸检结果显示孩子死于内出血，但却没有查到伤口。

为了镇服狐妖，温莎大厦请了一位法师过来作法，历经七天，大动干戈，才将狐妖"请"走，并且在顶层建了一个儿童游乐场作慰藉婴灵之用，没有对外开放。有一次，两位新来的员工好奇，跑到顶楼，发现游乐场里的木马在兀自摇动，伴随着清冷的婴儿笑声，他们吓得半死，隔天就辞职，并将此事告知电台节目。

后来温莎大厦被香港富商收购，更名为皇室堡。如今顶层仍是幼儿用品区。

"大厦的中文名改了，但英文名仍是 Windsor House，"我说，"太子站中的'太子'，是为了纪念1922年英国王子爱德华八世访港，参观了太子道的筑路工程一事。爱德华八世是历届英王中任期最短的一位英王，当时他为了迎娶国民反对的辛普森夫人，不惜退位，成为温莎（Windsor）公爵。谜语中的'太子'，对应温莎公爵，而'六耳猕猴'对应假嫌疑人，他向我们抛出了'狐妖'的噩梦，意在暗示温莎大厦。"

"下一步棋，在温莎大厦当时摆满月酒的酒楼里，也就是如今皇室堡的三楼东区。"徐浪说。

"对。"我将咖啡一饮而尽，"嫌疑人被抓当天所穿的'310'卫衣，不出意外，就是三楼的310店铺。"

6

楼高18层的皇室堡是铜锣湾的人气商场之一。在它还是温莎大厦时，三楼整个东区皆是酒楼，如今被隔成六间店铺，按照编号307室至312室排列，310店铺正好处于中间位置。

这是一个不大的工作间，在店门的玻璃上贴着"智宏女侦探"五个大字，是一家主打女性侦探的调查公司，店门上挂着一条红色横幅，上书"反家暴主题宣讲"，店内顾客多是女性。

我们拿了一张宣传单，得知这所侦探社的创始人名叫Philic，香港人，剪了一个男式短发，戴着一副黑框眼镜，如果不看性别，活脱脱一个男仔。

侦探社主要业务为感情纠纷，而感情纠纷的受害者多为女性，这是Philic坚持侦探社全员女性的初衷——女性更能了解女性，也更容易获得客户信任。

去年4月，侦探社还推出一项社会服务，专为每月收入低于8700港币的女性免费调查案件。这项活动自开展后取得了不错的效果，还得到了香港警队、单亲协会、妇联等机构的协助。侦探社目前在开展一个反家暴宣传活动。

正营业中，我们不好下手，于是先在商场吃了个烧鹅饭，又去楼梯间逗留，等到零点商场打烊，再潜进侦探社。我们两头搜寻，花了三个小时，几乎把地板都掀开，仍然没有发现一点点解药的踪影。

我筋疲力尽，恼怒异常。"沿一条线返回，要搭三站地铁，旺角已没太子，六耳猕猴捞月。"想着我们到底错过了哪些地方，这时口袋的手机震动，叶枫打来的，接听前我看了一眼时间，2月26日凌晨4点17分。

"出事了！"叶枫在电话里急促地说，"葛民杰死了！"

"五金店老板死了。"我挂断电话，跟徐浪转述，"据说凶手是他的儿子。"

从皇室堡到春园街，距离不到3公里，八分钟的车程。我们把车停好，走到巷口，看到从内涌出一红一蓝的灯光，无人的凌晨有细密的水雾。我听到担架的声响，明白命案已成定局，世间万事都无计可施。

叶枫这些天一直在监视葛民杰的动向，昨晚11点，他听到屋内爆发激烈的争吵，并响起了打砸声。大概凌晨1点，他又看到葛民杰的儿子背着昏迷的母亲出门。那时路上计程车少，叶枫顺水推舟，将车驶向少年附近，还没问是否需要帮忙，少年就拉开后门，把母亲和自己塞进车内，求叶枫赶紧到医院。

"一路上我问他发生了什么事，他说他爸把他妈打到昏厥。我让他放心，到医院救治后，就报警抓葛民杰。"叶枫跟我们讲述。

在医院经过半个多小时的急救，得知病人没什么大碍，这时少年才大哭出来。叶枫在旁安抚，后来少年停止哭泣，跟叶枫说："叔叔，你报警吧。"

"我就开车带他回家，准备把葛民杰抓了，结果他说，他已经把他爸给杀死了。"叶枫摇摇头，叹息，"那个禽兽喝了酒，把妻子打晕后，自己倒在沙发上睡觉，那孩子没忍住，从厨房拿了把刀，捂住他爸的口，在胸口猛扎了五刀。在车上他说那人没救了，在他送他妈出门前，他就已经确定他爸断气了。他说他爸经常打他妈，这场谋杀他筹划已久。整个过程说得异常冷静，难以想象出自一位眉眼稚嫩的少年之口。"

"葛民杰断指一事，他儿子清楚吗？"徐浪问。

"我问他了，他并不清楚。"叶枫回答，"说是上个月有一天从外面回来后，小指就没了，还很避讳说这个事。"

我和徐浪回车内休息，我心跳很快，累却睡不着，躺在后座整理思绪，越梳理越乱，后来慢慢睡着，大概早晨8点多，被徐浪叫醒。我头很痛，接过徐浪的咖啡，喝了半杯才从梦的虚幻中落地，感到躯体的存在。

徐浪启动汽车。

"去哪儿？"我问。

"回叶枫家拿点东西。"

徐浪将车停在叶枫家楼下，自己快速上楼，大概十分钟后下来，将一张拍立得递给我，是叶枫拍摄的其中一张器官照片：一块带发的头皮。

"再去教堂一趟。"徐浪说。

去路德会锡安堂，徐浪想要验证一个事。如果证实了这个事，往小了说，我们能接着走下一步棋；往大了说，我们不用死。

再次来到那位叫老吴的保安面前，徐浪问："还记得我们吗？"

对方眼神畏缩，点头。

"麻烦配合一下，把帽子摘了。"徐浪说道，"如果不摘，我们将以妨碍警务调查为由，将你拘捕。"

老吴脸色大骇，却没动作。

"别逼我们动手。"徐浪正色道。

迫于威严，他颤抖着双手将鸭舌帽摘下。果真如徐浪推断，他缺少了一块头皮。

"怎么受的伤？"徐浪问。

"摔……摔的，从楼上摔的。"老吴嗫嚅。

"说实话。"

"阿Sir，不要逼我。"

"好，"徐浪说道，"你不说可以，我来说，你只需回答是或不是，可以配合吗？"

对方头上冒出汗珠，艰难点头。

"头皮是被一个戴面具的男人割下的,对不对?"

老吴看徐浪,点头。

"动物面罩?"徐浪问。

老吴摇摇头。

"防毒面罩?"另一个选项。

对方微微点头。

"那人以你害怕暴露的事情要挟,让你对这事闭嘴,否则会招来杀身之祸,是不是?"徐浪问。

老吴眼神惊恐,看着徐浪,擦头上汗珠,又把帽子戴上,点头。

"你是不是经常打你妻子?"徐浪上前。

"现在已经不打了。"老吴摆手,"前段时间我们已经离婚了。"

"这是你的头皮吗?"徐浪把那张拍立得举到老吴眼前。

老吴瞥了一眼,退后。

"仔细看!"徐浪吼道。

老吴闭着眼睛点头。

7

扔一次硬币,出现哪个面是随机的。但扔一百次,得出的正反面出现的概率就接近各占一半。

缺指的五金店老板葛民杰,缺耳的记者张大利,缺头皮的教堂保安老吴,如果每个案子单独侦破,无从下手,如今联系起来,徐浪找到了隐藏在暗处的规律。

老吴向我们证实,他曾经经常打自己的妻子。葛民杰将妻子打晕,被自己的儿子报复刺死。张大利与妻子离婚,在他家的信箱中,亦找到妇女服务会向其妻子提供的婚后辅导,说明她曾经寻求过救助。"家暴",是破解器官切割案的关键。

"家暴",也是那则寻药谜语中的谜目——我们通过条条线索抵达"智宏女侦探社",获得的奖励并不是解药,而是那条"反家暴宣讲"横幅的提示。

沿一条线返回,要搭三站地铁,旺角已没太子,六耳猕猴捞月。

2015年2月23日晚,付璧安在半岛酒店向我们说了这则谜语。这则谜语,要用"家暴"这把钥匙,方能解答。

半岛酒店附近是尖沙咀地铁站,尖沙咀站所在的地铁线路为荃湾线,从尖沙咀到旺角,确实要搭三站地铁,如果不设始末,顺口应该说成"沿一条线前进",但他突出了"返回",返回三站。方向的"返回"即时间线的"倒退","三站地铁",实则是在借站名暗喻案件。

从2014年5月开始,我们在广州经历蝙蝠组织的第一个案件,此为第一站。第二站是广州保姆杀人事件。第三站到了汕头,调查出租屋女孩自杀案件。第四站到了香港,调查别墅泳池溺水案。第五站是丰顺的狗坑分尸案。第六站是潮州的潮剧变身案。第七站我们循着毒蛇的线索,又回到香港,参加付璧安婚礼,并中了他的埋伏。

在香港尖沙咀这一站,付璧安要我们返回三站(旺角),也就是倒溯三个案件:香港的泳池溺水案。他想表明:解药就藏在那个命案当中。

那个命案,死了两个人,陈楠振和夏瑶——分别是陈桦兴的哥哥和妻子。借妻子除掉哥哥,陈桦兴就能成为千晨集团继位人(爱德华八世因妻退位,让位其弟乔治六世),呼应谜题中的"太子",之后这位"太子"陈桦兴死于谋杀。

杀死"太子"陈桦兴的真凶没出现,假凶手(六耳猕猴)反而出来搅风波——可作"捞月"解。

至此将整个谜语解读出来,回到了那个老问题:杀害陈桦兴的真凶是谁?

陈桦兴为何而死?从他死前的录音中,我们知道凶手犯罪的动机是因为陈桦兴长期家暴妻子夏瑶,让夏瑶惨死。

器官切割者,这位割下葛民杰小指、张大利耳朵、老吴头皮以及其他家暴者器官的神秘人,他用极端的私刑手段,来惩戒施暴的丈夫。

这两个人拥有同样的作案动机,根据我们的调查和推理,他们很可能就是同一个人——既杀害了陈桦兴,也切割家暴者器官。

"因此,只要找到这个人,就能终结游戏,找到解药。这是我们要走的下一步棋,也是最后一步棋。"徐浪笃定。

"现在已经是2月27日,一天时间几乎不可能找到这个神秘人。"我说道。留在体内的毒药发作时间是2月28日晚间。

"我知道凶手是谁。"徐浪胜券在握,"在抓到这人之前,需要叶枫再帮个忙。都是同行,他或许认识智宏女侦探社的负责人,让叶枫想办法跟她们要一份开业以来接收过的女性家暴受害者名单。"

十 叶枫

1

  2009 年 4 月,Philic 创立了智宏女侦探社。开业六年以来,侦探社总共接了 101 宗家暴案子。工作中她见过太多弱势女性,因为没钱而忍气吞声,这也愈加助长施暴丈夫的气焰。因为对这个沉默群体的关怀,2014 年 4 月,她联通多家社会机构,别出心裁地推出一项义查服务,免费帮低收入女性调查丈夫家暴、出轨的罪证,这些证据,成为往后打离婚官司的有力保障。

  作为同行,叶枫曾寻求过 Philic 的协助。因有些场所女性调查员进入不了,Philic 有时也会请叶枫帮忙跟踪拍照。她深知叶枫的为人,因此当叶枫跟她要家暴受害者名单时,她并没有拒绝,只交代"阅后即焚"。

  从名单中我们发现,夏瑶在 2014 年 1 月曾经向女侦探社求助过。另外名单中还有 15 位义查服务帮助过的女性,五金店店长葛民杰、记者张大利、保安老吴三位的妻子姓名都在其中。

  我们拜托 Philic 对这 15 位义查女性进行联系回访,结果证实了一个真相:共有 9 位女性的丈夫,或前夫,身体少了一部分。

分别是一截小指、一截小脚趾、一个耳朵、三颗牙齿、一块头皮，还有两颗乳头。跟叶枫在垃圾桶意外翻到的器官一一吻合。

一些妻子交代，某天突然发现自己丈夫的身体莫名其妙地少了某个部位，他们却闪烁其词，声称不必报警。特别是自此以后，有七位女性的家暴状况得到缓解，其中五位还成功与丈夫离婚。

至此，我们证实了这个器官切割者作案的动机——私刑家暴者。至于这个人究竟使用什么手段，让受害者集体噤声，我们无从得知。

单单这个考证，又花掉了一天的时间，但解药的位置仍然是个谜。

2月28日下午1点18分，我们回到叶枫家。

如果今天没找到解药，我们恐怕难逃一死。我暗示自己置之度外，却前所未有地对时间这个玄奥的东西敏感起来，耳畔都是细微的嘀嗒声，我越感受时间，越确立自己如核一般坚实的存在，恍惚间沉浸在虚无的宇宙中，这时听到徐浪的话语——又将我拉回到现实中。

"老吴证实了是一个戴着防毒面罩的人割下了他的头皮，跟杀害陈桦兴并录下录音的凶手很像。"

"虽然作案动机一样，行凶装扮很像，但手法并不一样，"叶枫反驳，"这九个家暴者，都只是被切了身体的一小部分，但陈桦兴却被谋杀，我认为不像是同一个人所为。"

"除非他是夏瑶的忠实粉丝。"徐浪冷不丁说道。

"什么意思？"叶枫问。

"不要忘了，在与陈桦兴结婚之前，夏瑶获评过亚洲小姐和影后，有一批拥趸。"徐浪说，"如果这个切割者是夏瑶的忠实粉丝，夏瑶惨遭丈夫家暴致死，你认为切割者会甘心只切割陈桦兴身体的一个器官吗？"

我看向叶枫家那面影视海报墙，显眼处就有夏瑶的海报。

"存在这个可能。"叶枫点点头，拿起手机，"应该把这个推论告诉警方，试着将这两个案子结合起来侦破。"

"叶枫，"徐浪缓缓道，"别装了。"

叶枫停下动作。

"杀害陈桦兴的凶手，切割者，都是你！"

2

夏瑶祖籍广东惠州市，20世纪80年代母亲带她偷渡香港。为了生计，她打过零工，苦学英语，17岁在街头派发传单被星探相中，加入演员培训班。一开始，她在剧组打杂，跑龙套，因有英语功底，形象清纯，被影视公司发掘培养。18岁时她在一处日式庭院拍过一套大尺度写真，由日本知名摄影师操刀。2004年她当选亚洲小姐，正式出道，起艺名"夏瑶"，并响应新时代审美，圆润的脸庞无声无息地变得尖锥立体。之后夏瑶星途顺畅，参演多部电影，2009年拿到影后桂冠，2012年与陈桦兴结婚后息影。在结婚前，陈桦兴曾将市面上那套大尺度写真高价回购并销毁，传言现今市面只流传不足1000本。去年夏瑶命案爆出，关于她的作品洛阳纸贵，而其中最具收藏价值的，当属那套写真《庭砂の女》，如今在eBay已被炒出天价。

而叶枫家，正巧有一本《庭砂の女》。那位还不叫夏瑶的女孩，在月影婆娑的夏夜，在榻榻米上，桌台边，门梁边，庭砂中，泉池里，树干旁，眼神清纯地看着镜外的一切，那时她还不知道，之后的十二年间，命运会如过山车般惊险，经历高峰和低谷，最后竟将她无情抛下。

"还记得前几天我们的闲聊吗？"徐浪从书架上抽出那本《庭砂の女》，"我问你这本写真的来历，你当时回答，这本写真全球只发售3000册，你是在刚发售时就买的。"

"对啊，都说我收这本是图它的收藏价值啦，除了粉丝，就不能允许其他人收藏啊？哪怕我为了欣赏她的身体，这也说得通吧。"面对徐浪的质疑，叶枫并不在意，"再说就算我是她的粉丝，跟你所说的犯罪也联系不上啊，这样的话，还有很多人也有嫌疑。你这个怀疑很神经质。"

"这本精装写真2002年发售，并不便宜，同样的价钱，有大把其他选择可满足你的要求，而且当时她还是一个毫不起眼的小咖，发售量相比同期其他写真书更是少得可怜。在夏瑶当时公司的一个访谈里我还看到，这本写真半年的销量只有区区300多本。你说看中它的收藏价值，在刚上市的时候就买下，难道那时你就清楚她之后会成名吗？"徐浪点睛，"在一个明星还没起来之前，你会这样做，只能说明你一直在关注她，仰慕她，甚至可以说，你不仅仅是她的粉丝。"

"哎呀！"叶枫点烟，"就算我真的是她的粉丝，跟这些案子又有什么关系呢？"

"确实关系不大，除非在你和这些案子之间，再放入一个人。"

叶枫皱眉，看着徐浪问："谁？"

"你拿来的家暴名单里面少了的那一个人。"徐浪答道。

让叶枫跟Philic要家暴名单，是徐浪的测试。早在我们为解药搜查智宏女侦探社时，徐浪就已经用手机偷偷拍下了柜中受理的案件名单，2009年4月至2015年3月，女侦探社总共侦办了102宗家暴案件，但叶枫给我们的名单却只有101人。

那个被他抹掉的人,名叫"叶梓",2011年7月从自家天台跳楼自杀。

"叶梓是你妹妹吧?"徐浪逼问,"她也是家暴的受害者之一,你为了不让我们察觉端倪,故意将她从名单中删掉。这是欲盖弥彰。"

听到这个名字时,叶枫抽烟的手抖了一下,而后露出微笑,动作恢复悠闲,倚椅背,看窗外,接着吸烟,吐烟雾,然后开口:"不想让你们知道家事,这并不代表我就是凶手。"

"昨天,葛民杰被他儿子杀死,你去医院照看孩子,我去了你房间找那张拍下头皮的拍立得,准备去教堂找老吴对质。在衣柜里,意外发现了那个防毒面罩,那个面罩的橡胶有一块显眼的磨损。我找到切割案的所有受害者,让他们描述一下切割者所戴面罩的特征、细节和颜色,看对不对得上。"徐浪停顿,"叶枫,不要再狡辩了!"

"原来你一早就怀疑我了。"叶枫低头,往地上抖烟灰。

3

叶梓比叶枫小两岁,2010年,她与香港商人罗栩结婚。罗栩是个极迷信的人,他坚信命理可以根据一些途径更改,听从风水师将老家祖坟迁葬后,事业开始走上坡路,之后他干脆请了一位大师作为生活顾问,凡遇自己难解之事,都会先向大师咨询。

2011年1月,叶梓意外流产,大师说孩子是在替大人挡灾。那时起,叶梓就循环往复地自我责备。而罗栩则萌发了将死胎做成标本放在家中供奉的念头,叶梓还没从痛苦中缓过来,又彻底见识到丈夫的荒谬,绝望如墓穴口扬撒下来的泥土,渐渐将她封闭。

她在黑灯的房间中无声泪流，罗栩走进来，发现了这个秘密，于是求问大师。大师在家中摆了阵，诵经作法。作法并没减轻叶梓的病情，相反，她面色日渐枯槁，白发秧秧冒出，手脚蜕皮。

罗栩问大师，能不能跟叶梓离婚？我不想过这样的生活。大师摇摇头说，这附身秽物是冲你而来，就算摆脱妻子，它仍然会跟着你。如果要想往后飞黄腾达，必须去除。如今它吸取你妻子的能量，力量日益精进，快要侵占人体，要消灭它，唯有施加真实的痛苦。

罗栩丝毫不怀疑大师的话，开始驱秽仪式——将叶梓用红绳捆绑吊打。罗栩攥紧洒神水的藤条，额头渗汗，

大师说，打！罗栩下手，叶梓发出凄烈哀号，接着晕厥过去。

后来他下手越来越重，脱掉上衣，甚至感觉到了鞭打的快意。叶梓无力再哭，她面如死灰，有几次呕出食物——因掺血而黑紫，大师在旁指点，秽物具形了。罗栩觉得作法起效，将叶梓扶上床，抚摸她的脸颊，喃喃道："快好了，快好了，再忍忍。"

叶梓恳求罗栩放过自己，或者带她到医院，罗栩口头安慰，并不行动。2011年3月，叶梓趁罗栩不备，打电话报警。三位警察上门家访，藤条鞭笞在皮肤上会起红痕，随时间过去渐渐消散，由于缺少证据，只能给予罗栩警告——如果再接到报警会将其拘留。为确保万无一失，警察将情况转告香港妇联，香港妇联委派合作机构智宏女侦探社私下调查，一有确凿证据将出面干涉。

罗栩那段时间生意不顺，更加认为是家中秽物作怪。他每天进入家门，脱掉皮鞋和西装外套，扯下领带，拉上窗帘，就彻底露出癫狂的一面。叶梓哭喊，罗栩就堵上她的嘴。女侦探社的调查毫无进展。

叶梓求助哥哥，她告诉叶枫，罗栩疯了。看着叶梓颓败的神态，叶枫将罗栩拖入暗巷，狠揍了一顿。罗栩跪地求饶，保证绝不再犯，恳求叶枫再给他一次机会。在叶枫的监督下，罗栩把叶梓送到医院。叶梓被诊断为重度抑郁症，在住院一个月回到家后，2011年7月9日的下午，叶梓从十楼阳台跃下，自杀身亡。

自杀与罗栩的家暴脱不开关系，但因他有不在场证明，叶枫没法治他。叶梓葬礼一个月后，罗栩移民加拿大。

4

"我查到，去年罗栩来过香港，之后就离奇失踪了，至今没找到。"徐浪问。

"去年夏天，有个自称'蝙蝠'的男子约我见面，要给我带来一份厚礼，说罗栩如今人在香港，问我有没兴趣见一见。"叶枫说，"我答应了。"

付璧安假装"大师"，联系了远在加拿大的罗栩，说他家的祖坟被动，急需过来修缮。罗栩自投罗网。2014年6月3日凌晨，叶枫坐进付璧安车内，被人蒙上双眼，捆上双手，带到了一个废弃房间内，付璧安打开LED灯，罗栩被五花大绑在一张木椅上，封嘴蒙眼，动弹不得。窗外，漆黑中有树叶的"沙沙"声，还有急促的水流声。

叶枫拿掉罗栩嘴中的布团，扯下蒙眼布。罗栩辨出对方，哀求，说自己此行来港，每天要跟家人汇报行程，家人一旦怀疑，很快就会报警的。看在曾是亲戚的分上，只要放了自己，他一定不会追究。叶枫说："你跟我说我妹到底是怎么死的，我就放你走。"

"她自杀的，跟我没关系。"罗栩说。

"她报过警，跟我说过你经常打她。你是怎么打她的？"

"你真的误会了，我没有打她。"罗栩说。

叶枫走向旁边的铁桌，桌上有一套手术器械。他拿起一把手术刀，来到罗栩面前，问："为何她身上有那么多鞭打伤？"

"救命啊！"罗栩喊。

叶枫把蒙眼布套回罗栩眼部，说："你将卧室窗帘拉得严严实实，我一直没有找到你家暴的证据。我很好奇，在房间里你到底是怎么打我妹妹的，以至于让她不堪忍受，宁愿一死了之？我现在在你脖子血管开个小口，你把实情都告诉我，我就把这个小口给堵上。"

罗栩不断扭动身体，椅子发出磕地的声响。"别乱动，否则开口变大，血止都止不住。"叶枫说。

罗栩停下动作说道："我说我说，你别割。"

叶枫走到罗栩身后，左手将罗栩的头撇下，露出脖颈侧面，手术刀往脖颈一挑……

"救命，救命。"罗栩惊慌。

叶枫说："你越惊慌，血流越多。想活命就快点说，一五一十都告诉我。"

罗栩不断点头："我说我说。"于是，他把怎么家暴叶梓的情节巨细无遗交代了出来。最后他总结，怪我迷信，听了骗子的话。

"打叶梓，是在救叶梓？"叶枫质问。

"对。"罗栩右侧地面上积了一洼血,他说话萎靡,"怨灵在侵占叶梓的躯体,必须不断惊动它,让它不安生,一点点剥除它,使它魂飞魄散。这是骗子说的。"

"为什么不离婚?"

"骗子大师说叶梓是我命中一劫,必须由我亲自去除,不然就算离婚照样逃不过。"

"逼死她就可以逃过了?"叶枫愤怒。

"骗子说折磨不了叶梓的肉体,就折磨她的精神,让叶梓崩溃,怨灵就会退散。我没想到她最终会自杀。"

叶枫气得浑身发抖。

"求求你,我把知道的都说了,我好冷,快点帮我止血啊,求求你。"罗栩哀求。

叶枫走上前,说:"那位大师唯一说对的一点,就是叶梓是你命中一劫,你逃不过的。"说罢刀刃一抹,杀死了罗栩。

付璧安全程看着,没有说一句话,罗栩断气后,付璧安蒙上叶枫的双眼,捆上双手,开车将叶枫带回住处。

"今天的事,只有我们两人知道。"在车上,付璧安悠悠说道。

5

叶枫用一场缓慢的谋杀,加入了蝙蝠组织。我跟他共事两年多,深知他跟踪拍摄时喜欢独辟蹊径,却没想到他最终会将这种天赋发挥在犯罪上。谋杀罗栩后,他借侦探身份,走上了惩罚者之路。

香港也有不少穷人。贫困家庭中,妻子遭受丈夫暴力往往不敢声张,也呼救无门。基于此,Philic 联合机构开展义查服务,但新的难题接踵而至,就算搜集到丈夫的齐全罪证,后续费用高昂的离婚官司，对受害妻子来说仍是一道坎。就算成功离婚，有的女性久做家庭主妇，与社会脱节，早已丧失谋生能力，这又是新的生存考验。

叶枫决定私下帮助她们。以牙还牙不是好办法，必须用死亡威胁，才能让对方恐慌，从而逼他们就范。他找到了一个稳妥且极具震撼力的办法：割下家暴者身上看起来有用，但丢失了也不会构成危害的部位——头皮、牙齿、小指、耳朵、乳头，然后开始实施行动。

只要细心调查，每个人都有污点。以自由记者张大利为例，他写了那么多报道，得罪了不少人，叶枫戴上防毒面罩——既能变声，又起到震慑效果，在作案过程中还不会阻碍呼吸。他用迷药捂住张大利的口鼻，把他带到加了隔音海绵的废弃房间内，他让对方回想曾经写过的一篇黑社会报道并恫吓他："你摊上事了，老大叫我来干掉你。"再割下张大利的一个耳朵。张大利发抖求饶。叶枫在面罩里说："想活命的话就答应我两个条件，一个是以后不准再写我们帮会，另一个是一次性缴足20万保护费，两个月时间。给你一个合法的来钱建议——跟你妻子离婚，分家产。"叶枫知道张大利没有这么多存款，便问："能按我说的做吗？"张大利狂点头。叶枫说："我只是个办事人，报警最多抓个替死鬼，我们知道你的住处，不想之后过逃窜生活，就放聪明点。"

张大利很快与妻子秦芝离婚，叶枫之后将20万以救助的形式又汇回女方的账户。这个切割的办法屡试不爽。比如他还调查到一位受害妻子的丈夫贿赂的证据，狠揍了这个商人一顿后，割下了他的乳头。叶枫跟商人说，最近反腐抓得紧，你给那边的金额太大了，有人觉得你是个隐患，派我来除掉你。拿钱办事没办法,我很快的,你不会有痛苦。"

找准致命的把柄,就如打蛇打七寸。对方哭着开了一个更高的价格,求叶枫放过自己。叶枫说:"不杀可以,答应两个条件:第一个,50万;第二个,在十天内静悄悄离开中国,必须做到无声无息。你尽管报警,我手头掌握的证据够你蹲几年,在狱中照样有人搞你。"商人点头,又摇头,说不会报警。叶枫最后吩咐,多带一个人多个隐患,只能一个人走,对方答,明白。商人回去后快速离婚,将资产转移到国外,消失无踪。

"为什么要这么做?"徐浪问。

"因为痛恨家暴。每年有多少女性被家暴,报案之后获救的人又有多少?相反,报案之后,有很多女性受到了更大的伤害。假如割掉一根无用的小指,能救一名女性和她的孩子,这么做就是正义。"叶枫答。

"这绝不是正义。像五金店店长葛民杰,一喝酒,就把恐惧全忘光了,家暴行为甚至因你的加害而反弹,最终酿出的惨案难道是正义?"徐浪质疑。

叶枫低头,又说:"但从我们回访的结果来看,被切割的那九位家暴者,事后有七个妻子的情况得到改善,接近八成的成功率,我不觉得这样做是错的。"

"哪怕结果看起来很好,若没能力从源头改变,就都是饮鸩止渴。"徐浪质问,"你怎么能够确定,在另一个维度,不会伤害更多人?"

叶枫从烟盒里抖出一根烟点上,说:"我妹妹、夏瑶那样的惨剧发生得太多了,如果法律手段收效甚微,总要有人出头做脏事,徐浪,如果这是犯罪,那也是值得原谅的。"

"我再跟你说一件事吧,你杀死陈桦兴后,他负责的一家物流公司关停,大量员工被裁,五金店店长葛民杰原本就是那家物流公司的一名库管,被裁之后才开了五金店。所有资料都表明,他是因为被开除,性情大变,开始酗酒,并将怨气发泄在妻子身上。你认为你做的是正义之事,但从另一个角度看,可能是制造悲剧的源头。"徐浪说。

"葛民杰被他儿子用刀刺死后,我看到了沙发上的尸体,布满血污的客厅,也意识到了这个问题。"叶枫叹气,"意识到我这么做,都只是一厢情愿。只是为了发泄叶梓、夏瑶因家暴惨死而憋出的怒火,只是为了填补我内心的空虚和弥补我对此无能为力的痛苦,不这样做,我会一遍遍责怪自己。"

"我有能力保护她们的,但是我都没有做到。"叶枫说。

6

千禧年来临,香港一派繁荣,举办了各种盛大的庆典。倒计时结束,16岁的叶枫在璀璨的烟花下拥抱夏瑶。每天都可以见到夏瑶,对于叶枫来说,就是最快乐的时光。

他们在街头相识,相恋,一起吃苦,一起筹划未来。后来夏瑶被影视公司发掘,梦想终于达成,但代价是必须保持单身。叶枫知道后跟她说,没关系,就此跟夏瑶分手,然后他应聘影视公司的经纪人,不行,退而求其次,成为夏瑶所在剧组的场务——他想陪在夏瑶身边。

那时的夏瑶还不叫夏瑶,演一些没台词的宫女角色,或者步行街路人,叶枫一有空就去看夏瑶,偷偷把装满猪扒和骨头汤的饭盒放在夏瑶的工位。夏瑶心领神会,吃的时候经常笑。

叶枫经常向夏瑶竖起大拇指,或者夸她美,演得无人能敌。后来,夏瑶说某个角色有台词了,叶枫说加油啊。再后来,夏瑶说:"公司安排我去日本一周,拍照,你觉得怎么样?"叶枫说,这是一个千载难逢的机会,很多女明星去了日本后回来就都红了,好好把握。回来后,夏瑶不开心,和叶枫说有记者诋毁她,认为她拍这种大尺度写真是在搏出位。叶枫安慰她,明明都是很干净、很美的照片,他们低俗,看到的世界就都是脏的。他钻研评论的写法,起了个笔名偷偷写一些摄影评论投稿,终于在报纸上发表了一篇,他拿给夏瑶看,说:"你看,也有赞扬你的嘛。"评论写道:"光洁的女体在月光下如镀金铜,诗意又神圣,让人看了忘记尘世喧嚣。""月光小姐"这个绰号就是从那时起流传开来的。

直到成为亚洲小姐,成为"夏瑶",成为大明星,夏瑶开始被管控,两人很难再见上一面。叶枫为了保护她,更亲近她,开始成为一名狗仔。严格来说,是成为一名只私底下关注她的狗仔记者。一旦有其他狗仔发现夏瑶的行踪,叶枫就发短信告知夏瑶。夏瑶从没传过绯闻,一大部分原因是有叶枫暗中保护。

一晚,夏瑶给叶枫发短信:我在酒店大堂看见你了。

嗯。叶枫回。那晚他看到夏瑶跟一位男星一前一后进入酒店。叶枫继续回:没事,这个事没有其他人知道,不会见报的。

隔了半小时之久,夏瑶给叶枫回短信:你以后不用再为我着想。

叶枫回复:没事。我不介意,你也是迫不得已。

夏瑶回复:叶枫,我们已经是两个世界的人了,放手吧。

于是叶枫成为一名真正的狗仔,暗地里他还会关注夏瑶的动向,但不再让她发现了。他从她的世界彻底消失。2012年,夏瑶与陈桦兴结婚息影,叶枫彻底放下挂念。此时我正好在跟他共事,他是优秀的前辈,细心带我,从没在我面前提起过夏瑶的名字。

被陈桦兴家暴一事,夏瑶并没有告诉叶枫。2014年1月,她走进了智宏女侦探社,雇 Philic 秘密搜集丈夫家暴的罪证,怎样一招制胜,与丈夫离婚。叶枫从女侦探社得知后,五年来第一次私底下约夏瑶见面,他对夏瑶的印象还停留在鹅蛋脸的少女模样。可如今她眼神失了清丽,变得畏缩,一头黑长直的秀发不再,变得干枯。那时她爱笑,现在嘴角抿着。她点了一杯牛奶,说不敢喝咖啡,经常失眠。刚坐下不到十分钟,就说要出去吸烟,声音已经沙哑。长袖掩盖下的手臂是斑斑疤痕,背部更多。从椅子上站起,动作幅度稍大些,未愈合的伤口就会被拉扯,她皱眉咧嘴。

叶枫给夏瑶点烟,看着夏瑶的脸。

夏瑶问叶枫:"我是不是让你很失望?"

叶枫摇摇头,眼眶通红,他说:"我很抱歉。"

夏瑶吸了一大口烟说:"我怀念那时的时光,现在我很不开心。一步错,步步错。"

叶枫落泪:"我帮你调查,这个浑蛋一定干过见不得人的事,我一定要让他付出代价。"

夏瑶拉过叶枫的手,又放开,看着他说:"叶枫,答应我,一定不要做傻事。"

叶枫惊异地发现,从他遇到夏瑶起,不管怎么变,夏瑶的话语对他还是具有难以违抗的魔力。五年前她跟叶枫说,放手吧,叶枫就放手。现在她说,不要做傻事,叶枫心中的怒火就减了大半。他心中想着,一定用法律允许的手段,找到陈桦兴的罪证,让夏瑶跟他离婚,之后,他想与夏瑶约会。想到她最终还是会回到自己身边,叶枫心增无限力量。

夏瑶看了看手表说："我现在必须回去了，叶枫，再见。"

那是叶枫跟夏瑶最后一次见面。

夏瑶遇害后，叶枫破天荒地联系"蝙蝠"，他问付璧安，有没有办法抓住陈桦兴。

"抓他干吗？"付璧安问。叶枫不知道，陈桦兴跟他一样，都是蝙蝠组织成员。

"干件傻事。"叶枫答。夏瑶死了，叶枫没必要再听她的话了。

"等我消息。"付璧安答应帮忙。

2015年1月5日，付璧安跟叶枫说，他会把陈桦兴带到一个废弃的房屋内，任叶枫处置，但在此之前，叶枫得找出这个屋子地点。

于是叶枫在陈桦兴身上偷放定位器。我和徐浪那时正好在香港，因此发现了命案现场。

7

"你从什么时候开始怀疑我的？"叶枫问。

"去你家看到的那些照片里共拍了一小块头皮，一个耳朵，三颗不同位置的牙，两颗乳头，一截手指和脚趾。我们看到这些器官被装在一起，会自然联想都是一个人的，是一起个人虐待案。但当时你说'我怀疑这些人正遭到虐待'，在不知道化验结果前，你却下意识说出'这些人'，我留了个心眼，认为你有可能知情。"徐浪说。

"我没想到你们突然来我家拜访，当时茶几上的照片没来得及藏，只能将计就计，说成是一起正在调查的案件，试图混淆你们的视线，没想到引火烧身。"叶枫苦笑，"还是低估你们了。"

"包括你房间的那个防毒面罩，还有夏瑶的海报和写真集，再加上叶梓，让我笃定你就是切割者。"徐浪说。

"我承认我失败了。"叶枫说，"我会去自首。"

"请把解药交出来。"徐浪身子探前，看向叶枫。此时窗外暮色降临，没开灯的房间变得阴暗。

"什么解药？"叶枫意外。

"付璧安交给你的解药。"徐浪站起。

叶枫看着我说："我不知道你在说什么。"

"拿来！"徐浪双手抓住叶枫的衣领，将他从椅子上提起。

"你到底在说什么？"叶枫打掉徐浪双手。

"别吵了！"我打开房间的灯，对叶枫说，"这段时间付璧安，或者其他陌生人，有交给你什么东西吗？"

"什么东西啊，你们到底在说什么？"叶枫一脸困惑。

"是这样的，我们从去年5月开始在广州调查一起杀人案，意外破坏了付璧安策划的犯罪计划，从那时起，我们就一直在追踪他的下落，他也在暗中算计我们。"我解释，"他在去年6月那个节点给你带去个仇人，我看不是偶然，而是因为他知道你跟我是朋友兼同行，我们迟早会追查到香港，在香港会求助你。1月2日，我们来香港找你，付璧安也在这个节点上联系你，让你处置陈桦兴。他想让你和我们搅和在一起，用你是凶手的事实戏弄我们，让我们陷入两难。他找准你的弱点，将你纳入麾下，是一着提前步好的棋。五天前，我们被他注射了毒液，毒效会在今晚发作，我们必须在这之前找到解药。"

"你们以为他会把解药放在我这里？"叶枫问，"我会配合他来给你们演戏？"

"从他留下的谜语解出的谜底，解药就是在你手上。"我指着客厅日历上写的谜语问，"最近你这里有装修人员来过吗？"

"没有。"叶枫摇摇头。

"别废话了,一起找。"徐浪说,我看了眼时间,现在是下午 6 点 17 分。

我们把沙发掀开,把书一本本打开,拉开抽屉,看抽屉暗层,推走书架和桌子,搬开电视柜,翻床垫,打开马桶水箱,冰箱,叶枫打开家中的保险柜,徐浪用刀割开沙发垫……两个小时过去,屋里一片狼藉,我们一无所获。

我倚坐在墙角,徐浪直接仰躺在地上,叶枫坐在椅子上,忧心忡忡地看着我俩。

晚上 8 点了,楼下人声喧嚣,房间静得出奇,解药到底在哪儿?

"根本就没有解药!"徐浪骂道。

一定有!付璧安费尽心思跟我们玩这一出,一定不会有始无终。一定还有被我们忽略的线索。我看向日历上我留下的那则谜语:沿一条线返回,要搭三站地铁,旺角已无太子,六耳猕猴捞月。

倒回三桩案子,是香港泳池溺毙案,杀害夏瑶的陈桦兴最后被叶枫杀死。

六耳猕猴捞月,猴子捞月。我问叶枫:"你刚才说你曾为了安慰夏瑶,在报纸发了一篇她的写真书好评,从此她就有了一个'月亮'的外号?"

"月光小姐,"叶枫纠正,"是一张在夜晚拍的照片。"

那个出来认罪的假嫌犯对应"六耳猕猴",杀害陈桦兴的真嫌犯是叶枫。猴子捞月这个典故讲的是,一只猴子爱上了井中的月亮,以为月亮在水中就要淹死了,他跳进井里救她。"月"就是夏瑶,她确实是溺水而死,而叶枫为此所做的一切,都只是空折腾，甚至不惜赌上自己的性命。呼应"猴子捞月"。

"谜语的谜底是夏瑶。"我突然说。

"什么？"徐浪看我。

"谜语的最后一句。"我说。

"六耳猕猴捞月。"徐浪坐起。

"不是这句，是最后那句英语。"我说。

"Salvation lies within。"徐浪说，"得救之道，就在其中。"

"《肖申克的救赎》主角最后是通过爬出自己所挖的墙洞得救的，墙洞藏在一张海报之下。"我看向叶枫家墙壁的夏瑶海报。

8

掀开夏瑶的海报，墙面嵌着一个长宽约两拃的玻璃抽屉。叶枫向我们表示自己毫不知情。

抽屉里放着一台 iPad mini 3，还有一个黑色的金属长方形盒子，盒子上方有一红一蓝两个按键，做工精细，严丝合缝。

将 iPad 连上电源，打开，出现一个酒店房间的视频，房间内响着闹铃声，远处有身影出现，关掉了闹铃，那人走近，是付璧安。

"你们真的找到解药了，这几天我在外度蜜月，一直都在房间等你们呢。"付璧安向镜头打招呼，"解药在那个特制的盒子里，真空保存，打开比较麻烦。"

他敲打键盘，视频下方又弹出一个视窗，在一间白瓷砖的房间里放着一个大铁笼，里面有个人躺在地上，笼子里有椅子、桌子，还有一个便携式马桶。桌子上是一些食物和水。房间昏黄的灯罩下面飞蛾围绕。

镜头朝笼子移动，躺在地上的人惊醒，站起，走向前，双手握住铁杆，朝镜头吐了口唾沫，大声喊"放我出去"。

"何年。"我叫对方的名字。

"是你们？"她一脸惶惑，在她的胸前，锁着一排炸药。

"游戏还有最后一步，"付璧安开口，"她之前差点把你们害死，现在又背叛了我，我想借你们之手杀了她。"

"黑盒子里面有两格，上面有左蓝右红两个按钮可供选择，摁下蓝键，何年身上的炸弹就爆炸，解药从右格弹出，当然你们也可以按下红键，何年身上的定时炸弹会停止，但盒子里面的解药会被加热到失去活性。如果你们不想犯下杀人的罪行，也可以什么都不做，等五分钟之后，何年身上的炸弹爆炸，解药照样会弹出。不要妄想用暴力手段拿到解药，盒子一旦遭到拆解或击打会自动启动破坏装置，毁坏解药。"付璧安摁键，何年身上炸药的电子屏亮起，倒计时五分钟，"你们有了选择后我再回来。"

付璧安从画面中消失，何年的实况占据整个屏幕。

"没想到要死，还连累你们，"何年苦笑，"别听他的鬼话，尽管拿解药吧。"

徐浪把 iPad 平放在地，拿起黑盒子端详了一下，又放下，并不说话。

"何年，你知道你现在的位置吗？"我拿起 iPad，仔细查看视频中的环境。

何年看了看笼子四周，对我摇摇头。

"在万宜水库的某个树林中。"叶枫答。

"怎么看出来的？"我问。

"房间的格局，当时我就是在那里杀了罗栩，只不过房间里现在铺了白瓷砖，但格局、面积和窗外的景色、声音，是一模一样的。"

"你当时不是被蒙着眼带过去的吗?"徐浪发现问题。

"我方向感很好,就算蒙着眼,靠身体的受力,也能感受到车子的转向,我一路在心里默念方向和路程,有一大段路背后着力,是上坡,后面崎岖抖动,是走在土路上,再根据房间窗外的景色和声音,我推断出那个房间就在万宜水库的树林中。"叶枫无奈地说下去,"但现在从我这里到水库,畅通无阻开快车,也需要一个小时左右。来不及营救。"

剩下四分钟。

"郑读,"何年喊,"别费劲了,我心领了。"

我嘴里涌出一股咸腥,往垃圾桶吐出一口血,喝了口水漱口,人有点乏。

没有人说话,房间只剩下时钟的嘀嗒声,我把钟拿下,抠下电池,席地而坐。

"你做决定吧。"徐浪看我。

"好。"

我走上前,端起黑盒子,摁下红键,视频中何年身上的定时炸弹停止,时间停止在01:23。何年大舒一口气,反应过来,坐在地上痛哭。

徐浪看我,微笑,一副认栽的表情。我回以微笑:"没事。"

何年的视频消失,付璧安的视窗重新出现,他在视频中鼓掌,"咔嗒"一声,黑盒子红键下方缓缓输出两个装红色液体的药瓶和两根细针管,冷气冒出。

9

这个寻宝游戏会出现两种可能:

第一，在期限内找不到解药的位置，我们死去。

第二，我们找到解药，拿走解药，何年死去。

套入付璧安的视角，第一种情况，我们不是合格的对手，死不足惜；第二种情况，我们为了自救，不惜另一人被炸死，如同叶枫杀人被拖下水一样。付璧安在此设计了同一套考验，试图将我们同化。

用杀人考验来寻找手下，或许并不是他的最终用意。既然我们能撑到找到解药，他也不会轻易让我们死。

因此我猜测，这场游戏可能还存在第三种可能：找到解药，救下何年，我们也不会死。

他真正想寻找的是实力匹配的对手。他设置诡计，我们一一化解。他是恶的化身，我们就用善跟他对抗。

于是我摁下红键，选择救下何年。出于本心，也出于豪赌。

"厉害！不负期待，你们就是我的对手！新猫鼠游戏开始了！"付璧安身子微微发抖，像变了个人似的，他站起来，绕着房间疾走，又回到镜头前，露出狰狞的笑容："我们再会！"

画面黑下去。

这时我听到叶枫喊我："郑读。"

我和徐浪转头，看到两道鲜血直直从叶枫的鼻子中流出，他抹掉，仍涌出，他用手堵住鼻孔，血液满溢手背，嗒嗒滴落在地上。

下篇

十一 船厂

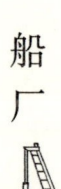

1

在救护车内,叶枫的胸腔起伏,剧烈咳嗽,血从口中喷出,摘除氧气面罩后,最后几句话都没说利索,人就彻底没了动静。医生支开我,察看病人的瞳孔,进行心肺复苏,又吩咐护士打静脉通道针,心电图仍是固定不变的直线。我盯着满手的血,知道叶枫回不来了,一时难以缓过来,徐浪站在我后方,用手按着我的左肩,止住我的颤抖。

人死了,医院报警,警局要对整起事件做调查。来龙去脉说清要费不少口舌,最后得出的结论无非是叶枫遭人陷害,误食了毒物,我们自然脱不了嫌疑。为了避免在拘留室干耗着,趁警察来医院的间隙,我们决定开溜。因为被两位保安盯紧,我和徐浪想了些脱身的办法。千方百计不如动手,我们拐进楼道,等保安尾随,趁其不备将他们制服,堵嘴绑手脚。我们成功走出医院大门,钻进出租车,我看了眼时间,零点刚过,2015年3月的第一天。

"麻烦去趟万宜水库。"我用粤语跟司机说道。

凌晨4点多我们才找到何年所在。天已露出微蓝，鸟鸣渐起。徐浪头发被林中雾打湿，缀着水珠。远处树林中有一间平房的轮廓，装钢条的窗口往外溢着光。我们走近，往内望，看到何年披头散发地坐在地上，一动不动。笼外立着一台摄影机。见到我的瞬间，她崩溃大哭，徐浪打开笼门锁，我把何年从地上扶起，见她仍哭，心中不忍，轻拍她肩膀安慰道："没事了。"

何年身上绑着的炸弹屏已熄，我直视她，拿出刀子，一手握住她身侧的线路，用刀锋抵住，再看她一眼，齐齐割断。有一瞬间寂静，之后世界恢复原貌。我们松口气。结果在炸弹后面看到镶嵌的一张卡片，上面写着一个地址：广东省惠州市衙后村鹏联船厂。

看来我们仍处于游戏中。

"明显是个陷阱，要不要跟下去？"徐浪问我。

我拿出手机，搜索地图，船厂临海。那里有什么危机潜伏？我实在厌倦这种被操纵感，看似在前进，实则是盲驴兜圈。

"当然跟下去。"我态度坚决，"叶枫死了，哪怕是个陷阱，我也要跟下去，只有这样，才有接近付璧安的机会，接近他，才有可能抓到他。我一定要抓到他！"

"最重要的是，保持冷静。"徐浪说。

"徐浪，在香港是我最孤独的时候，叶枫是那时我最要好的朋友，他不应该死的，"我说，"你们怕麻烦的话，我可以自己去。放心，我现在非常冷静。"

"先回深圳再说，再晚恐怕过不了口岸。"徐浪终结话题。

我们当即动身。我和徐浪身上备有两种身份，出入关登记是一种，办事登记是另一种。在过口岸时我们做了一些应急措施，假如因为叶枫之死被录入通缉名单，那我们只有硬闯或回撤。结果无事发生，虚惊一场，我们顺利进入深圳。

三人驱车前往惠州市的鹏联船厂。我跟何年坐后座，徐浪开车。车子刚上路，徐浪就问何年："到底怎么回事？"

车里有股皮革味，闻着犯恶心，我调低车窗散气。一片寂静。

"你怎么会被囚禁在那个地方？"徐浪继续问何年。

"我也不清楚，"何年看我，"在路上被人蒙眼带走，醒来就在笼里。"

"什么时候的事？"

"上周日晚7点左右。"

"地点？"

"香港，去机场的路上，被两辆车并到支路，在翔东路被截停。"

"准备乘机去哪？"

"泰国清迈。"

"去清迈做什么？"

何年迟疑了一下，说："去个新地方，等死。"

车子刹停，路口亮红灯。徐浪转头，盯着何年："从这里到船厂有70公里，大概要开两个小时，够你把所有事情说清楚。"

绿灯亮起，徐浪启动汽车。

2

2011年，何年成为蝙蝠组织成员，被付璧安委派到汕头，一方面让她在夜总会传染艾滋病犯罪，另一方面是控制昌盛地产老板的儿子张子宏。

昌盛地产老板因贿赂丑闻入狱后，张子宏失踪。因他患有艾滋病，又是个瘾君子，一出现就是要钱，所以被家族当作灾星。

家人对他的下落并不抱期待，找了一阵子后就默认他已遭遇不测，各自回归生活，把他当作过往疮痍，不再触碰。

其实他只是被付璧安接走了。那时他已经病入膏肓，一日都离不开毒品。何年带他见付璧安，付璧安以毒品诱走他，从此何年就再没见过张子宏。

"带张子宏走的目的是啥？"徐浪问。

何年摇头："我的任务是交人，并不知道'蝙蝠'的目的。"

"像詹世安那样，将张子宏当成某种邪术的祭品吗？"徐浪问。

"不清楚。"何年答。

"付璧安为什么要把人那样杀害？是出于某种邪恶理念吗？"

"他说存在一个反世界——倒置的世界，邪恶在那里会变成正义，蝙蝠组织所有的犯罪，都是在加快这个世界的到来。"何年说，"团队里每个人都有自己的犯罪手段，我不清楚他为什么那样杀人。"

"你信这种鬼话？"徐浪问。

"问题不是信不信，而是愿不愿意说服自己相信。作为一个被害和遭唾弃的人，心中都是仇恨。'蝙蝠'对症下药，给予我资金和团队支持，当时我并不觉得惩罚那些用下半身思考的男人是一种错误。"何年说。

"直接把那个东西切掉不就得了？"徐浪说，"让这些人把病再传给家人？这是惩罚？"

"要让他像瘟疫一样，慢慢污染一片区域，却找不到始作俑者，杀人不见血。那时我破罐子破摔，只按我的意愿惩罚男人，不在乎伤及无辜。"何年愧疚，"就像美国将导弹投到恐怖分子头目的老巢时，并不在乎周围住着多少平民。'蝙蝠'会说，为了达成最终目的,这是必要的损失。"

"杀掉刀佬,偷走他的黄金也是受付璧安的指示,当时说的脱离组织只是临时找了个借口骗我们?"

"确实是受付璧安的指示,"何年说,"但退出组织并不是托词。"

"怎么说?"

"当时'蝙蝠'让我在汕头设局谋害你们。我传播艾滋病没成,最后他只能另派杀手,差点把郑读杀掉。我在医院照顾郑读,其实是伺机二次下手,"何年看我,"找机会把你弄昏迷带走。但在相处的闲聊中,你却沾沾自喜,说还好当时提前猜到了我有危险,赶来营救,如果晚到几分钟,后果可能更严重。那时我意识到,我所报复的目标,并不全是罪有应得。我动了退缩的念头,违抗了'蝙蝠'的命令。"

"那时你的一举一动都在我的监控中,还好你没下手。"徐浪说。

"你刚才说,找机会把我弄昏迷带走?"我疑虑,"这是付璧安给你的命令?"

何年点头。

"为什么不直接杀掉?"我问。

"不知道。"何年说,"我猜测如果带走,下场会比直接杀掉更痛苦。"

"看来是准备把我倒吊起来,再在头上开个洞,胸前画个倒五星蝙蝠图。"我说。

"所以你是因为郑读而动了退出之心?"徐浪语带讥讽。

"与其说是动了退出之心,不如说是不再纯粹。不管我再怎么掩饰,'蝙蝠'已经知道我是故意放手,他透过我的举动觉察出变化。今年1月,他跟我说,可以让我现在死,或者让我找个地方自己处置余下的人生,只要我帮他办最后一件事,就有选择权。"

"杀掉刀佬并拿走他的黄金?"徐浪问。

"对。"

"理由呢?"徐浪继续问道。

"'蝙蝠'一向只交代任务,不说理由。我猜测刀佬也想退出组织。"

"退出的成员会遭到致命惩罚。"

"所以我最后还是被他当作你们游戏的道具。"何年说,"我当时并没有意识到这个情况,现在清楚,一旦上了'蝙蝠'的贼船,没有人能活着退出。"

"但你现在还活着。"徐浪说。

"因为我不是他的目标,死或者活,对他来说意义一样。"何年说,"他真正的目标是你们。据我对他的了解,我最终活下来的事实,其实更能让他感到兴奋,因为这代表你们跟他处于截然对立的善恶两端。我只是用来测试你们的工具。"

"那根据你对付璧安的了解,船厂有什么东西在等着我们?"徐浪问。

"我想跟你们说,不要去。"何年答非所问,"但我知道郑读不会听。"

徐浪停车问:"你要下车吗?"

"如果你们相信我的话,接下来我想尽全力帮忙,反正我这个病也没几年好活了。"何年说,"况且我这条命也是你们救的。"

"郑读救的。"徐浪说。

3

路越来越窄，从柏油路到水泥路再到沙石路，我们驶入衙后村，视野所及是各异的楼房。大多是别墅样式。因临近海边，新楼都镶上光洁的瓷砖，几幢老楼的墙体爬满藤蔓，金属栏杆无一例外遍布锈斑。车开至村中段，路中蹿出个矮小的中年男子，张开双手阻挡我们的去路。我们警觉起来，那人向我们摆手，又指向另一条小路。我环顾车周围，确保安全后摇下车窗，得知前面在修路，我们只好拐入更小的支路。随着地势的下降，车子来到一处岔路口，前方立着一块由蓝色褪成青白色的牌子，上面标注"鹏联船厂"和一个向前的箭头。

以路牌为界，往前望去，视野无碍。往前大概一公里是浅蓝色的海面，寒冷季节，海面笼着薄雾，海浪似乎凝滞，一只锈迹斑斑的游艇在岸边的水面起起伏伏。岸上筑有两座平房，平房之间围着一道栏杆，大门紧闭。用望远镜望门牌，得知这是一个小型的游艇俱乐部，显然冬天不开放。在俱乐部的隔壁，有一块用红色铁栏围起来的场地，里面空阔，地上散落零星的船只残骸，厂棚老旧，几扇窗玻璃破裂，没有半点人气。没猜错的话，这就是鹏联船厂。

船厂往前一段距离，错落着12间楼房，除了中间有幢楼筑了围墙，稍显气派，其余楼房较为简陋，水泥墙面有海风侵袭的黑色霉渍。春节刚过，刚才经过的路段，地上随处可见鞭炮的红碎纸，家家户户门前挂了红灯笼，贴了对联。奇怪的是，下面这12间楼房却少了这些喜庆的痕迹，又见房与房之间有人走动，不是废弃区。镜头聚焦阳台晾晒的衣物，没有一件女性衣物，看来这是一片临时居住区，供附近的渔民或者出海人员落脚。

再往下走,路面沙子越来越细,轮胎有陷地的风险,车子也容易引起底下人员的注意。徐浪把车靠边停在草丛中,把望远镜递给何年说:"我们俩下去,你帮忙盯着,一有不对劲就用对讲机通知。"我把无线耳机戴上。

地上的荒草被踏出一条不足两米宽的人行道。我们循着下方的船厂走去,到了楼房区。有村民盯着我和徐浪看,眼神警惕。我主动表明游客身份,问下面的游艇俱乐部开放吗?村民摇头。我端起胸前的相机说我们下去拍照。接着往下走,到海边装模作样地拍了几张照片,看后方,没有引起注意。通过树丛的掩饰,我们来到船厂门前,两扇铁栅门掩着,我们钻进去,沿着墙趋近厂房。

这是一个小型船厂,面积有一个足球场那么大。真正进入里面,根据环境的细节:一人高的蒿草、腐锈将断的金属杆、窗沿积的厚灰及墙面凌乱的涂鸦,再拾起角落三个不同的饮料瓶,通过褪色的瓶身标签查看生产日期皆在两年前,可大体得出这座船厂废弃的时间。

厂房在大门左侧,轻推轴承发涩的厂房门,嘎吱声被周围的海浪声吞噬,我们步入其中。

阴天,棚中光线昏暗,室内也长满了杂草,因是在沙地上浇注的水泥,日久地面裂了许多道缝,地上散放着船舶的支架和材料。我和徐浪打开手电筒,小心翼翼向前。阒静中,似乎听到暗中的深处有窸窣的响声,我摘下耳机以排除电磁声,发现细微的声响依旧,声响像是黑洞,看不到,但依旧可以感知。我又戴上耳机,低声问何年外面的状况,没有得到回应。徐浪示意先解决眼前的问题。

我们来到一间房前——这是一个用墙板和石膏在厂房深处搭建的隔间，只有一扇门，紧闭着。看雪白的涂料应该是新搭成的，里面一定关着付璧安给我们准备的"惊喜"，因为墙板上画满了倒挂的五角星蝙蝠。吸引我们的窸窣响动，此时辨别，是里头传出的苍蝇的嗡嗡声、老鼠的吱叫。我做好准备。

徐浪戴上手套，旋动门把，推开瞬间，门的上空涌出一阵黑色旋风，往厂棚的上空散飞去，是蝙蝠群，它们的飞动带出了里面腥臭的血气。

门内，手电筒光定焦处，倒立着一具用倒十字木桩固定的男尸，裸体，胸前画着一个倒五角星的蝙蝠图案。死者面貌年轻，体形瘦弱，肋骨分明，致命伤在额心。尸体周围的空地上，用血画着一个正方形，四角及每条边的中心，各是一个实心圆，八个圆上立着红烛，蜡烛燃尽成流淌的油状。跟之前遭遇的三桩蝙蝠命案相似，唯一不同的地方，是在血方阵之外的地面涂有三个红字："阻止我"。我似乎听到付璧安的嗤笑。

"小心！"我的耳机突然传来何年的声音，音量之大之急促，让我不禁吓一跳，她继续说，"有一群人正往厂房正门走去，都是船厂附近楼房的村民。"

"怎么回事？"我低声问，边和徐浪找掩护点。

"我刚想通知你们，就被一个村民偷袭了，估计我们一开始就被盯上了，你们刚走进船厂，他们一伙人就跟过去了，手中拿的都是致命武器，中间一人还端着把猎枪。"

"你没事吧？"我问。

"没什么大碍。偷袭我的人已经被搞定了。"

"报警。"徐浪吩咐。

"信号没了。"何年说，"刚才还有，突然就没了。"

我拿出手机看，信号标志处显示一个叉。我才意识到怪不得往下这一段路没有发现监控，包括那个游艇俱乐部的门前也没有，现在信号又被人为掐断。这里不像个正常地方，看来是要赶尽杀绝。

4

厂房的大门被踹开，响起一个粗厚的男声："你们是谁？出来！"

我和徐浪分散躲在两面墙后，并不作声。

"你们来这里干什么？"还是那个男声，让我感到奇怪的是，声音是北方口音。一个外地人能在这个村镇做主，这人一定有来头。

"我们是游客，来这里拍照的。"徐浪喊道，声音经过空旷的厂棚放大，只知人在深处，难辨声源方位。

"你们不必躲，出来说。"音调降低了些，但脚步声仍在逼近。

"这里有人死了，我们已经报警了。"徐浪制造烟雾弹。

一阵嘀咕，依稀听到有人低声问"拔掉了吗"，又听到男声喊话："出来，咱们有话好说。"

何年用对讲机向我们传话，"有两人牵着一只狗去船厂后面了，看样子是准备从前后围堵你们，你们赶紧从后面出来，我开车下去接应。"

"牵狗那两人手中带什么武器？"我压低声音问。

"扳手。"

没枪，可以攻破，但狗是个问题。我看了看周围，脱下身上的外套，把外套套在地上的一根木棍上，罩上连衣帽，再找一根铁条，穿过两袖，然后立在墙边，身体的三分之一露在外面，他们再走近点,远距离看定会错认成真人背影。这样,一来是给我们的逃跑制造时机,二来也是测试他们是否动真格的——何年不是说有人拿了把猎枪吗,枪声一旦响起,他们的坏身份就坐实了。

我俯身爬到徐浪躲藏的地方,看他正用船绳的一端绑牢一块拳头大的石头,另一端也绑了石头。他低声问我身上带了什么防身器。"刀子,电击器,还有瓶辣椒喷雾。"我说。

"辣椒喷雾给我,外面的狗我来对付。"徐浪说。

"数三声,还不出来,就别怪我们不客气了,你们没经过允许,私自闯入我们的地盘,跟贼没两样,别再躲了!"声音已经在附近了。我和徐浪沿着内墙,往后门走。

"嘣!"响起一声枪响,我回身看,墙上散布细碎的弹痕,用来伪装的外套人形被枪击震倒,武器应该是装金属霰弹的单管猎枪,而且十有八九是私藏枪。这些人真下了杀手,要拼命逃了。

趁枪声响,我们溜出工厂后门,就看到不远处跑来两人,看到我们,他们立刻冲厂里大喊:"他们跑出来了!"又放了手中的大黄狗,狗朝我们狂奔而来,我们往船厂外跑,看到何年的车子倒停在船厂大门外。

狗的呼啸声越来越近。"往前跑!"徐浪吩咐我,自己却停住下蹲,等狗奔至自己10米开外的时候,他突然往狗下盘大力甩出手中的绳子,两端的石头受惯性张开,正正圈住了黄狗的前腿,旋转捆住,急速跑动中的黄狗身子一下失衡,头部擦地,整个身子在地上翻滚,滚到了徐浪身侧,徐浪掏出辣椒喷雾,往狗鼻子处一阵狂喷,致使它不断地打喷嚏,流口水,狂喘气,干呕。挣脱了绳子后,狗快速跑离我们,用脸不断往地上蹭。

我们接着朝车子跑去，后面追逐的脚步声纷繁起来，其他人也从厂棚里追出，身边飞来钢管和带尖钉的木棍。后脑勺染血的何年打开车门，手里握着一个玻璃瓶，是我和徐浪之前在车内喝剩的伏特加。在赶来营救前，她把里面的酒倒掉，又从油箱中引了汽油，装在瓶中，她点燃瓶口的布料，把汽油弹掷向厂房的墙壁，燃烧的汽油飞溅，溅到了端枪瞄准我们的男子身上，他的手臂和猎枪顷刻腾起火焰，不得已只好扔掉枪支，其余人纷纷救援，扑火。我打开车后门，听到何年喊："推车！"这才发现船厂大门附近的水泥地已经塌陷，此时轮胎陷在石壳下的软沙中，我和徐浪使劲推车，何年踩死油门，卷起的泥沙迸向我俩的裤腿。人群又追了过来，车子开动了，我们往前跑，钻进后座，车子驶过楼房区。

我们经过下面的楼房区，但上面还住着很多村民，如果整个村都是一伙的，那我们如同瓮中之鳖。车子通过上面的街巷，却没见有什么异常。"放慢速度。"徐浪在后头提醒。我们开出衙后村。

5

第一批进厂房的有七个人，牵狗从后面围堵的有两人，加上袭击何年的一人，这一伙人总共10人。

何年在上坡用望远镜把风时，被一人从后面用砖砸到了后脑，对方一定以为一介女流好对付，结果被何年反杀——她假装昏迷，等对方近身时用脚踹击他小腿骨，再用石头往他的太阳穴招呼，这人当场就昏厥了。

"你怎么样？"我看到何年后脑勺流出的血液凝结在头发上。

"有点晕。"何年把车停在路边，左右扭了一下脖子。

"那些人都是谁？"徐浪问，"认识吗？"

"不认识，从没听'蝙蝠'提起过。"何年说，"看他们的举止不像是专业的。"

"听带头人口音，不是本地人。"我疑惑。

"游艇俱乐部关门，船厂又废弃，附近又没有出海船只，一群男人住在这么潮湿寒冷的地方，想想就不太对劲，像是在守着什么。"徐浪说。

"我把袭击我的那人砸晕后，去接应你们前，进一个房间的柜子底下藏了一根录音笔，我用望远镜观察时，那些人就是从那个房间里面集体出来的，那里应该是个据点，我想我们离开后，他们还会回那里商量对策，看能录到什么东西。"何年说。

"要再回去一趟，"我琢磨，"怎么把他们引开？"

"想啥呢。"徐浪说，"死了人，又开枪，当然是报警啊，等警察把他们控制住，再取录音笔不迟。"

"接下来我们处理吧，"我下车，走到驾驶座对何年说，"先找个诊所给你看看伤口。"

在村子附近找了个诊所，清洗伤口，包扎，医生建议她去医院做个CT扫描，何年说在病床上睡一觉就好。我让她等我们回来，看似随口一说，其实是怕她又不告而别。

下午4点，天比上午更阴，我们报警，把自己的身份说成游客，误入船厂，意外发现命案，两位刑警与我们分别开车到立着"鹏联船厂"路牌的岔路口，此时手机信号满格。远远地，我看到船厂的厂房全部坍塌，尸体一定被处理了，证据也无法搜集了，他们动作实在是快。徐浪知会我，还需要何年帮忙，警察到船厂，这些知情者势必会装作局外人好奇地聚过来，得让何年现在赶来取录音笔，我们尽量拖延时间。

"这一趟白来了。"还没往下走，徐浪就跟警察说。

"什么意思？"回话的是一位四十岁上下的警察，身高目测一米七五，方脸，脸庞黝黑，与较白的脖子形成鲜明对比，应该经常外出。给他递烟，他摆手说不抽，我们听另一个警察喊他"杨队"。

"下面那一排厂房全塌了。"徐浪指着船厂，"我们早上进去的时候还好好的。"

"下去看看。"杨队说。

看到警察，十个人果真聚拢过来，其中一人头上缠了一圈布，看起来不像是被何年击伤，反倒像戴了头饰。上午持枪的人此时双手插兜，掩饰手上的灼伤，斜着眼站在人群后面，没了早先带头追杀的气势，他身高一米七左右，寸头，背微驼，脸庞有两道深刻的法令纹，嘴唇脱皮发白。

厂房整个坍塌，人无法进去。警察问话，是队伍中的另一个人作答，口音是纯正的本地口音。他说他们都是本地人，这座船厂废弃很久了。杨队问："几时塌的？"那人想了会儿说："去年四五月的时候吧。""确定吗？"杨队又问。另一人抢答："就是去年5月，那时刮了台风，厂房的钢筋不牢，一下子就倒了。我们看是废置的厂棚，没住人，里面也没什么值钱的物件，也就随它去了。"其他人纷纷附和。杨队指了指我们说："他们上午过来时，说是遭到了你们的驱赶？"杨队隐藏了命案的信息。

"我们没见过他们。"说话的人看了看我和徐浪，回答。

"看来是误会了啊。"杨队往周围看了看，转身往回走，"一有情况我们会再过来。"

走到楼房区，杨队看了看房子问："你们都住在这块吗？"

"这是我们家啊，当然住这里了。"稍后一人回答。

"你家人呢？"杨队接着问。

隔了一会儿，才有人挠头嬉笑道："我们都是单身汉。"我发现不论是谁，说话的主语都是"我们"。

"经济来源呢？"杨队问。

"天气暖和时会出去打工。"

杨队点点头，走回上坡停警车的地方，那些人在房前停住脚步，却没回屋，看着我们。

杨队打开车门，对我们说："开到别处说。"

我吩咐何年，拿回录音笔后回车里等我们，此时车内却没见着她。准备拿手机问她，却看到她的短信："有突发情况，我留在这里，你们先撤，一切等我通知。"我给徐浪看短信，徐浪打开车门，跟警车离开。

6

"你们真的是游客？"警车停在路边，一下车，杨队就问。

我和徐浪在极端情况下接触过形形色色的人，对面相大体积累了一套独有的认知经验。以杨队的面相看，五官对称，天庭饱满，下巴圆润，说话气定神闲，举止不卑不亢，大概是个正派人。船厂的案子要快速侦破，一招制胜，必须借助外力。而要得到杨队的支援，自然不能虚与委蛇。我和徐浪在车上统一口径，下车后向对方交代我们的真实来历——为了长话短说，我们做了一些改编。

听到质疑，我看了看徐浪，之后掏出手机，分别打开广州陈田村的废弃车厂命案、香港西贡北港村的阳台屋命案、梅州丰顺富贵饭庄的尸神案三个命案的新闻页面，出示给杨队看，另一位年轻刑警也把头凑过来。

"这三起发生在南方的命案,受害者死状一样,被倒挂,凶手往头上开枪,在尸体周围画方阵。最主要的是都有这个倒五星蝙蝠图案。"我把新闻页面中三张模糊的现场照片放大给对方看,虚构了部分事实,"其中广州的受害者詹世安是我的朋友,去年5月他离奇失踪,我们协助警方调查他的下落时,牵出了这一系列命案。因里面涉及的蝙蝠图案,我们觉得不简单,所以私底下一直在追查。昨天我们收到线报,说这里的鹏联船厂出现了相似的案子,于是赶了过来。没想到被附近村民袭击,没来得及获取证据。"

"你们是做什么的?怎么有这些调查的技能?"

"我们做过一段时间的记者,现在在香港经营一家侦探社。"我把叶枫的工作室照片出示给杨队看,墙上有我与叶枫的合照。

"我看广州的案子,嫌疑人(张锡)最后不是负罪自杀了?还有梅州的饭庄命案,报道里写店主(王贵标)就是凶手,不是连环凶杀案啊!"年轻警察在旁搜索新闻,突然插话,把手机拿给杨队看。

"这些案子分散各地,每个案件单独侦破,最后都会指向一个主使人,但事实上存在真正的幕后凶手。受害者前期可能被案件的主使人囚禁、虐待,但制造这种杀人仪式的并不是主使人。我认为我们刚才见到的那些村民一定与船厂命案脱不了干系,但实施犯罪者可能另有其人,而非那些村民。"我说,"我们之所以一直在追查,是因为这些命案在持续发生,其中一定有规律,只要找到,才能揪出背后的元凶,遏止后续命案的发生。"

"就算这几桩案子真有联系,也不是你们的事。"杨队说。

"我知道，我们只是协助的身份。我希望用我们这一年来获取的情报和历练出来的经验，给你们提供一些帮助。"我接着说，"船厂附近那些人行为反常，既没有血缘关系，看他们之间的互动也不像好友，但却处处给人一种很强的集体感，无非是因为某种利益或理念而黏结在一起，在共同维护着什么秘密。这个秘密一旦暴露出来就会牵连所有人，所以他们才会不惜付出杀害我们的代价，甚至不惜把船厂整个摧毁，来掩盖这个秘密。"

"他们的行为确实有点反常，但问题是我不能根据你的一面之词就调查他们吧。你说船厂藏尸，他们追杀你们，还开了枪，又说他们集体在保守秘密，为了掩盖证据还摧毁船厂。你分析得头头是道，但凡拿出一个证据出来也好啊，不然我怎么相信你们？"杨队质疑。

"只要找出目击证人，很容易证明船厂是几时倒塌的，"我说，"他们说是去年5月刮的台风，问问游艇俱乐部的负责人就清楚了。"

"游艇俱乐部去年1月就关门了，那片海域对面有座小岛，在海上形成一道狭小的湾流，那里水浅、水质脏、气流不畅通，不适合发展成旅游的线路，因此人流稀少。加上鹏联船厂废弃距今正好两年整，就算真找到一位去过那边的目击证人，他也不会准确记得厂房当时塌没塌，一座废墟塌或没塌其实没啥差别。"杨队反驳。

"运气好的话，我现在就能给你找到目击证人。"我说。

"哦？"杨队挑眉看我，"你找一个出来看看。"

我打开相机，翻出早上假扮游客随意拍下的游艇俱乐部的墙体照片，放大给杨队看墙面上的涂鸦——用黑色喷漆写上的各种广告，"租船""贷款""吊车"的字样后面附有手机号码。

普通目击证人或许没法证明废弃船厂倒塌与否，但这些喷涂广告的人清楚，因为船厂那些断裂的墙面上也喷有同样的广告，只要问出喷漆的时间，就能验证那些单身汉关于船厂倒塌的时间为假——当然，如果喷广告的时间皆在去年5月之前，则无法推翻谎言。

我给"贷款"者打电话，显示电话已停机；给"租船"者打电话，特表明租船意愿后，对方问我们要什么样的船，什么时候要，还问了我的身份，最后的答复是没有闲置船了，我说我是在鹏联船厂的墙壁上看到的广告，请问广告是什么时候喷的，对方一听，直接就把电话挂了。最后打"吊车"者的电话，对方说已经不做这个业务了，如果需要，可以引荐朋友给我。我请求对方，能否回忆一下，广告是什么时候喷的？对方迟疑了片刻，问我们是不是同行，我顺势说，刚开始做，想了解墙体广告的效果。对方回答说效果一般，他们去年夏天刚开始做，看别人都在墙上喷广告，就去了几个码头照做，结果没接到几个业务。我问是否包括鹏联船厂。对方答，对，就是衙后村那个废弃船厂。我问他们喷的时候，厂房塌没塌？对方说，没有，我还进里面看了一眼。我追问具体的月份，对方说记不清楚了，总之是夏天。

早上进船厂时，为什么不随手拍一张船厂的照片，这样亮出照片的拍摄数据不就一目了然了。正郁闷着，结果"吊车"者又打来电话，说："我想起我这个新号是去年7月开通的，所以广告一定是在7月后喷上去的。"

"确实有点手段。"杨队转向年轻警察说，"角度切得准，效率会高很多。"

"杨队，要证据是次要的，你主要是想摸摸我们的底吧？"

我说，"以此决定能不能共事。"

"何以见得？"杨队脸带笑意。

"你说游艇俱乐部去年1月关门，又表示船厂废弃刚好两年，时间记得很清楚；你对那块海域地形了解，显然也做过一番考察；进出衙后村都是警车带路，你们知道通往下面船厂的一条水泥路段在修整，提前走了小路，说明近期来过；包括你刚才跟他们的交流，显露出一副担心打草惊蛇的姿态。"我指出，"综合各种因素，我推测你暗中其实一直在关注船厂附近那十个人，只是还没有抓到把柄。你一开始就知道厂房倒塌是他们在说谎。"

7

2013年6月10日，一对情侣在惠州市澳头镇失踪，监控记录显示，他们最后出现的地点是通往永晖码头的道路上，时间是下午。永晖码头往东有个人迹罕至的海滩，当天深夜，搜救人员在那个海滩的一块礁石后面发现了这对情侣所穿的衣物，被装在一个塑料袋中，贵重物品俱在。迹象表明，他们可能下海游泳，但海中并无两人踪迹。假如这对情侣在海中遇难，那么遗体终会随着潮汐漂上岸。随后多天，警方扩大搜索范围，连出事海滩遥遥相对的小岛也搜寻了一圈，仍一无所获。案子以失踪立案，等待知情人提供线索，搁置至今。

2014年7月15日，一位名叫姜荣的本地青年，本科学习土木工程专业，暑假实习期间接到一个招聘电话，对方说看到他投在网上的简历，想约他到公司聊聊。那段时间惠州澳头港的沿海区域都在兴建海景小区，相关专业人才供不应求，姜荣欣然应约。他走之前跟母亲说明去意，结果当晚电话没打通，后来提示关机。警察调取姜荣行经路线的监控，发现在安惠大道的路口，他上了一辆套假牌的黑色现代车，车子往南开，因南边是开发区，没有监控，所以没再监测到行踪。经过观察，警方发现车子的左车尾周围有受损痕迹，尾灯罩有裂痕，车身有刮擦。警方采取的搜寻策略是，先定位车，再牵出当天开车之人，以此找到姜荣。

周围大路的监控没有车辆开出的记录，那么车子的下落就有两种可能：一种是沿无监控的小路开出城区，这个推测经实际检验后得出可能性为零，因为不管怎么开，最后都要行经大路，必然会被监控拍到。因此只存在另一种可能，车子还在城区内。警方正圈定范围准备搜索，结果有人在对岸另一个城区的中兴立交桥下发现了那辆假牌照现代车。车子怎么可能"飘"到了那边？最后证实是混进了货轮的集装箱中，随船开到对岸码头，夜深再秘密开走。姜荣至今没有找到。

不管是永晖码头，还是安惠大道，这两个失踪地点，距离废弃的鹏联船厂都不到一公里。

怎么看，那里的村民与三位失踪者都没有什么关联。首先，姜荣的失踪明显是预谋犯罪，没人会傻到在自家门口作案。其次，农村的楼房都建得很近，邻里之间没有秘密，实施绑架犯罪，很难不被发现。最后，没有犯罪动机。他们确实穷，但受害者失踪后，家人没接到一个索要赎金的电话。单身汉性饥渴，但因此做出绑架的行为明显不理智，而且受害者中有两位是男性。单纯以杀戮为乐，没有找到尸体前，也不好定论。杨队调查过，那10个人里边，都没有伤害罪前科，唯独有一位，名叫包康，河北沧州人，2011年曾因受贿罪在广州入狱。

这些人之所以引起警方的注意，是因为去年1月的时候，鹏联船厂隔壁的游艇俱乐部关门。关门前，俱乐部的老板曾报过两次警，说俱乐部晚上经常无缘无故遭到破坏：玻璃被砸破，监控线路被剪断，大门被泼漆，游艇的油箱被人捅破，凡是锁孔都被注入502胶水。很明显，有人在蓄意搞破坏，但无法找到肇事者，老板身心俱疲，遂把俱乐部低价转让，第一时间联系老板并买下的人，就是包康。起初杨队以为是包康破坏俱乐部，目的是鸠占鹊巢，自己营业，结果去年整个夏天，包康任由自己买下的游艇俱乐部荒废。连原先衙后村墙上贴的引导路线牌，都被悉数撕掉。

"因为靠海，又有利用货轮把赃车运走的经验，我想如果他们真的是一个犯罪团伙，陆路隐患多，还是会优先选择水路，但他们又没有备船。而且一直没发现他们要船。"杨队跟我们说。

杨队把三位失踪者的照片放在桌上，让我和徐浪辨认。

我们把照片倒转着看，很快认出其中一位青年——"船厂里面的死者就是姜荣，死时瘦了好多。"

又看了情侣当初遗留在礁石后面的证物照片，我发现装衣物的大塑料袋里，牛仔裤和裙子简易折叠放在最上面，男女T恤揉成一团垫在其下。如果他们准备下海游泳，应该是各自脱衣，再装袋，袋中的男女衣物应该有间隔。现在出现这种混合的情况，更像是两人被胁迫脱衣，先脱T恤，再脱裤、裙，罪犯分别收取后装入袋中。

"两起失踪案，罪犯的善后措施做得都很到位，成功把公众的注意力引向了遇害和出城两个方向，手法相似，应该是连环犯罪。姜荣目前已经证实被害，那对情侣的情况不容乐观。"我说。

杨队默认："必须尽快找到姜荣的尸体。"

"很快会找到。"像是身不由己，我突然说。

杨队和年轻警察瞪大眼睛看我,仿佛听错,异口同声地说:"什么?"

我又重复了一遍:"很快会找到。"

"怎么找?"杨队问。

"等消息。"我无端相信何年。

8

看到警察前往船厂调查,十个单身汉聚拢。楼房区正中央的主楼外围筑了一圈三米高的围墙,墙顶扎满玻璃碎片,大门掩着。

虽然此时房间没人,但何年清楚院子里还养着一条黄狗。她潜入后,狗蹿起,却没有往前扑,也没有吠,只龇着牙,口水不断从破损的嘴巴边缘滴落,它双眼眼角积了一堆黑乎乎的眼屎,半边脸因磨蹭地面而留下伤痕,鼻子通红脱皮,呼吸不畅,看来早上徐浪的辣椒水喷多了。只要经历一次这样的伤害,多数猛狗在伤口未愈前,对生人都存有畏惧。此时它直面来人,虽面露凶相,但前腿发颤。何年摸清狗的心理,掏出辣椒喷雾,身子逼前,作势要喷,黄狗顷刻缩回角落。

进入正门,是一个约50平方米的厅堂,厅堂中间摆着一张圆桌,圆桌外围着一圈座椅。靠里的墙角立着台木柜,柜面木纹开裂,从雕花做工看,是上个时代遗留的不值钱的古董。录音笔就藏在木柜底下。

何年伸手在柜底掏出录音笔,抽出的瞬间,手腕顶了一下柜子,柜子摇晃。碰撞的力度不太可能让柜子有这么大的动静——除非柜子是个空壳。何年看了看录音笔,还剩一格电量,关机,站起。她打开柜门,里面果真空空如也。

如果不是用来装东西，这样破败的家具只有扔掉的份。何年移开柜身，在柜子后的墙面看到一个小木门，说是保险柜显得太大，暗室的话宽度又稍微窄了点。木门的把手垂吊着一个铁环，何年把耳朵凑近听了听，然后拉开木门，看到一个约一米宽两米高的走道，光线昏黑，看不见底。如果现在进去，那些人回来就逃不了了。何年想了想，最终还是决定进去看看。她把录音笔揣进兜里，解开受伤头部绑缠的纱布，绕在柜子靠内的支腿上，身子闪入走道，拉上木门，从木门内拉回带子，柜子贴墙后纱带解开被何年收回，一切恢复原状。

打开手机电筒，走道漆黑褪去，大概往内走五米，露出一个门洞。根据光照辨别，门洞里是一个房间的格局，何年走进房间内，往左右墙面照，找到开关，打开灯，房间一下亮堂。这是一间深六米，宽五米的房间。没有窗，异常憋闷，涌着一股人所分泌的秽物臭味。在房间的中心，还搭建着一间长宽各三米的房间，同样是密封状。

小房间的门锁样式是货车车厢锁扣，掰开外头扣上的锁杆即可进入。使用这种锁，隔绝的并不是外面的人——看来并非用来装什么贵重财物，何年咽了口唾沫，这房间是用来关人的！

她敲了敲门，响起"笃笃"声，像填充隔音物的厚门会发出的闷响。何年轻声问："有人吗？"没有回应。她把辣椒喷雾握在手中，慢慢掰开锁杆，将门拉开，身子后退，一股更大的腥臭味扑面而来。

没有人。小房间右前方摆着一件奇怪的家具——下半部是双人床，上半部却罩着一副黑色的空车壳，车壳里面的被褥布满黑色的霉斑，灰色的床单上有一团一团不规则的黑色污渍，车尾处放有两个座椅一样的皮垫。一张木桌对着床尾，固定在门右侧的墙角，桌上摆着一个餐盘，菜叶和饭粒掉得满桌都是，有的食物残渣周围覆了一层绿霉菌。桌底扔有多片橙皮，橙皮饱满、鲜黄，估计是不久前刚剥的。房间左侧是一个蹲厕，整个瓷面已经染黄，边角缝隙长出了一丛丛黑色的蘑菇。床头旁放一个黑色汽油桶，桶周围散落纸团。何年走上前往里看，差点呕吐。里面爬满了蟑螂，蟑螂之下，除了食物、纸团，还有用过的卫生巾和保险套。

头隐隐作痛，何年往后退，脚底突然被一只手抓住，吓了一跳，人被绊倒在地，差点喊出声。视线下移，一头油发从床底钻出，向何年爬来，她随即伸出辣椒喷雾，散乱的头发后的脸露出来，是一个女生，脸上道道黑印，牙黄，除此之外人长得标致。何年摁喷雾的手停住了。

女孩双手绑了铁链，她爬到何年近前，盯着何年呵呵笑，突然站直身体，铁链磕碰叮当作响，何年发现她脚腕同样绑着铁链，链条锁在床头的栏杆上。站着的女孩走向床，一副任人摆布的姿态。想必被人囚禁虐待已久，精神已经崩溃。何年眼睛一下通红。

"没事，没事。"何年把女孩扶起，脱下身上的外套披在女孩身上，让她坐在床沿，又在被子中翻出裤子，遮住女孩大腿，揽住女孩肩，又紧紧抱住对方，"我是来救你的，没事。"

女孩仍呵呵笑，渐渐地，身子不住地颤抖，何年发现女孩也在落泪。女孩指着床头墙上的字，密密麻麻用指甲划出的"救命"。又向何年张开口，口腔里面没有舌头。她用拇指指甲在墙面划两字："快跑"。

原来女孩失智是假装的！

何年拿出手机，给我发短信：有突发情况，我留在这里，你们先撤,一切等我通知。"

然后她关掉房间的灯,问女孩:"你会打字吗?可以给我讲讲发生了什么吗?我保证会把救你出去。"她把手机给女孩,女孩点点头,接过手机。

9

被囚禁的女孩名叫沈晴兰,2013年6月10日下午跟男友在永晖码头附近的偏僻海滩游玩时被两名男子劫持,其中一名罪犯手持猎枪,另一名罪犯手握大砍刀,他们只能听从指示,各自脱下身上的衣服,交给罪犯。之后穿着内裤的两人被带进一只游艇。晴兰在游艇里被迷晕,醒来后发现躺在一个无窗房间的床上,不见男友。

被囚禁强奸的这一年多以来,她从没有放弃活下去的希望,抵抗换来的只有毒打,后来她就假装逆来顺受。她一直在寻找暗室的漏洞,可惜这里防范过于严密,房中筑囚室,囚室又贴着隔音棉,隔绝了她呼救的可能。要出去,唯有靠自己,晴兰想过在罪犯实施强奸时用锐器刺杀对方,然后从走道逃出,可其他罪犯总聚集在房间外。她还听到有狗吠,知道他们养了狗。因此她开始装傻,让他们断定她没有出逃之心,放松警惕,她相信只要活着,就一定有转机。

"头子把一把枪藏在了这间暗室中。"晴兰向何年打字道。

何年指了指囚室外,晴兰点点头。

何年看了看晴兰的头发、身形,再看时间,下午5点14分。

"他们每天都会过来吗?"

晴兰点头,打字,"每天都过来,我根据送来的食物判断时间,早餐有粥,晚上会送一个橙子或苹果,吃完晚饭后,他们来的次数最多。"

"等下听我的,我把你救出去。"何年说。

晴兰点头不断擦泪。

何年伤口处头发被剃光了一块。她双手手掌贴在餐盘下面,沾两手油,抹在自己头发上,用长发遮盖剃光区域。手脚铁链锁普通,她轻易撬开。她跟晴兰换衣,让晴兰出去,把囚室的锁杆扣上,躲在后面的杂物堆里,没有指示不许出来。最后把铁链缠在自己的手脚上,假装锁上。钻进"车"里。她掀起床上的被子,一股恶臭袭来,她强忍住恶心,用被子盖住整个身躯,只露出油腻的后脑勺。衣袖里面,藏着一把匕首。

在这样恶劣的环境中——身上有臭虫在爬——每分钟都过得异常漫长。何年不断深呼吸,终于听到走道门开启的声音,有一人进入,掰开囚室锁杆,拉开门,亮光涌入,餐盘扔到桌上发出"砰"的一声。男声响起:"小妞,吃饭了。"何年在被中,如猫拱起后腰,摩擦身后皮垫发出声音,以此引诱罪犯前来。果然,她听到了走近床边的声音。"想我了啊?"男声说,等听到衣服撩起的声音时,何年掀被,男人正好把衣服举向头顶,盖住视线。他不知道前方,有一个闯入的女人,手中正拿着亮晃晃的刀子,还没反应过来,关键部位就挨了一刀。他惊叫一声,被何年一脚踹向胸部,因脚底被裤子箍住,人直直朝后坐倒。何年快速跑出囚室,扣上锁杆。尖叫声被囚室的门阻挡,戛然而止。

何年拿出手机,给我发来两条短信,第一条:"现在过来主楼。"第二条:"将前一条短信删除。"

听到何年的信号,晴兰从杂物堆里走出,她指了指墙角的瓷砖格,何年拉开,里面藏着一把单管猎枪。神弩手何年笑了笑,拿出枪，又在裤袋中装入一把子弹，跟晴兰说，咱们出去吧。

10

收到何年短信时是晚上7点20分，三分钟后，我们和警察就赶到了现场。进入据点楼，眼前的景象让我们诧异，厅堂里面，躺着五个男人，不断哀号，另四个男人手拿武器，与里屋持枪的何年对峙，不敢向前。何年穿着一件单薄的脏衣，整个人看起来油腻腻、乱糟糟，唯独神情激昂。包康被锁在了暗室的囚室中，医护人员用担架抬出他时，他脸色发白接近昏迷。

事后何年供述，下午自己去取录音笔时，被他们发现、劫持，囚禁在暗室中。晚上6点左右，包康持枪，意图强奸她。何年趁对方大意，用事先藏好的刀子自救，把罪犯反囚于房间内，自己带着晴兰准备逃跑，结果撞上了暗室外的其余罪犯，不得已，她只好拿包康的枪自卫，向袭击者非致命处开枪。在她的手腕和脚腕上，有捆绑的痕迹，后脑勺被重物袭击，检测出轻微脑震荡。加上有受害者沈晴兰做证，最终她被判定为正当防卫。

拿出的录音笔，里面录取到了他们开会的证据，证实了在2015年3月1日上午，我们进入船厂后，附近10个罪犯就开始发动袭击，我们逃走后，他们回到据点楼大堂，决定先把船厂里的尸体运走。包康吩咐两人把尸体"埋到老地方"，然后带其他人分头摧毁厂房的支柱，伪造倒塌已久的假象，以防警方进内调查。九个同伙，警方分头攻破，谁先供述，即可减刑，很快就问出了埋尸地点——在附近的一个树林中。

警方最终挖出三具尸体，除死者姜荣外，另外两具已经成骨架。经鉴定，其中一位死者是沈晴兰的男友，另一位是男村民，他本来也是罪犯之一，后来因赌博欠了一大笔钱，就威胁包康，如果不给钱，就把一起干的坏事抖出，于是被包康秘密杀害。

楼房近海，地底多流沙，难挖地牢，为了囚禁人，包康在楼房两翼又建造了两个大房间。一般人被房间复杂的结构虚晃，很难注意房子内藏乾坤。囚禁沈晴兰的囚室正对面，也有一间一模一样的暗室，暗门被一台冰箱遮挡。

在那间暗室里面，警方检测到姜荣的指纹、毛发、血液和粪便。根据姜荣胃中的橙肉与囚室地上的橙皮，检验人员检测出两者具有相同的植物DNA谱带，姜荣被囚禁于此的事实确凿。以死者胃中食物的消化程度判定，死亡时间在2015年2月28日晚上11点到3月1日凌晨1点之间，额头受金属物射击导致脑死亡。法医在他的左手臂上检测到一个针孔，死者生前并无吸毒史。与沈晴兰一样，姜荣同样被断舌。

这些单身村民回忆，包康2012年以一个企业家的身份在这边定居，没做过什么实业，倒是成为六合彩的庄家。他从原户主手中，以低价陆续买下海边一带共12间楼房，后来他物色筲后村的单身汉，这些男人要么好赌、负债，要么有过劣迹，比如做过混混，当过打手。再通过第一批单身汉发展更多下线，一共10人，全部住进他买下的房子里。

2013年6月10日，包康和一位手下在附近的无人海滩绑架沈晴兰和她男友，将两人分别囚禁。在包康的带头下，他们轮番强奸了沈晴兰。包康又谎称沈晴兰男友继承了笔遗产，把他杀死，每人能分到两万块。于是他们合伙把人杀害，埋掉。事后警方贴出告示，寻找两位失踪者，他们以为逃过法网，胆子大了些，又因为一起犯过罪，团体感更强。

包康利用"共同杀人"绑住这些手下。2014年7月15日，他又囚禁了姜荣，与前一位受害者不同，这次他不急着杀姜荣，而是囚禁他，虐待他。直到 2015 年 2 月 28 日夜间才下了杀手。姜荣的死法与前一位受害者也不一样。问其他同伙原因，他们都不清楚。甚至不清楚受害者是什么时候被杀害的。他们只知道 2015 年 3 月 1 日早晨，包康吩咐他们："今天会有两个外地的记者来船厂，是秘密过来调查我们的，等他们进去后，我们围堵，把他们囚禁起来。"

看来姜荣的死，只有包康一人清楚。可事后问包康，他一口咬定，这些人的死与他无关，"我确实囚禁过他们，但人都是那些本地人杀的"。问为什么要囚禁，他说有人给钱。这个人是谁，他说是外号"蝙蝠"的人。杨队查包康这些年的行踪，再根据同伙口供，发现他一直待在一处。查他账户，确实有不明汇款，但他除了把钱转账给手下，属于自己的流水记录很少。

根据姜荣的死状，包康一定听命于付璧安，但他身上没有蝙蝠文身，并非组织成员，因此犯罪并非信仰，一定有其他所图。是什么好处，让他甘愿长期地驻扎在这种潮湿、腥咸之地？

贪财之人，确实会因钱而冒险犯罪，但综合包康的消费行为看，他并无什么物欲，而且他也没有染上什么需要花钱的陋习，做六合彩庄家是为了物色同伙，后来也停了。他不吸毒，不嫖娼，也没有债主。查他的家庭关系，虽与前妻离婚，但并无儿女需要抚养。他说拿钱办事，这个理由站不住脚。

包康有没有养情妇？杨队查他动向发现，出狱后至今，包康并无与女性有过开房或通信记录。但在他受贿入狱前，曾任河北沧州一家建筑公司的高层，与一位名叫林幸的女性保持长久不正当关系。林幸至今仍是失踪状态。

2010 年 2 月，包康被派到广州监督工程，收受施工方款项

12万元，4月包康主动自首，因有立功表现，且交出全部赃款，最终判处有期徒刑9个月，在广州监狱服刑。2010年6月，包康与妻子离婚。8月，他的情妇林幸失踪，警察在莫高窟附近的一间客栈里找到了她的行李，前台交代，客人入住当天一切正常，隔天出门后就没再回来。

要不是抱持着从包康口中问出更多付璧安信息的希望，我们不会再执念于他的前史，分析他留守此地的动机。但如今时间紧迫，也不允许我们去实地探访，咨询各个当事人，根据现场所获得的蛛丝马迹来推导真相。

在编程中输入关键代码可使电脑死机。我相信要使沉默的犯人开口，也一定存在这样的"指令"。为了最快破解包康的谜题，我只能从他的过往经历中提炼出这样的"关键词"，来尝试攻破他的防线。与其说是推理，不如说是测验。

蝙蝠组织成员张锡就是从广州监狱出来的，看两人的服刑期，高度重合，是否可以推测，包康跟张锡在狱中相识，经张锡引荐，付璧安因此认识了包康？我们提取第一个关键词：张锡。

根据包康受贿判决书中的口供，受贿款项为一人分三次送来，低调隐秘，没有促发自首的因素。为何包康事隔不久就选择主动自首？且刚入狱，就与妻子离婚？在离婚协议上，妻子得到近八成财产。是否可以推测，自首是妻子提出，妻子掌握包康更大的罪状，包康只有以小罪自首，才能藏住大罪？并且入狱之后，妻子顺理成章与包康离婚。因握有包康把柄，她得到大部分财产。如果推测成立，那么包康害怕妻子。我们据此提取第二个关键词：妻子。

2010年8月，包康情妇林幸独自去莫高窟旅行，所选的私人客栈无须登记身份证。那段时间莫高窟风沙大，女性在头部包裹头巾属正常现象。客栈的监控显示,在入住和出门时,林幸都缠着头巾。是否可以推测,入住客栈的女人,并非林幸?联系第二个关键词,我们大胆猜测,她是否有可能是包康妻子假扮?妻子之所以愿意这么做,是因为那时林幸已死,包康杀害林幸,就是他更大的罪状。为逃脱罪名,他不得不自首受贿,并让妻子帮忙演戏,把林幸的失踪日期延后在他服刑期间。没人会怀疑一个坐牢的人杀人,纵使他最有嫌疑。我们提取第三个关键词:林幸已死。

杨队用这三个关键词,依次逼问包康。听到"张锡"的姓名时,他身体明显颤动了一下。杨队接着说:"你跟你前妻离婚已经有五年了吧,人家现在生活得好好的,我看没必要再去麻烦人家,让她大老远过来医院一趟,跟你面对面回忆往事。"听到"妻子",躺在床上的包康叹了口气,因下体受伤,他气色憔悴,仿佛一下老了十岁。杨队最后说:"你下面受了伤,你想想,一旦关进去了,没药吃,没护理,每天劳作,还被人欺负,就不行了。你要不想成为太监,就把事实都说出来,我们都调查清楚了,林幸已经死了吧?你不用再隐瞒了,都交代出来,争取宽大处理。"

<h2 style="text-align:center">11</h2>

2010年3月,包康在车内与林幸争吵,一时冲动掐死了林幸。后来他将尸体埋在了一个偏僻国道旁的树丛地里。之后为了逃脱罪名,他跟妻子交代了犯罪,说这个事情一旦曝光,他会被判死刑,而且还要从家产中掏出一大笔死亡赔偿金。为了自救,包康需要妻子的帮忙。妻子本来对他的情妇怀恨在心,听到她死亡的事实,快意更多,自然也不想家产有所损失。她

答应配合包康掩饰实情，条件是包康入狱后跟她离婚，自己要分到八成财产，包康答应。2010年4月，包康自首受贿，获刑。在这期间，妻子在林幸的社交网络上照常发布日常生活照。因林幸被包康包养，没有工作，人际关系淡薄，与家人关系也不合，往来很少，妻子甚至主动用林幸的口吻跟弟弟交流。包康入狱后，妻子带着林幸的行李和身份证各地游玩，选不用登记身份证的大巴车和宾馆。偶有朋友打来电话，还会装她的腔调跟对方交流，在客栈房间里用吹风筒在话筒远处吹拂，说现在外面风大，以此终止对话。2010年8月，缠头纱的妻子入住莫高窟，把林幸的行李放在房间，然后在外换了装，搭车回家。

包康在广州服刑期间，认识张锡，两人臭味相投。包康跟张锡炫耀，自己养过情妇，张锡联想到妻子三番五次跟自己提离婚，还听说她跟别的男人交往，非常生气，在包康面前表示一定会让这个荡妇付出代价。后来，张锡跟包康说，自己出去后，一定要复仇，杀掉背叛自己的妻子。包康看张锡不像说假话，就跟对方讲了自己杀死林幸的事实，带着炫耀，指导张锡，杀人容易，逃脱刑罚难，好好想个下手的办法才是重点，不要出去之后又进来。

张锡出去之后，被付璧安收为组织成员，并为他设计了一个在汽车上做手脚的谋杀法，致使詹世安和他儿子出了车祸。后来张锡向付璧安提到了包康，说他杀过人，可以找他办事。

出狱后的包康没钱没权，生活潦倒，想着自己既然能逃脱杀人的罪罚，还有什么做不了的，于是筹划第二次犯罪，入室抢劫。犯罪需要帮手，他联系了在监狱中结交的好友张锡。包康跟张锡打包票，自己研究过很多案例，在人少的村镇，青壮年上城打工，独留老人和小孩，挑漂亮的楼房下手，拿到存款后把人干掉，不会被怀疑。张锡反问，犯这么大的罪，最后能抢几个钱？付璧安得知后，明白包康并非为了钱，谋杀才是他的目的——包康有犯罪人格，可以拉拢利用。于是付璧安让张锡约包康在广州一家森林公园附近的一个仓库见面。付璧安跟包康说了他帮张锡设计詹世安车祸的计谋。

"大家都是同道中人，既然都犯过命案，何不一起合作？你现在独自一个人，没有后顾之忧，我提供资金和掩护，你大可放手做事，只需要帮我在惠州办一件事，帮我囚禁一个人。"付璧安递给包康一本书："这是见面礼。"

书内夹着一张银行卡。付璧安传授包康，选帮手要严谨，人数一旦超过三人就不好管控，想办法把他们都拉到一辆车上，之后要让他们守口如瓶，想办法让他们成为凶手。还说这本书可以看看。包康看书名，《东方快车谋杀案》。

"只交代你办一件事，为什么还绑架情侣，杀同伙？"杨队问。

"他没有给我期限，就让我在海边待着，我闲得慌，想着既然有他给钱和包庇，又指导我发展下线的办法，我每天脑子里想的都是坏事。杀死林幸后，我在狱中时常梦到那个情景，你不要误会，不是做噩梦。我没有愧疚，我时常带着狂喜，梦到我在车里掐死林幸，有时醒来还梦遗。从那时起，我发现我渴望那种犯罪的感觉。是'蝙蝠'给我这个条件。我用他给的钱发展下线后，摸清楚附近的地形。那时正好遇到一对情侣，绑架他们，一是我需要一个供我发泄的女人，二是我要让这些手下都有污点，这样团体才能凝聚，我让他们强奸、杀人，大家就都在一条船上，加上我给他们钱，我不怕事情败露，这种犯罪还可以做很久。杀掉同伙，只是因为他威胁我，我不能让计划遭到破坏。"包康说。

"那个'蝙蝠',为什么让你囚禁姜荣?"杨队问。

"没说,就让我囚禁他,虐待他,让他生不如死,但不要让他死,我想着法子折磨他,不给他饭吃,把他吊起来站着不让他睡觉,后来他整个人都崩溃了,求我杀死他。"包康说。

"什么时候杀死姜荣的?"

"2月28日晚上11点左右,他们乘一艘船过来,事先吩咐我,带姜荣到船厂,只能我一个人带去。"

"他们几个人过来?"

"三个人。穿着黑色的大衣,戴着连衣帽,神神秘秘的,其中一个是'蝙蝠',他接过姜荣后,把帽子拉下,让我离开了。另外一个人稍矮点,后来我瞥了眼他帽中的样貌,吓了一跳,他涂着一个白脸,眉鼻抹了黑油,眼神很阴森,不住地吸气,一看就不是好惹的主。"包康回忆。

"还有一位呢?"杨队问。

"那位站在中间,身高最矮,看步伐不像年轻人,慢悠悠的,连衣帽遮住整张脸,我没看清是什么人。看'蝙蝠'和白脸男各站在左右,轻微搀扶那人,感觉很尊贵的样子。后来那个白脸站在厂房正门,防止有人进去,我也无心窥探,就回去了。大概凌晨两点,我收到'蝙蝠'的短信,他让我先不要动船厂里面的东西,第二天会有两人过来,让我把这两人抓住,交给他。"包康深呼吸,"我好奇,就动身到船厂,他们已经走了,我来到中间的白房子前,发现墙壁上涂了很多蝙蝠的图案,里面闪着幽幽的黄光。我看着那个门把手,给自己鼓了几次劲,最后还是没有胆量拧开,总感觉打开,会有厄运进我的身体里,后来我就溜走了。"

"你刚才说,'蝙蝠'交代你干一件事,在船厂附近囚禁姜荣,必须在船厂附近吗?"杨队问。

包康点点头说:"只能在这个附近,不然我自己也不会把据点选在这个鬼地方,还要想法子把姜荣引过来。"

十二 伏翼教

1

鹏联船厂未建前,这里只是一片普通树林,后因经营不善,于 2013 年 3 月 4 日关停,这期间并无什么事故发生,创办者和员工皆是衙后村人,与姜荣、包康、付璧安、蝙蝠组织亦无关联。

"付璧安为什么必须在船厂杀人?"徐浪琢磨。

"死亡现场不是随机选取的,难道与风水有关?"我在地图

上圈出四起命案的位置：广州陈田村，香港西贡北港村，梅州汤坑镇以及惠州的衙后村鹏联船厂，没有头绪。

"你说付璧安安排你到汕头，目的是控制张子宏？"徐浪问何年。

何年点头。

"付璧安让包康守在海边，目的是姜荣。"徐浪分析，"张子宏的下场也一样，由你控制住，然后交给付璧安，只不过包康的手段是囚禁和虐待，你的手段是传播艾滋病和诱导吸毒。"

"他本来就是个毒虫。"何年说。

"就是说，至今仍是失踪状态的张子宏，其实很可能已经死了，像姜荣一样，像之前遇到过的三桩蝙蝠命案受害者一样。"徐浪推测。

"从姜荣死亡现场地上的'阻止我'看，付璧安后续还会再犯罪。"我说。

"以邪术的方式杀害这些人的动机是什么？找出动机，或许能预判他下一步动作。"

已知付璧安是缔造这起连环凶案的幕后凶手，如今要找他的犯罪动机，须在命案样本中提炼规律。规律往往藏在受害者的共同点当中，比如多位受害者命格、死亡时间、死亡现场及方位有迹可循，那凶手就是为了某个邪恶的信念，杀人是为达到诸如续命的目的。又比如多位受害者曾是一个隐秘的团体，那凶手的动机就是为了复仇或者掩盖某个秘密。

通过收集的资料分析，詹世安、黎诚知、白丹、姜荣，四位受害者的共同点：一、皆死于付璧安布下的死阵。二、皆为男性。三、皆死于当地。除此之外，他们的生辰八字、死亡时间随机，身份、职业八竿子打不着。以"六人定律"接连他们的人际网,毫无重合点。

"还有一个共同点。"何年说,"'蝙蝠'招收我们这些手下,分派到南方各市,量身定做犯罪手法,我一开始认为他纯粹是为了传播邪恶,但按照你们的推论,他更像是为了满足私心。"

"你说。"徐浪示意。

"假如张子宏真被付璧安杀害,那么现在总共有五位受害者。"何年在纸上分别写下名字,"广州的詹世安,他是蝙蝠组织成员张锡的情敌,身体的瘫痪也是拜张锡所赐。香港的黎诚知,他曾是蝙蝠组织成员陈桦兴的员工。梅州的白丹,他是蝙蝠组织成员刀佬客户的儿子。惠州的姜荣,被包康绑架。汕头的张子宏,是我的目标。这五位受害者,对应'蝙蝠'的五个手下。'蝙蝠'派遣手下分散各地,最主要的目的是他们。"

"受害者与'蝙蝠'手下形成绑定关系。"我总结补充,"难不成你们的任务,就是各踞一地,陷害一位无辜男性受害者?"

"问题是这些受害者是付璧安选定的。"何年说。

"受害者是某种邪术的献祭者?"我猜测。

"还有两个'蝙蝠'手下仍在逃:在广州做保姆的凌黛子,潮州蛇场的谢宁山。后面的受害者,很可能就出在他们物色的目标当中。"徐浪说。

"两人行踪成谜。"我说,"躲在暗处的人很难找到,走下去只会再一次陷入被动。我们不能再被推着走,这样永远受制于敌。"

"从一开始,折腾到现在,我们的一举一动,感觉都在对方的预测中。看起来好像在攻关,但在付璧安的视角,说不定是看着我们步入更深的泥潭。"徐浪泼冷水,"根据掌握的信息,我们很难转为主动。"

"象棋大师卡帕布兰卡说过,要扭转劣势,首要工作就是研究残局。"我说,"命案就是残局。我们现在已经找出这一系列凶案的四条规律,仍然未能勘破付璧安作案的动机,把规律化作几何数值,还是未能推出关键边的长度,说明我们可能欠缺一道制胜的公式。"

"什么意思?"

"高一时,我数学还行,找了张当年的高考数学卷做,最后一道几何题花了两天两夜,做了一沓演算也没头绪,不得已拿去问老师,老师通过三个公式,清晰地解出答案,跟我说,最后这个公式要到高三才学到。"我说,"这起系列命案中的有些'公式',超出我们的智识范畴。"

"命案现场的布阵细节。"何年反应过来。

"对,"我说,"受害者、死亡现场都非随机选取,死前布阵诡异,如果死者是被当作祭品杀害,那我们首先要弄懂付璧安行使的究竟是什么邪术。"

徐浪皱眉,颔首,手肘支撑在椅子扶手上,指头轻触头侧,突然抬头跟我们说:"有个朋友或许能帮上忙,我们要去北京一趟。"

2

面前的大叔年纪至少大我一轮。他用头箍将头发绾在后面,从一个铁烟盒中拿出一根细雪茄,低头点火,抬头吐烟时,额头现出两道深纹。用"苍白"形容他的肤色不为过,眉眼如雪地中的黑物彰显。不管是两道剑眉、睫毛、眼珠,还是鼻梁阴影、脸颊雀斑,都具体分明,鬓角连同络腮冒出的点点发茬勾勒出消瘦的脸型,可惜黑眼圈重,导致人看起来像是吸了鸦片刚睡醒。他身上披着一件绿色的军大衣,整个人散发出来的慵懒、闲散气质，倒与这北京的四合院相称。

徐浪叫他"老金"，说这是带他入行的领路人，这个坐落在东四西大街的四合院，是老金在2012年创办的夜行者俱乐部。看他俩的发型、着装风格、气质，我寻思夜行者难道有统一的培训？

我们坐在院子的亭中，来时的前几天北京下了雪，路边结着脏冰。融冰吸热，雾霾深重，又冷又萧索，我低估了天气，拉紧外套拉链，戴上卫衣兜帽，仍瑟瑟发抖，终于没忍住问："我们能进屋里说吗？"

老金把烟盒推到我桌前："抽根烟暖和暖和，不好意思，屋里正在装修。"

徐浪把早已备好的资料铺在石桌上，是詹世安、黎诚知、白丹的死阵图片。尸体倒挂，额头开洞，后背倒十字桩，胸前的倒五角星蝙蝠，以及死者周围所画的八点熔烛方阵。五位受害者（默认张子宏已死）为男性，年龄最小的7岁，最大的41岁。死亡地点按照犯罪顺序排列，依次是广州、汕头、香港、梅州和惠州。

老金用手慢慢拨拉桌面资料，好一会儿打了个哈欠，身子后仰，对我们摇头："不清楚。"

"一点头绪都没有吗？"我问。

"对北方的萨满文化我还有点涉猎，这种南方巫术杂糅太多，可能起源于东南亚，资料稀缺，我是一无所知。"老金回答。

我以为白跑一趟，却听到徐浪说："但你有办法。"

"谁叫我认识的人多呢。"老金把烟掐灭在烟灰缸中说，"收拾一下，带你们去见一位教授。"

我们在五道口下地铁，沿成府路往西走，过了清华大学大门，老金进了一家书店，不顾我们焦急，慢悠悠地挑了几本书。结账后他抽出一本递给徐浪："等下见着教授，请他在扉页签个名，说想向他请教有关'蝙蝠'图腾相关的事情。"

我瞥了眼书名，《中国巫术溯源》，作者李鑫。

"他是清华大学历史系的教授，三四十年前曾从事考古发掘，对中国巫术有过系统的研究，这本书就是个例子。"老金拐入书店旁的小道，进入一个住宅小区，通过一道长满红锈的限流栅门，来到一处更旧的平房区。这里有的门口架着锅在熬煮食物，水汽冒出，空气中有股蜂窝煤味。

"这都是清华的房子，一个月租金800。"老金沿着逼仄的小巷自顾自地向前走，直至视野开阔。这里有草坪和树，3月的枝干光秃，我们穿过青春靓丽的学生们，来到一幢教学楼外。

下课后，走出一位穿黑色毛衣的老者，小眼睛下是两个眼袋，有一头看起来像是染过色的黑发。老金向来人点头，老者领我们走去办公楼。起初我以为大冷天只穿件薄毛衣，老者的身体素质果然了得，谁知进了办公室后，屋里的地暖烘得我身体发躁。

接过我们递去的资料，李鑫教授打开镜盒，架上一副黑框眼镜，眯着眼看，看完资料后，将眼镜拉到鼻翼处，抬着眼分别看了看我们。

"你们想要了解什么？"对方开口。

徐浪上前指着图片中案发现场的蝙蝠标志问："想请教一下，在您的巫术研究中，有没有见过这个图案？"

李鑫教授起身，走到一个柜子前，用钥匙打开柜门，从中拿出一个资料本，放在桌上，把眼镜推回眼前，指头循目录，翻开一大半，又对比了我们的图片，用一种不急不缓的声音开口道:"这个蝙蝠标志确实很像曾经存在过的一种南方巫术图腾,研究者称之为伏翼图,伏翼是蝙蝠的古称。"

我们凑近教授指的图片看,在一口发绿的方鼎身上,铸有一幅蝙蝠图,跟命案现场的蝙蝠标志细节几乎一样。之所以说"很像",是因为鼎身的蝙蝠呈正向,周围也没有倒五角星。

"我见过这口鼎。"一旁的何年突然开口。

招募六位手下后,付璧安在广州仓库举行了一个仪式,每人披黑色斗篷,围成一圈,一口伏翼方鼎倒扣在中心,由两耳支撑,三足翘上,鼎高约60厘米,鼎口下燃火。由站首位的付璧安领头,在掌心处用小刀割开一个口,鲜血滴落鼎底,顷刻被炽热的铜身炙干,散出白烟。其余手下——陈桦兴、王贵标、张锡、凌黛子、谢宁山和何年照做。宽阔的仓库中,吱吱声响不绝。

何年听付璧安口中喃喃,不知其意,如今经李教授点拨,才意识到是在呼唤"伏翼王"。

"看来此蝙蝠组织正是消失近半个世纪所谓的伏翼教。他们卷土重来了。"听完何年的描述,李鑫感叹。

"为什么蝙蝠组织与伏翼教的图腾上下倒置,并且还融入了撒旦教一类的元素?"我问。

"一般来说,各类邪教要吸引教众入门,开头总会用正教作招牌,比如他们会在街上、商场物色民众,以基督教跟你宣传,基督教深入人心,接受起来门槛较低。一旦你参与其中,就会渐渐发现教义偏离开去,但这时或许已经被洗脑,很难逃出了。"李教授说,"你们说这个付璧安会在刑满释放人员中找教徒,用上撒旦教的元素,或许正是为了降低入教的门槛,先以'上帝'或'撒旦'引入门,再诱出他们的恶念。他不是有过留学经历吗？在这期间接触到撒旦教，发现伏翼教教义内核与撒旦教有共通之处，于是做了融合，正所谓'与时俱进'，不然也不会在布阵杀人上用上这些元素。"

"可不可以这么认为，这个新首领，有一种革新伏翼教的野心？"我问。

"有这个可能性。"李教授答，"同时不要忽略，此举还可以割裂与旧教的关联，避免被人翻到旧账。"

"这口鼎，"我指着图片中的伏翼鼎，问道，"跟蝙蝠入教仪式中的鼎是同一个？"

"不出意外是同一个，图中的鼎本来收藏在一个博物馆，1991年博物馆装修，各类文物检修时才发现伏翼鼎为假，被人移花接木了，真鼎不知去向。"教授说，"伏翼方鼎是镇教法物，是伏翼教与信仰神灵交流的媒介。资料显示，伏翼教祭祀时，会将这口鼎摆在正中，往鼎内盛黑禽血。作法时，是将手割口，将血液滴落鼎内，以此召唤神灵。"

"麻烦展开讲一讲。"徐浪请求。

3

"封建时代，巫术五花八门，中国古代巫术文化所选择的图腾，大多离不开三十六禽。把一天十二时辰分成旦、昼、暮三个时段，每个时段对应一种禽兽，十二生肖因此衍化为三十六禽。这三十六种禽兽，在一天中交替出现，扰乱禅修。有的巫术以狸为仙，有的信奉牛鬼蛇神，自然也有以蝙蝠作为图腾的巫术教派。"李鑫教授坐回座椅，用镜布擦拭眼镜，将其收回盒中，娓娓道来："图腾亦是巫术文化地域研究的参考——奉某种动物为神灵，原因可能很简单，当地环境适宜这类物种繁衍。

墨西哥有个小部落，认为自己是金刚鹦鹉的化身。中东有的极端教派把山羊神当作祖先。草木繁盛的南方地区，蝙蝠种类最多，因自带恶魔面相，信奉蝙蝠灵的巫师施的多是恶毒之术。伏翼教即起源于广东一带。

"南方自古有'蛮荒之地'的名声，相比中原地区，那里开发时间晚，直到汉代，才逐渐实行郡县制，有些地方甚至到了清代才纳入王朝管辖的行政体系中。因为外来因素干涉少，南方原住民普遍保持以'万物有灵'为中心的宗教信仰，诞生了五花八门的民族宗教，信仰对象包括自然、图腾、鬼魂和祖先。《中国南方少数民族宗教》一书对此做过细致的分类。

"什么样的水土滋养什么样的巫术文化，比如春秋战国时期的楚越地区就盛产毒蛊术。从长江流域往南，巫术性质呈现越来越阴邪的趋势。沿海的福建、广东，与东南亚接近的云南、广西，气候湿热，动植物丰富，毒虫肆虐。那里的巫师用毒液涂针，暗杀仇家。他们收集原始森林中动植物腐烂后生成的瘴气，人一旦吸入瘴气就会染上恶疾。他们还用古柯、毒蕈等致幻物来施法，让人产生幻觉；以鸦片等麻醉物来麻木人的意志，达到控制的目的。到了东南亚，更是诞生了以诅咒、摄魂、转移灾祸为目的的降头术。

"既然是邪教，所施之法即为邪，按西方的叫法，邪术是'黑巫术'，有'黑'就有'白'。古代巫术细分共有16种，流传到现代，一部分被现代科学淘汰，比如请风降雨；一部分通过改良结合，成为流行文化，比如占卜和星算。装神弄鬼的那些，继续设帷张幔，照旧有人吃这一套。拍花放蛊，翻译成现代语言，不就是用迷药将人迷昏，实施犯罪吗？毒蛊、巫蛊、媚道、降神、养鬼、长生术，以及转移灾祸，这都是古代法律在民间明令禁止的'左道'。因长期处于地下而增添神秘，因年代悠久而自带威严，因过程癫狂、目的阴险而让人悚然，且大部分团体被取缔，积怨很深，视主流群体为敌，宣扬末日将至，心态是扭曲的，酿出世纪惨祸的事例不在少数。

"被取缔，往小了说，是停止活动，等去了别的适宜环境，还是照样成立教派，拉拢教徒；往大了说，则是被处决，首领、教徒、经书、理念和技法统统湮灭。伏翼教是后者。

"有关伏翼教的资料披露很少，他们第一次系统面世是三十年前在广东，一个建筑工地挖出成堆白骨，结果发现这是一个埋尸坑。根据尸骨死前定格的扭曲形态和部分骨骼的缺损，最终证实为被杀害。这些受害者人数共37人，其中女性27人，死亡时间不超过二十年——即他们很可能是在20世纪60年代被集体杀害的。因坑中有文物，考古工作者前去考证，从中发掘出一口铸有蝙蝠的青铜方鼎，为元朝仿秦的文物。通过残存资料研究，目前能确定的是，这是一个母系教派，首领是年纪五十岁上下的女巫，从族谱中得知，所有死者都姓付，但社会身份不详。

"撰写《中国巫术溯源》时，我阅读过伏翼教的相关论文、专著，拜访过当时考古亲历者和收藏伏翼鼎的博物馆馆长，所有人一致认定伏翼教为邪教，他们擅长毒蛊、巫蛊、降神，奉祀的神灵是远古的伏翼神灵。灵无躯体，有求于它时，会作法召唤、下凡附身，这跟萨满文化异曲同工。因不像其他邪教一样广收教徒，也没在社会上制造过什么祸端，行事低调，家族关系形成密闭圈，传世的资讯很少，一直也没引起关注。

"但其中有篇论文提到，在解放战争时期，北京、上海、重庆等地出现过多起针对间谍与政要的暗杀活动，死者皆死于毒针刺杀，凶案现场皆留有伏翼图腾，这在当时的报纸和留存下来的档案中可以查到。由于战乱、命案跨越多地，这些案件只当作单独的谋杀案处理。论文作者因此认为，伏翼教一度从事暗杀活动。这是有说服力的。"

"暗杀活动是经人指使吗？"老金问。

"如果是经人指使，或为某集团服务，说明是个专门从事暗杀的组织，一般会留下更多踪迹，采取的手法也更偏常规，但用毒针刺杀，又在现场留下伏翼图腾，只在一个时段内密集出现，我倾向于认为是自发行为。"李鑫教授说，"自古以来有一种论调，乱世之中，命运难测。在当时那样身不由己的时局下，巫师的法术不再有用武之地，有的退隐山林避世，伏翼教则是混入洪流，化身刺客、杀手。"

"按你所说，伏翼教被取缔，那现在遇到的蝙蝠组织是什么情况？"说完才发现，我长久浸淫南方地区，因不习惯而没来得及加敬语"您"。

"表面上看是被杀光，但存在有人潜逃的可能。"李鑫教授对称呼并不在意，"记住这点，伏翼教是一个基于家族延续的教派，脱离了家族血脉，就没有再成立的意义了。女巫首领死亡，但只要有一个女儿或孙女活下去，伏翼教就没有断绝。"

"但蝙蝠组织如今的首领却是个男的。"我疑惑。

"要么这位首领是女扮男装，要么就还存在一个不露面的女巫首领。"李教授说。

我想到了包康的供述：杀害姜荣那晚，出现了那三个穿黑斗篷的人，一个自然是付璧安，另一个白脸是谢宁山，他们俩所搀扶的那个人，会不会是李鑫教授所说的女巫首领？

"教授，在您的研究中，有没有发现过拥有超自然能力的巫术案例？"徐浪带着一种八卦的好奇。

"不是有句台词这么说吗，坏运气并非由摔碎一面镜子带来的，而是坏心情带来的。"李教授回答，"我可以为你们列出一堆超现实的巫术案例，但本质上，这样的行为跟你看魔术表演一样，都是利用了信息不对等、视觉错位的障眼法。区别就在于，魔术是一种娱乐，魔术师知道是假的。但有人却用巫术犯罪，并且笃定魔法会实现。

"母系团体的男性多是执行角色，我的建议是，可以重点查查这个付璧安的家庭关系，看他是随父姓还是随母姓，以此慢慢接连原点，揪出他的命脉。"李教授最后说，"从而制止他们犯罪。"

调查广州詹世安命案时，我们就是根据曾在残疾人康复中心的患者姓氏定位到他儿子付璧安的，付璧安随父姓。"他爸叫什么来着？"我问徐浪。

"付岩。"

原来有时查案的关键，并不在于向前，而是回溯。

4

我们与老金告别，经李鑫教授的引荐，我们接着前往广州拜访了博物馆馆长魏众鸣。确切地说，魏众鸣是上一任馆长。20世纪70年代他就已在博物馆任职，1999年当上馆长，2008年正式退休，算是悉数见证了当年伏翼教埋尸坑发掘的所有文物情况。

如今的馆长是魏众鸣一手带起来的晚辈，他清楚伏翼鼎是老师的一块心病，如今老师提出想要带人进馆了解伏翼文物的请求，他二话不说便放行。

魏众鸣与我们约在闭馆日周一上午见面，他穿着一件灰色西装前来，胸前口袋叠放一条手帕。作为一名地道的南方人，却以一口流利的普通话与我们交流，让我们叫他"魏伯"，说李教授的朋友就是他的朋友，必定好好招待，颇有老派知识分子风骨。

我们此次前来，一是想从另一个角度获取更多伏翼教的细节——埋尸坑所发掘的族谱资料、器皿悉数收藏在馆，二是看能否在当年的换鼎事件上有所突破。李教授说，1991年发现伏翼鼎为假，以假乱真，仍陈列在馆。魏伯在鼎前为我们介绍：假鼎与真鼎在外观及做工上几乎一样，重量反而比真鼎还要重一些。

"伏翼鼎虽是古代文物，但它是仿秦的复制品，作为小众教派祭奠之用，没有秦汉青铜鼎所附带的王权象征，价值并不高。"魏伯年逾古稀，声腔仍高亢，"话说回来，真正的青铜鼎也不会收藏在这里。当时对鼎的看护其实并不重视，这也是让坏人有机可乘的原因。我想不通的是，如果这伙窃贼有机会盗走这样一口重鼎，为什么不顺带偷走馆内其他更值钱、更轻便的文物？"

"因为他们不是为了钱。"我说。

"你是说窃贼有可能是伏翼教的后人？"魏伯清楚我们的来意。

"对。"我说，"而且这个后人或教徒，很可能还曾跟你共事过。"

伏翼鼎重220公斤，如果真要实施偷窃，直接运走是最简单的办法。如果需要时间拖延，那以空壳形状蒙混，也可以瞒过一阵子。以假重物易真重物，说明罪犯有长久掩盖偷窃事实的便利条件，不然就有被怀疑的风险。基于此，我们推测，罪犯或者参与偷窃的人，当时可能就在博物馆任职，等到发现真相时，早已因失窃时间未知而摆脱嫌疑——要知道，20世纪90年代前，安防全靠人力。

"这是鼎失窃后，当初警方调查过的馆内工作者，总共11人。"因知我们此行重点，魏伯早有准备，他从西装内袋掏出一个小本，蓝色封皮上用烫金毛体印着博物馆的名字，"工作时分发的本子，我有记录的习惯。"

发黄薄脆的横线纸上，圆珠笔的蓝油洇散，导致笔画多的人名糊成一片。

"只有十个人名？"徐浪率先发现问题。

魏伯指着自己说："还有一个是我。"

发生失窃案件，收集指纹是必要工序。伏翼方鼎是无防护展品，四周只用绳子作隔，虽加了"请勿触碰"的标语，但仍有许多游客明知故犯，这无形中增加了警方在假鼎上提取指纹的工作量。秉着"监守自盗"的侦查思路，警方比对了当时所有馆内工作者的指纹，最终查出共11人在鼎身留下指纹——包括魏众鸣。

"那是馆内失窃的第一件文物，阵仗搞得很大，离职的员工都被召回来录指纹，当时收集、比对指纹都是人工，费时费力，花了大半个月，结果呢，竹篮打水一场空。"魏伯语带抱怨，"就在隔年，1992年，博物馆建立了黑白监视系统，之后就没再发生过失窃事故。"

"李鑫教授说，当时从坑中挖出的族谱中，记载所有死者皆姓付？"在嫌疑名单中，我发现没有一人姓付。

对话题的转变，魏伯显然始料未及，好一会儿才反应过来："你是说伏翼教族谱？"之后他伸手示意，领我们到一台古籍陈列柜前,从兜里掏出一副白手套,戴上后用钥匙开锁,掀开顶上玻璃门,捧起一本封面被火燎黑三分之一的簿册,翻开,里面用毛笔记载的人名都冠付姓。因大部分内页被焚毁,又在土中腐坏,前几页关于伏翼教诞生的历史便无从得知。

"伏翼教的后人姓付,这是少见姓氏。伏翼鼎于1982年在番禺发掘并收藏馆内,1991年检修文物时得知鼎被替换,可以的话,我们想查看1982年到1991年这十年间博物馆新入职的人员档案。"我请求。

"档案室在二楼。"魏伯没有迟疑。

旧档案信息是圆珠笔手写填入的,每页右上角贴着一寸黑白个人小照。在这十年间总共有25位员工入职,我们仔仔细细查了一遍,没有一人姓付。难道馆内窃贼与伏翼教并无瓜葛,只是拿钱办事?或者真是外人入馆偷窃?刚才我们把注意力都放在姓氏上,很容易错过其他关键信息。我重看一遍,这次更注重细节,在泛白小照的各异形象中,突然觉得一个人有点眼熟。

"付璧安他爸叫付岩?"我再次向徐浪确认。

徐浪立刻知我用意,看向一页档案,上面的青年名叫"孙岩",青涩的眉眼间,跟付璧安确实有几分相似。

李鑫教授讲过,民智未开的时代,人类社会诞生过很多原始崇拜,仪式千奇百怪,其中就要求教徒与教主同姓,忘记自己,抛掉过去,重获新生。户籍制度完善之后,改姓难度加大,这种入教现象才慢慢减少。但仍有虔诚教徒执意改姓,在一些类似案件中,常常发生教徒所签姓氏与身份证不一致的情形,这并非故意,而是认定自己作为宗教子民的身份。

除了家族成员,伏翼教也在外界吸收教徒,但族谱显示全体姓付,说明改姓也曾是皈依伏翼教的准则之一。此"孙岩",会不会就是伏翼教的教徒"付岩",因工作不得已登记了身份证姓名?我们当即对照他的身份信息及离开博物馆后的动向,发现履历与在某大学历史系任教的付岩重合,他果然是付璧安的父亲。

档案显示,孙岩是1959年生人,1984年以文物管理实习生的身份入职,1987年离职,1988年担任某大学历史系助教,后升任教授。

"我对他有印象,当时博物馆贵重文物一般放在二楼的展览厅,只有馆长配有大门钥匙。一楼大厅有值班室,他常常会在馆内过夜,当时还以为他热爱事业,原来是觊觎一楼的伏翼鼎呢。"魏伯恍然大悟。

"那种情况下,换鼎难度大吗?"我问。

"其他文物或许有些难度,毕竟他没有文物柜的钥匙,但换鼎是一点难度都没有,那个年代,一没监控,二没警报,三保护力度不够,加上鼎又是无防护摆放,只要他半夜开门,里应外合,没人能发现。"魏伯说,"我当时上班都会照例查看一遍藏品,越是残缺、细小的物件,检查得越认真,谁会想到那口大鼎早就在我眼皮底下被人换了呢。"

"他既是伏翼教教徒,又是蝙蝠组织付璧安的父亲,任职期间举止可疑,鼎又在这个期间内失窃。这些不可能都是巧合。"徐浪说。

"当初警方列出的十一个嫌疑人名单里并没有他。"魏伯翻看笔记确认。

"请问当初发现自己在鼎上留下指纹,您诧异吗?"徐浪问魏伯。

"何止诧异,简直是羞愧。"魏伯答。

"日日与这口大鼎相伴,布置展厅时有搬动,我认为留下指纹比没留下指纹的概率更大,像您这样细心的专业人士都会不小心犯错,孙岩没留下指纹,其实更能说明问题。"徐浪说,"说明他知道这口假鼎在事发之后一定会成为物证,时时规避,自然不会留下可供日后追查的把柄。这就是犯人先入为主的防范意识,包括他留存在馆的档案,所有信息都精简到模棱两可的地步,比如地址一栏,他只写到住宅区域,并未具体到房屋。婚姻无,特长无,经历无,奖励无,那个时代的大学生都凭着热情做事,这在洋洋洒洒的自我评价中就可以发现,唯有他寥寥数语,冷静得不像常人。综合其他推理,可以判定他就是偷鼎人。"

"可这终究都是分析、推测,事情过了这么久,我们没有定他罪的证据。"魏伯遗憾道。

"定不定罪,不是我们今天过来的目的,况且孙岩已经去世了。"我对魏伯说,"真正的目的,是想向你请教,记录在伏翼教族谱里的方阵图。"

5

伏翼教那本残缺的族谱中,记载的是他们集体被杀之前的历史,孙岩是伏翼教复兴后新加入的教徒,因此没登记在里面。

族谱中有文字记载:"献祭者,饮伏翼血一碗,清洗原罪,实现融血大同,成为伏翼王子民。躯体须倒置往生,以彰返祖之心。"

在族谱的后半部分,我看到铸造皇冠的图示:一伙人炼金,一伙人焚尸,之后将骨灰倾撒进炼金的熔炉中,锻造成一顶闪着金光的皇冠。

还有教众围鼎的图示：中心披黑色斗篷的女巫高擎一只黑狗的一对后腿，右手握沾血匕首，黑狗喉部开口，血涌下鼎口，鼎底簇火。地上有五具动物尸体，看形状是羊、猫、兔、猪、鸡。

族谱中描绘的所谓"伏翼王"，是一具巨大的黑色躯体。它长着蝠面，伏在一位头戴皇冠的长发女人身上，一手张开呈翼状，另一只手的手腕放在女人口边。

最后一页是与蝙蝠凶案现场如出一辙的八圆点方阵图——正方形四角及四条边长中心点依次相连，方阵中心有个空心圆。与前面毛笔所绘的图示不同，这个图案是用指蘸血涂抹的。

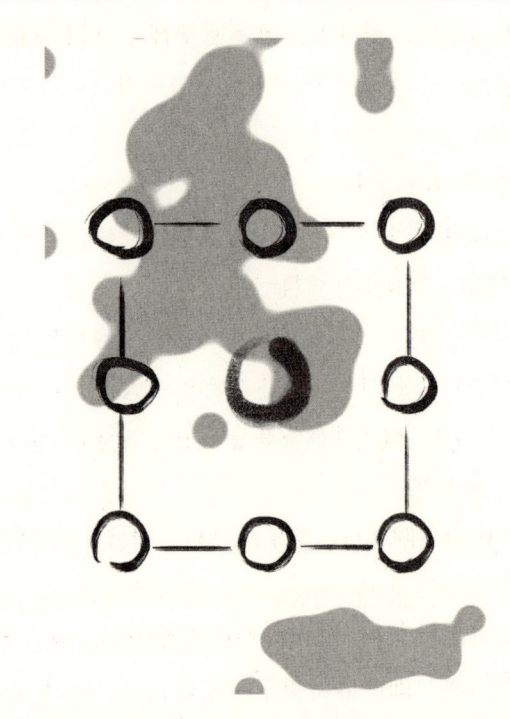

"我想这正是伏翼教召唤伏翼王的图阵。"我指着图案，向魏伯请教，"但需要活人入死阵，献祭。"

魏伯看我，露出不解的神情："不好意思，关于伏翼教，我并没有研究。"

"真的对这个方阵图没有印象？"我又问。

魏伯看了看图，对我微笑，摇摇头。

"那看来魏伯平时有玩连点画的消遣。"我盯着魏伯看。

"什么意思？"

"刚才你拿出的那个蓝皮小本，记10位嫌疑人人名的那页，有这个方阵图。"我说，"你在上一页画过这个方阵图，圆珠笔痕拓印在下页的人名页上，我刚才留意了一下，你把画有方阵图的前一页撕掉了，内侧撕口的锯齿纸就是证明。"

魏伯听后沉默，挺立的身躯顿时像泄了气似的软下来，声音也变得哀怨："年轻人，这些事情说出来对你们没好处，我不想害你们。"

这句话出乎我们意料。

"这个方阵图沾有厄运，我劝你们别太好奇。"魏伯语气谆谆，"我无所谓，但你们还年轻。"

"你说得对，这个方阵图确实有厄运，至今已经让五位无辜者惨死，如果我们退缩，后面还会有更多人进入这个死阵。魏伯，我们今天过来，就是在做终止这个厄运的努力。请相信我们，帮助我们。"我接话。

魏伯将族谱放回原位，锁上玻璃柜，对我们说："去我家吃个午饭吧。"

在去魏伯家的路上，他问我们想要吃什么，我们都没胃口，但不好驳他美意，因此各自报了些家常菜名，经他综合后，打电话告诉保姆，等我们到了他位于天河区的房子时，保姆已经在厨房中料理了。

客厅朝南，午间通透明亮，我们在棕色沙发上坐下，或许焦急神色显现在脸上，被他看穿，他说："不急，既然来了，咱们等吃完饭再好好说。"他打开 CD 机，音响流淌出巴赫的音乐。

在魏伯营造的松弛环境下，我们竟也被引诱出食欲来，肚子陆续发出"咕咕"的声响。魏伯一个人住，雇一个保姆照料饮食起居，饭做好后，他领我们到餐厅，一张六人位的椭圆红木饭桌上摆着各色菜肴，他分别让我们仨和保姆坐下，最后自己才落座。

我点了莲藕排骨汤和苦瓜炒蛋，何年点了荷兰豆炒虾仁，徐浪是白切鸡和蒜蓉菜心，主人再加一道杏鲍菇炒牛柳和番茄龙利鱼煲。保姆原样复制，手艺高超，色香味俱全，我们清楚老人家食不语的礼仪，全程享受食物，身心得到满足。

饭后，魏伯询问我们的意见后，又为我们煮了咖啡和红茶。保姆收拾碗筷后，向魏伯和我们告别，离开房间时是下午 2 点 18 分。

"那些东西害死了我的爱人。"魏伯表情严肃，"从那以后，我没再提及方阵图的事情，你们是这么多年来第一次向我打探这个图阵的人，我想，或许是时候让它见光了。"

沙发对面的电视机上方，挂着年轻的魏伯与妻子的结婚照，此时巴赫的 A 小调协奏曲正奏至高潮处。

十三 厄运

1

1967年是个特别的年份。这时广州发生了一桩命案。

1967年8月29日上午,陈田村的一间棚屋中,有人目击了一具吊挂的尸体。顷刻间,广播、手写传单、油印小报满天飞,加上口耳相传,命案曝光不到一小时,距离10公里外的魏众鸣已闻风声,凭着年轻人旺盛的精力,他骑车赶到了现场。

发生命案的棚屋坐落在荒草丛中,说是屋子,其实四面漏风,无遮无挡。大门的两根木梁间绑着一条白布条,隔开群众。两位治安民警站立两旁,手握枪支,面有惧色,担心越来越多的人围拢产生暴乱。魏众鸣挤过人群,只看一眼,就知道这次的命案非比寻常。

死者、环境,加上死法,传达出一种非杀戮目的、非人所为的感受,死者是女性,被一条麻绳捆住双脚,倒挂于房梁下,身后两根相交的黑色圆木与腰身、手脚腕捆绑,身形定住呈倒"十"字状。

在死者的小腹上,有一块一角纸币大小的切割伤口,整块皮被割下来，露出里面的血肉。喉部伤处致命，可见行凶者非鲁莽之士。脖子开口处皮瓣受重力微微掀开，血倾斜而出，致人满面红光，再经过将近一米的长发，流到地上。魏众鸣看见发尖处有黏血垂挂，苍蝇围聚。

棚屋地面为夯实的厚土，血滴落处事先挖了直径约一尺宽的浅坑，将此坑作为中心坑，在中心坑的东南西北及东南、东北、西南、西北方向挖了渠道，分别通向周围八个碗口大的圆坑，八圆点串联，成为方形。当血液积聚中心，分流八圆点，圆点之间汇通，最后绘出的图案，便是"八点方阵"。

2

"但我当时并不知道这是什么图案。"魏伯向我们说。

很快，现场来了四位戴白口罩和红袖章的青年，支起屋内地上的竹梯，卸下女尸。一位穿白大褂、戴口罩的医生就地做了一番检查，之后，他们将尸体抬上担架，盖上白布，运走。要不是15年后被魏众鸣重新想起，这起命案可能就从此淹没在历史的尘埃中了。

1982年，番禺区一个建筑工地发掘一个埋尸坑，死者是一支信奉"伏翼"图腾的教派，在20世纪60年代遭到人为杀害。当时的魏众鸣是博物馆的文物工作者，接到检修埋尸坑文物的通知，在伏翼族谱的最后一页，他偶然看到那个八点方阵图，冷不丁与过往印象深刻的噩梦相撞。

一开始是疑虑，感觉这个图形似曾相识，诡异的气场呼之欲出。魏众鸣脑中纷繁闪过往事，但仍无法辨别方阵图在记忆中的来源。

直到他梦到了一个倒吊的女人，黑色长发如瀑布，闪着夜光，延绵而下，触地后像藤蔓四散开来。梦中的他动不了，眼见被毛发爬上双脚，缠绕身躯，最后罩住整个头颅，透不过气来。他用手使劲抓扯，终于将面上的毛发扯出开口，前方赫然出现一个满脸是血的女人，闭合的眼睑睁开，冷冷地盯着他！魏众鸣吓醒，陈田村那桩不同寻常的命案在脑中点亮，女尸之下，血方阵发出暗红的幽光，15年后，他终于探知方阵图的来源。

于是他展开调查——并非为了破获未解命案，而是为了弄清楚文物之下暗涌的历史，并给自己青年时所目睹的怪象寻一个解答。20世纪60年代伏翼教徒为什么遭人杀害？八点方阵图为什么会出现在20年后的一起命案当中？女尸诡异的死法有何玄机？他向上级申请研究，获得许可，借国家考古工作者的身份，着手查询封存的命案档案。

陈田村命案，因死状奇诡，女尸运走之后，其实做过简单的解剖。记录表明，死亡时间是命案曝光前夜的11点至凌晨1点间，死因是锐器切割致颈内静脉断裂引起的急性大失血，死者死前意识清醒，现场没有搏斗痕迹，疑似被罪犯威胁杀害。死者身份不明。

魏伯的讲述告一段落。他从沙发上起身，招呼我们随同，走到厕所对面一间紧闭的房前，开门，打开灯。从里面灰扑扑的陈设看，这是一间杂物间，因久未进人，地上积尘，空气阴凉。"搭把手。"魏伯说。我们合力把罩着塑料膜的摆钟、雕花落地镜、红木家私搬开，在墙角发现一个长条铁箱，箱身印着军绿色的博物馆名字。

把箱子抬到客厅中央，魏伯用湿抹布先擦拭一遍箱身的灰尘，再掀开盖子。里面是一堆纸质文件。光线涌入，几只衣鱼钻进纸缝中。"当年我收集的所有资料都在这里了。"老人喟叹，"不知道我年轻时为何有这么大的执念，经历血方阵，又参与了埋尸坑检修文物工作，再到李鑫教授有关伏翼教的求助，之后发现伏翼鼎被替换，如今遇到你们，都像是命中注定。"

年轻的魏众鸣，凭着记忆中的血方阵，拜访了当年亲历的法医、报道的记者、警官，得到了死者的死亡报告，现场的黑白照片，以及其中一位警官的一句话，"这好像并非单独的案件，听同事讲，当年佛山也有一起倒吊女尸命案。"

根据线索，他前往佛山，咨询了当年调查命案的负责人。佛山倒吊女尸在本地人群中曾引起极大的骚动。因死法骇人，警方花了不少力气侦查，结果也没有丝毫突破：仍是无名死者，现场干净没有留下线索，没有嫌疑人。

两起命案细节一致，除了身体上长条伤口的部位不同：广州女尸在下腹处，佛山女尸在后颈处。

联系伏翼教族谱中的作法图示，以及坑洞中所发掘的巫术道具，魏众鸣认定伏翼教为邪教。这两起出现"八点方阵"的诡异女尸命案，与伏翼邪教脱不了干系。看杀人手法，夺命并非凶手目的，更像是以人命献祭。魏众鸣认为，可能还存在更多未曝光的同类命案。

他提取了命案中突出的元素——倒十字吊挂的女尸，喉部开口的死因，留约一米长的头发，现场有血方阵，死者身体某个部位有一块长条形皮肤被割除，开始扩大范围搜寻。

20世纪80年代做研究，靠的是跑腿。假如命案超出常理，只要被人群目睹，哪怕消息被封锁，大多也会以其他形式保存下来。这就是田野调查的意义所在。美国联邦调查局罪犯人格侧写专家约翰·道格拉斯就曾提到，那些流传下来的怪物传说，有可能就是当时骇人听闻的命案的翻版,凶手犯下的变态暴行突破小城良民的想象,唯有超自然生物所为可以解释——命案变成鬼怪故事,经口耳相传得以留存。当档案、报告、报道难再发挥作用时,魏众鸣就是靠着各乡野流传下来的童谣、野史、地方志、民间传说以及手写小报,按图索骥,花费两年时间,找到了广东发生的五起倒吊女尸命案。

3

按大致推算的死者死亡时间排列,五起命案分别发生在佛山、广州、汕头、梅县、汕头。作案手法高度一致,这是一起系列凶杀案,只不过在特殊年代,加上消息不通,没有引起社会关注。研究取得阶段性突破,魏众鸣一鼓作气,想牵着线头再摸索下去。这时他的生活开始出现异象。

一天下班回家,他发现养在阳台的画眉躺在笼内。上午还活蹦乱跳的鸟儿,转眼没有了声息,魏众鸣感到费解。在同一周内,鱼缸养的金鱼全都肚子朝上,浮于水面,缸内还散发出一股腐臭,明明鱼缸里的水才刚换不久。他问了妻子和孩子,她们也表示疑惑。魏众鸣那时的工作重心都放在倒吊女尸的研究上,难免会将两者联系,但作为一个唯物主义者,他很快就否定了这个想法,安慰自己可能只是巧合,一定是饲料过期了。

然而异象没有停下来的意思。厕所的下水口有一天突然冒出黑水,房子顷刻臭气冲天。冬日的清晨,他听到客厅有玻璃杯碎地的声响,之后听到妻子尖叫。他赶紧跑出卧室,发现天花板的灯槽下,挂满了黑色的蝙蝠。他身体冒出一阵冷汗。伏翼教,蝙蝠群,这次很难不做联系。

难道他的调查真的引发了诅咒?还是有人暗中恐吓?这些

怪事看起来超现实,但毕竟存在人为的可能性。他开始留意生活中的蛛丝马迹,观察不同寻常的地方。离家之前在门缝粘贴纸胶带,在锁孔中插入头发,检查是否有人趁机潜入的痕迹,结果下班回家,设置的机关丝毫未动。

异象这时开始过渡到灾祸。一日魏众鸣妻子买菜回家,路上一位穿着灰袍、手捻佛珠、长发及腰的妇人走近她身旁,说看她脸上的气象,有大祸将至。妻子绕行,又听到后头女声喑哑,说有脏东西沾上你们家。

妻子心中咯噔,在客厅目睹蝙蝠群之后,她心中就留下了阴影,她清楚丈夫这两年在忙什么事,如今又听一个陌生人说到"脏东西"。她开始感到害怕,终于恳请丈夫"不要再查自己不熟悉的事",魏众鸣自己可以不信邪,但牵连到家人,他开始动摇了。

然而意外还是发生了。1985年3月13日下午5点,妻子照常去菜市场买菜,回家时踩到一处井盖,井盖从中部裂开,她整个人坠入。那是一口废置井,井壁有一根钢筋凸起,直接刺入妻子的腹部,并从左肩胛骨下穿了出来。

"她心中一定有很多不舍,不舍得我,不舍得孩子,居然靠着强大的毅力,在病床上坚持了两天。"魏伯眼泪滚滚落下,"第一天,她凑在我耳边,让我答应她,不要再查那些东西了,跟孩子好好活着。我向她保证,从此以后不会再碰。第二天,弥留之际,她眼角一个劲淌泪,我知道她不舍得我。后来她打了止痛药,出现幻觉,断断续续跟我说,众鸣啊,你开一下窗吧,屋里都是蝙蝠,把它们赶出去。"

妻子的死,终于让魏众鸣相信,那个血方阵,沾有厄运。

魏众鸣把这三年来调查的所有资料关进铁箱,放进杂物间,不再触碰。生活重新步入正轨，一切太平。2000年李鑫教授前来求教时，魏众鸣尽地主之谊，但有关倒挂女尸的案件信息，他一个字都没透露。他害怕再度引发厄运。

"您女儿呢？"何年问魏伯。

"她在国外生活。"听到回答，我暗暗松了一口气。

"我答应我爱人，不再碰这些东西。"魏伯看了看箱中资料，"我想过烧掉，但终究是多年心血，冥冥中觉得应该保留，如果这些东西真的会带来厄运，那就让厄运冲我来，我不怕。"

"这就是您这些年保持独自生活的原因？"徐浪讶异。这个房间窗明几净，唯独缺少生活气息。

魏伯点头。

我才意识到，魏伯对我们的过分热忱，一方面是人好，另一方面是生活孤苦的反映。他太辛苦了，命运剥夺了他的伴侣，还让他断了追查真相的念头。能体面地生活至今，我肃然起敬。

"魏伯，这所有的一切，百分之百都是人为的，并不是什么诅咒或厄运，阿姨是被人谋杀的。"徐浪最后还是说出口，"孙岩是潜在馆内的伏翼教徒，目的是偷走伏翼鼎，任职期从1984年到1987年，而您研究血方阵始于1982年，止于1985年，因是馆内工作，被他意外获知，于是他们制造了那些生活异象，最后谋害阿姨，都是为了阻止您继续查下去。"

"为什么不向我动手？"魏伯悲愤道。

"我想是因为您是这项研究的主导，您接触这么多人物，工作受到关注，如果在这期间遭遇意外，很容易将疑点引到伏翼教自身，甚至会让隐秘的血方阵命案重见天日。必须让您自己断了调查的念头，这是他们向您最亲近的人下手的原因，并成功将事情引到鬼怪方向。"徐浪说，"我们与蝙蝠组织周旋已久，深知他们的作案风格，为了杀一个人，不惜坠毁一辆公交，手段阴险狡诈，但凡一个精神正常的坏人都不会这么干。前几天我从李鑫教授口中得知，以犯罪达成巫术理念的首领，如果不是为了满足私欲，那就是患有精神病。"

魏伯流泪不语。

"我们一定会摧毁这个组织。"徐浪轻易不做承诺，"这些资料，会给我们很大的帮助。"

4

五桩血方阵命案发生的城市，按死者死亡时间排序是佛山、广州、汕头、梅县、汕头。1988年，广东实行"市管县体制"，梅县改为梅州市。1991年，汕头市分治为汕头、潮州、揭阳三市。因此，按照现今的叫法，以上五起命案发生的城市实为：佛山、广州、汕头、梅州、潮州。

我们已掌握的四桩蝙蝠命案的发生地址分别为：广州陈田村（詹世安），香港西贡北港村（黎诚知），梅州汤坑镇（白丹），惠州衙后村鹏联船厂（姜荣）。并认定汕头的张子宏也是蝙蝠邪术的受害者之一，只是目前这桩命案还未曝光。

将这两起系列命案做对比，广州和梅州重合。

1967年8月28日，一名长发女子死于广州陈田村中的一间棚屋中。

2014年5月11日，詹世安死于广州陈田村废弃车场内的一间平房中。

在地图上标注两个地点，方位一致。

1968年4月，一名长发女子死于梅县汤坑镇一间树林木屋中，距离汶水河325米。

2015年1月28日，白丹死于梅州汤坑镇富贵饭庄。

这两个地点，方位同样一致。

"以'八点方阵'与命案的结合，我理解在不同的地理位置上分布八桩凶案，以八条人命献祭，才能唤出他们信仰的'伏翼王'。当年找到五桩女尸命案后，我坚信还有三桩命案没被发现。如今综合你们的调查结果来看，我的想法是对的。"魏伯说。

我们赞同魏伯的分析，八点方阵图，对应现实的八起命案。假设血方阵命案与蝙蝠命案，是不同年代相同地点的两次犯罪，那么将两命案合并，可以罗列出七个城市：佛山、广州、汕头、香港、梅州、惠州、潮州。

血方阵命案死者皆为女性，蝙蝠邪术命案死者皆为男性。死法存有共性，皆头朝下，身形被倒十字木桩所固定，现场皆画有血方阵。命案地点皆为南方城市，假如真像我们推测的那样——八人入死阵，那还有一个地点隐于雾中。

"魏伯当年调查命案时，香港还没回归，两地资讯不通，这可能是香港命案没被发现的原因。"我猜测。

"惠州的船厂命案地点临海，20世纪60年代，那一片或许是个无人区，女尸命案极可能因为没有目击者，导致最后被埋没。"徐浪附言。

如今怎么证明两起系列命案是同一教派所为？很简单，用已知的案件，来揭露未曝光的案件。以魏伯的汕头血方阵命案的具体地点为据，找张子宏的尸体。

我们当即告别魏伯，临走前，他郑重地将那一铁箱子"厄运"托付给我们："祝你们接下来顺利。"

我们马不停蹄赶往汕头。

汕头的血方阵命案发生在1967年的9月中旬。据传一位农民进蛤蟆石山采撷药材，在深林之中发现一间由杉木建造的木屋，木屋看起来崭新，然而屋子周围却荒草丛生，不像有人居住的样子。他用镰刀砍掉眼前的荒草，步近屋前，刚想向内喊话，却听见里边一阵急促的响动，并闻到一股恶臭。他透过木缝窥探，发现这是一间20平方米左右的空屋，里面的土地也长着荒草，只不过较为稀疏，草丛遮掩了他一部分视线。他最终还是推开门，屋中的荒草顷刻摇动，向他急速而来，他连忙后退，看见一只浑身漆黑、身长一米左右的动物蹿出门外。农民还没看清是什么，那个动物已经消失无踪。于是他转头看向屋内。没有木门遮挡，整个屋子一览无余，他终于清楚恶臭的来源——木屋梁上倒挂着一具腐烂的尸体。地上是已经干涸了的八点方阵。农民奔回村子，告知大队队长，由队长带队进山查看，最终大部分村民都目睹了尸体。因尸体已经面目全非，村子又无人失踪，大家认为这是不祥之兆，很快在木屋内填充木材，就地焚烧。命案经后人杜撰，最终成为地方怪谈流传下来。现今还有老村民记得那个传说：蛤蟆石山深林里有只黑猪怪，爱上迷路的女孩，化为男人，为她搭建木屋，刚搭好，原形就暴露了。女孩害怕，欲逃走，怪物于是将女孩捆绑，挂于木梁，每听对方哭一声，怪物就将绳索上吊一寸，后来哭声仍不绝，黑猪怪便用牙啃咬女孩脖颈,致其身亡。年轻的魏众鸣,就是根据这则民间故事与当时的一位目击者深入丛林寻找现场,最后在一堆木炭底下翻到了那个八点方阵图,证实这起命案为血方阵命案之一。在地图上,他为我们仔细标明了方位。

几十年过去了,蛤蟆石山附近的村落要么搬迁到别处,要么在周围四散。如今情形只会比当年更加荒凉。按照魏伯的标示,我们开车抵达汕头潮阳区。导航显示 237 国道是最后一段平整路面,本以为之后的路将崎岖不平,没想到通向深山的荒草丛中居然已被开出了一条两车道的土路。已近傍晚,我们循着土路驶向深处,半路看到一些工程车,还看到两辆锃亮的奥迪 A6 停在路边,其中一辆车牌号带三个"8",车主应该有些来历。我随手查了一下,发现这块林地有人投资 5 亿元,正计划建立一座大型的垃圾焚烧厂。再向前驶入一段路,一阵臭味铺天盖地压来,不是单一的恶臭,而是各种臭味混合,空气好像都变得黏稠,纵使车窗关紧,仍呛得我呼吸道刺痛,眼眶湿润。蒙黄一片的天空中,有一张庞大的"黑网"在不停变换形状,发出"呜呜"的嘶鸣。徐浪说:"那群乌鸦底下,一定有一个垃圾山。"

前方是窄路,我们三人下车。手机没有信号,我们打开强光手电筒照亮地面枯枝。徐浪放大地图,对照血方阵命案的具体地点,告知我们"应该就在附近"。

"看这里。"何年手电光聚焦地面,我们看到一道浅浅的车辙。

循着车辙往前,听到林中有响动。徐浪用强光一照,远处草丛中一只黑色身形的动物一闪而过。

"黑猪精出现了。"我打趣。

此时暮色已经降临，林中漆黑一片，暗中三道光柱显得尤其亮眼，飞舞的昆虫影充斥其中。光柱延伸，然后在一面杉木墙上定住。荒草丛中，一间木屋耸立。

我们已经见怪不怪，只想速战速决。我扭扭头，提了提劲，准备再一次目睹凶案，心中希冀不要看到太过恶心的画面。跟以往一样，推门还是让徐浪来。

第一次没推开，门被钉死了。我和何年各站门两侧，徐浪退后，朝门踹上一脚，整面木栅应声而落。三道光柱朝内游移，房间无物，只有草木气味，地面正中央倒插一架倒十字桩，以木桩为中心的土地有一个八点方阵坑，坑中残留烛油。绑在木桩上的尸体已成骨架。近前观察，发现头颅的额骨中部有一个硬币大小的空洞。

死者死于付璧安的气压枪之下。

"是张子宏。"何年在木桩旁蹲下身，检查散落地面的碎骨，拾起一枚小小的银骷髅头，"这是他平时佩戴的耳钉。"

十四 皇冠

1

证实汕头蛤蟆石山深林木屋中的死者为张子宏后，回溯的查案策略发挥作用，我们感觉离真相更近一步。根据魏伯标示的佛山命案发生地转换成如今的地址，结果发现早在去年我和徐浪就曾拜访过——那是付璧安母亲如今的居所——佛山南海区莺涌桥附近一幢两层高的自建房。转换潮州命案发生地，如今也是住宅，住户不是别人，正是谢宁山。蝙蝠组织就是伏翼教在现世的延伸，像是拼图一块块归拢，原貌即将揭晓。

为避免打草惊蛇，我们回到我在深圳的办公室，商议下一步行动。

徐浪将各命案图片贴在白板上，形成八点图阵，之间用线连起来，总结道："八地八命案，目前我们已知五地命案，分别是广州的詹世安，汕头的张子宏，香港的黎诚知，梅州的白丹，还有惠州的姜荣。还知道佛山和潮州也已经发生或者即将发生命案，只不过受害者还不知是谁。"他用油性笔在"佛山"及"潮州"后面各加了个问号，并在七个城市后面画一个圈："还有一命案地不知。"

"魏伯所搜集的五桩血方阵命案,跟蝙蝠邪术命案一一对应,地点、死法仪式一样,死亡时间虽有差异,但死亡顺序也是一样的。"我在白板上把1967年命案城市分别罗列出来,"女尸命案,先是佛山,再广州,之后是汕头、梅州、潮州,目前发现的蝙蝠命案也遵循这个顺序,广州、汕头、香港、梅州、惠州。女尸命案里佛山排在广州前面,因此我认为佛山付璧安母亲的居所已经发生过蝙蝠命案了,潮州如果排在惠州之后,那蝙蝠命案可能还未发生,当务之急是盯紧潮州谢宁山的动向。"

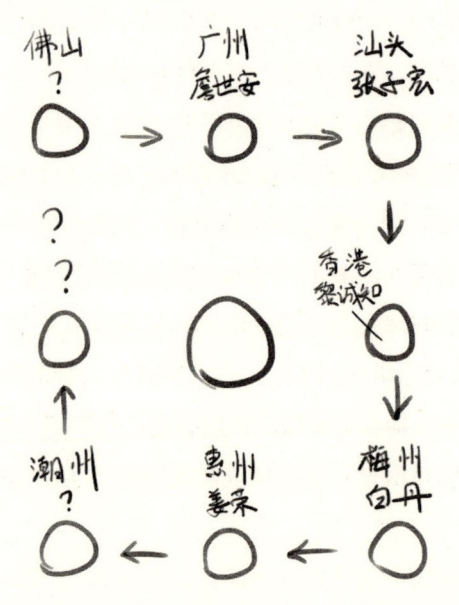

"你们不觉得,血方阵命案里面,长发女尸的死法很可疑吗?"何年看向贴在白板上的黑白图片,五桩女尸命案中,佛山、广州和潮州三桩命案留有图片资料。

我明白何年的疑惑,有尸检报告的三桩女尸命案中,受害者都死于大出血,皆非割断气管导致的窒息死亡,法医都认为受害者死前是清醒状态。图片又都显示脖子的血只往头部流下,换句话说,她们是被倒吊在梁上,再被凶手割脖。这是一种非常难受的死法,首先大脑充血,其次,受害者眼看自己的血在快速流尽,感到呼吸困难、痛、冷、恐惧,并时不时被流下的血液呛到。这种情况下,身体本能会做垂死挣扎,但是命案现场尸体之下的血方阵却都很干净,好像受害者在配合凶手,让自己的血液稳当滴落在方阵坑中。

"包括尸身上切下的那一片长条皮肤,也很奇怪。"徐浪提及。

"还记得吗?"我问徐浪,"我们第一次去见付璧安母亲时,她留着一头长发,垂到大腿上,大概有一米左右。"

徐浪点头,嘀咕:"受害者也都留长发,这是一个重要特征。"

"就像有些巫术需要处男处女献祭一样,现在蝙蝠系列命案的男性受害者,也一定存在选取标准。"我建议,"我们分两头行动,盯住付璧安母亲和谢宁山,想办法取得进展。"

"我去潮州盯谢宁山。"徐浪先开口,用"我"表明单独行动。

"我们找机会潜入付家。"我说,"谢宁山警惕性很高,你尽量不要近他身,他一有什么动作随时通知我们。"

"知道。"徐浪把东西收拾进背包后说:"动作要快,但小心为上。"

2

我和何年当天就动身去了佛山南海区,用了两天时间,摸透了付璧安母亲所住楼房周边的情况。这里几乎都是小型工厂,以日化厂和五金厂为主,有大半厂房已经空置。出入车辆的车牌号复杂,我们混在其中,把车停在距离楼房500米开外的路边。

用长焦镜头观察房门和窗口，得知房间似乎只住着她一人。但除了出门扔垃圾，其余时间她都待在房内，无法潜入。我们偷偷检查所扔垃圾，尝试获取她的社会身份，没有获得有效信息，都是生活废物，我们连她的名字都无从得知。

无隙可乘，我们决定换别的角度切入——付母生活中最亲近的人，同时也是伏翼教教徒的付岩。他虽已去世，但毕竟在大学担任多年历史系教授，是个有地位和身份的人。每所大学一般都会给本校的教授建百科词条，付岩的资料寥寥，但有个人照，何年把照片下载下来。

从这两天的观察看，付母行为孤僻，我们猜测她与周边工厂、商铺人员没有往来。我们在付母所住的联平街道找了家复印店复印付岩照片，何年用一口蹩脚的普通话装作外地人，委托店主："老板，麻烦再在影印件上头，加一行粗字体'寻亲启事'，多谢。"

听何年提示，店主瞥了眼照片中的人，从脸上的反应来看，他并不认识付岩。我适时用粤语插话："我们是从香港过来的，听说我二舅住在附近，家里母亲病重，走前想见他一面，请问你认不认识这个人？"

店主摇摇头，用粤语回复："冇印象。"

"舅妈留一头长长的头发，我这边存有她的相片。"何年已在车内把拍下的付母近身照片截取，调成黑白和模糊，在手机里看来，就像是一张老照片。她出示给店主看。

店主看完，露出恍然大悟的表情："我认识她，她就住在前边一幢楼里，神神秘秘的，很少见人，原来是你们舅妈呀。"

我掏出两张百元红钞给店主，道谢："二舅当年就是因舅妈离家，我们没跟舅妈见过面，想请问一下，她是怎样一个人？"

店主说她是四年前搬到这边的，买的二手房。他记忆深刻，因为搬来不久，他们家好像就办了一个小型的葬礼。"估计你舅舅已经去世了，这几年你舅妈一个人生活，偶尔有个男子过来，应该是她儿子。去年这一块计划拆迁，公告都出来了，但她不同意。有办事人员来交涉，被她赶出来。这个拆迁计划如今还搁置着，或许吧，跟她没关系，但我们这边的原住村民对她就很有意见，感觉是一粒……"店主突然顾及我们的亲戚身份，不好说坏话，话尾的"老鼠屎坏一锅粥"被他生生憋住，改口说道，"总之是个比较冷僻的人，没见过有什么人跟她来往。"

"她的名字你可知？"我问。

"我找找还有没有聊天记录。"店主打开一个微信群，说这是他们村的群，去年出拆迁公告的时候，有人在群里分享了拆迁户表格，找到表格，发现图片已过期。他又搜了聊天记录，说道"有了，有人聊到她，名字叫'金枝'。"

"多谢。"我们告辞。

"等一等。"店主喊住我们，把已经打印好的付岩照片递给我，我折叠后揣进内衣袋。

"接下来怎么办？难道一直在这儿耗着，等她出门？"出店后，何年问我，"还是趁深夜闯入？"

"去付岩生前的大学。"我走进一家超市，买了一些水果和红包，在一个红包内塞了400元，"这里让复印店老板帮忙盯着。"

我又进复印店，跟店主互加了微信。"这怎么好意思。"对方心照不宣，嬉笑着收下红包和礼物，"放心，我帮你们留意。"

3

在付岩生前的大学，我们碰了一鼻子灰。找了学校里的几位资历较老的教授,本想着以他们任教的时段,应该都认识付岩。但人家对我们的求助一律"无可奉告"。没有熟人果然难办事。

同事这条路没走通,改找学生。付岩作为教授,所教的学生不少,但大学师生关系都淡薄,要获得关键信息,还须找对人。我登录知网以"导师"的分类搜索论文,找到了付岩所指导的三篇博士论文付费下载,论文末尾的作者简介及致谢中,有一位留了电话,一位留了邮箱。

电话是家庭电话,打过去,一个男声接听,"边位(哪位)?"我用粤语报作者姓名,说同是大学历史系的同学,对方没有怀疑,说他女儿现今人在伦敦。我看了眼时间,下午4点58分,以时差八个小时换算,那边大概早上9点。

"我有事想求助她,方便的话,麻烦给我她的联系方式?"我说。

"请问怎么称呼?"对方谨慎。

"我想向她请教付岩教授的事,我叫阿强。"我随口取个大众名,心里打赌她同学里面一定有署"强"字的姓名,就算没有,毕业这么久,她估计也不会记得。

"好的,我转告她。"对方口气不像应付,"让她得空给你回过去。"

半小时过去,没有回音,我求助另一位学生,刚把编辑好的邮件发送出去,手机震动,号码显示英国来电。

"不好意思,刚才有点事。"亲切的南方口音,"请问你是?"

"打扰了,我是大学人事总部的张强。"我胡诌一个名头。

"你好你好,我爸说是有关付岩教授的事?"对方说,"我的论文指导老师就是他。"

"是这样的,有调查人员来学校咨询付岩教授的情况,我这边的工作是负责与他曾指导过论文的学生取得联系,你是其中一位。"

"调查人员?"她诧异,"付岩老师不是已经去世了,我记得是 2011 年?"

"警方认为付岩教授的死因存疑。"我稍做停顿,不给对方思索的时间,问出下一句,"你的论文完成时间是 2008 年 11 月,那时付教授的身体状况怎么样?"

"还行,身体还挺硬朗的。"

"请问你对付教授的印象怎么样?"

"他是个很好的教授,在学业上指导我很多,就是平时有些严肃。得知他去世时我很震惊,当时我人还在广州,想去参加葬礼,但无法与他家人取得联系。"

"付教授一家如今已经搬离档案中登记的住址,警方也迫切想要找到他的家人。"我说,"除了论文写作上的事,你跟付教授还有其他交流吗?他有跟你说过他家人的事吗?父母、妻子或儿子的事。"

"付教授很少提及他的生活,不过有一次,他偶然跟我说起,我跟他女儿同岁。"

"女儿?"我以为自己听错了,"是儿子吧?"

"不是,我记得很清楚,因为在说这句话之前,他说我们这代女孩子都很有主见。我顺势问他女儿如今在干什么,他突然就不说话了,前一刻表情还是温柔的,突然又变回严肃的样子。"

"冒昧问一句,请问你今年多大?"我问。

"这个问题可以不回答吗?"对方停顿了一段时间。

"没关系,谢谢你的来电。"我真诚道谢。

"我读博晚,是1978年出生的。"挂断前,对方还是给了答复。

4

分头行动已经过了三天,目前取得的进展是,我们得知付岩还有一个女儿,但我们无法从其他途径验证这个消息的可靠性。徐浪在谢宁山住所附近的街角暗处放了隐藏摄像头,早晚各去收回,在宾馆房间回放录像。除了谢宁山儿子谢彬在院子里跟猫玩耍,没其他人出现,谢宁山也没出门。

我想着明天还要硬闯一趟学校。实在不行再求助魏伯,以20世纪80年代博物馆偷鼎嫌疑人的由头调取付岩在学校的档案,并对生前与他相处的同事和学生一一做些例行问询。这是最稳妥的做法,但费力不讨好,以付岩暗藏的教徒身份,他行事势必低调,不会向他人透露过多信息,极有可能无功而返。

"难道你有更好的办法?"何年刚洗完澡,站在窗边吹头发。回酒店途中,她顺道去了一家服装店买了一大纸袋衣服,其中就包括此时身穿的这件灰色毛绒睡衣。

"这种情形我只有做梦才会梦到。"我低声说。

"什么?"她在吹风机发出的鼓噪声中大喊。

"没有。"我脱下外套,翻出衣袋的打印纸——早上复印的付岩个人照片——揉成一团扔进垃圾桶,进厕所准备洗澡时,突然灵光一闪。

"发现什么了?"何年看我从垃圾桶里翻出打印纸。

照片中的付岩露了笑脸。这是一张生活照,他穿着一件彩格衬衣,掺灰的头发似抹了发油,阳光下熨帖闪光。他站在熙攘的街头,朝镜头微笑,眯着的眼角露出层叠的鱼尾纹。

"怎么了？"何年靠近，身上一股沐浴露的香味袭来。

"这是在百度百科上下载的照片，对吧？"得到何年的肯定后，我从包里翻出笔记本电脑，"学校给教授认证百科词条，都是例行公事，一般照片都是样式统一的公务照，没照片的干脆只放文字简介。也有当事人会为了介绍更美观，提供生活照。主动提供生活照不像是付岩的作风。"

"然后呢？"何年问。

"百度百科词条是开放编辑的，每个人都可以补充修改，不管是谁操作，都会有一个历史记录。"电脑屏幕上的开机进度条闪烁。

"你的意思是，有人事后补充了'付岩'词条的照片？"何年问。

"对，哪个拍摄者，会让付岩露出这样放松的表情？"

"家人？"

"妻子或儿子有可能拍下照片，但他们不会上传网络。"我分析，"以付岩的低调作风，他流出的个人信息极少。我认为并且希望，更新照片的人，就是与付岩同游并为他拍下这张照片的其他亲密关系者。"

电脑开机，我打开百度搜索栏，输入"付岩"，百科页面上付岩的照片共有四张，除了生活照，一张是正经的白底证件照，无疑是负责统一创建信息的学校人员添加。另一张是课堂照，付岩在黑板前讲课，两鬓斑白，但神态并不显老。镜头微仰，明显是坐于底下的学生所拍。还有一张让我意外，是一张黑白照，里面的付岩是青年模样。网页右中部，有个"词条统计"框，显示历史编辑次数为三次。

三次编辑，却只有两位贡献者。排除词条创建人，另外一位昵称为"糖糖"的用户共编辑了两次条目：一次是增加内容，修改原因提及"补充付老师应有的论文荣誉"，操作时间在2010年4月；一次是添加图片，分别是生活照、课堂照和黑白青年照，更新原因是"图片显老，补充三张付老师生活照，完善形象，以兹纪念"，时间在2012年9月，那时付岩已去世。

我把照片另存，识别图片来源，并无其他网络痕迹，说明这三张照片皆是"糖糖"首次上传，无疑，这个"糖糖"是付岩生活照的拥有者。

"连付岩年轻时的照片都有，这位'糖糖'究竟是谁？"何年疑惑，"看看这人的动态。"

百科动态显示"糖糖"除了编辑"付岩"词条，还编辑了其他历史专家、书籍的信息。

"看来只是一位普通的历史百科维护者。"何年失望。

我也知道，像维基百科这样由亿万网民自发维护的开放信息平台，很多人之所以在上面孜孜不倦地完善条目，只是出于一种知识洁癖。但问题是，这是百度百科，"一定受别的东西驱动。"我说。

"比如网站的积分奖赏。"何年推测。

"或者只是一项职务。"我说。

5

"糖糖"共编辑了32个词条，"付岩"词条被编辑了两次，分别在2010年和2012年，剩下的30个词条编辑时间都集中在2014年1月到2015年2月之间。

30个词条里面，都是与"历史"相关的信息：历史作者、专家的百科页，以及这些作者所著图书的百科页。细心分辨就可发现,糖糖的编辑重心在出版物上。

"像图书公司的营销编辑,创建图书百科页面是属于网络推广的工作。"我向何年解释。

"但糖糖编辑的这几本书,并不是同一家出版社。"何年指出问题。

"图书公司和出版社有微妙的差别,图书公司会自己策划选题,然后和出版社合作出版书籍。因此一家图书公司的出版物会存在由多个出版社出版的情况。"我说。

"你怎么什么都知道?"何年看我。

"难道我出过书也要告诉你?"

"也就是说,如果'糖糖'在网络百科编辑的出版物真的都属于同一家图书公司,那这人是那边的营销编辑也就是八九不离十了?"何年问。

"也间接说明了他/她很可能曾是付岩的学生,本科学习历史专业,毕业后在一家专门出版历史著作的图书公司上班,职位是营销编辑,工作之一是编辑出版物的百科词条。这样一切就都说得通了。"

"怎么证明?"何年又问。

我打开购书网站,输入词条提及的五本图书,果然显示都归属同一家图书公司:深圳永立图书有限公司。再搜索五本书的电子版,各点开版权页,责任编辑不同,策划人不同,唯独营销编辑相同:唐音。搜索永立图书的招聘信息,得知了具体地址:深圳福田区某商务中心 12 层 A 单元。

"人肉搜索有一套嘛。"何年惊喜。

"毕竟做过几年狗仔。"

永立图书公司9点上班,我们9点半到。事前我去书店买了本自己的小说,想着等下送给对方,以作者身份拜访,可拉近与编辑之间的距离,求助好开口。

跟前台说要见唐音,对方让我们在休息区等候。五分钟后,前台领了一位瘦高的男子出来,在我诧异"唐音"这样的女性名居然是个男性时,男子开口了:"请问你们找唐音有什么事吗?她一个月前已经离职了,工作上的事,由我先来对接。"

我接过男子递来的名片,上面显示他是永立图书的主编。我们没料到行动至此还会出现波折,没工夫再想对策,只好以实情相告:我们在查一位叫付岩的教授,认为他在大学老师的身份下,还藏着另一个身份,而唐音曾是付岩的学生,研究生期间与老师过从甚密,我们想跟她面对面聊一聊。

"你们是记者?"主编在座位坐下。

从对方的举动和眼神看,他对我们感兴趣。我适时从包里掏出我的小说,拆掉塑封,在扉页签名,递给对方说:"我是作者,这是我写的书,基于纪实新闻创作的小说。"然后指了指何年,"这位是我的助手。"

何年快速白我一眼:"你好。"跟主编握手。

"调查教授,是为了写书?"主编随手翻到书的版权页,惊叹道,"都第四次印刷了,你还是畅销书作者呢。"果然是内行才会关注的点。

"对,下本书想写一本犯罪纪实作品,付岩教授是一个重要的切入点,因此我们迫切想要跟唐音聊一聊。"由对方发问,顺着他的话意聊,再抛出对方能接得上的问题,探寻话题兴奋点,"《冷血》你看过吧?"

"没看过。"主编摇摇头。

我当场被噎住了:"呃,就是需要收集大量与当事人的对话素材的那种。"

"帮帮我们,算我们欠你一个人情。"何年开口。早上她特地穿了件新买的白色针织衫,搭配海蓝色条纹阔腿裤,再披一件驼色灯芯绒衬衫外套。我的评价是"得体又不失亲切,将对今天的调查工作起到事半功倍的效果"。

"真的不好意思。"主编思索了一会儿说。

"这样吧,你也知道我上一本书卖得还行,我现在跟你签一份出版合同,下一本书跟你们合作,没达到预定销量可以不给版税,可以吗?"我用手引领对方的视线看向何年,"我们真不是骗子。"

对方露出笑容:"我们这里只出历史类图书,不做小说。"

我彻底没辙了。

"涉及隐私,唐音的住址真不能给你们,万一你们搞砸了,我有责任。"主编话锋一转,"但我知道她跳槽去了哪里。"

6

唐音是陕西宝鸡人。从她选择的大学及毕业后的动向看,有常留在南方的意愿。从历史专业硕士生,再到民营图书公司的营销编辑,如今是深圳某实验中学的实习老师。

这所实验中学是省重点学校,一旦转为正式教师,相当于进入事业编制单位,生活有保障,于浮萍心态的唐音来说,是一份安全感。今年2月,唐音接到学校的聘用电话,二话不说向上家辞了职。

作为实习老师,一切都还在熟悉阶段,心态拘谨,学校很多要求会照单全收。我们选择午休时分到校,唐音正趴在办公桌上小憩，突然接到保安的通知，说门口有一男一女求见，她没有拒绝的理由。

刚睡醒，唐音额头印有几道皱褶，天然的浓密睫毛扑闪着，脸颊绯红，唇色微白，恰到好处的圆润脸型使整个人仍焕发着学生气息。虽然不知道我们是谁，仍提起精神接待，一副笑吟吟的表情。她让我们在办公室稍做等待，她很快回来。顾及办公室其他休息的同事，她走路脚步轻缓，高跟鞋跟触地无声，身穿灰格子西装的背影窈窕，身高大概有一米六七。十分钟后回来，神采奕奕，原来是去洗手间补了妆。有同事向她点头，做加油的手势，她给我们倒了两杯水，看我们表情疑惑，跟我们解释道，下午第一节课是她的试讲课。

她教初二历史，今年2月实习以来，做的多是辅助工作，今天是她正式上讲台，面对学生和坐在教室后面的老师及领导。可以说，最后能否成为实验中学的老师，这堂课将起到至关重要的作用。她为此做了充分的准备。

"你们这么年轻，不是学生的父母吧？"唐音的声音清丽，"请问找我有什么事吗？"

办公室响起桌椅擦地声，其他老师起身活动，我看时间，1点37分，"你的课是几点开始？"我问唐音。

唐音转头看了墙上的时钟："两点。"

"要不你先准备上课，我们下课后再聊？"我说，"有点事想请教你，可能会占用你一些时间。"

"是什么事呢？"唐音察觉到我和何年脸上的神色，"让人开心的，还是相反？"

"恐怕是后者。"我说。

"我家里的事？"唐音表情变严肃，姿势回缩。

"家里？"我赶紧摇头，"不是不是，是其他的事。"

"那我很难想到还有什么事能影响到我心情。"唐音恢复放松，"没事，你们问吧，我能帮忙的，尽量长话短说，离上课还有二十分钟呢，让你们再等我一个小时，我过意不去。"

简短介绍我们身份及目的后，我看了看周围没有其他人，便问道："你认识付岩吗？"

唐音愣了一会儿，黑色瞳仁游移："我还以为是什么事呢，当然认识，他是我的研究生导师，但我毕业后就没跟他联系了，他怎么了？"说得轻描淡写，但从她瞬间变化的表情，夸张的语调，对付岩保持距离的称呼，以及突然摩挲手臂的举动看，她似乎有事情掩饰。

"付岩不仅仅是大学老师，还藏有另一重身份，"我看向唐音，"我们想从你这边了解他更多的情况。"

"他只是我的老师，我对他的印象是，人比较严肃，行事低调，教学认真负责，有奉献精神。他有两篇论文曾发表在知名学术刊物上，署的却是辅助他的学生的姓名。"一口气说完，唐音耸耸肩，"这就是我能想起的全部了，不知道帮不帮得上忙。"

"这三张照片你有印象吗？"我把打印下来的付岩百科页的生活照递给唐音，刚才她提到了付岩的论文荣誉，与"糖糖"2010年4月在付岩网络词条编辑的内容描述类似。

"这三张照片是怎么来的？"唐音皱眉，这时有同事喊她，她回过神，看向钟表，下午1点50分，"不好意思，照片我没有印象，付岩老师的事情，我能说的就是这些。我要准备上课了，我就不送你们了。"

"谢谢唐老师的接待。"何年把手覆上我手背上，制止我想要再发问的冲动，跟着唐音起身，"希望没有打扰到您。"

唐音露出微笑，收拾课件，跟我们一起走出办公室，时间是 1 点 53 分。

　　"唐老师。"走廊处，何年突然喊住唐音，在她耳边说话，我听不见内容，但看见唐音的灰色西装裙后部，沾有一个圆圆的红点。经何年示意，唐音扭身检查，一下惊慌失色，眼眶红透，嘴里念叨这下搞砸了。何年当机立断，拽她到厕所，五分钟后，我看到唐音穿着何年的海蓝色阔腿裤，上身是针织衫披驼色灯芯绒外套，她们连鞋子都互换了。

　　"放轻松，一定行的。没事，我在办公室等你，上完课，裙子的水渍就干了，咱们再换回来。"在换上唐音的衣服前，何年搓洗了裙后的污迹，此刻裙后红点已消失，取而代之的是一片淡淡的水渍。

　　上课铃声响起，唐音深呼吸，走进教室。

　　何年脚踩高跟鞋，"嗒嗒"向我走来，我感觉她身穿的这身正装更符合她杀气腾腾的人设，有点看迷惑了。

　　"你搞的鬼？"我低声问。

　　"你怎么把人想得这么坏？"何年看我。

　　我们又回到办公室，坐回原位。我发现唐音桌上的红墨水瓶没盖牢，趁人不注意将其拧紧。

7

　　教室爆发第二次掌声后，下课铃声响起。

　　五分钟后，唐音笑容满面地回到办公室，随行的同事夸赞她的表现很有亲和力。

　　走近办公桌前，唐音向何年使眼色，低声道谢。

　　"我也出过这样的糗，可尴尬了，如果是我，你也会这么做的。"何年回应。

唐音笑，看着何年点头，可见心情愉悦。两人俨然是姐妹，我诧异女人之间的隔阂竟然能消除得这么快。

十分钟后，她们两人换装回来。何年向我眼神示意，我站起。

"我们先走了，以后一起逛街。"何年跟唐音道别。

留个扣子，以便第二次约见——当然，更加理想的情况是，唐音，现在，主动邀约我们。走了十二步，我们到了办公室门口，终于听到后面悦耳的女声："有空的话，晚上我们一起吃个饭吧？"

"他晚上还有其他事情要处理。"何年转身，指了指我。

按照计划，何年支使我走开，如果涉及情感话题，没有男人在场，唐音或许会卸下防备，聊得更深入。

何年接着说："但我今晚没事。"

我走开，确实是出于交流策略的考虑，但也真的有事必须去做。在办公室等待唐音下课时，我收到了复印店主的微信。早先他答应帮我盯着付母金枝的动向，他说刚刚有一辆深圳车牌的黑色雷克萨斯停在我"舅妈"楼下。

"你舅妈好像要出门，有一位高大的年轻男子来接她，像是她儿子，他们准备离开。"复印店主回。

"没事，我们自有打算。"我又给店主发了一个红包，叮嘱他不要被发现，他说他正站在自家二楼的遮光帘后呢，不可能被发现。还给我发来一段他拍摄的视频。

视频中付璧安提着一只手提袋，另一手扶着母亲。他打开车门，搀扶母亲坐进车子后座，再把手提袋放进副驾驶，转身锁好房门，最后驾车离开。

出了实验中学后，我直奔佛山南海区，在车上给徐浪打电话问:"你那边情况怎么样?"

"这几天屋里除了谢宁山和他儿子,没有其他人。"徐浪说。

"有可能像姜荣的情况那样,受害者被提前囚禁在屋内。"我说。

"我查过,谢宁山两年前买下这套房子,是最近才住下来的。这两年,周围并没有发生过失踪案。"徐浪回。

"现在付璧安带他母亲离家,不出意外是赶过去与谢宁山会合,总之要更加小心。"我看时间,"当然他也可能只是带母亲出去买点东西,很快就回来,事不宜迟,我准备等下就潜进房间。"

"何年呢?"徐浪问。

"她有其他事要办。"我说。

8

当晚,何年订了家西餐厅。牛排搭配红酒,暖光和爵士乐搭配秘密。唐音不胜酒力,三杯酒下肚,脸色酡红。何年全程跟她闲聊家常,未提及付岩半字,好似吃饭就只是吃饭。她清楚,得到秘密的最快方式,是分享秘密。

蓝莓慕斯在口中化开,晚餐近尾声。何年把小勺放入盘中,卷起左手袖口,伸到唐音桌前,让对方用手指摩挲她手腕,那里有两道凸起的伤疤。

五年前,何年在暗路被人侵犯,但家人碍于脸面,忽略突降在何年身上的灾害,好像不提就从未发生过。甚至到后来,她被伤害衍生的疾病和惶恐吞噬,没人伸出援手,反而将她当作罪孽看待,嫌恶她,将她推开,好像她给整个家庭带来了耻辱,让他们遭受外人指点。那时何年万念俱灰,尝试自杀过几次——

割手腕、吞安眠药。没想到泥潭浅，命在沼泽中陷一遭，只染一身污秽，又爬上地面，泥浆被日光晒得干硬结块，竟如蛋壳般片片剥落，她又焕然一新。她如实向唐音讲述自己人生的变故，除了省略掉"感染艾滋病"这个情节。

酒精的作用，使唐音眼睛湿漉漉的，她唤何年"姐姐"，问她最后是怎么自救的？

何年说话慢悠悠："我们没法选择自己的血缘，但我们能切断这段关系。我从长沙来到广东，换一种活法，他们的模样逐渐消失，而我从此成为坚实的个体。"

唐音泪流不止："我也想像你一样勇敢。"

唐音的父亲在她8岁时去世，她有关亲情的美好回忆也止于那年。母亲养她，就是为了让她成为家中劳力。哥哥只要学习，可以什么都不管，但唐音上学历经坎坷，好几次，妈妈都让她断了继续念书的心思。她恐慌极了，跪地哀求，包揽所有家务，只为获得再次上学的权利。妈妈将柴火一根根塞进炉灶，给儿子煮洗澡的热水，白了唐音一眼："要读书也可以，供你到顶，但我的学费不能白花。"唐音一个劲地点头，跟自己母亲签下了债务协议。

"你能想象吗？从小学到大学的学费都记得清清楚楚，还算利息。本科毕业后，欠她的钱，去掉零头共25万。"唐音说，"我一心想逃离那个地方。为了在广东扎根，我做兼职，读研，考公务员，当老师。今年初终于把欠的钱还清了，但跟他们的关系仍然没有摘除干净。"

"他们？"何年问。

"哥哥赌博，借高利贷，妈妈又找了个男人。每次春节回家，那男人几次借着酒醉对我欲行不轨。学费的债还清了，妈妈说，还有吃饭的债,住房的债,不给的话,就到我住的地方来闹。"唐音说,"我哥和继父在家里怎么说我的?他们说我在广东当小姐,钱才赚得这么容易。"

"你就任他们摆布?尿人的特征就是只会打嘴炮,你只要豁出去,表明跟他们决裂的决心,一次他们就消停了,但你越软弱,他们会做得越绝。"何年说。

"问题是,他们这些恶意的揣测,都误打误撞了。"唐音眼泪直流,脸上却是苦笑。

2013年广州公务员考试,唐音的笔试成绩第二,面试第一,成功被录取为区政府文员。隔年春节,她妈破天荒提前催她回家,唐音推脱工作忙,她妈立即语气大变,说都已经27岁了,别在外面给家里丢脸。她妈安排了几场相亲,"都是大方的主,不愁你将来的生活"。看上去是关心她的人生,但唐音清楚,她妈把她当商品卖。按照她的资质和样貌,只要应允,村里的暴发户愿意拿一大笔钱作为结婚彩礼,她妈的算盘还打到结婚之后,这婚一旦结成了,一家人暗淡的生活从此会沾女婿的光,"女人越老越不值钱,今年这婚你一定要给我结了"。

唐音不知怎么回应,只是把电话挂了,把卡抽出来,丢掉。母亲这副嘴脸纵使丑陋,春节怎么说也就七天假期,回去逢场作戏唐音也是会的。她之所以不回,是因为爱上了一个男人。男人47岁,是另一个部门的领导。不回家的那年春节,唐音待在男人为她租住的套房里面,眼巴巴地等待开门声。但男人疲于家庭应酬,最终也只陪了她一天。

"姐姐,你有没有经历过,爱一个人,但是你心里清楚你们不能在一起。"唐音已显醉态。

"有一类情侣,只能在末日到来前短暂而热烈地相爱,在现实生活里，几乎不可能在一起。"何年回答。

"他有家庭，又是那样的身份，不可能为了我放弃。我只有被动地等待，害怕恋情被家人识破，到时被摧毁的不止我一个人，所以我辞了公务员的工作。我打电话跟我妈说，再逼我一下，我就死给你看，到时你啥都没得，还要过来帮我收尸。他们怕了，由着我去，我每个月照样给她打钱。"

"你们现在还在一起吗？"何年问。

"我还离不开他。"唐音说。

"不值得。"

"我知道。"

"有件事我要跟你道歉。"何年说，"在学校的时候，为了获得你的信任，引你说出与老师付岩的关系，在你上厕所期间，我在你的椅子上滴了一滴红墨水。你裙子后的红点并不是血迹，很对不起。这些年，为了高效率地得到想要的情报，不管对方是好人还是坏人，我都采取了利用的手段，用假的来换取真的，甚至包括现在的交谈。我选择说出来，并不是要取得你的原谅，我只是厌烦了这种套话方式。"

唐音对何年的话感到诧异，她眨眨眼睛，以为听错了，好长一段时间才说道："我与付岩老师的关系，牵扯到很重要的事情吗？"

"与人命相关。我们调查到，你用一个'糖糖'的网络账号上传过三张付岩的生活照，其中还包括一张他青年时的照片，因此我们推测你和他并非一般的师生关系。我找你，是想从你口中，获得有关付岩的更多信息，以此来制止他儿子的犯罪。"何年说，"付岩的儿子，是一个犯罪组织的首领，我曾经为他做过事，也间接害过人，罪孽深重，非常后悔，如今想要尽力做一些弥补。因为情急,也因为调查惯性,我对你这样无设防的人,用上这种卑鄙的手段,我觉得很对不起。"

"姐姐,"唐音脸上的酡色褪粉,眼睛水润,她看着何年,"我相信你说的,我也确实崇拜过付岩老师,但与他的那段往事太……太奇怪,我一直想要忘记。抱歉我说不出口……"

"你不要误会,这段关系是属于你的隐私,任何人都没有打探的权利。"何年赶紧插话,"我跟你道歉,就真的是道歉。"

唐音点头,接着说:"我不想说那段过往,但我可以带你们去付岩的老家,我现在还经常去见他的父母。"

9

金枝独居的这座二层楼矗立在眼前,我选择傍晚潜入,自然无法通过正门——首先,那道精良的防盗门我开不了,其次,门上有摄像头对着,最后,沿街有人路过。

我把车子停在与联平路平行的一条小道中,从车内仰望,由厂棚、车间和楼房相隔而成的上空电线交错,天色已近钴蓝,半圆月高悬。大概再过半个小时,落日沉没,天就会全黑。几天前跟何年第一次来这里时,我们仔细观察过金枝家的周边建筑,房子后边是一家链条厂,三层楼高,紧闭生锈的卷闸门上贴着出租告示,告诉我,里面没人,可以进入。

小道是条死路,加之这块区域是半荒废厂区,路灯没安或已坏。冬天天黑得早,6 点 23 分,天地已是漆黑一片,我把车开到链条厂的卷闸门前做遮掩。

在我进入金枝家的路上,需要通过两道普通关卡。第一道,就是卷闸门底用铁链拴住的黄色锁头,我在车旁蹲下身,不用一分钟就打开了。周围遍布五金工厂,机床撞击发出的"当当"

声不绝于耳，这种环境下，我相信纵使拉开生锈卷闸门的声音再刺耳，也很难引起人们注意。我拉开可供人钻进的高度，俯身进入后把门摁下。

第二道关卡，是金枝家二层楼顶的阳台门。人们一般会花大价钱购置平地的大门，却往往在阳台随便安一扇简易铁门。从上攻入，对我来说是效率最高的办法，但在此之前，我还要从链条厂的楼顶，跳跃到目标阳台上。

我先从厂内搜寻一些落地时可以缓冲的东西。我从一张破沙发上扯开两面坐垫，瞄准对面阳台我大致跳落的范围，抛过去。两座楼之间大概相隔3米，楼高相差3米，我需要助跑才能跳跃过去。链条厂的阳台有围栏，要再攀上楼梯间的顶部。楼梯间顶部是块水泥平板，有3米长，靠着这短短的长度，我蓄势，起跑，跃前，正正落向对面阳台的一块坐垫上，俯身向前，双手撑地，身躯顺势再翻一个滚，卸掉冲力，这是跑酷的基本功。

站立后我发现，阳台门并不是铁门，而是钢闸门，还是由内上闩，外面没锁孔，就算徐浪在场，也只能望门兴叹。遇到这种情况，平时大量的动作片观影经验就开始发挥作用。我退后，跑向前，贴合工厂噪声的频率，用右脚踹门锁处，踹了三次，腿根发麻，门纹丝不动。我把门上的脚印擦干净，不在这上面耗着，转而寻找别的途径。

准确地说，这是一幢两层半高的楼，在二楼之上是一半房间一半阳台的格局，房间有一面朝阳台的窗户，窗户上竖着钢管，从缝隙望进去，影影绰绰都是杂物的轮廓。房间角落有一间厕所，厕所有个长宽各半米的正方形窗洞，同样朝向阳台，窗洞上斜嵌五片毛玻璃片，我的肩宽大概45厘米，脱掉外套，勉强可以从窗洞挤进去。

我从角落找一块称手的碎砖，轻敲玻璃片一侧，敲下一片，就从槽中拔出，再剔除遗留的玻璃碎块，直至五片玻璃全部卸下。我借一旁的栏杆垫脚，先将头伸入窗洞，再斜着挤进肩部，之后是双手，用双手撑住厕所内墙，吸气，肚子进来了，整个上半身呈倾斜状。看似简单的一套动作，累得我直喘气，我双手撑在厕所马桶水箱上暂作休息，脸部因倒置充血热辣辣的。

我单单计算了肩宽，没想到胯骨才是最难进的部位。脱了外套，忘脱裤子，再进时，臀部被卡死，加之上身悬空的姿势让我无从使力，腹部又被箍紧，呼吸难调控，我心中憋闷，进退不得。

我用双手擒住水箱边缘，将鞋子踢掉，慢慢旋转臀部。皮带稍有松动，我接着摩挲，感受到腿与牛仔裤分离，牛仔裤一旦褪出，整个身躯基本就能挤进去。但这个动作很耗体力，我旋转十次，就要停下来喘十秒。第一次潜进房间这样狼狈，我开始怀念徐浪，人还是要有一技傍身。

裤子褪到大腿根部时，我突然听到楼下响起开门声。一个男声响起，是付璧安的声音！这下糟了，他们怎么回来了？我急忙回撤，但整个臀部被卡在窗洞里，我不可能靠着麻痹的双手撑回去。又听到楼下传来对话，付璧安对母亲说："你在这里等我，我上去。"还好只是回来拿东西，等他们离开再行动。我撑着身体，保持不动，密密的汗从额头冒出。

他说上楼，一般默认是二楼，毕竟三楼是个破败的隔间，付璧安不可能来这里拿东西。但墨菲定律说的就是，如果我担心某事发生，往往这事就会发生。在我使劲撑着倾斜的身躯时，我听到走上三楼的脚步声。

厕所外的房间亮起了灯，付璧安抵达三楼，鞋底触地的声音异常清晰，我稍有响动，必定会被察觉。如果被察觉，按照我此时的处境，毫无还手之力，他可以轻易将我杀掉。我撑住箱盖，憋气，祈祷他拿了东西就走，不要上厕所，或者出阳台，不然我必然暴露无遗。

一阵翻找的窸窣声、拖拽声，声源来自厕所的左方，又响起金属磕碰声，付璧安向楼梯下喊，声音回荡："拿到了吗？"母亲回以肯定答复，响起一阵短暂的石头摩擦声，房间又回归寂静。寂静或许只有两秒，在我脑中却无限延长，我双手麻痹，脸上淌汗，快撑不住了。这时脚步声响起，却不是走向楼梯，付璧安朝厕所走来！

我手掌轻轻移向水箱盖边缘，心中已在筹划生死一搏，想着等他开门近我身前时，掀起瓷盖抡向他的头部，角度准的话能把他抡晕。我仰头，正视厕所门——最普通的铝合金门，门的上部是磨砂玻璃，人影浮动在玻璃外，球形门锁开始旋动。汗水沿着唇缝流入嘴里，这时手机铃声响起。

什么倒霉事都赶一块儿了。为什么总在紧要关头手机响？为什么事情办好警察才会来？我脑海里充斥这类无解的问题，以此逃避即将揭晓的厄运，这时听到付璧安在门外的声音："我们半途折回了，面具忘拿了。"

原来是他的手机响。

脚步声朝厕所门远去，我听到他与人对话的声音："大概要凌晨1点左右才能到。"

"只有他一个人吗？"付璧安的声音，"郑读没跟他一起？"

"他住的地方离你的住处近吗？"付璧安继续说道。

"派人把他干掉。"房间灯光暗下去。

"记住，我不允许上次的事情再次发生，周密、快速，不要留尾巴。"

"一切都以3月20号那天要做的事情为重,决不能让他干扰到。"

付璧安快步下楼,过了一会儿后,我听到楼下大门关闭的声音,汽车启动。

10

我整个人从窗洞栽进厕所,身穿保暖内衣、内裤、厚袜。轻拧开厕所门,探头,一片阒静。我踮到阳台门边,扭开门锁,出阳台,从裤子中掏出手机,给徐浪打电话。

"快点离开现在住的地方,你暴露了。"我长话短说,向徐浪交代前因后果,"付璧安和他母亲正去潮州与谢宁山会合,他们带了作法的面具,3月20日会再以邪术的手法杀掉一人。"

"现在是18号,也就是后天。"电话中传来徐浪收拾东西的声响。

"这几天谢宁山会向你下手,你赶紧离开,万事小心。"我感到寒冷,将外套、裤子和鞋子穿上。

我回到房间,走下二楼,在黑暗中用强光手电筒各处照射一遍,没有光源反射,房间内应该没安摄像头。两室一厅的布局,窗户临街的卧室门没锁,我打开书桌抽屉和衣柜门,里面都是日用品。与卧室相对的另一间房子锁住了。门把手是球形锁,我打开门,进入房间。

我用手电光探照,见深处赫然站着一个人,我被吓了一大跳,赶紧闪到门侧,平复情绪,却没等来后续的动静,闪身到另一侧,再快速往内照射,发现人影动作频率跟我一样——对面有一面镜子。

并不仅仅有一面镜子,在房间用光巡照一圈,发现四壁贴满了一米宽三米高的长镜,地面铺着一块地毯,地毯上有块圆形蒲团,右侧墙上一面镜子上端,向客厅开了三个圆孔作气口。因为是一间密室,不怕光源泄出,我把门掩上,开灯,相互折射的镜面顷刻出现无数个我,一种虚无袭来,我心中愕然。

看样子是一间冥想室,我把地毯拉开,地板用红黑两色碎石绘出一副两米长的蝙蝠图案。这是间无物的房间,何必上锁?我断定竖立的镜面中藏有暗门,除了面向客厅和过道的两面墙,其余的我一面面摸索:敲击听回音,用手摁压,看相隔的缝隙,并没发现玄机。我关灯,拿出荧光笔,依次映照镜面,终于在与门正相对的一块镜面中部,发现密集的指纹。暗门在这里,问题是我找不到打开的方式。

付璧安和母亲回家拿作法的面具,不出意外,面具和其他伏翼资料就存放在暗门中。但刚才付璧安却上三楼,我回忆他的行为步骤:走到厕所左方,物品搬移的声响,金属磕碰。最重要的环节是,他在这期间问了楼下母亲一声"拿到了吗"。

也就是说,面具是二楼的母亲拿到的,他上三楼,只是打开镜面门的开关。

我快速上三楼,用光聚焦厕所左方,那里放了叠起的塑料椅和折叠的圆桌,光照地面,有拖拽的灰尘痕迹,我将椅子和圆桌移开,看见一面白墙。白墙右侧,用砖筑了一个平台,用来承托金属水箱,水箱下散放闲置的旧衣物,以及砖块。

金枝在楼下回应付璧安后,我听到石块的撞击声。我拿起砖磕另一块砖,声音相似,光照平台的砖纹,发现凹凸不平。我把阻挡物推开,一块块试着拔出,终于找到可以摇动的砖块,用手握住边角,水平拿起。

砖块的底部凹陷出一块长条形的空间,用来镶嵌下面的金属把手。我握住把手,再往上提拉,平台深处通过把手传来"咔嗒"一声,除此之外再无变化。

砖块平台的下方,对应的就是镜子房,我回到镜子房,果不其然,那面布满指纹的镜面门弹开了。三楼那个可提拉的金属把手牵连着暗藏在墙体建筑之中的构造,形成镜门竖插的门闩,同样原理的小型锁具破解起来或许容易,但如果我没有在厕所偷听到付璧安开启的步骤,短时间内绝不可能打开,十个徐浪同来也白搭。

镜子背面有红光颤动,我用脚拨开镜面,发现光源来自深处的一盏煤油灯。

11

开灯,9平方米的正方形空间一览无余。

最显眼处是内墙正中的一台双门立式冰柜,玻璃柜门内边缘装点着五颜六色的塑料假花,冰柜前立一张红木小几,桌面左右摆着两个白色瓷盘,分别盛着四粒金橘、一只熟鸡,中间是一鼎插满香杆的香炉。香炉中竖立六支燃至尾部的细香,烟雾袅袅上升,飘向左墙角的气口,消散于室外。

红木几下铺着一面圆形跪蒲,绸面以刺绣方式绘八点方阵图,方阵中心是蝙蝠图案。这是一个祭台。祭拜的是冰柜中以倒十字木架塑形、倒立的裸尸。这应该就是第一起蝙蝠命案的死者了。我想到了梅州丰顺富贵饭庄尸神案。王贵标将王蝶儿子白丹杀害,也是把尸体做成了祭拜的对象。尸体平伸的双手如同干枝,在腹部中轴,有一条长约半米如黑色蜈蚣的缝线,面部附冰霜,眼阖,但面皮拉紧,导致嘴张着,露出森森白牙。

额头正中,有一个硬币大小的黑洞。尸体之下,是一绺绺掉落的铁灰色毛发。

我不想承认,我很害怕,所以迟迟不敢步入。镜子房的无限影像,已让我有如履薄冰之感,现在又见方正的祭室,让我透不过气来,怕是机关,怕被密闭在空间中,怕被做成倒立的祭品。我给自己鼓劲:时间紧急,别忘了叶枫的惨死,快点,救出下一位受害者。

我拍自己一巴掌,把镜门推开,固定住,走进祭室。祭室的左右两边摆着两张长条木桌,木桌上堆放着资料。左边的桌上放有一顶黄金铸造的皇冠,皇冠碎成四块,想必是逃亡路上为了方便运输,将其砸裂,如今又用金丝重新拼接在一起。皇冠边缘竖立着一些白色尖刺,我想到伏翼族谱里面用人骨合造的图示,仔细观察,发现果然是骨刺。

右边桌上墙面的白板上,有一个手绘的八点方阵图,从左上角的圆点顺时针开始,分别贴着付岩、詹世安、张子宏、黎诚知、白丹和姜荣的头像照,左下角和左中部的两个圆框空着——代表还有两位受害者。

八点方阵图的旁边,贴有一张边缘被火燎黑的黑白照片。八个身穿中山装的人站在一个庭院内,胸前衣袋皆别着一支深色钢笔,背景是绿植和门廊。看站姿身形,能大致判别照片中的人皆为男性,但不知年纪,更不知样貌,因为每个人的头部,都被锐器戳破。

左边桌面上放着一个相册,里面的照片多半很诡异:年轻的长发女人受多人跪拜,两个小孩站在女人旁边,女人是年轻时的金枝,其中的小男孩无疑是幼年时的付璧安。还有各种黑色动物尸体照,少年时期的付璧安割开一只黑兔的喉咙,衣服沾有血迹,他脸上有惶惑,但左手仍擒着兔耳,身后站着微笑的母亲。一具年老的男尸躺在木台上,成年的付璧安正残忍地伤害尸体,尸体旁边放着一罐蜡油,地上是一个红桶。

相册里面,除了金枝、付岩、付璧安,还有一个陌生女孩的照片,照片记录了她的幼年和青年时期。看她与付璧安的互动,关系非同一般,像是姐弟。有关两人的合照,是这本相册里面为数不多正常的照片,付璧安只有在这个女孩身边、怀里、背上,才会露出像孩子一样的笑脸。

而有关女孩的个人照,仍旧是说不出的怪异:有一张是幼年的她戴着那顶破碎的皇冠,坐在椅子上;有一张是青年时期的她在淋浴间光着身子,付岩在一旁,一手拿花洒一手拿毛巾,为她洗澡。女孩的胸部正中,有一个正蝙蝠文身,还有一张是金枝在为女孩梳头,女孩的头发垂到腰间。有她出现的最后一张照片则是很普通的个人照,身穿浅蓝色的护士服,站在医院的过道,面对着镜头笑着。护士服胸前的口袋上,有医院名称的刺绣,可惜被袋口遮挡,只看到末尾"医院"二字。

不管从脸型还是五官,女孩都似曾相识,但我一时想不出为何有这种熟悉的感觉。前几天电话咨询付岩的学生时,她曾提及,付岩说过自己有个女儿。我拿出手机,准备拍下女孩的照片,却看到手机屏上有弹窗,显示多条微信未读消息,我顺势点开,是复印店主发来的。

"你现在人在哪儿?"时间是今晚的7点1分。

"刚才你舅妈他们又回家了,好像是返回拿东西,一会儿就开车离开了,但我无意间看到她家阳台上好像来了个贼,从窗户翻进去的,之后又出来打电话,晚上太黑,我只看到那人的轮廓。"糟糕,我潜入的过程被我雇来帮忙的复印店主目睹了,我总是干出这种搬起石头砸自己脚的事。

7点零7分,他给我发来了一个贼入室的视频,画面模糊,只有我知道这人是我。随视频发来的,还有他的疑问:"你二舅屋里藏有什么财物吗?这贼好像也在盯他们家,他们前脚刚离开,他就潜进,还很聪明,从阳台进去,估计是从旁边的楼房爬上去的。"

"你现在人在哪儿?有空赶紧知会一下你舅妈或她儿子,那贼进屋了。"

"你在忙吗?我要不要报警?"

"不回的话,我报警了啊。"

"我报警了,不然贼就跑了。"时间是7点30分。

我想要制止他,一看时间,已经7点53分。赶紧跑出房间,从楼梯往下望,看到一楼大门门缝闪进一蓝一红的光,"啪啪"的拍门声响起:"有人在里面吗?"

我在祭室内太过专心,加上两道墙面阻隔,没有听到外头动静,估计警察早就到了楼下,因不能确定真有贼闯入,要获得主人授权,才好进来调查。拍门声响后,我又听到一人向另一人问话:"户主到哪儿了?"另一人回:"他说再过五分钟就到。"

我赶紧跑上阳台,想起还没拍照,又折回祭室,对着重要物证一通拍照,拍完想了想,反正搜查行动已经败露,破碎皇冠举足轻重,将它带走,以便有筹码握在手中。万一徐浪后面真的陷入危险,至少付璧安不会动杀心。我脱下外套,小心包裹皇冠。最后把镜门推回原位,反锁关上镜室门,到三楼把金属把手摁下,砖块复位。给复印店主发消息,目的是把他的视线引开,我好脱身。"我刚才联系舅妈的儿子,他们正赶回去呢,很快就到了,麻烦你帮我去跟警察说一下,等他们到了再入室检查。"

"好的，我去说。"复印店主回复。

我翻出阳台栏杆向下望，小道仍漆黑一片，但楼高9米，跳下去不死也得残疾。我把沙发垫扔向停放在底下的车顶，结果一面垫子被楼间错综的线路弹远，一面则卡在线路之间。我听到楼下的开门声，不管了，把包裹皇冠的外套打结，系在腰间，跳向一根看起来稍粗的黑电缆。结果电缆一抓即断，我整个人向下掉落，左脚被身下的电线绊住，头朝下翻倒，赶紧胡乱抓拿，又扯到了一根线路，结果又断了，整个人被拽向对面楼，身体撞到了链条厂墙壁，反弹下落，屁股重重摔向驾驶座一侧车顶，人被弹开，趴在地面。我感到腹部被硬物顶到，有微微刺痛感。手套上有血液点点渗出，双膝盖磕肿了。我支撑着站起身，双腿打战。因车顶被我的重量压弯，车门卡住拉不开，我只能踉跄绕到副驾驶，再开门进入。我启动汽车，静悄悄退出巷道掉头离开。右手解开系在腰间的外套，腹部的内衣上沾血，皇冠顶的一个骨刺刺进了我的肚皮，还好刺得不深，我连抽多张纸巾，捂住伤口。

一路上，我不断地在想偷走这顶伏翼皇冠的利弊，如果因此激怒了付璧安，会不会让暴露行踪的徐浪处于更危险的境地；或者让付璧安改变原先的犯罪计划，让我们营救下一位受害者的努力功亏一篑。我踩紧油门疾速驶去，手掌、腹部、膝盖在渗血。前面突然亮起红灯，我一个急刹，半个车身滑出斑马线，副驾驶上的皇冠滚落到车座底下。我盯着那个闪着金光的皇冠，耳畔意外响起付璧安吩咐谢宁山的话，"派人把他干掉"。这句话好像一个启示。事关重大，连接因果，是浮在海面上的一座冰山。但我此刻脑中纷乱，体力透支，无法潜入海中，探知冰山底下凝结的其余八分之七的真相。

十五　八兄弟

1

拿走皇冠之后，我开车回深圳与何年会合。付壁安在电话中透露，3月20日要在潮州进行新的犯罪，徐浪行踪暴露，有生命危险，我们要赶紧到潮州支援。何年跟我说，唐音知道付岩的老家，在去潮州之前，我们可以顺道去见见付岩的亲生父母。

"左转，进入新宁路，行驶390米，到达目的地。"

唐音请了一天假，让我导航定位佛山顺德区一家眼科医院。上午11点我们从深圳出发，下午1点半到医院楼前。医院大门左侧的白色楼体镶嵌黑色条砖，呈现一幅高达15米的视力表。人生第一次看清最低行所有"E"字缺口的朝向，我产生了一种前路渐晰的错觉。

付岩的生活照确实系唐音所拍摄，并上传百度百科，"因为崇拜老师"。她曾经当过付岩的助手，在教室座位下偷拍老师讲课，与老师同游广州北京路。但付岩对唐音并不动男女之心，只是淡淡跟她说"你长得像我的女儿"。2010年研究生毕业后，他们的师生情谊走到尾声，唐音心中纵有不舍，面对老师的背影,也没有留恋的理由。

后来,唐音回学校看付岩,被告知老师得了重病,已经回家疗养。她寻址而去,没再找着他。2011年,唐音又听同学说了他去世的消息,她找遍所有能找的途径,只为能送他最后一程,结果意外找到了佛山顺德的一座旧宅,那是付岩的老家。付岩父母都还健在,面对唐音的询问,两位老人木然摇头,直到看到唐音出示的照片,两人辨认了一会儿,才颤巍巍说道:"确实是我们儿子,但他不叫付岩,叫孙岩,早在三十年前,他就已经跟我们断绝关系了。没再回来过,是死是活,我们并不知道。"

那座老屋深藏在眼科医院大门左侧的小路里,唐音领我们沿小路直走150米,来到一间黄漆斑驳的二层老屋前,付岩的父母就住在这里。

两位老人一直孤独地活着,后来唐音定期探访,为他们购置日常用品、清洁屋子、做饭,把发出馊味的被毯搬到阳台晾晒。唐音别无所求,做这些就像是义务一样。老人把她当孙女看待,给她看付岩年轻时的照片,讲付岩的童年往事。虽说恨儿子的决绝,但他们没有一日不抱着儿子归来的期望,一直待在原地等,等到墙漆剥落,窗木腐朽。等到传来儿子去世的消息,他们才知道,这个改名付岩的儿子,是真的不会再回来了。行使不了"原谅"的权利,步入晚年的他们像是坐在跷跷板的尾端突然失重,轻飘飘的。今年春节刚过,82岁的付岩父亲进入谵妄状态,整天胡言乱语,说是年轻时造孽,遭了报应。

两扇木门上方贴着两位门神,色彩已淡。唐音敲门,见没人应门,径直推门进入,跟我们解释说奶奶没有锁门的习惯。窗口朝西,午间背阴,房间昏暗。一位老妇听到唐音的声响,走出房间迎接,拉了灯绳,房间亮起橙光。我看到她满脸皱纹,眼眶深陷，身材干枯，但神情开朗。

房子是旧厅堂的格局，两室，进大门先是厨房，门两边堆了很多杂物，但码得齐整，我猜是唐音的功劳。左手边是一个三层鞋架，备有多双拖鞋，右手边摆着一辆黑色凤凰牌自行车，一台缝纫机，以及一摞摞用绳子系好的旧报纸。唐音介绍说，有时会有学生志愿者过来打扫房间，奶奶好客，为孩子们备了拖鞋。又说老人节俭，很多旧物不舍得丢弃。

通过厨房的小门，进入起居室，左边搭了木梯，通往二楼卧室。付岩父亲今年神志不清后，唐音托人把床安置在起居室中。唐音喊他"爷爷"，到床前牵他皮包骨头的手，说来看他了。老人没睁眼，张口念一些语意不明的话作为回应。奶奶说他昨晚一宿没睡，胡乱说话，鸡鸣后才睡下。

面对我们想要查看付岩年轻时的资料的请求，奶奶没有半点异议。她将整个电视柜的抽屉拉出，大方拿给我们。我和何年坐在板凳上翻找了半个小时，多是一些黑白旧照，时间止于付岩读大学期间。

奶奶回忆道："大概在19岁那年，1977年，孙岩整个人像变了样，很少回家。20岁那年，他突然跟我们说，他不再认我们作父母，让我们再生一个吧，然后就收拾行李离开，之后就再没有音讯了。我们没法接受，一直找他，在广东各地报纸上登寻人启事，没有消息。大概过了两三年吧，我们收到一封讣告，说他在越南战场上牺牲了，给了500块抚恤金。他爸摇头说不用找了，也不用伤心，说给烈士家属发抚恤金不是这种操作法，估计是被鬼迷了心窍，要回来他自己会回来的。我私底下认为儿子有难言之隐，直到唐唐找上门，我才发现，原来他就在广州做老师呢。我一直想不通，我们做了什么，让他有这么大的恨意？死前都不来见我们一面？你们认识他，能帮我解答这个困惑吗？"

我想回答眼前这位身高不足一米五的老妇，有时人的决绝，并不是必须以恨意作支撑，出于恨而做的事，内心至少还在乎。遗憾的是，付岩的转变，与恨与爱皆无关联。他的心魂被邪道蛊惑，逸出世俗的边界，个人情感在伏翼教为他营造的烈火面前逐渐黯淡，家庭于他只不过是禁锢身躯的方格，于是他不假思索地跳脱了。当断即断的人，都不是凭感情做事的。他们的内心，大抵都有一个"伟大"的使命，为此，他们甚至不惜牺牲性命。可这段话我终究没能说出口。

"对不起，让您失望了。"像是借付岩之口道歉，又像在表明我们的无能为力，何年向奶奶颔首道。

"没关系，都这么久了，早想开了。"奶奶擦泪。

离开前，我们帮忙打扫卫生，唐音负责厨房区域，何年蹲下身收拾柜中杂物，我利用拖地的间隙放空大脑。突然一声尖叫炸响，床上休息的老人"啊啊"地叫唤。我循声望去，他用左手肘撑起身体，脸上布满惊恐神色，颤抖的右手指着前方，口中喊道："女巫！女巫！"

老人视线的聚焦处——蹲身的何年露出后腰的倒蝙蝠文身。

2

烂醉者、梦呓者、谵妄者说的话可信吗？

当然不可信。这些话极尽夸张，逻辑混乱，前言不搭后语，但重要的一点是，并非空穴来风。内容素材皆来自当事人清醒时的现实生活，他们经历过开心、自豪、成就，同样也经历过苦痛、腌臜、阴暗。难以言说的回忆最终沉淀成潜意识，一旦精神麻痹、薄弱、失控时,这些思维的沼气就会寻出口而泄出,造成潜伏爆炸的后果。

将言语网罗,取其核心,都是现实的投影。烂醉者不会平白无故向人告白;催眠后吐露的呓语可作为心理治疗的依据;谵妄者的疯言疯语中埋藏了往日的秘密。只要诱导得当,照样可以窥见真相。

我们将床上不断尖叫的老人扶到木椅上坐定,他身上散发着一股酸腐味,双脚凝血黑紫,脸上遍布老年斑,身上几乎无肉,透出骨骼的轮廓,种种迹象都表明死期将至。何年站起,蝙蝠文身隐没,老人像是忘记前一刻所见,彻底安静下来,眼神空洞地看着大门。

作为与付岩失联多年的父亲,为何看到蝙蝠文身会触发恐慌情绪,并喊出"女巫"的称谓?将这些疑点串联,很难不引起重视。取得奶奶的同意后,我决定试着与老人展开对话,以此检验他的反应究竟只是出于幻觉的巧合,还是确实掌握与伏翼教相关的事实。奶奶疑虑老伴现在神志不清,说的话是否能信,我向她点点头,并请她和何年、唐音离开起居室,给我留出对话的空间。

"爷爷。"我拉了一张椅子,在老人对面坐下,试探叫他。

他眼睛的焦点收回,看向我,身体向前做出辨认状,喃喃道:"老八?"

"您还好吗?"我对号入座。

"时日无多啊。"他指着我说,"你知道我要死了,来见我一面,有良心。"

"女巫是谁啊?"我问。

"你在我面前装傻?不是说把事带进棺材,祸不及后代?"

"我忘记了。"

"你在放屁！就你最狡猾。"

"你儿子孙岩呢？怎么没见他呀？"

"我跟你说，以前做的那些事我后来想想，觉得不对，你看，这不遭报应了吗？"

"遭什么报应？"

"儿子啊，痛恨我，比我早死。"

"那应该怎么办啊？做错事了。"

"什么怎么办？他们又出来了，没人压得住了。"

"他们是谁啊？"

"你还装傻？女巫啊！当年咱们八兄弟，正义之师！把他们都埋了，你想置身事外？想得美！"

"哎呀，想起来了，番禺！伏翼教！一个不留。"我身体发热，想起从金枝祭室翻到的无头八人旧照。

"别说了，不提了。"老人看了看周围。

"其他兄弟呢？"我试探着。

"你他妈是老糊涂了？忘了立的誓？分散八地，各不往来，断绝纽带，过俗世日子，绝口不提那段往事，提就天打雷劈。他们我哪知道啊。"

"你都这样了，还怕遭天打雷劈啊，天打雷劈不更痛快！"

"你这小子，知道我活腻了。我是活怕了，有时能看到鬼魂，黑魆魆站满整间屋子。"老人痴笑。

"咱们都这样了，还记什么誓言啊，那段往事拿出来说说呗，看还记着多少？你不会忘干净了吧？"我诱导老人往下说。

"你别激我！话是这么说，事不能这么做，咱们临危受命，行走江湖，要讲信誉。守口如瓶知道吧。"

"咱们受什么命啊？"我体内冒汗。

"你再装傻，就给我滚！"老人气急。

"好好好，但现在都什么时代了，你还讲什么江湖。"

老人咂咂嘴，并不回应。

"当年番禺那件事，咱们可是做得干干净净的，你说是不是有漏网之鱼啊？"我改口。

"这不废话吗，人数不可能这么少啊，伏翼的血脉一定还在。"

"那些女巫是不是都留着长发？"我声线颤抖。

"留着长发，还在身上刺伏翼图案。只要有这个图案的，一律格杀勿论。"

"你知不知道，1967年，佛山和广州发生过两起长发女尸命案，现场都有个血方阵，死者身上被割下一块皮，她们会不会就是伏翼教女巫？"

"大意了，大意了，让她们逃跑了。老五的动作太慢了。"老人沉浸在自己的思绪里。

"1967年，佛山、广州等地的长发女巫案，是咱们干的吗？"像是提着千钧之鱼咬住的细丝，绷紧，我极害怕鱼线断开。

"你是谁？"老人看着我。

"我是老八啊。"我随机应变。

"你咋变年轻了？"老人盯着我，"你来这里干吗？"

"来看你。"

"不是说永不再见吗，你把我的话当耳边风？"

"我有事情想问你，问完保证以后不见你。"

"你违反了誓言，必须做出惩罚！"

"好，我自罚，但你先回答我问题。"

"断指后，我回答你。"

"你先回答，1967年，佛山、广州发生的长发女巫命案，是怎么回事？"

"你先断指，我再回答。"

"好。"我左右看了看，发现桌上有一把剪刀，拿过来，张小泉牌，检查刀刃锋利程度，锃锃亮。担心对方涣神，出离语境，要再问到实情恐怕又得费大力气，甚至难再扳回来，断一小截小指的痛苦，能否抵偿一句有关真相的回答？大脑飞速地运转，手指可以再接回来，我下定决心，在老人面前张合剪刀，"好，我断！"

"要咬，"老人看我，"咱们当时说好的，没守誓的人，要把指头放进龙头铡刀里铡，铡刀找不着了，我的嘴当铡刀，把指头放我嘴里，你敢吗？"

我看了看自己的左手，昨晚从高处跳下受伤，正红肿着，又看了看老人缺漏的嘴："你还有力气咬断吗？"

"试试就知。"

我把左手平伸，手腕立刻被另一只手抓住，仿佛铁丝箍绕的触感，我心中一凛。老人下颏上仰，将我的手指抓向自己张开的口中，我吞咽口水，把头扭开。

我的小指感受到湿热的呼吸，这时老人突然放开我的手，哈哈大笑："就你愿意配合我，还是一点没变。"

"1967年，佛山、广州等地发生的长发女巫命案，是咱们干的吗？"我甩了甩手，呼出一口气，快问道。

老人左右看了看。

"房间只有我们两个人，不存在泄露消息的可能，我只不过想验证自己的记忆。"我补充。

老人把身子探前，我也凑近，听到他悄悄说："秘密谋杀夜，有人跑掉了，你知道吧？后面的女巫命案，曝光及没曝光的，肯定有八起，你一定好奇我怎么知道的吧，有个女孩告诉我的，这是八位女巫为我们布下的死阵，当时她们能量微弱，还不是复仇的时机，要等新的女巫首领长大，所以用自己的性命布阵，既是封印，也是契约，八地命案，对应咱们八个弟兄的隐居地，封住那只伏翼，后世成长的女巫要召唤它，就要用到咱们的血，原序原式原地原辰作法。伏翼王再降世，恶魔以常人面貌在人间作乱。"

"女孩，"我心里咯噔一下，"哪个女孩？叫什么名字？"

"我答应为她保守秘密。"老人痴笑。

"咱们都会成为新女巫召灵的祭品吗？"我头皮发麻，以极低的声音转问，像是真的化身老八。

"咱们犯的事，理应咱们自己扛，跟其他人无关。"老人眼睛的焦点逐渐消散，怔怔盯着大门，"血债血还，知道吧。"

"我是老八，你还记得我的原名叫什么吗？"我用手在老人眼前晃。

老人像是一根朽木，一动不动。

3

没想到此行的重点不是付岩，而是他父亲。

老人的资料悉数收在二楼闲置床底的一个木箱中，里面散落着旧书刊、旧报纸、笔记本……都是无关紧要的物件，除了得知他名为"孙泰平"，没有一丝"八兄弟"的踪影，也搜寻不到身世、职业的证明。

我从奶奶口中得知，1967年2月，他们一家三口从广州搬迁，长居佛山。问为何搬离,奶奶说是丈夫泰平的选择,他认为佛山更加宜居。离家前,孙泰平用四面废铁在江边荒地围了个火炉,烧掉很多东西,说"带不走",热气卷动灰烬,往天空浩荡飞升。

"离开广州前,爷爷的工作是什么?"我问。

"就是普通的苦力,去各个码头运货。"奶奶回答。

"刚才爷爷叫我老八,他之前是否有一些很要好的朋友?"我问。

奶奶点头:"何止要好,还是结拜兄弟呢,但搬到佛山后,我就没再见着这些人了。"

"你还记得他们的名字吗?"我问。

奶奶摇头:"泰平说他们都是江湖中人,一律以兄弟代号相称,我也跟他'老二''老三'这样叫。"

"爷爷是老大吗?"我问。

"对,总共八兄弟,他岁数最大。"

"你对这张照片有印象吗?"我把从金枝家拍下的无头八人旧照给奶奶看,我事先放大打印成图片。

"这张照片的人头怎么没了?你怎么有这张照片的?"刚接过照片,奶奶就问。

"找孙岩时,意外翻到了这张照片。"我模糊信息,不顾奶奶脸上的惊讶,接着问,"这里面有泰平爷爷吗?"

奶奶指着左边首位,"这是当年离开广州前,他们八兄弟在越秀公园拍的合照,站位是根据岁数排的,第一位是泰平,最后一位就是老八。但印象中这张照片好像没有洗出来,只是每个人留着一张底片。"

"底片还在吗?"我手心握紧,伤口有刺痛感。

"应该不在了，有关广州的一切后来都被泰平处理掉了。"

"包括拍照时身穿的中山装，"我移近奶奶身侧，指着照片中男子衣袋，"以及这支钢笔，都丢弃了吗？"

"中山装也烧掉了，"奶奶像是想起什么，直起身子，"钢笔还留着，就在书桌上的笔筒中。"

这是一支老款式的英雄牌钢笔，黑帽黑杆，不同于普遍样式的银笔帽。我拔出笔帽，笔头干涸光亮。"这支笔能借我一下吗？"我问。

"你要就拿走，反正放在家里也用不着。这支笔是当时工厂奖励给泰平的，他们八兄弟同属一个小组，每人都有一支，还配有一瓶墨水，但这么久了，墨水早蒸发了，剩个空瓶，前段时间我给扔掉了。"

"谢谢。"我把钢笔装进包里，又问，"奶奶，假如我给你看其余七兄弟的照片，你还能认出他们来吗？"

"如果是年轻时的照片，我应该认得出来。"

我又拿出昨晚拍下的几张照片给奶奶辨认。破碎黄金皇冠，她摇摇头。八点方阵，她没有印象。除付岩外其余蝙蝠邪术的受害者照片，她表示都不认识。

"这个女孩呢？"我把从金枝的诡异家庭相册拍下来、身穿护士服的陌生女子照片拿给奶奶看。何年和唐音也凑过来。

"我知道她是谁。"在奶奶还在辨认时，唐音先开口道。

"谁？"我看向唐音。

"付岩老师的女儿。"

4

在我的狗仔生涯中，曾接过一单案子。一位退休的黑帮大佬说他近来感觉被人跟踪，经我查验，确有其事。线人查了两个跟踪者的底细，不仅案底累累，还都是毒虫。只要给的价钱够高，毒虫什么事都干得出来，再综合他们的行为，我判定他们要下杀手。幕后主使很谨慎，从不跟杀手碰面，想必是通信联系，要揪出他是个难题，毕竟大佬年轻时攒下的仇人就有一箩筐，难以排查。后来没办法，我让大佬放风，说要去东莞谈生意，我事先在东莞一个小村物色了一条街，雇了几个帮手，找了几辆旧车，假扮香港剧组，给村主任塞了个红包，说我们想在这条街道拍一场车祸戏，只占用一晚时间，签了保密协议，封一小时路。当天傍晚，那条街道发生了一起重大车祸，大佬当场"死亡"，伪造的资讯即时传到香港，我静等反应。

毒虫没诚信，只要目标死亡，他们一定会向雇主邀功。雇主收到大佬死亡的消息，又在杀手那边得到确认，难免会松懈下来，庆祝一番。大佬"死亡"当晚，我就逮到了幕后主使，让我没想到的是，这个人居然是大佬的妻子——我们最先排除的人选。

之所以会排除，是因为她一没有婚外情的迹象，二没有争夺遗产的动机，三虽然她比大佬年轻20岁，但两人一直恩爱有加。最后事实揭露，她有一段短期发展起来、极隐蔽的婚外情。对象是她曾经的学长，两人在同学会上相遇，发生一夜情。女人知道大佬重名声，不可能跟她离婚，处理不好，还可能祸及学长，因此她在酒店房间当场做出谋杀丈夫的决定。更让我惊讶的是，事发后，女人试图把罪名全揽下来。

我不解，为什么一个人会为了一场萍水相逢的感情，甘愿冒这么大的风险。纵使两人在学生时代有过感情，单单因为一场一夜情，也不足以构成推翻安稳生活的力量。叶枫为我解析：

"你可以小瞧爱情，但不可以小瞧崇拜。这个雇凶杀人案，决定性的要素，不在于大佬的妻子，而是她爱慕的学长。大学时期，他是乐队主唱，他翻唱的歌曲，崇拜的歌星，你都可以在大佬家悉数找到作品。可以想像，学生时代的女孩极仰慕学长。多年之后的同学会再遇学长，他仍光彩熠熠，并且重要的是，这次他不像学生时代一样忽略她，他向她靠近，跟她开房，在酒店里表达了想要与她一起生活的意愿，这对女人波澜不惊的生活，无异于投入了一颗炸弹，她被炸得心驰神往，跟情人当场商定了杀夫的计划。你可以认定那个渣男学长动机不纯，为的是她丈夫的财产。但女人的动机绝对是为了未来能跟学长一起生活。喜欢、爱这样的情感，会让她一次次冒险跟学长偷情，但只有崇拜，会让她陷入一次，就甘愿为对方犯罪。只要对方愿意向她靠近一步，剩下的九十九步，她会自动走完。"

叶枫这番话，对我不啻醍醐灌顶。我问他为什么对感情理解得这么透彻。

"不是对感情，而是对崇拜理解透彻。曼森家族缔造的那场世纪命案中，三位实施谋杀的曼森女教徒，声称是自己犯下的罪行，跟曼森无关。她们把曼森当神一样崇拜。你崇拜一个人，如果这个人触手可及，你是愿意为他做一切事情的。"

那时我不知道，叶枫所说的"崇拜一个人"并非虚指，他心里有实实在在的人选：夏瑶。后来他也真的为夏瑶犯下了杀人的罪行。日后每想到这点，我就不禁唏嘘。

回到唐音身上，研究生期间，她受过付岩的关照，做过付岩的助手，曾跟付岩同游。仅仅因为这些普通的师生情，毕业后的唐音就会不顾一切地寻找无故消失的老师，并且找到了他从未声张的老家，这在我看来，欠缺一个站得住脚的内情。

我留意到她的说辞,"我很崇拜老师"。崇拜一个人,就是将自己降为低位者,坐在台下仰望对方。当一位低位者说自己崇拜身边的"上司""教练""老师"时,几乎都暗藏另一种可能:她爱对方。如果对方一直跟她保持距离,这种感情就止步于崇拜。如果崇拜的对象一旦迈出暧昧的第一步,那么当事人十有八九会沦陷,更不消说,唐音本来就有恋父情结——从她幼年丧父,与领导展开婚外情也可窥见一二。

所以,我断定唐音与付岩之间,存在一段隐蔽、深刻,甚至扭曲的故事。只有这样的情感基础,才会生发出强烈的能量,驱动她独自找至付岩老家。她不跟何年说,必定有自己的理由,而我的重点是来到付岩老家调查,目的已实现,有关付岩的隐私自然没有打探的必要。

直到唐音辨认出照片中女孩的身份,我发现我还是没办法避开她与老师的故事。

"付岩跟你说的?"我直视她。

唐音点头,一脸无辜:"对,老师给我看过她的照片。"

"可以的话,麻烦将你与付岩的故事说出来。"一时情急,我还是说出口。

"有什么我都跟何年姐说了啊。"唐音现出慌张,看向何年,露出求助姿态。

"我认为付岩不会将自己女儿的照片随便透露给别人,除非你们的感情发展到了某种地步。"不得已,我使出撒手锏,"所以,麻烦说出所有实情,这个很重要,时间不多了。如果你也想了解付岩老师真正的死因。"

我把冰柜中倒置的干尸照片,翻转,拿给唐音看。"这是不是曾经指导过你的付岩老师?他并不是自然死亡。"我说。

唐音被惊吓到，哭了出来。

何年夺过我手中的照片，将我拉出屋外，怒气冲冲地问："你怎么回事，唐音不是工具、犯人，她不是你的线人，不是你的助手，你没有权利恐吓她，要求她说不想说的事情！"何年一字一顿，"不要！在她身上！用这种逼诱的手段！"

我想反驳，我想说徐浪处境危险，我想说有个无辜的人即将死去，我想说我要为叶枫报仇，我想说只剩两天时间，我想说付璧安必须受到惩罚，我还想对何年说我想尽力消除你的梦魇。但我一个字都说不出口。何年说得对，哪怕我有成千上万个正义的理由，也不能以此要挟唐音说她不想说的话。我低着头，看着脏兮兮的裤子，昨晚从楼上跳落时磕伤，今天连轴赶到佛山，牛仔裤还没来得及换，膝盖处磨损严重，渗出斑斑血迹。我感到一点委屈，感到累。

"对不起。"我呼出一口气，对何年和站在她身后的唐音说，朝屋里的奶奶微微躬身，往停车位走去。

摇下车窗，我在车内点烟，一根烟抽完，她们俩回来，何年拉开后门，坐了进去。

透过车内的后视镜，我看到唐音眼眶通红，但神情已恢复如常。何年拍了拍她的肩膀，唐音点了点头。

"你觉得我像不像她？"身后的唐音说话，声音向着我。

"啊？"我转身，"像谁？"

"我像不像付岩老师的女儿？"

"并不像。"我如实说道，"但我确实觉得她有点像我见过的哪个人。"

"像香港一位歌手，对不对？"唐音解答了我的困惑，接着说道，"我也觉得自己不像，我没她好看，但付老师说我像。"

5

2008年9月,付岩成为唐音的研究生导师,他50岁,戴着一顶黑色毡帽,穿黑色风衣,立冬后,会围上一条灰色围巾,气度不凡。越严肃、言简意赅,越威严。在唐音眼中,威严等同于魅力,她把对导师的仰慕过渡到爱,只用了两个月时间。

"恐怕我比你父亲还大。"得知唐音的心意后,付岩惊讶道。

唐音轻易不爱人,一旦爱上就甘愿做飞蛾,她甜美的外表下,流动着暴烈的血液。她希求禁忌的爱恋,只因禁忌能带来更纯粹的假象,填补她成长的缺漏。唐音声音微颤地对付岩说:"那可不可以做我的父亲?"

她跟付岩同游广州的北京路,在熙攘的街头挽付岩的手,为付岩拍照,付岩有久违的欢欣。他们找了一家宾馆,只需登记一人身份,唐音入住后,付岩再循门号而去。

在房间里,付岩看着唐音的脸,说的第一句话是"你真的很像我的女儿"。丝毫没有猥琐之态,反而带着谦卑。他请求唐音把自己交给他。唐音点头。

后来他们频繁密会,一前一后进入宾馆房间,皆只登记唐音的身份。唐音把自己"交"给付岩,她脱光衣服,毫无保留,但他们没有做过一次爱。

付岩给唐音洗澡,让赤裸的女孩站在浴室中。他手握花洒,细致地用水花喷射靓丽的躯体,蒸汽充满狭长的空间,付岩用新的白毛巾,轻轻擦拭唐音每一寸肌肤上的每一颗水珠,犹如她是一樽易碎的陶器。付岩的举止和神情没有色情意味,他的眼中盈满泪水,好像突破情欲之云,抵达了清明辽阔的宗教之境,透着一种没有回声的虚无。

付岩牵着唐音的手,让她站立在拉上窗帘的房间中,从包中拿出一件折叠整齐的红布,展开,是大衣的样式,他为唐音披上,让她坐在椅子上。又给她戴上一顶漆金的塑料皇冠。之后直直跪在女孩的面前。第一次时,唐音惊异,站起,付岩慌张如饥饿者,"求求你,别动"。唐音狐疑坐下,付岩用右手举起她的左手,吻她手背,口中喃喃道:"我的女王,我已做好了服侍您的准备,请您呼应我。"再拿唐音的手放在自己的头顶上,让唐音抚摸。

之后付岩在唐音怀中长长久久地哭,变成真正的老人。起初唐音以为,这是付岩特殊的性癖。2009年6月13日,付岩跟唐音说,"今天是我女儿的忌日。八年前的今天,她离开了我们。年纪跟你现在一样,24岁"。

"一直以来,你都把我当作你的女儿吗?"唐音感到失落。

付岩点头。

"为什么这样做?给我洗澡,穿红衣,戴皇冠,跪拜亲我,让我摸你的头,还说那种奇怪的话。"唐音挑衅,"这能让你有性高潮吗?"

"唐唐,不能这么说。"付岩说,"我对女儿没有半点非分之想。"

"那为什么这么做?"唐音又问。

"因为,"付岩停顿,"如果女儿现在还活着,我就应该这么做。我难以接受她已经不在的事实。"

"我一直在充当你女儿的替身吗?"

"在房间里面是。"

"你没有爱过我?"

"跟你在一起,我感到开心。"

"可不可以给我看看她的照片？"

付岩翻开钱包，从侧袋里面拿出一张彩色小照，一位穿白T恤、绑丸子头的女孩站在白绿相间的马赛克墙前，露齿微笑。除跟唐音同是鹅蛋脸型之外，五官并不相像。

"她叫什么名字？"唐音问。

"付仪，仪式的仪。"付岩答。

"她遭遇意外了吗？"

"对外是这么说。"付岩看着唐音，像是鼓足勇气才开口，"实际上是自杀。"

"为什么？"

"或许她没有做好接受自己命运的准备。"付岩喃喃地说，"我们等待了很久，她本该是指引我们的新王。"

"什么？"唐音听不懂付岩说的话。

"唐唐，我们之间的事，包括我跟你说的这些话，答应我，永远不向第三人声张。"付岩回过神来，嘱咐道，"如果你违反，老师我就不得好死。"

唐音吃惊，在付岩的震慑下，最终还是发了誓。

6

太平洋的风往北吹，滋润了潮汕三市的花木。一点点放大地图，可以看到潮州的文祠镇坐落在郁郁的绿色中，绿林上偶尔笼有一团白雾，卫星拍摄时刻，那块地方或许正在降雨。文祠镇一年有超过三分之一的天数在下雨。六天前，徐浪开车抵达这里时，一场小雨刚过，天仍阴，地面积水，空气湿度87%。他好不容易找到家奶茶店，点了杯热咖啡，喝一口，吐回杯中，把全是奶精冲兑的饮料扔进垃圾桶，靠着不断抽烟抵御寒意。

水汽氤氲，文祠镇周围铺天盖地的绿植中，分布着人工种植的橄榄、枇杷和杨梅。收获的季节，镇中唯一一条大路被超载的卡车一遍遍轧过，水泥路面日久裂开塌陷，缝隙又淋上黑色沥青。从车内向前望去，路像是被缝补过。经由这条"缝补"路，颠簸着往北行驶500米，即可见到一座独栋三层青瓦楼房，那就是谢宁山目前的居所。

3月的村镇冷清，徐浪的监视不好进行，只能在谢宁山家前庭后院的街角旮旯藏摄像头，每天趁着夜幕回收，再回到宾馆内回放录像。这家宾馆是文祠镇方圆5公里内唯一一家宾馆，距离监视地有十分钟车程，私人自建，四层楼高，共36间房。徐浪的房间门牌是302。

昨晚我得知徐浪行踪暴露后，通知他赶紧撤离。挂掉电话后，他抽了一根烟，收拾好行李，把枕头塞进被中，制造有人睡觉的假象。下楼，出门，在车内换了身衣服，把头发扎条小辫，给杨队打了个电话。因为住客少，等公寓前台人员换班后，用另一张身份证新开一间房，他重新开了312房。

312房在三楼走道最里边，与302房斜对，之间隔着两间房。如果谢宁山在这两天下手，有没有反败为胜的机会？徐浪在门边窗口藏入隐蔽摄像头，对着过道，沿着墙沿埋线，通过地毯遮掩连入312房内，静候谢宁山前来。

谢宁山曾经在汕头的宾馆中对我们设伏，这次徐浪会在监视器里看到什么？——深夜，有人驻足302房前，以技术或暴力手段潜进，用消音枪朝被子下睡觉的人射击，再翻检，发现被设局后，果断逃跑，但这时已经来不及了，因为宾馆外的路边间隔停放的三辆车里，坐着六位便衣警察。只要楼上的徐浪一声通知，这人就没有逃离的可能。

杨队就是六位便衣警察之一。自惠州船厂姜荣命案侦破以来，他一直暗中配合我们，提前联系了潮州文祠镇派出所的同事，说蝙蝠命案的幕后主使这几天将在本地活动。为避免打草惊蛇，他们秘密合作，争取将其一网打尽。

我打电话给徐浪时是下午5点41分，他正在监视器前打盹。昨晚一夜没睡，睁着眼睛监视过道，并没有发现可疑人员。

"你现在在哪儿？"我问。

"原先住的宾馆内的另一间房。"徐浪把他的埋伏计划简明扼要地告知我。

"昨晚我的搜查行动出了意外，有人报警，付璧安知道了，估计会更改计划。"我说。

"什么计划都应付得来，杨队他们在楼下埋伏。"徐浪说，"总之3月20日晚上的行动，还有犯罪地点，他应该不会更改。"

"你那边的监视有收获吗？"我问。

"老样子，房子里只有谢宁山和儿子谢彬，谢宁山偶尔出门买菜，小孩在后院跟猫玩耍，我偷偷检查过他们的垃圾，从食物残渣判断，确实只有两人的分量，怎么看都太正常了。"徐浪转问，"你那边呢？"

"收获很大，"我直言，"1967年前后发生在南方各地的长发女尸命案，死者都是伏翼教女巫。"

"原来她们死前不挣扎不抵抗，都是自愿赴死？"徐浪猜测。

"对，自愿死亡，但高处捆绑，倒吊，割喉，不可能是自杀，所以应该有个执行人在帮她们死。这个执行人身份不知，但一定也是伏翼教成员之一。"

"死者身上缺失的长方形状皮肤呢？"

"想想各蝙蝠组织成员身上不同部位的蝙蝠文身，"我提示，

"同样地,这些女巫身上缺失的皮肤位于不同部位,因为上面有蝙蝠刺青,割掉刺青,相当于抹去命案与伏翼教的联系。"

"自愿赴死,却又掩盖掉系列命案与教派的关联,目的是啥?"

"八个女巫分布八地,接连主动赴死,是为了布下封灵之阵。"我答。

番禺的伏翼教成员是被孙泰平为首的秘密组织谋杀。这个组织由结拜的八兄弟组成,八人表面上各有社会身份,但秘密任务似乎是暗杀伏翼教团体。事发之后,为了让凶案无从溯源,整个团体拆散,八兄弟分散南方八地,金盆洗手,焚毁档案,低调隐居,不提旧事,不再会面。

当时的伏翼教首领死亡,但血脉并未断绝,其手下带着首领后裔潜逃。因后裔是幼女,不具有成为伏翼教新首领的资质,所以需要将奉祀的伏翼王封印起来,等时机成熟再行召唤术,让神灵重归肉身。

如同用钥匙开锁。八点方阵就是那把钥匙。1967年,潜逃的伏翼教残党获知八兄弟行踪,她们在八兄弟各自的定居地,以八女巫的性命献祭,施行封灵邪术。

选择荒地,有现行废屋最佳,没有则自己建造。四面围杉木,盖顶,上空架木梁,在屋中央土地上凿八点方阵,用以汇血。用一长一短两段圆木相交捆成十字架,等死辰到,女巫以"十"字身姿贴合身后十字架,由一位执行人用绳分别捆住手脚腕,再用另一根麻绳梭穿进十字架脚钻好的圆洞中,打结,绳子另一端抛过屋中木梁,以房梁为轴,将十字架拉升至悬空,直到女巫的长发离地一米左右,之后将绳端绑牢,倒置的人体张开的双手随风微旋。

女巫的脖颈离地两米,微微高过执行人身高。执行人把竹梯架在房梁上,先用小刀割除女巫身上的伏翼刺青,之后再将刀向女巫脖中一抹,下手精准,鲜血随着长发滴落在地面的八点方阵中。

"八个地方,八位女巫,同一套手法,没有纰漏。这就是伏翼教残党所谓的封灵邪术。"我向徐浪总结道,"后世要重新召唤出伏翼王,则需要在原命案地,遵循死亡顺序和时辰,以同样的方式,杀害八位流有八兄弟血液的男性后代。她们认定,这个仪式完成之后,伏翼王就会降世。"

"也就是说,詹世安、张子宏、黎诚知、白丹、姜荣,他们之间存在的隐蔽共性,是他们的先辈。"徐浪说,"你所说的'八兄弟'。"

"对。再加上一个付岩,他父亲孙泰平是'八兄弟'团体中的老大。蝙蝠组织的受害者都是曾经杀害伏翼教成员的八兄弟组织的后代,但这些后代是无辜的,他们并不知情,只因血液中带有所谓的原罪。"我说。

"八兄弟的后代对应八女巫,对应八点方阵。"徐浪说,"目前已经出现六位受害者,还有两位受害者未知。3月20日晚上,第七位受害者将在谢宁山房子里被付璧安杀掉。"

"准确地说,是被付璧安的母亲以邪术的手法杀掉。"我纠正,"付璧安的任务只是为母亲寻找、捕获这些'祭品'。"

"也就是说,当年的谋杀事件,逃跑的女巫首领后代是付璧安的母亲。"

"对,名字叫金枝,因为是'付'姓,可推理出她有个隐藏的全名,付金枝。"我说。

"为何她要等到现在才下手？"徐浪问，"我的意思是，她现在已经老了。"

"她是迫不得已，付金枝原本的计划是，培养自己的女儿成为伏翼教新的首领，但是女儿最后自杀了，降灵的身躯不复存在，而付金枝可能已经丧失了生育能力，或者没时间重新培养一个新女儿成年，不得已，只能自己上阵施行邪术。"

"她还有一个女儿？"徐浪惊讶。

"对，她对这个女儿寄予厚望，给女儿起了'伏翼'的谐音名，付仪。"我说。

"付岩的父亲，孙泰平是杀害伏翼教成员的老大，但付岩本身却是伏翼教徒。"徐浪琢磨。

"付岩并不清楚他父亲所为，利用这个盲区，付金枝给付岩洗脑，让他成为虔诚的教徒，他会为了'使命'自动献身，少了很多犯罪可能触发的风险。"

"我们第一次调查谢宁山时，看过他儿子谢彬的作文。"徐浪突然转移对象，"你有没有印象，有篇作文写超级英雄，谢彬写了蝙蝠侠，那个描述现在想想不太正常，我记得你当时还拍了照片。"

"等等，"我意识到徐浪话中的用意，把手机打开扬声器，点开相册，一张张翻找，终于找到了那篇作文，复述出那段不同寻常的描述："……看了动画片，我很喜欢蝙蝠侠，爸爸跟我说，蝙蝠侠将在这个世界上选出八个男徒弟，爸爸问我，如果未来某一天，蝙蝠侠找到我，让我成为他的徒弟，帮助他，创造新世界，我答不答应？我想都没想就点头了。"

"蝙蝠侠""八个""男徒弟""未来某一天""创造新世界""点头"，当时看只觉得是童言童语，如今推理出真相后再读，我冒出一身冷汗。

"这些天监视谢宁山的居所没有疑点,没有其他人员,毫无进展,原来是陷入盲区了!"徐浪说,"联系伏翼教有招收教徒并让其献身的前例,谢宁山会不会是另外一个付岩?他以儿子谢彬充当召唤仪式的祭品。谢彬极有可能就是下一个受害者!当时在谢宁山家调查时,你拍了相册中很多照片,看看有没有谢宁山父亲、祖父的照片,给孙泰平看看,有没有他兄弟的身影。"

"孙泰平失智了,但他妻子对'八兄弟'的样貌还有印象。"我说。

7

谢宁山童年学过武术,这是我和徐浪早先调查时,从他家相册得知的。当时我拍下了一些认为对后续调查有用的照片,比如谢宁山的潮剧花旦扮相,比如谢宁山与潮剧团员的合影,比如幼年谢宁山的习武记录,比如他的全家福。

跟徐浪通完电话后,我再次来到孙泰平家中,给奶奶辨认照片,让她集中看谢宁山全家福坐中心位置戴眼镜的老人,不出意外是谢宁山的爷爷,如果谢彬是蝙蝠组织选定的下一位受害者,以岁数推算,那么这个老人就是曾经"八兄弟"的成员之一,我尽量隐去提示,问奶奶:"您对里面这些人有印象吗?"

奶奶戴上老花镜,看了一会儿,摇了摇头说:"我不能确定。"

我把手机调亮,教奶奶一张一张翻看。她认真地辨认了许久,终于在一张黑白照片前停下,那是一张幼年谢宁山习武的黑白照片,一个三十多岁的成年男子站在谢宁山身后,指导他动作,看两人样貌,无疑是父子。

"这个人就是老七。"奶奶突然说,"老七身材不高,经常抿着嘴,特别是右手长六指,就是他。"

我看照片中男子,右手拇指上确实多出了一截指头。我以谢宁山的岁数推算六指男子的年纪,发现他现在最多也就六十几岁,但孙泰平今年已经 82 岁,"可是,按照年龄推测,老七不应该跟泰平爷爷岁数相当吗?"我问。

"对啊,老七只比泰平小 4 岁。"

我突然醒悟过来,怪不得是黑白照片,怪不得人物穿着这么有年代感,原来我把里面的小孩当作谢宁山了,自然把大人当成他爸。其实小孩是谢宁山的父亲,指导的大人是谢宁山的爷爷。谢宁山果然是"老七"的后代。

谢彬是下一位受害者。我当即打电话通知徐浪。

"问题是怎么营救?"话筒一端的徐浪吧唧嘴,正在吃饭,"总不能让杨队贸然进去强行把谢彬带走吧。"

"不是 3 月 20 日晚会动手吗?"我说,"在动手之前掐点营救。"

"就怕这期间会出什么娄子。"徐浪说,"感觉事情不会这么简单。"

"还没见到付璧安吗?"我问。

"奇怪,按理说应该今天到的,但今天收回来的摄像头仍然没有外人进入楼房的记录。"

"难不成他改变了计划。"我寻思,"因为我拿走了伏翼教的皇冠。"

"你们现在来潮州,找个酒店住着,我们先不碰面,有备无患。"徐浪说。

我看时间,晚上 7 点 26 分,空气中有葱蒜的香味,"我们大概凌晨两点多到潮州,到时联系。"

厨房支起饭桌。唐音上菜市场买了柱侯鸡和叉烧肉,奶奶煮好了一大锅白粥,炒了盘生菜、鸡蛋,再上一碟咸菜和花生,招呼我们吃饭,神态极日常,好像在招呼晚辈,没有半点客套成分。我饿得不行,又看到都是家常菜肴,胃口大开,咕噜噜连喝两大碗粥。吃完身子冒汗,用手背揩了一下嘴,跟唐音和奶奶道谢和告别,和何年动身前往潮州。

8

时间是2015年3月19日晚上9点25分,位于潮州文祠镇南面高速路旁的宾馆三楼走道出现两位穿深色外套的男子,手中各提着一个长条行李袋,他们一前一后走近302房前,站定。此时坐在312房的徐浪屏住呼吸,静静盯着监视器,又见两人分开,分别走到301房和303房前,用门卡开门,进入,关上,一段时间没动静,时间显示晚上9点36分,301房和303房门开,两人下楼,手中的袋子不见了。

徐浪一下子意识到了问题的严重性,边通知楼下埋伏的杨队"抓住刚刚离开宾馆的两个黑衣人",边跑到303房前敲门,再敲301房门,都没反应。楼道一端走来推着清洁小车的工作人员,徐浪快步上前,直接抢过她手中的万能门卡,刷开301门,不出所料,房间窗帘紧闭,白色棉被洇开两面血斑,被子下的情侣已经中枪死亡。在床头墙上,贴着一个书本大小的炸弹,炸弹中间的时间屏上正在倒计时:还有9分21秒。

这几天每晚7时,徐浪都会到宾馆外的饭店点份外卖,再上楼。他想让杀手看到,自己还住在宾馆。黑衣人一定在楼下暗中监视,确保徐浪没再下楼。如果直接进房动手或许存在失败的可能，但进入302房左右两侧房间，杀掉毫无防备的住客，再在靠近302房的两道墙面安装烈性炸药，定时十分钟爆炸，不仅给自己留出潜逃的时机，房内的人也必死无疑。付璧安警告过谢宁山，不允许失败再次发生。

楼下响起枪声和尖叫，看来围捕行动并不顺利。徐浪再看一眼炸弹屏，倒计时8分19秒，他将手机闹钟定时七分钟后，让保洁人员疏散人群，对方看到床上尸体，大惊失色，哇哇跑下楼，徐浪从清洁车上扯下一条干毛巾，用打火机点火，扔在走道空地上制造烟雾，再砸开消防罩，摁响按钮，房客开门纷纷探头查看，徐浪喊，赶紧撤，大楼起火了！

徐浪通知杨队楼上有定时炸弹，让对方安排部分人手疏散围观者及附近住户。确认三四楼没人后，徐浪看了眼闹钟，还有三分钟。他跑下二楼，走道狼藉，消防铃大响，他快速巡视一遍，确保无人滞留，打开楼梯间，此时还有两分钟闹钟响起，还有三分钟炸弹爆炸。拔腿下楼时，他突然眼角瞥到楼道暗角站着个人影。

反应过来时已经慢了一步，徐浪感到背部疼痛，被后方人踹了一脚，整个人从楼梯翻下，那人顺着扶手下滑，比滚下的徐浪更快到达楼梯平台。徐浪趴向地面时，看到一脚扫来，双臂护头，仍能感到对方脚力强劲，身体受力后翻，背部撞向台阶。还没躺稳，一个右脚跟叩下，徐浪身体翻转，躲过一击，那人右脚顺势站上二级台阶，以脚跟为轴，一个转身后踢，左腿正正踢中徐浪前胸，再伸左手箍定徐浪脖颈，左腿放下站定，屈右膝猛击徐浪腹部，徐浪当场蜷缩，口角滴血。

这时身上的手机闹钟大响，还有一分多钟炸弹就要爆炸，但徐浪毫无还手之力，他被那人抓住头发，往二楼拉扯，感到头皮刺痛。徐浪无力挣脱，任对方摆布，仰着头，看到在脸上用炭笔画着简易蝙蝠妆的谢宁山。他双眉连缀，眉尾上翘，鼻梁深黑，缺牙的口中因为兴奋，不断滴着口水。徐浪算是领教到这个疯子的本领，原来他一早就入住二楼的房间，派手下到三楼设置炸弹只是烟幕弹，真正目的是吸引楼下警力，并趁慌乱时制服徐浪。

徐浪被重新拉上了二楼，身体被谢宁山拽起。徐浪蓄力，右手趁谢宁山不备揍向其左侧太阳穴，对方闪躲，徐浪接着左拳快出，这次击中了谢宁山的肩膀，但也只使对方后退两步。徐浪趁机下楼，衣领又被扯住往上拉，之后背部又被狠踹一脚，整个人再次趴向阶梯，翻滚跌落，头部磕到楼梯栏杆，发出"咣当"一声。徐浪昨晚一夜没睡已经筋疲力尽，又受重击，昏迷过去之际，爆炸声响轰隆隆传来，他最后看到的画面是灰尘扑面，最后的感受是地底震颤。

9

有东西捂住口鼻，徐浪透不过气，使劲蹬腿，惊醒过来。眼前是一双手，那双手松开，徐浪看到手的主人是付璧安。谢宁山站在付璧安身旁，脸上的蝙蝠妆容已卸。一个穿黑色外套的男子背手站立门边，样貌与去宾馆安炸弹的人不同，看样子是另外一位"空白杀手"。角落的沙发上，坐着一位穿着黑色斗篷的老妪，徐浪认出那是付璧安的母亲，付金枝。嘤嘤的啜泣声似有若无，徐浪眨眨眼，盯紧暗处，看到一个光着身子的小孩缩身坐着，小孩是谢彬，他在抖。

抖绝不是因为冷，而是害怕。房间虽说是复式结构，两层打通，空间开阔，但并不湿冷，相反很燥热。就徐浪所见，热源来自分隔摆放的四台电暖器。红光幽幽，窗帘紧闭，房间靠着闪烁的烛光照明，昏黄的路灯光透过窗帘缝隙，外头已是夜幕，从路灯的高度判断，徐浪知道自己被困在谢宁山的青瓦楼二层，他浑身酸疼，双手被塑料扎带捆绑于身后。

"你要感谢你的伙伴郑读，他偷走了我的皇冠，本来我没时间再跟你玩，大可杀了你。"付璧安冷冷俯视着躺倒在地的徐浪。

付金枝站起，走到房间中央，那里摆着一张木椅，木椅旁平放着一副十字桩。

怎么回事？徐浪心想，爆炸才刚发生，今天是3月19日，施邪术日期不是3月20日晚吗？我不可能晕了这么久。"你们要干吗？"徐浪问。

"让你见见仪式的过程。"付璧安笑，俯身，轻声说，"亏你在旁监视这么久，你没想到第七位献身者是谢彬吧。"

徐浪挣扎，扭动身体："不是3月20日动手吗？"

"厉害，你们连日期都知道了。本来确实计划3月20日施行仪式，但你们不是在捣乱吗，我不得不提前进行了。"付璧安停顿，"也难怪你会沦落到这个下场，看来调查并没有很彻底，祭品的献身顺序是必要项，但献身日期并不是，只要排第七，哪个日期献身都可以。"

徐浪还想说话，嘴被黑衣男子用胶带封住。

宾馆爆炸，两位持枪罪犯逃亡，引起大范围动荡，几乎吸引了附近的全部警力。没人会料到，此刻距离爆炸地4公里外的房间即将发生命案。

谢宁山抱起儿子，走向客厅中央。

"儿子，你还想不想成为蝙蝠侠的徒弟了？"谢宁山询问。

谢彬脸上露出惶恐，摇了摇头。

"听爸爸的话，没有事的，不痛啊。"谢宁山将谢彬放在椅子上，"就是手臂打一针，额心点一下，人就睡着了。睡醒后爸爸给你买很多很多的玩具，那时你就是蝙蝠侠的徒弟了，很威风的。"

冷静。徐浪心想，怎么说这些天已经看过无数次监控录像，对这个房子外部的楼体构造、前庭后院、周围路况了如指掌，这些一成不变，无限重复的录像，终于到了发挥作用的时候。自己的空间感不一直都是强项吗，现在是时候好好利用自己卓越的空间思维，还原出青瓦楼的三维图像。

排除杂念，屏蔽干扰。

身处二楼，大门有人防着，强冲胜算极小。楼房有阳台，但阳台窗口安有铁栅栏，不可能跳下。后窗没有栏杆，但有玻璃窗，窗高1米，蜷身能出，但需先开启。每层楼总共有两面后窗，靠近大门的那面，下面是水泥地面，跳下去，非死即残，何况还要救走谢彬，不宜冒险。另一面后窗位置在厨房里，窗下方是不是有一片苗圃？好像栽种了一米多高的庭园灌木。必须百分之百确定，否则这场营救势必失败，自己的命还会搭进去。徐浪闭上眼睛，脑中浮现出立体的青瓦楼图形，借助这几天的录像记忆，聚焦厨房的后窗之下，那里确实栽种着一排灌木，开粉色花，花冠漏斗状，叶片狭长油绿，这个季节还开花的植物？想到了，厨房后窗下确实种着一种南方常见的观赏植物，原产伊朗，流白乳汁，学名Nerium indicum Mill，中文名夹竹桃，潮汕别称状元竹。之所以知道得这么具体，是因为这种植物有剧毒，日常生活中大部分毒物，徐浪留学时都学习过。

从这个窗户跳下，有栽种其下的夹竹桃丛承接，运气好的话只受皮外伤，这是唯一的出路，营救谢彬的唯一办法。

后院有一只猫，谢彬这几天一直在逗它玩，猫全身白色，白中沾灰，毛长，是一只野猫。它进后院，是因为谢彬在角落放了一个装猫粮的铁盆，铁盆旁边就是猫进出的围栏豁口，三角形，谢彬可以从这里爬出。

营救方案成形。

身为开锁高手，徐浪身上备有特制铁丝，他假意在地上挣扎，以此掩饰从裤子暗袋掏出铁丝的动作。铁丝一头极细，徐浪用力刺进绷紧的塑料扎带中，重复三次，双手用力一扯，扎带断开。

"彬彬，拿着这支针管，自己扎进手臂中，听话，爸爸不会骗你的。"谢宁山递给儿子一根细针管，里面有半管红液。

付金枝已经戴上面具，面具通红，狰狞，上面圆形肉块浮肿着，口裂，似遭炼狱之火烧灼过。她在谢彬身侧绕走，口中喃喃不休，"伏翼王，伏翼王……"又踱至一旁，清点红烛。

"我害怕。"谢彬声有哭腔，"我不要打针。"

付璧安与门边背手的男子耳语，男子点头。付璧安手中握着一把大口径的枪支，枪支连着一根长线，长线另一端拧在一樽如灭火器大小的气瓶上，气压制动，射出尖锥，看来前六位受害者就是死于这个武器下。

"听话，把针扎进手臂，爸爸就带你离开。"谢宁山循循善诱，"看着爸爸，爸爸骗过你吗？"

付璧安向谢宁山招手，谢宁山站起，走过去。

他们在门边交头接耳。

就是这个时候！

徐浪向客厅中央狂奔，抱起坐在椅子上光着身子的小孩，冲进厨房，房间四人反应过来时，徐浪已经拉开玻璃窗，没想到外面还有一面固定住的纱窗！徐浪抱紧小孩，背身冲撞纱窗，第一下没撞开，杀手和谢宁山已经出现在厨房门口，第二下撞开裂口，他将怀中小孩的头摁进胸内，用外套遮挡，用身作垫，朝楼下仰倒，闭眼，听天由命。噼里啪啦，夹竹桃丛被下坠的人体压折，徐浪把谢彬推托出枝丛，撕开嘴上胶带快速说："从猫洞出去，喊救命！快！跑！"谢彬听话，赤条条的瘦小身躯一下子钻入后院围栏的三角形豁口，消失不见。

徐浪拨开身侧枝条，后脖被断枝划伤，鲜血淋漓，他挣扎着站起，感到右大腿疼痛，低头一看，被一根尖枝扎穿了。他先扯断树枝，再将其从腿中拔出，瘸着腿跑向围栏边，用手攀上围栏，突然感到后背一阵刺痛，伸手一摸，有血，再爬，"扑哧"，大腿又一痛，他神志迷糊，渐渐体力不支，从围栏掉落下来。

11点半左右，车子正开在惠州境内的沈海高速路上，我接到了杨队的电话，电话背景音一片忙乱，我隐约感觉事情不妙。

"郑读，做好心理准备，青瓦楼死了人。"杨队说道。

我一时无法应对，自责道："还是没能救出谢彬。"

"那小孩送医院了，没事，救出来了。"杨队又说。

"徐浪呢？"我心脏狂跳。

"这边很乱，你们过来再说吧……"

听筒一片忙音。

十六　主角

1

客厅中央八支红烛熄灭，烛下是用血涂绘的八点方阵，方阵中心的木椅上倚着倒十字桩，木桩上捆绑着一具尸体，尸体胸前画着倒五角星的蝙蝠图，额头有致命枪伤，血在木桩脚下聚成血泊。

死者是谢宁山。

从谢宁山脸上凝固的恬静表情看，我认为他是自愿步入死阵的，他是"老七"之孙，符合献祭者条件，因儿子谢彬被徐浪所救，青瓦楼中的预谋败露，警察将至，在此地第二次作法的机会很难再有，付璧安只能对组织的得力成员下手。但死亡对于谢宁山来说，想必等同幸福。

我和何年赶到时，现场已勘测完毕，尸体已搬走。经杨队允许，我进入楼中。房间燥热，有淡淡的血腥气，天花板上悬着一盏吊灯，灯沿有黑斑，我用手电光往上照射，原来有蝙蝠垂挂。

"徐浪就是从这里跳落的。"杨队指着厨房破开的纱窗说道。

窗下正对的枝丛凌乱,有重物下压的痕迹。断开的枝条淌白汁,墨绿枝叶沾有血迹,血脚印步行至围栏,终止。围栏下的地面有拖曳的路线。

"我们在附近找到了这个。"杨队给我看物证照片,一个小玻璃瓶,瓶口有尖针,"徐浪准备翻越围栏时,被麻醉针射中。"

我松了口气,徐浪是被付璧安带走的,伏翼皇冠偷对了,一物抵一人。

"对了,你昨天托我查的关系,我让下属梳理出来了,每位受害者的家庭确实有一位符合你所列条件的长辈。"杨队把一张折叠纸给我。

"谢谢。"

"你那边有什么消息吗?"杨队问我。

我摇头,此时口袋里手机再次震动。

我怕杨队察觉,就说去医院看谢彬,快步回到车里,摁下接听键,听到那个熟悉的声音:"你知道我为什么留着他,要救他的话,现在带皇冠来揭阳保山湖,两小时没到,或者报警,今天中午你会在本地新闻上见到伙伴的尸体。"

"你去医院看谢彬。"挂掉电话,我试图支开何年。

"你呢?"何年问。

"我还有事要办。"我省略信息。

"多一个人,有个照应。"何年坐进副驾驶,催我,"都什么时候了,快点。"

"我要去救徐浪,"因为长途奔波,我身子发虚,手有点抖,两次都没能把安全带的铁扣插入卡槽,"我没把握能回得来。"

何年握住我的手,我无端定住了,只听到她的声音:"郑读,没事的。"她帮我系上安全带,突然抱住我,她的脸颊贴住我脸颊,对我说,"我不会让你一个人去的。"

我点头。启动汽车。

保山湖位于揭阳揭东区云路镇,因地处潮汕三市的交界,加上风景资源得天独厚,于去年被列为广东省重点旅游开发项目,规划面积一万亩,投资50亿元,分三期工程建造国家级景区。如今第一期工程在建,车子可以通过一条新修的山路抵达保山湖。从文祠镇往西南方向开,凌晨时分,我们暗中摸索,山路无人拦截。一小时后,我和何年抵达指定地点。

夜色中的湖面如一块巨大平滑的黑炭闪烁晶亮。手机震动。

"弃车,沿着湖面后的阶梯步行上山。"付璧安指示。

果然如我所料,付璧安之所以选择这里,意图并非换人,只因地处高处,只此一条向上的车道。景区还在建造当中,又是深夜,断不可能有闲杂人等涉足。我有没有报警,后面有没有跟车,高处监视的付璧安一目了然。

沿着人工砌成的阶梯往上爬,半小时后,我们来到付璧安所说的滑索点。滑索设备简陋,在一个突出的平台处搭连了四根钢缆,一对钢缆垂吊一副皮革做成的吊带,吊带间连着安全绳,平台下方垒着沙袋作缓冲,需要一人在后面扳动电动开关,滑索才能运行。

"你乘坐滑索,让何年拉动开关。"付璧安吩咐。

"我在你后面,沿着钢缆方向前行,你试着给我留下标记,我从后面跟着你。"何年低声向我说道。

我坐上吊带,绑上安全绳,前方的索道深入重重雾霭,看不到尽头。转身朝何年点头,何年扳下制动杆,"咔嗒"一声,吊带摇摇晃晃,滑向树丛。

清晨，山林，水雾弥漫，能见度不足5米，滑行十分钟，从周围的树干判别，我的位置接近平地。突然前方的缆道下出现一根横着的粗大树干，眼见要撞上，我赶紧解开安全绳，差一点撞上时跳到右旁枝丫，因惯性没能攀稳，翻落地上。还好是掉落一层树叶的泥地，我并未受伤。空吊带通过树干，向终点荡去。我站起后，本能地掂掂背包，里面装着的东西仍在。

环顾四周，不远处停着一辆铃木太子男式摩托，红色车身，潮汕街头普遍款式。电话响起，付璧安在电话里说道："摩托车头的包内有一台对讲机和一张SIM卡，把卡装入你现在的手机里面，旧卡丢掉，这期间我会试打你的旧号码，一旦接通，我们的交易即告终止。"

"信不信我把皇冠砸掉。"我威胁。

"你尽管试试。"话筒中传来徐浪急促的喘息，显然他正在受苦，但不想在付璧安面前表现脆弱。

"我希望等下见到的人没有受伤。"我咬牙说。

"那就按我说的办！"付璧安吼，"给你的时间不多了！"

拨打我旧卡号码的方式，只能验证我有没有使用旧卡，并不能判断我是否丢掉。周围树丛茂密，我断定无法监视，因此将旧卡藏入袋中。再把新卡装入手机，重新给付璧安打过去。

"现在到新亨火车站，早上6点会有一趟货运列车通过，如果坐不上这趟车，那我们就不用再联系，如果赶上了，我会再给你信息。"付璧安说道。

我看时间，距离6点还有一个小时。"货运车啊，怎么上？"我问。

"你会有办法的。"电话挂断。

新亨火车站与保山湖同在揭阳，两地相距28公里，现在赶过去，半小时能到。那是一个中间站，主要办理客货运业务。轨道周边荒凉，我将摩托停在新亨火车站轨道旁，翻过形同虚设的矮墙，穿过一人多高的荒草，进入铁轨，再往前行走一段，周围是阒静的田野，鸡鸣狗吠回荡。我看了下时间，凌晨5点52分，东边开始泛白，我借助草丛的遮掩，静等火车驶来。

手机适时震动。

"现在拔掉SIM卡，手机扔掉，防止被定位。"付璧安交代，"打开对讲机。"

我把卡拔出。

"请照做，不要试图耍花样。"对讲机里传来声音，"你也知道对讲机的通话机制，我离你很近，在盯着你呢。把手机扔向后面的田埂里。"

我把手机往后用力一掷。

"很好。搭上火车后，大概十分钟，在火车前进方向的右侧，你会看到一个动感地带的广告牌，从那里下车，广告牌附近有一排瓦房，往那里走。我会再用对讲机跟你联系。"

地面颤动，轰隆隆的声响传来，等火车头驶过，我跑出藏身处，攀上两节车厢间隙，站在相连的铁板上。

行驶八分钟后，我正愁呼救无门，突然在我视线的前方出现一位俯身的男子，他身上穿着一件深灰色棉衣，头发蓬乱，在捡轨道间的废品，他身后不远处是一间用帆布作顶的屋子，顶上堆积树叶，屋外搭着一口黑锅——他是一个靠捡轨道废品维生的流浪汉。我跳下火车，跑向他，他看到我，拔腿要跑，我一把抓住。

"听着，你有手机吗？我给你钱！"我把钱包里面的钱全翻出来，快速说道。

他眼神闪躲,不接钱,也不回答。火车隆隆前去。

"求你了,你有手机吗?我有急用,钱全给你。"因焦急,我声带嘶哑。

他摇摇头:"这附近没住人,没有信号,打不了手机。"

"麻烦你,带着这张手机卡,去最近的一个小镇,拿钱跟人借部手机,给这张卡里通讯录的杨队打电话,跟他说,新亨火车站,十分钟车程,动感地带广告牌。"我从口袋掏出旧卡,断断续续说完,"很重要的事,我现在赶着去救人,帮一下忙,感激不尽。"

他看看我,终于点点头。

"这钱拿着。"我把钱和手机卡塞到他手中,复述要点,"通讯录,杨队,新亨火车站十分钟车程,动感地带广告牌。"

火车车尾在前方已经小成一个点,我急速追去。流浪汉喊我,指了指地上躺着的一辆自行车。"你骑去能打电话的地方,快点!"我不做停留,快速奔跑。我已搭乘了8分多钟,货运火车速度不快,离目的地应该不远了,循轨道跑过去来得及。

大概跑了一分多钟,通过一段大约100米的隧道,适应光线后,我看到右前方立着一个巨大的、锈迹斑斑的广告牌,广告上印着褪了色但年轻的周杰伦。

2

2004年,周杰伦发行第五张专辑《七里香》,专辑里面第一首歌《我的地盘》,是为动感地带量身定做的广告曲。早在付璧安无意提到"动感地带"这个富有年代感的词汇时,我就已经留了心眼。广告牌上如今还贴着十年前的广告,说明那是一个被弃置的广告牌。

立广告牌,又是通信广告,说明有人流量。但既然广告10年不更换,也就存在一种可能:如今那地方已经没有人流量。轨道边的流浪汉告诉我,附近用不了手机。曾经做过通信广告的地方,如今却用不了手机,我推测:通信基站有很长一段时间没有维护过,已经报废——我这才意识到,付璧安选择的地点很可能是个荒村。

他今天一直开着车跟着我行动,这期间话筒中传出徐浪的声音,说明徐浪在他车内。等我到了新亨火车站时,他确实在我附近,盯着我扔掉手机,既防止被定位,又杜绝让我察觉没有信号的事实。这样,手机改换对讲机这种近距离通信工具交流,就会形成一种他始终紧跟着我的错觉,让我不敢在轨道行驶的十分钟内轻举妄动,从而实现继续控制我的目的。

实际上,当我搭上火车行进时,他同样需要开车前往荒村,自然无法再沿途跟进,"十分钟""火车右方""动感地带广告牌",提前交代下车地点,也是他无法即时向我反馈信息的佐证。

还有,以付璧安的风格,为了行动不经历波折,他势必会扫清路途中的一切障碍。因此,如果他知道轨道边有这样一位以捡拾废品生活的流浪汉存在,要么打发走对方,要么会提醒我防范。他没有这么做,说明事前他并没有实地考察过轨道的情况,漏掉了这次行动中出现的变数。我清楚,这十分钟的火车路段,他无法对我监控——就算安排了手下跟踪,因为该区域没有信号,付璧安也无法及时获知。基于此,我果断下车,向流浪汉求助,这是唯一的希望。

荒村是付璧安选定的换人地点,无人知晓,无法定位,凭我一人之力入虎穴,几乎不可能全身而退。最坏的结果是皇冠被拿走,我和徐浪被杀害,深山里随便找个地方埋掉,从此下落不明。

除非流浪汉能如我所愿把消息传给杨队。

拨开草丛,我往广告牌下的瓦屋走去。虽杂草丛生,但泥土地上有淡淡的阡陌遗迹,说明这里曾是稻田或菜地。远处瓦屋破旧,屋檐下的荫蔽处有苔痕,没有生活气息。我防范周边,小心前行。这时手中对讲机发出"嘶嘶"的电波声,付璧安的声音传来:"那棵大榕树下有间破庙,通过破庙旁的巷子,就能见到我。"

庙后面是一片空空的埕地,目测比操场还稍大些,是晒稻米及节日祭拜的场所。如今村落荒废,显得尤其空阔。我左手边是一个干涸的溪渠。200米开外处,地上拖曳着一条斜长的黑影,影子上立着一人,因距离远,日光高照,他瘦长而黑,在那人旁边的地上,躺着另一人。我们之间用铁栏竖隔出两条平行道,我站立的地方,画着一条黄色横线。用鞋底踩,油漆还没干。

"你知道的,我是游戏爱好者兼影迷,让你大老远跑来这里,是想跟你玩一场人质交换。"付璧安通过对讲机说话,"旁边的桌子上有个望远镜,看到了吗?拿起来,看看我,看看你的伙伴徐浪,看看周围。"

桌上还放着一辆玩具车,我拿起望远镜,视镜里付璧安向我招手,躺在地上的人是徐浪,他被蒙眼,捆着手脚,脸上有瘀血,裤子有血迹。

付璧安将他扶起来说:"看清楚没,是个大活人。等会他通过你左边的这个围栏道向你走过去,你要做的,是把皇冠从右边围栏道给我递过来,用那辆上发条的玩具车传送。玩具车上发条后会匀速前进,徐浪右腿受伤,走得不快,跟玩具车前进的速度相当,我们会在差不多的时间内拿到自己要的东西,人质交换结束,各自回家。"

"交换之后,我们也很难脱身。"我如实说。

"这场交易能进行下去的前提是,我们都必须认可它是公平的。不然你为什么要来?如果要使诈,我现在就可以对你们下手,何必搞这一出。"付璧安说。

"你身边不是还有一个手下吗?他埋伏在哪儿?"我环顾左右,尽量拖延时间。

"他护送我妈离开了。"付璧安拿出刀子,"别消耗我的耐性,认清你的处境。"

"好。"我说,"怎么开始交换?"

"先验货。"付璧安说,"出示皇冠,按照我的指示来。"

我把皇冠从背包中掏出。

"举起来。慢慢转一圈。"

我照做。皇冠边缘有特定的骨刺,很难仿造,付璧安只需用望远镜验证这个细节,就可知真假。

"没问题,现在你来验货。"付璧安推徐浪站起,拉徐浪转了一个圈,最后问道,"你有问题吗?"

"没问题。"我朝对讲机说话。

"好,现在你拧上发条,测试车子的速度。"付璧安说。

车子确实匀速笔直前行,速度并不快。

"把皇冠放入地上那个带轮子的纸盒里,将盒上的铁丝挂在车尾,再拧紧发条,拧到不能再拧,将车笔直放入栏道。我这边会解开徐浪手脚上的绳子,但仍蒙着眼,保证他不会中途抢走皇冠。然后两边同时放行,我们退到黄线外。交换期间一旦有犯规举动,我就朝徐浪开枪。"付璧安说道。

"你迈出黄线呢?"我大脑很乱,一时找不出付璧安话中的破绽。

"规则是我立的,只针对你。"付璧安说,"我会遵守。"

"开始吧。"我把皇冠放入带轮子的盒中,线连车尾,再举起车子拧发条,直到拧转不动。

付璧安带徐浪到栏道起点,用刀割断他手脚上的绳子,推他前行。

我放下车子。

3

这百分之百是个局,只是我找不到破局的办法,只有寄希望于杨队赶来救命。

徐浪右脚受伤,跟跄前行,大概两分钟后走到了栏道中部。玩具车跟他相交而过,我望付璧安,他站在黄线外,并无动作。我寻思等下接到徐浪后,要怎么应对。我身上藏有刀子,但付璧安有枪,跑为上策。徐浪腿受伤,跑不远,来埝地前我观察过周围的情况,可以拐入巷子,躲进废屋内,以守为攻。

太阳高照,我举起望远镜防范付璧安,他气定神闲。转向徐浪位置,他已走至栏道三分之二处,距离他不远处的地面上,我突然发现有一面井盖,直径将近一米,井盖上铸有"污"字,是污水井,左边的溪渠干涸。

刹那,我的记忆区闪过了魏伯描述过的画面:他的妻子,一天下午回家时,脚踩到一处井盖,掉落井中,被井壁竖立的钢筋刺穿身体,死于伏翼教徒设置的陷阱。而此时,在徐浪前行的路上,就有这样一面井盖。这绝不是巧合。

为什么付璧安选择在这样一个荒村玩这种人质交换的把

戏？为什么选这样一面空阔的埤地，并且特地用围栏隔出两条狭窄的通道？为什么要给徐浪蒙上双眼？为什么不直接杀掉我们拿走东西？

这一切，都是算计！

付璧安要设置一个完美的杀人陷阱。杀人取物过于轻易直接，满足不了心理扭曲、渴求高难度对弈的付璧安对惩罚的要求。他要我参与其中，亲眼看见自己的伙伴掉入坑中，被钢筋刺穿惨死，然后他再拿走皇冠，大笑而去，并不杀我。他要以两场"游戏"，用叶枫和徐浪两条好友的性命，震慑我，让我恐惧他的手段，从此一蹶不振，清楚自己只是他犯罪路上的一颗棋子；或者激起我的怒火，陷入疯狂，与他最后一战。只要徐浪踩中井盖，他的犯罪预谋就能得逞。

我跨出黄线，朝徐浪跑去，大喊："徐浪，站住！"

风吹荒草丛，发出"哗哗"声。远处又有一列火车驶过，车轮撞击铁轨，传来"咣当"声。付璧安在对面发笑，笑声萦绕。我看到他也跨出黄线，往皇冠跑去。

付璧安不仅用布蒙上了徐浪的双眼，同时也一并封住了他的两个耳孔。徐浪听不清我的呼喊，仍向前走。

他离井盖仅两步之遥，我离他有20米之远。徐浪又向前跨出一步，我们之间还有将近10米的距离。徐浪左脚踩向井盖，我飞身向前，眼看井盖从中间裂开，徐浪身子倾斜，我撞向他腰身，将他推远，两人朝旁边的围栏撞去。栏杆倒下，我翻身滚远，脸颊擦地，快速抬头，地面溅下血点。付璧安手中已拿着皇冠，朝我们走来。

一声枪响。

付璧安闻声跑离，坐进车子，驾车远去。我转头一看，溪渠方向跑来一群人,杨队来到我们身旁,其他人追逐付璧安。

4

"何年失踪了。"回程的路上,杨队说打何年的电话提示关机。

我才惊觉付璧安让我独自一人前去荒村,一方面打算让我亲眼看见徐浪惨死,另一方面也是为了支开我,劫走何年。

"事到如今,付璧安被警方追踪,自身难保,他带走何年的目的是什么,他还有心思跟我们玩?"徐浪质疑。我摇头表示不清楚。"你不想正视这个问题,"徐浪说,"但何年仍是他的人。"

"不可能!"我坚定,"这几天我跟她一起,她是什么人我很清楚。"

"那为什么我对谢宁山的监视会露馅,为什么谢宁山能破解我在宾馆设的局?"

"跟何年无关。"我说道。

"好,我同意,跟她无关。"徐浪举手,示意话题终结,"我们追查到现在,基本把付璧安和蝙蝠组织赶到末路了,他现在是过街老鼠,没什么能耐了,接下来的事情,就交给杨队他们来负责,我累了,我退出。"

"徐浪,你是认真的吗?"我认真看徐浪,"何年跟我们是一伙的。"

"跟你是搭档,跟我不是,我一直对她有所防范,让她进来,是在等她露出狐狸尾巴。"

"相信我,她真的是好人。"我说,"我们必须救她。"

"怎么救?"徐浪看我,"你以为我们会一直这么好运吗?这么多次死里逃生,你还把自己当主角了?已经出现七个受害者了,到最后关头,为了完成邪术,付璧安只会更疯狂,我们是正常人，对抗不了一个疯子的，犯不着。"

我沉默。树影透过行驶中的车窗，在我腹部投下转瞬即逝的光斑。那里有血点，是从付金枝家阳台跳落时，被皇冠上的骨刺扎到的。

"你刚才说什么？"我忽然抬头。

"接下来让杨队他们去部署救援和抓捕行动，我们排不上，也犯不着跟一个疯子对抗。"徐浪以为我找碴，复述道。

"不是，那句我是主角的？"我问。

徐浪眉头皱起说道："别因为前面自己运气好，多次死里逃生，就把自己当成主角了，这不是电影。"

我浑身激起鸡皮疙瘩，非常意外地想到了偷走皇冠的那天晚上付璧安打电话时说的那句话"派人把他（徐浪）干掉"。我终于找到这句话的关键所在，各个单独的疑团串联，所有事情的来龙去脉形成闭环，最核心的真相呼之欲出。

"杨队，麻烦在前面的路口停车，我们在这儿下车。"我说道。

"干吗？"徐浪问我。

"做主角应该做的事。"

5

几乎所有悬疑作家，都会在创作中遭遇这样一个难题：主角走到哪，哪里就发生凶杀案。不管处境多危险，人物只要自带主角光环，最终都会化险为夷。

徐浪说我"把自己当成主角"，但我们身处现实。如果问现实与虚构作品最大的差异是什么，我会回答：现实不会存在这么多好运——哪怕你身怀绝技，遇害的概率同样很大。

那为什么从调查蝙蝠命案开始，自调查广州詹世安失踪起，我和徐浪遇到那么多次凶险,最后都安然无事?付璧安向所有手下,包括何年所传达的命令都是将我们"带走""囚禁",而不是"杀掉",可为什么当付璧安得知徐浪是单独行动后,果断下达暗杀指令——"把他干掉",而不是"将他带走"?

答案或许非常简单:我是被付璧安选定的蝙蝠系列命案中的第八位献身者。我必须遵照他的邪术顺序死亡。

将之前遭遇的袭击事件串联起来,可见端倪:

第一次,广州詹世安命案,诱骗我和徐浪到广州烂尾楼调查,蒙面人刀佬凿空地板,在下层设置电网陷阱。

第二次,汕头出租屋女孩命案,在何年工作大厦的厕所内,杀手一开始打算从身后将我迷晕。

第三次,汕头厕所一役致我脖子裂口缝针,住院期间,何年照顾我,是为了执行付璧安的指示:把我弄昏迷带走。

第四次,谢宁山伪装成谢远岭,随我们到汕头宾馆,趁我们外出调查时连同两位杀手埋伏房内。

第五次,在香港的婚礼上,付璧安在酒中下迷药,对我们注射延时毒剂。

第六次,惠州船厂中,包康带领手下围捕我们。

六次事件,看似生死一线,但如果真要下杀手,对方占据优势地位,完全有更利索的办法置我们于死地。因此,可以看出,付璧安不是奔着让我死的。他真正的目的,是为了活捉我。

刀佬设置电网,是为了将我和徐浪电晕,然后带走;杀手在厕所内从背后袭击,他第一步是打算用沾麻药的布捂住我的口鼻,被我挡开后,才顺势用钢丝勒我脖颈;付璧安交代何年在汕头接近我们时,说的是"找个机会把艾滋病传染给他们",并非"杀死他们";虽然汕头宾馆内,杀手开枪,但对准的是徐浪,事后我追谢宁山到小巷，结果被他打至瘫软，在胜负已定的情况下，谢宁山却用塑料扎带捆住我的双手——他意图将我掳走；在我们进入惠州船厂调查时，包康交代手下对我们袭击时说的是"把他们囚禁起来"。

我们参加付璧安在香港举办的婚礼，在酒店他对我们注射的"延时毒剂"，很可能只是正常的葡萄糖液。我们用了五天时间，找到的那两罐红液"解药"，其实才是他真正的目的——为了让我们自行注射"解药"。那时我还不知道，我已经被付璧安巧妙地"活捉"了。

在前七位受害者的手臂上，无一例外都有一个针眼。他们死前，可能都注射过这样一管红液。潮州青瓦楼内，谢彬献身前，谢宁山苦口婆心让儿子往手臂上注射一针，针管里面的鲜红液体，应该就是伏翼血，即吸血蝠之血。将伏翼教血统注入体内，实现"清洗原罪，融血同化"，以表献祭者身份。而自行注射，如同与伏翼王签订协议：我自愿成为献身者。

大多数献祭仪式中，最重要的一点，就是献祭者自愿原则。1967 年，八女巫以性命接连在南方八地布阵封灵，皆为自愿。伏翼族谱中亦有"精诚所至，金石为开"的记载：献祭者临死前喝伏翼血一碗，以表子民身份。召唤伏翼王仪式，自然需要经过这一套"融血"程序，只不过"喝血"改成了"注血"。

第一位及第七位受害者，付岩和谢宁山，他们本身就是伏翼教徒，已被洗脑，他们自愿注血。

第二位受害者詹世安，因车祸导致儿子意外死亡，又下半身瘫痪，日久厌世，被付璧安轻易唤出死心。如果付璧安答应帮他死，但是死前需要他在手臂上注血，他也会乖乖听话。

第三位受害者张子宏，毒虫，只要囚禁他，等他毒瘾发作时给他一针,他会迫不及待注射进身体。

第四位受害者黎诚知,贫困者,为了给爱女筹一笔留学费用,他参与了陈桦兴的实验项目,如果告知其红液为实验用药,他也会冒险注射。

第五位受害者白丹,王贵标只要在他面前以母亲王蝶性命胁迫,作为一个孩子,也很容易屈服。

第六位受害者姜荣,死前他已被囚禁多时,神志昏迷,一心求死,将一管装满红液的细针递给他:注射进体内,即可解脱,他定会照做。

让我自动注射伏翼血液,是个难题。付璧安一开始采取"活捉"的办法,活捉后,可以利用同伴徐浪威胁,或者囚禁折磨我。但活捉的办法并不奏效,他另辟蹊径,引我们近身,玩一场解谜游戏,将"血液"包装成"解药",成功让我自愿注入身体。等到第七位受害者"献身"之后,再将我以邪术仪式杀害,召唤伏翼王的仪式即告完成。这就是付璧安最后还抓走何年的原因。他知道我在乎何年。以何年为饵,我一定会前去最后一个命案地点,去"送死"。

"这个结论挺精彩。"徐浪说,"看来你已经找到验证自己是'主角'的办法了。"

6

一切要从"八兄弟"团体开始说起。杀害伏翼教成员之后,"八兄弟"分散南方八地,金盆洗手,退隐世俗。1967年,伏翼教潜逃余党发现八人踪迹,在他们的隐居地布下封灵死阵——长发女尸系列命案。

现今,召灵仪式时机成熟,付璧安创立蝙蝠组织,安排手下分布南方八地，暗中找寻"八兄弟"的男性后代。定位受害者之后，再分别找出他们的弱点，将其控制，之后遵循长发女尸命案的死亡顺序，由付璧安和付金枝开展邪术仪式。

第一宗命案，"献身者"为佛山的付（孙）岩，系"八兄弟"中老大之子。

第二宗命案，"献身者"为广州的詹世安，系"八兄弟"中老二之孙。

第三宗命案，"献身者"为汕头的张子宏，系"八兄弟"中老三之孙。

第四宗命案，"献身者"为香港的黎诚知，系"八兄弟"中老四之子。

第五宗命案，"献身者"为梅州的白丹，系"八兄弟"中老五之曾外孙。

第六宗命案，"献身者"为惠州的姜荣，系"八兄弟"中老六之外孙。

第七宗命案，"献身者"为潮州的谢宁山，系"八兄弟"中老七之孙。

"八兄弟"是由广州分散，皆有不能提及的过往，手沾过血，身怀绝技，还可从中提炼出一些特征，比如对身世缄默，会粤语，因隐藏身份而显得老实本分，心气清高，朋友较少，对一些专业技能如数家珍，有时会无意显露出来。将查案的触角探回自己身上，很容易就能发现，我外公就是这样一个人。

1968年，外公以入赘的形式与外婆结婚，嗣续母方，改同妻姓。外公说一口流利的粤语，因不懂潮汕话，被排外的当地人起了"外省仔"的外号。外婆说，他硬是用一年时间自学了潮汕话。潮汕话会说了，但外公仍很少与人走动，独来独往，这跟他的性情有关。

外公存在感低,并不是因气质所造就的印象,而是他自愿选择被灰尘覆身。在我印象中,他冷冰冰的,永远板着脸,挺直身躯,将身穿的衣服挂直,穿着有棱有角。他把那几本金庸武侠小说翻到烂,看嘉禾的武打电影——起先是租录像带,后来是VCD、DVD,有时会忍不住评点,成龙这套拳打得不地道。小时候我好奇问过他,外公,你会武术吗?他看看我,并不吱声。

妈妈是独女,在潮汕,只生一胎,还是女儿,实属少见,这由外公的工作性质所致,因有一手统计数据的功夫,他成为计生办的职员,自然要做好示范工作。妈妈生下姐姐和我,他一视同仁,都不亲密,跟外婆也相敬如宾。后来我迷传奇故事,常对号入座,感觉外公就是那种随时会消失的人。他两手空空,来去自如,他有自己的世界。

但他并没有消失。计生办在家附近,外公从不迟到早退,后来升到管理层,直到退休,退休之后在家安静地坐着,脸色与之前无异,你不能说是苦闷,或者平静,就是面无表情,心无波澜,好像世间万物、生老病死都对他难以构成干扰。退休之后他的口松动了一些,会跟来人说一些闲话,但往往不好听:你要预防什么,不然会有怎样的灾祸。大家起初不在意,后来命数频频应验,联想外公不寻常的出身及举止,后知后觉他是位高人。消息传开,很多人慕名前来,求他"算一卦",他摆摆手,说不懂。

他是2011年去世的,得了肺癌。那时我24岁,在香港,并没回来参加葬礼。据说他死前神志清醒,但没交代什么后事。他跟外婆说,不好意思,没什么东西留给你,我的东西不多,可以的话,还请帮我留着。

几本破书,一堆碟片,留着干吗?外婆问。都是无形资产哪,日后有人想读想看,就传给他。难得外公开了个玩笑。

属于他的东西很少,少到全装在抽屉里,一拉开,里面存放的物品就会哐当相撞。因此外婆总提醒,要轻拿轻放,又补一句俏皮话,全是古董。

我是外公唯一的男外孙,蝙蝠组织所杀的皆是男性后代,如果外公真是"八兄弟"中的"老八",那我就是蝙蝠组织召灵仪式的第八位,也是唯一一位献身者。不出意外,这些可以在外公的遗物中找到答案。

"没想到这里的一切都没怎么变。"我和徐浪打车,在揭阳榕城区进安街路口下车,"希望外婆还认得我。"

路口有一座用铁栏围护的人造假山,假山下是个圆池,池里养着锦鲤。自我童年起就有了,可以这么说,这座假山是构建我乡愁的地标之一。以此为起点,穿街走巷,我因此能找到外婆家。

"你多久没来了?"徐浪看我辨路,疑惑。

"2005年离开家乡,有10年没来了。"我感叹。

7

我怕狗,并非只是怕对人构成威胁的大型犬,而是所有狗都怕,与狗相关的一切都怕。噩梦中经常出现被狗追逐的场景。

2001年夏,我13岁,在田野中拿火把去刺激一只流浪狗,火光没使它退缩,反而让它疯狂,对我狂追。大我两岁的姐姐见状用身体护我,与疯狗搏斗,最终将狗踢跑。当时年纪小,我和她并没有传染病的概念,加上姐姐事后掩盖了腿肚被咬伤的事实,大概半年后姐姐身体不适,父母以为感冒,带她去诊所检查，吃了一段时间感冒药后没起效，病情加重，转送医院，可那时已经晚了。医院不接收，又转去市里的疾控中心，根据症状姐姐被确诊为狂犬病，在送去广州传染病医院抢救的路上，人就断气了。

后来我每当想起姐姐的笑，总会附带想起她死前那些动态的疯狂：滴口水，睁大眼，眼白布满血丝，嘴唇干裂，舌头外伸，抓扯头发，挠自己的身子，瑟瑟发抖，汗涔涔，畏光，怕水，狂叫，笑，哭，喘气，死一样静止……这些画面让我冒汗，是宝藏门口不灭的熊熊火焰，让我不敢面对与姐姐相关的所有事物，甚至对父母、亲近之人，乃至同一个地方的人，都产生抵触心理，我不知道是为什么。

我总想忘记，但忘不了，于是想到逃离。当时为了长久地离开，我做了很多计划，比如考大学、参军，还有工作。终于在18岁那年，2005年，我只身一人来到香港。香港一所大学举办的征文比赛通知我获奖了。在颁奖会上，我认识了一家杂志社的主编，他是比赛的评委之一，对我的小说评价不错，我顺势问他部门有空缺的职位吗？我愿意从最底层做起。

之后我就成为一名港漂，很少与人走动，独来独往，不过粤语说得越来越标准。在工作中又接触到叶枫，经他引领，成为一名狗仔记者，越忙碌的工作对我越有益，因为我害怕安静。我与家人保持电话联系，但从不告知住址和工作，只让他们不用担心。后来父母叹气，也习惯了。我也曾想过回一趟家，但就是迈不动腿，每年春节跟叶枫一起过。有一次他跟我说，他遇过很多很多的人，有一种人，平日里坚毅如铁，但一睡下，无一例外暴露脆弱的面目。这种人哪里都可以睡，床、沙发、地板、公园长椅，用一件外套盖身，穿鞋，蜷缩着，有时会说梦话，带着哭腔，有时身体会突然抖动，像梦里仍在奔跑，却常踩空。他说，这样的人，都有故事，都有伤。我知道他是指我，后来明白，他亦在说自己。

有一年春节，我问他，你为什么从来不问我家人的事？他说，每个人都有分享自己故事的本能，不说出口，其实比说出口更难。当一个人能经年累月闭口不提自己时，那就更不应该打探，这是一种冒险。

"这么说，我是第一个听到你故事的人？"徐浪随我穿过巷子。

"到了。"外婆家门口的光景如同往日，两扇木门敞开着，中午时分，里头有锅碗瓢盆的响动。

外婆的头发花白，瘦削使脸上的皱纹更深，她看到我，愣了会儿，试着叫我小名，得到回应后，笑了，湿手在围裙上擦干，拍我肩膀，说道："你妈说你会回来的。"

"工作一直很忙。"我推脱，介绍徐浪，"我们这次回来，还是因为工作的事，回来查点东西。"

"是你外公的事吗？"外婆问。

我诧异："外公跟你说过？"

"自从你18岁离家后，他跟我和你爸妈说，你命定要走这一段路，让你在外头闯荡吧，这样对你更好，他让我们不要催你回家，他说你有一天会回来的。"外婆说。

进外婆家，拉开外公的抽屉，还是那几本武侠小说，封皮卷翘，有磨损。我看到那支英雄钢笔，黑帽黑杆，拿出孙泰平的钢笔对比，一模一样。

"虽然款式少见，但两人正巧使用同一支笔的概率也是存在的。"徐浪说。

我拔掉笔帽，笔尖光亮，旋开笔杆把墨囊放在徐浪鼻子下。两个墨囊都带有一股淡淡的苦杏仁味。

"这笔是暗杀和防身用的。"我指着墨囊的尾部，"构造跟普通笔一样也能写字，但笔尾多了一个注射的按钮，墨囊装入溶了氰化物的墨水，用笔头扎人，可以将毒液注入人体内。"

昨天在孙泰平家的探访中，我了解到"八兄弟"分别前拍了张合照，孙泰平的妻子提及，胶片相机共摁了八次快门，照片不洗出来，每人分一张底片留存。小时候我以为外公看书时所用的书签只是一张随便的黑色塑料片，现在才知道，那是一张6×7厘米的底片。这张底片就夹在《天龙八部》的书页中，将底片放在光下，有八个人影透光，其中站在最右边的一位，正是"八兄弟"中年纪最小的外公。

抽屉中还有一个黄信封，信封上空白，封口，我撕开。

一张折叠的纸，展开，横线上是外公的笔迹，老一辈写字繁简混合，没有抬头：

  如果看到這封信，想必是求助於我。等了後半生的厄運沒降临，沒想到是拖累你。如果看信的人懂我說的话，我的建议是不要应约，如果非去不可，去找陶驰，你应当见过这个人。

  如果看不懂，煩请将信放回原处。

十七 陶驰

1

我搜索记忆，哪怕是小学同学，在我至今的人生中，也没有出现过一位叫陶驰的人。在查案过程中，徐浪有过目不忘的本领，比如一则凶案新闻里面出现过的人名，只要看过，事后他总能很快回想起来。但是他闭目回忆很久，也无法将"陶驰"与接触过的案件中的某个人名连上线。这个人处于蝙蝠命案的范围之外？看外公的口吻，他/她似有挽狂澜之力，是一位局外人不太说得过去。

转从外公身上着手。我问外婆，外公认不认识一个叫陶驰的人？外婆想了想，说："认识我也不知道啊，他几乎从不带朋友回家的。"

没有手机的年代，一个通讯录是一家之主的标配。从外公的抽屉翻出来的通讯录，里面记下的联络人寥寥，并没有"陶驰"。还有什么办法可以检视外公的交际圈？

"看来要去计生局里实地走动一下。"徐浪开口，"问题是你外公都退休很久了，他的老同事分居各地，有的估计也已经去世了,一个个探访在这个紧急时候不太实际。"

有一种检视交际圈的绝好办法被我忽略了,因为徐浪无意间提及的字眼,去世,我想到了外公的葬礼,他的同事、客户、邻里甚至外公的私交,或许都会前来吊唁——而当时我人在香港,并不在场。每场葬礼都有吊唁簿,登记人名和奠仪,事后妥善保管,作为人情依据。

"当然还留着。"听我问起吊唁簿,外婆打开电视柜上锁的抽屉,拿出一本白面册子。

密密麻麻的人名,没想到低调寡言的外公,葬礼上来了这么多人。在倒数第二页,我和徐浪终于看到"陶驰"这个人名。但除了标明随礼400元,并无更多信息。

"嬷嬷[①],这个人是谁?"我指着这个人名,再问,"他/她来参加外公的葬礼,你能回想起来吗?或者你知道有谁认识这人?"

"凭吊那天,按照习俗,我没有在场。"外婆说。

"我去问问我妈。"我拿起册子,站起身。

"不用去问,"外婆说,"当时你妈雇的丧礼总管有请人拍葬礼,事后刻了张碟留念,但谁会去回顾这个啊,碟我塞在你外公抽屉的那个碟套里面了。"

本以为都是武打片,刚才我并没细翻碟套。重新抽出那张葬礼记录 VCD,快进播放,暂停,倒放,正常倍速。在哀乐萦绕的背景音中,一位身穿黑衣的短发女子,身形微胖,走上灵位前,行三次跪拜礼。如果没有记录作证,我不可能会想到,在外公的葬礼上能看到这样一张熟悉的脸孔。

---

① 粤语中通常指"奶奶"。

2

我在当天晚上 9 点半接到付璧安的电话,他直接给出指示:开一辆车,即刻到保山湖,把车停在湖边空地,有人引领上山。如果报警,就准备给何年收尸。

以付璧安的游戏心态,他会不断给你设障,周旋,如今直接给答案,唯一的解释就是他急了。最后一步棋他没走好,让自己和母亲成为通缉要犯,被全城搜捕,已经无力回天。成功召唤伏翼王降世,是他们认定的救命稻草。他们永远不会相信,就算真的以邪术的方式杀掉我,这个狗屁的仪式也不会产生任何效应。没有什么巫术,没有什么魔力,一切只是犯罪。

保山湖——最后一个邪术地点,我的死阵。我和徐浪开车前往。2015 年 3 月 20 日晚间 10 时,农历二月初一,天空没有月亮。

在湖前站定,草丛发出窸窣声,一男子走出,手拿着枪,指着我们,示意我们向前。徐浪提醒,这是昨晚在青瓦楼驻守大门的杀手。杀手分别对我们搜身,将我们身上的手机扔进湖中,之后让我们往石级上走。经过滑索处,向上的石级未砌全,陡坡之上是依稀的路痕,我们手脚并用,抓草攀枝,抵达一处石台。

石台下是深不见底的悬崖,悬崖边的巨石上钻有两个相对的孔,每个孔中竖立三根粗大的钢筋,钢筋下方与对面的石台搭连一排木板,形成一道简易索桥,上方系着两条绳索,是过桥平衡身体的扶手。杀手比枪示意,让我们往前走。等我们跨出 3 米后,他再踏上桥面。索桥轻轻晃动。

桥面宽不足 1 米,风很凉,特别是走至中部,桥悬空在悬崖上，四面鼓风，桥面似乎晃动得更加厉害，我不敢看桥底，双手紧紧抓住桥绳，努力稳住动作。走了很久，终于到了对面。我们步上石台，杀手从两个石孔中分别用力拔出六根固定桥索的钢筋，抛下悬崖，索桥消失，断了追兵的来路。

我们接着往上跋涉，身旁都是树林，感觉从未有人涉足，我们只能用手开路。走了大概二十分钟，寂静中听到哗哗的水流声，拨开最后一片枝叶，透过夜光，眼前依稀有银影闪动。眼前有一面小湖，波光潋滟，顶上有面瀑布坠下，迸出水花，满溢的水汽使这块区域变得更寒冷。湖的边缘有一条鹅卵石铺出的通道，我们踏石走进瀑布，看见一个充盈红光的洞穴。洞壁上被火焰折射出三个参差的影子，左边最高大、扭曲的影子来自付璧安。视线沿着影子往上，洞顶挂满密密麻麻的蝙蝠，栖息的蝙蝠底下是密密麻麻的蝙蝠粪，散出一股腥味。

走进去，洞里燃着一簇篝火，噼啪作响。篝火后的石台上，躺着绑手绑脚、蒙眼封嘴的何年，她脸色惨白，后腰处的衣摆上，染了一大摊血，付璧安将她后腰处的倒蝙蝠文身用刀割了下来。感知我们前来，何年身躯扭动。我攥紧拳头。

洞穴中央的地面上，凿刻了一副八点方阵图，周围有扫拭过的痕迹。左边角落立着一顶方鼎，从鼎身的图案看，是博物馆失窃的伏翼鼎。鼎附近垒放三个一米五长的黑色铁笼，分别关着猪和鸡、羊和猫、狗和兔，动物全身皆黑，蜷缩着。角落有一具散了的骨骼，骨骼发黑，是人体的构造。

付金枝坐在一张木椅上，披着一件红色斗篷，旁边的石台上放着那顶伏翼皇冠和红鬼面具。她不为所动地抽着烟，脸似涂了白粉，泛着寒光。

"你们来了。"付璧安站在火边烤手。

"你们逃不了的。"我说,"停手吧。"

"我开门见山,"付璧安看我,"郑读,最后一步了,你今晚必须死在这里。你是这场仪式的最后一位献祭者,之前不杀你,甚至暗中防护你出事,是因为你还没到死的时候。我做的一切,都是在一步步引诱你到这个洞穴来。你要自愿来到这里,才能让伏翼王感受到献祭的诚意,这是决定仪式成败的关键。我们需要你,必须是你,我需要这个力量。请求你的成全。"

"你被付金枝洗脑太深了,你所做的一切,根本不会有什么奇迹发生,更没有什么力量降临,为什么你会相信这种鬼话?"我的声音在洞中回绕,"你们现在自首,或许还能善终。"

"郑读、徐浪,"付璧安朝我们喊道,"你们说,人类是不是非常奇怪。出现一个完全无私的善人时,他们不会觉得他被洗脑,或者得了精神病。一旦出现一个极邪恶之人,生而为恶的人,所有人都会觉得,他一定哪里出了问题,他一定被欺凌,被虐待过,他是可怜虫,他是社会的牺牲品。为什么他就不能是一个纯粹的恶人?我认为你们不是普通人,没想到你们也这么想。"

"恶不恶的,我们不感兴趣,但你在杀人,你在搞破坏,就必须受到惩罚。"徐浪说。

"事到如今,我逃不了了,如果真如你们所说,我所希求的力量不会降临,那我愿意作为一个'普通的'罪犯去自首。问题是,这一步我必须做。我做了这么多努力,把整个灵魂都投入进去了,郑读是实施这个步骤的最后、唯一的人选。"付璧安表情谦卑,往角落指了指,对我说道,"你也看到那具骨骼,还有地面上凿刻的那副方阵图。四十七年前,我们的八位亲族分别在佛山、广州、汕头、香港、梅州、惠州、潮州、揭阳八地布法身亡,这是最后的献祭地,没有人涉足过。她们用性命封住了我们的伏翼王，作为后代，我的使命就是将它重新召唤出来，恢复我们往日的荣光。我让你过来，就是诚心想跟你做个交易，以何年的性命换你的性命，如果你觉得这个交易划算，你留下，我可以让手下安全护送徐浪和何年下山，等他们确定离开后，再对你施行仪式。如果你不同意这个交易，对不起，你们三人今晚都会死在这里。这个地方还没有被开发过，悬崖的索桥又断了，哪怕警察知道你们来保山湖，翻遍整座山，他们也未必能找到这个瀑布，就算找到，从瀑布外面看，也很难发现里面藏着个洞穴，我估计你们死去一段时间，才会被找到。"

"如果我说有人知道这个地方呢？"我说。

"这个地方，世界上只有四人知道，其中两人已经死了。"烟雾从付金枝口中溢出，"璧安，不要再听恶魔言语，伏翼王在召唤我们，动手吧，把其余两人都杀了。"

付璧安从阴影中端出那把气压尖锥枪。

"把其余两人都杀了？"我复述，"也就是说，在施行邪术之前，我不能出意外，对吧？"

我朝付璧安跑去，看准篝火堆，抽出一根火把。一旁的付璧安手下举枪瞄准我的身影。付璧安喊道："不要朝他开枪。"

杀手看向付璧安，对我举枪不发，徐浪已跑至他身前，他掉转枪口对准徐浪，似在犹疑开不开枪，发觉付璧安没给不杀的指令，扣动扳机，此时徐浪已经近他身前，将持枪手臂往上一推，"砰"的一声，蝙蝠群乱飞，呼啦啦席卷洞内，飞出洞穴，火焰蹿动。

徐浪一手握住杀手持枪的手臂，另一手摘下别在衣领上的钢笔，咬下笔帽，把笔头扎入杀手前胸。杀手见状，左手抓住笔身，制止徐浪推入笔尾的麻醉剂。僵持间，对方看准徐浪的腿伤处，用膝盖顶住，徐浪别腿，旋身，将对方甩向一方，趁其失衡，将其推向后方石壁，用力一摁，麻醉剂注入杀手体内。

杀手肘击徐浪脖颈，又用膝盖顶徐浪伤腿致使徐浪退后，枪口向下，开枪，一声枪响从徐浪身前响起。子弹穿过肉身射击石壁，发出尖利声响，环绕耳边。徐浪左肩处有鲜血冒出，他双手握住枪，再次往上推举，往石壁上甩。杀手被注射了麻醉剂体力难支，枪掉地跌远，落入潭中，杀手跌坐在地上，昏迷过去。

我用火把往付璧安方向舞去，他躲闪开来。放下手中的枪，抽出腰间的尖刀，抵挡我的火把。他身手不凡，截拳道招式，反握刀子，刀尖朝下，刀刃挡住棍子，向上一划拉，火光四溅。趁我躲闪火苗时，他左手出拳揍我脸部，使我退后，我还没反应过来，又一刀划向我右手背，火把掉地。紧接着，他飞起一脚，踹向我的腹部，我直直跌坐在篝火之中。烈焰烫身，我从火焰上翻滚出来，眼睛已经适应光亮，周围霎时全黑，我努力眨眼，朦胧中看到一个闪动的影子在前，我胡乱挥拳，没打到实体。视力恢复正常后，看到付璧安蹲身在我身下，举刀用力插入我左鞋面，快速拔出，剧烈的疼痛从脚底传来，疼痛使我屈身。下方的付璧安一拳揍向我下巴，我整个人往后跌去。

付璧安缓缓站起，俯视躺在地上的我："给过你机会的，你不要，现在我让你看着他们死。"付金枝发出干巴巴的笑声。

突然，付璧安脸上露出震骇的表情，看向洞口。洞口站着一个人影，因背光，只看见轮廓。

"谁？"付璧安喊。

未见面貌，声音先出："璧安，停手吧，还来得及。"来人步入洞穴，面孔被火光映亮。

"姐姐？"付璧安退缩，轻唤。

3

昨天从唐音口中，我得知付岩还有一位名叫付仪的女儿，2001年6月13日自杀。我拜托杨队帮忙调取付仪的案宗，发现她是在一艘偷渡的船上实施自杀的。

因办正规手续费用高，耗时长，大部分想去中国台湾打工的越南人，会借道中国大陆偷渡。出发地点自然是在福建，一是福建与台湾隔海相望，有地理优势。二是那里有偷渡经验丰富的本地人，搭船过海抵达台湾，是一套成熟的产业链，专业、快速、安全，两岸都有对接人员，懂随机应变，知道怎样避开搜查。偷渡人员像是经历一场常规的出海旅游，价格还便宜，每人3200美元。为让客户放心，口号响亮：偷渡成功率百分之百。这是真话，毕竟一次失败，这摊生意就再也做不成了。

付仪是那场失败的偷渡行动中唯一一位中国偷渡者。包括她在内，加上两位驾驶员，当时船上共有25人。一行人从福建省漳州市龙海市出发。行船前一周，带路人还花了14万元购置了一艘新船，试航一切完美。2001年6月12日下午7点半出海，没想到隔天下午3点，船舶就发生故障，发动机启动不了，在海面上漂浮。直到两天后，一艘渔船航海作业时，看见不远处的海面停着一艘蓝色船只，甲板上站着一群挥救生衣呼救的人。

救援时，船中有一股酸腐味。这两天漂浮期间，大家都不敢去厕所，在船舱内放了两个木桶方便，桶底残留的粪尿散发骚臭味。而船尾的厕所门反锁，腐味明显。海警打开厕所门，马桶边的一个脸盆中盛有血液，已经发黑发臭，地上有一把沾血的刀子，嗡嗡的苍蝇飞舞。厕所门的拉窗敞开，窗沿沾血，窗外的甲板上拖曳着一条血迹，血迹攀上船栏，消失于海中。

清点人数，少了三个人。两位驾驶员确定船开不了之后，清楚东窗事发只是迟早的事，用卫星电话联络同伙，抛弃船上23人乘小艇秘密潜逃。躲在甲板下船舱内的偷渡者察知船许久没动静，按捺不住上船，结果发现甲板出口被锁死。后来他们合力将盖板撞开，发现船发动不了，视野范围内是一望无际的海面，手机接收不到一格信号。

反锁厕所里的那些血迹、小刀的刀把和窗沿上血手印的指纹，来自消失的第三个人——23个偷渡者中唯一一位中国人。没人认识她，通过行李中的证件得知，此人名叫付仪，1978年出生，广州人。

根据船上目击者的口供推测，付仪应该在得知偷渡失败后，于6月13日晚上10时许，反锁厕所门后割腕自杀。后来有人敲门，她仍残留意识，发现割腕死亡率太低，才打开窗户从甲板爬出栏杆，跳进海里。有三人看见她跳海，说付仪当时身上沾满了血，爬行着翻进黑暗的海中。

台湾海峡历来有"黑水沟"的称号，夏季太平洋的暖流由南向北流经这片海域，季风强劲，海流湍急，早先的移民因此留下一句著名的谚语："十去六死三留一回头。"在这里坠海，还是两天之前，几乎不可能找到尸体。法医根据船上的出血量，判定付仪跳海前至少流血700毫升，落海时人已极端虚弱，基本无生还可能。

付仪偷渡，自然是要逃脱母亲的掌控，途中船只故障，她深知这场逃跑只有败露这一种可能，想到自己最终有可能被遣送回家的命运，重新被恶魔控制，内心无比绝望。自杀对她来说，显然是更好的选择。

但是，或许是看过太多推理作品留下的后遗症，我对于所有无尸体命案都会留个心眼，哪怕现场的证据都指向唯一的结果，我仍然会暗自揣摩：在百分之九十九死亡的情形下，一个人能不能利用百分之一这个缺口，存活下来。

这个偷渡命案，在我看来，至少存在三个疑点。

一、但凡进行偷渡的人员，都有孤注一掷的心理，因此一般只带钱和几件必需品。但付仪却带了一个大行李箱，里面塞满衣物。

二、付仪偷渡，本就是为了换一种新的人生，却还在行李中携带旧的身份证，有多此一举之嫌。

三、付仪是坐在厕所的马桶盖上用小刀割腕，血流在脚边的一个脸盆中，少量血液滴落在地上。她为何这样自杀？是怕血液流出门外吗？

但即使存在这三个疑点，在流血量这个事实面前，我仍然只能得出一种结论：付仪不可能活着。直到在外公的葬礼录像中，我确切地看到付仪的面孔。

2001年6月13日，付仪自杀，有关她的身份被销毁，世界上不再有这个人。2011年1月2日，外公去世。距付仪自杀过去将近10年，她以"陶驰"的新身份，重新出现。

外公留下的信中提到，我"应当见过这个人"，此刻名字和面孔联合，我惊觉确实见过她，在付金枝家中翻到照片时，我觉得女孩眼熟，并非是像某位明星那样的眼熟，而是我曾经亲眼见过本人的眼熟。早在我未接触蝙蝠组织时，早在我未去香港时，早在我少年时，我就已经见过她。那时她的名字就叫陶驰。

之所以没想起来，与其说是我的记忆问题，不如说是心理问题。陶驰的出现，与姐姐的死亡交缠在一起。而姐姐是我回忆的盲区，那里群狗乱吠，我无能将探照器伸入查看，因此"忘记"了陶驰的存在。她当时是揭阳光耀医院的护士。姐姐在救护车上断气后，转回医院。父母去太平间处理尸体事宜，那是2001年的冬天，我13岁，在走廊瑟瑟发抖，感到很冷，很怕。有一位护士蹲下来跟我说话，她拉下口罩，我看到她脸孔圆润，眼睛含光，皓齿红唇，耳垂很大，神情恬静，无形中让人心安。

她好像认识我很久似的，跟我说，是不是觉得很难过啊？

我点点头。

她说，生活就是很难过的，但是会过去的。相信姐姐，不要怕。

她似乎带着魔力，我点点头。

她抱了抱我，最后看着我说，如果未来，你真的在生活中遇到困难了，难到靠自己解决不了的时候，你来找姐姐，我会帮你的。

她指了指胸前的名字，笑着对我说，记住，我的名字叫陶驰。向前走，不要怕。会过去的。

后来我就再也没见过她。

那年，她24岁。在几个月前，她刚刚死去一次，蜕了层皮，换了个人生。

为什么付仪要带一件大行李箱？为什么箱里放着她的旧身份证？为什么她没有将血液流向洗手盆的下水口？她的换命之谜，我因此也想通了。

4

2015年的3月20日，付仪，也就是陶驰，已经38岁了。

下午5点，我和徐浪来到揭阳光耀医院，忐忑地问门诊楼前台,陶驰在不在,对方头也不抬地告诉我们,二楼16病房,楼道左转第一间。

二楼楼道铺了胶垫,与橡胶鞋底一摩擦,发出让人浑身难受的"唧唧"声,我尽量将脚步抬高。走到16病房前,透过关着的门格往里看,见一位穿白护士服的医务人员背门,俯身与病床上一位病人交谈。病人看向门外的我们,护士像是感应到了什么,站直身躯,转过身,正是付仪的面孔。

她的脸比年轻时更圆润一些,甚至有微微的双下巴,神情淡然,定定地看着门外的我们,好像这一幕在她意料之中。她走了出来,和我说:"一转眼就长这么大了,当时你还是小小的。"与第一次跟我交流不同,这次她说的是潮汕话,"你们等我一下,我去跟同事换个班。"

"我们应该叫你什么?"她换完便装回来,戴着一顶休闲布帽,我问她。

她指了指后边办公室外墙上贴着的照片栏,她的照片在第一行,职务是护士长,名字是陶驰。

"陶姐,"我说,"这次找你,是需要你的帮忙。"

陶驰笑了笑说:"嗯,你外公说中了,这一天终究会来。"

付仪21岁时,感受到了人生的无妄,无端成为伏翼教女巫首领的继承人,不是她所能承受并甘愿承受的命运。她排斥这一切——家族、过往及母亲向她所描述的金光闪闪的未来。她表面逆来顺受,实际上在心里萌发了反抗的念头。

唯有反抗,能洗脱黏附在身的污秽感,她要从根基摧毁这一切。从母亲口中得知"八兄弟"的身份及地点时,她秘密开展告密计划。但那时"八兄弟"中有的已经去世,有的垂垂老矣,有的神志不清,有的并不在乎,有的保持怀疑,只有老八,认真听取付仪的忠告：伏翼教将要开展报复，你们或者后代有生命危险，请想办法保护自己和他们。

外公看着眼前这个女孩，跟她说的第一句话是，你是不是很想离开人世，因为你认为人生并非自己所能掌控。

付仪不说话，来不及伪装，眼泪就掉下来。她准备自杀。不是今年，就是明年，或者后年。

"我可以帮你。"外公说，"帮你死。"

付仪诧异。

"听我的安排，我可以帮你卸下这个难以掌控的人生，换一种新的人生，过自己的生活。"外公说。

由于工作委派，外公登记过一位叫陶驰的女孩的家庭情况：她父亲是天津人，母亲是河北人，一家大老远搬到揭阳这个小城生活，说想换个环境，但从他们时常换租、不与人来往的情形看，似乎在躲避什么。男人后来看外公不像坏人，跟外公说出实情。他在老家举报了一位贪污的官员，没让对方受到惩罚，反而使自己的身份遭到曝光，官员对他实施报复，暗中派人追杀他们。他们这些年一直在逃亡，风声鹤唳，谁都不敢相信。希望外公发发慈悲，不要将他们的身份公开，否则他们的躲藏将功亏一篑。外公点点头，走了。后来他与男人成为朋友。

1999年，千禧年来临前夕，男人跟外公说，他凑够了路费，联络了一位带路人，准备携妻带女从福建码头乘坐名为"东蛟号"货轮偷渡日本。离开前跟外公拥抱，说到达日本就跟他报平安，结果再无消息。外公查询那段时间的海上新闻，发现"东蛟号"的货轮在韩国光阳港加油时，57名躲在船头暗舱内的偷渡者中有三人死亡。后来尸体被船员扔进海中，其余54名偷渡者成功到达日本。18日后，货轮返回浙江台州海门港口卸货时，参与这件事的海员怕引火烧身，提前搭乘小船离开。边检站民警上船检查，发现出进港船员人数不符，因此立案调查，经过多方查证，才破获这起偷渡致三人死亡的案件。但由于偷渡人员真实身份无法查知，最终档案标注的是"三名死者身份不详"。

外公清楚，这三个人，就是陶驰一家。船舱暗室中的57名偷渡者，唯独死了这三个人，意外很难说得通，更符合逻辑的可能，是陶家最后还是遭到了仇家的报复：他们雇佣杀手隐藏在偷渡者中。一年后，外公借单位组团旅游的机会去了一趟日本，擅自脱团，花钱请一名在日本的同乡，帮忙找到了一位当时与陶家同坐"东蛟号"货轮，最后成功到日本谋生的偷渡者。那人跟外公说，那三名死者，好像是一对夫妻和一个女孩。

"他们怎么死的？"外公问。

"不知道，舱内很黑，只知道发现人没动静时，他们已经躺在地上两天了。有人探鼻息，说已经死了，后来通报给船上的人，来了两个人拖走尸体。船舱门打开，透过光亮我看到死者口边流了很多白沫，有人说是吃错东西，食物中毒了。"

外公查探陶家关系，发现因为逃亡，也为了不祸及亲戚，他们的行踪隐秘。换句话说，除了外公，没人知道他们消失于这个世上。

那时付金枝安排付仪大学就读护理专业，是想让女儿精通人体结构，便于日后有用武之地。外公因此交代付仪租一间单间，配备冰箱，每半年抽取400毫升血液冷冻保存，其间加强锻炼，每天跑步和游泳。还有，吃胖一点——为了贴近陶驰的长相。

2001年6月8日，时机成熟，外公给付仪牵线，让她随同一批越南人躲进一艘船舶的甲板下偷渡台湾。路上要带一个大一点的行李箱，将之前冷冻的 800 毫升血液存储在保鲜箱内带上。他跟付仪说，到时船会在中途出故障，等偷渡者慌乱时，或者晚间，偷偷把保鲜箱抛入海中，带上血袋，反锁厕所门，在里面往盆中滴漏血液，用血液涂抹墙壁，淋洒身体，切记不要流向马桶口或下水道，再把那把沾血的小刀扔在地上，之后等人拍门时，把血袋藏在身上，翻窗跳海。然后潜到船底，拿走我在船下提前固定好的潜水器。深夜的海面一片漆黑，靠指北针一直往北游大概 500 米，之后我会开船接应你。如果超过两天没有渔船发现偷渡船，外公会以目击者的方式报警，对偷渡者进行救援。两天时间，血液在炎热的天气中变质，能检验 DNA，能测算流血量，但难以精准判定流出的时间。

上岸后，付仪将垂腰长发剪短，变作陶驰。自己的父母呢？如果有人这样问，就回答，在一场偷渡中死亡了。如果问为什么没有一起去？就回答"我不想离开这里，所以离家出走了"。

"陶驰"在揭阳安定下来，因有护理专业的知识，她花钱办了一张专科证书，成功面试揭阳光耀医院的护士。与外公不再往来。直到外公去世，她去行三叩拜礼。后来陶驰身份证到期，她更新成自己的照片，剪了短发，胖了 20 斤，五官舒展，更加柔和。陶驰，女，汉族，1979 年 12 月 27 日出生，天津市滨海新区人。

"外公为什么要帮你？"我问陶驰。

"他当时跟我说，我会在 24 岁那年遇到一场大灾祸，跨不过去，除非他帮忙。"陶驰说，"他要冒很大的风险帮我，一是因为他认为自己对我如今的命运负有责任，二是他想给朋友死去的女儿赋予一个新的人生，三是他认为自己在做一件好事，四是你外公跟我说，'我孙子26岁那年，会有一道坎，那时只有你能帮得上忙'。"

我黯然神伤，原来外公的冷漠，是不得已的伪装。

"当时没有想过救付璧安吗？"我问陶驰。

"弟弟比我小六岁，小时候，我们在母亲的高压管控下生活，母亲是个疯子，她从小对我灌输我是伏翼教首领的思想，安排几位跟随她的教徒侍奉我。而弟弟，则被她当作助手一样训练，我私底下一直想要逃离，无奈年纪小，能力不够。很长一段时间，我按母亲的意愿活着，她在暗室传授我们邪术的要义，我也面无表情地杀掉了很多只动物，也假装发狂，如被鬼怪附身，叩头祈祷，挥舞四肢。16岁那年，母亲相信自己培养出一位出色的接班人。她放我去读护理专业，学习解剖。她计划将献身者做成标本供奉。

"如果问为什么不反抗？因为母亲那时的所作所为不算真正的犯罪，法院不会因为你杀害动物而对你判刑。报警一旦失败，我和弟弟之后的人生只会更加黑暗。我潜伏着，寻找合适的时机带走弟弟，在这期间，璧安常被母亲囚禁在暗室，被打骂，没有饭吃，睡不了觉，有一次母亲还用绳圈套住他的脖颈，将他拉吊起来，我不得不阻止。母亲不以为意，她有一套自洽的理论，说人在弥留之际，会见到所属的神灵。那时璧安还不到10岁，在我怀里发抖，哭泣。害怕有时是好事，说明他残存理智，还没崩溃。

"但12岁那年，我发现璧安不再害怕了。他突然间像换了个人，兴高采烈地跟我描述，他终于见到了伏翼王。他说在黑暗中看到一个高大的人影，头抵着房间的天花板，双手撑开是一面巨翼，长着一副蝙蝠的面孔，伏翼王现身了。他相信母亲跟他描绘的未来。我问他，你是不是假装的？他摇摇头，说伏翼王会跟姐姐合而为一，他作为弟弟，愿意服侍我一生。我看他一脸振奋，感到绝望。从那时起，我清楚我带不走他，我救不了他，所以断了逃跑的念头，做出自杀的决定。

"直到遇到你外公，他帮我成为陶驰。这些年的护士经历中，我在病房遇到过不少出现幻听、幻视的病人，他们要么有精神疾病，要么吃了激素药物。唯独有一位青年，他神志正常，却有宗教式的狂热，时常说能感应到神的存在。起初我也以为是幻觉，后来医生对病人脑部扫描，发现他颞叶皮层病变。病人的父母回忆，他少年时曾在榕江溺过水，昏迷一天才醒来，之后开始对宗教产生了浓厚的兴趣。医生推测这次濒死体验导致的脑部缺氧，对病人的颞区产生了影响，从而引发了'感应现象'。

"'感应现象'并非单纯的'幻觉'，还涉及精神——你愿不愿意相信？我想到了璧安。开始查阅资料、书籍，发现人长期处于焦虑环境，或有过濒死体验，有可能导致右颞叶上的神经放电节律突变，当左右脑颞区活动不协调时，人的身体就会产生漂浮、变形的错觉。左脑将右脑给出的信息翻译成'另外的自己'，因此出现人格错位的现象，或能感应到'神鬼'的存在。有认知神经科学家认为，这种颞叶瞬变的发生，可让一个无神论的普通人突然成为宗教狂热者。

"颞叶区负责一个人的'自我感觉'，也与情感、记忆相关。有的病人会将生活中感知到的异常当作神迹，认定自己被神灵选中，与自己虚构的神灵对话，依赖他获取精神力量，以此来缓解自己的焦虑症。为什么这些年来我不试图制止璧安的犯罪？因为我的软弱，因为我的逃避，也因为他仍是我的弟弟，我什么都做不了。"陶驰神色平和，一一向我们说道。

我因此联想到第一次潜进付璧安家调查时，徐浪在他的药柜中翻到一堆抗抑郁药和头痛片。

"为什么这次愿意帮助我？"我问。

"因为是时候了结一切了。"陶驰说。

5

付金枝说保山湖的洞穴，这个世界上只有四个人知道，其中有两人已经死去，一个是教徒丈夫付岩，另一个是女儿付仪，作为伏翼教的首领，15岁的成年礼过后，付金枝带她探访八个死阵。付金枝没想到，自己的女儿，在消失了近十年之后，重新出现在最后一个死阵中。

"哈哈哈！"付金枝大笑，笑声清冷，"我就知道你还没有死！"

付仪步态从容，走入洞穴，她留着寸头，神情淡然，眼睛发光，皓齿红唇，耳垂厚硕，火光打在脸上、身上，金光熠熠。似乎被一股无形的力量压制，付璧安退至付金枝身旁。

付仪将我从地上拉起，扶我在石台坐定。又查看徐浪伤情，脱下徐浪的外套，用牙将衣袖咬破，撕下一条袖子，包扎徐浪左肩伤口，再将缺一只袖的外套卷条，做成一个临时的固定带。

"你为什么会出现在这里！"付璧安惶惑，朝付仪喊，又看向付金枝。

"弟弟，我们下山吧。"付仪转头。

"你为什么会出现在这里！"付璧安喊。

"她骗过了我们的眼睛，"付金枝咧嘴，"不愧是伏翼教新的首领。"

"弟弟，你中毒太深了，你被母亲利用而不知，她所说的一切，都是蒙哄你的。"付仪缓缓说道。

"璧安，"付金枝端出皇冠，拉扯付璧安的手臂，躬身，"跪下，向伏翼女王跪拜，跟她说，我们这段时间所做的一切努力，都是在为您服务。我们已经完全做好了准备，求您呼应我们。"

"弟弟，母亲被她的旧仇蒙蔽，到了神经错乱的地步。她利用你，为她复仇。没有什么伏翼王，一切都是她编造的谎言。"付仪向付璧安走去。

"你被恶魔入身了吗？怎么说出这种鬼话！"付金枝尖叫。

"为什么！你为什么还活着？"付璧安发抖，痛苦道，"当初为什么抛弃我！独自离开！"

"对不起。"付仪说，"姐姐对不起你。"

"璧安，杀了她！她不是你的姐姐，她是伏翼王身旁的鬼假扮的，来试探我们的真心！我们要表明我们服侍伏翼王的决心，让他感受到。"付金枝摇晃付璧安的身躯，"你听到没有，我说杀了这个女人！"

"啊！"付璧安挥刀，刀刃嵌入付金枝的脖子中。

付金枝脸上惊异的神情凝固，刀拔出，付金枝的头往前垂落，血喷射而出。付仪离付璧安仅一步之遥。

"你不要过来！"付璧安仓皇退后，"我会杀了你！"

付仪走近付璧安："对不起，姐姐带你走。"

"啊！"付璧安伸刀，刀子刺入付仪腹中。

付仪顺势抱住付璧安，轻声道："没事的，不用怕。"

付璧安哭泣，瑟瑟发抖，拔出刀，手垂落身侧，刀掉地："你为什么现在才出现！为什么！我头很痛，药都没用了，我很害怕！"

"没事的，弟弟。"付仪将刚才从我衣领处摘下的钢笔插入付璧安后背，注射墨囊里面的麻药，"睡一觉，姐姐带你下山。"

昏迷之际，付璧安说："姐姐，用那把气枪，往我额头开一枪吧，从你自杀的那一天起，我无数次，想象死亡的滋味，一定很甜美吧。求你，往我额头开一枪。我头很痛，很害怕。"

付仪将昏迷过去的付璧安轻轻放在地上，坐下，用手轻扶他的额头。躺在地上的付金枝，断颈处不断涌出血。我跑到何年身边，解开她身上的绳子，脱下身上的外套，系在她腰部的伤口处。她抱住我哭泣。

洞外有人声响动，警方循付仪上山途中留下的标识物，埋伏于洞穴外，形成包围圈。付仪站起来，按住腹部的伤口，走进洞穴的黑暗中。

我追上去，发现洞穴深处，还有一条狭小的石道，石壁相错，呈三角形，成年人要微微屈身才能前走。我探进，水声潺潺，泉水沿深黑的石壁流淌，水漫过我的脚踝，浸润被刀刺穿的伤口，电击一般刺痛。走了大概20米，渐渐有亮光映入，不单是水流声，鸟鸣、虫鸣、树叶婆娑、山谷风声交汇，像远古世界传来的回音。我抵达一个出口，千万株树木森森然矗立，抬头看，星星很亮。

"不去医治，你会死的。"我看到付仪腹部已现一片殷红。

"没关系，我是护士，可以自己处理。"付仪自顾说道，"你外公给了我另一个人生，陶驰的人生。我接过来，井底之蛙一样地活了10年，你说我现在承担陶驰应负的责任会不会晚？"

"什么意思？"我明知故问，陶家被人暗杀于船舱暗室里，付仪成为陶驰，她要为双亲报仇。

"我想，只要是对的，就永远不晚。"付仪深入密林中。

十八 尾声

我再也没见过陶驰。警方搜寻山中树林多日,并没有找到她。医院和家里也没找到人,她再次消失无踪。

我想到了付璧安说的话,为什么人们会觉得,作恶一定存在理由?陶驰推导付璧安左右颞区脑电波紊乱导致的"宗教狂热病"确实有理论依据,但作为他的姐姐,仍有为他的邪恶寻找因由的嫌疑。或许付璧安生来就是一个恶魔,长着一对看不见的角,摆动一条看不见的尾巴,瞳孔在暗夜发出红光。他玩心十足,只不过将人命当积木。付金枝的召灵邪术,于付璧安,只是一项具有挑战性的邪恶游戏,就像他曾经所说,"犯罪带有游戏性,才是真正的犯罪"。世上所有邪恶团体,能运转下去的核心并非依靠自洽的理论、庞大的信众,或者树立的榜样,而是那位孜孜不倦的执行者。付璧安是事件的核心,没有他,蝙蝠组织只是沙筑的城堡,经不起时代的风吹。而我作为夜行者,如嗜甜之人,把罪恶当糖,被付璧安编织的邪术命案网罗,吸引深入,一步步抵达最后的死阵——这究竟是善与正义,或者仅仅只是出于个人的欲望与本能?我不愿细想。

保山湖洞穴那晚,陶驰深入密林,付金枝死亡,付璧安最后被担架抬下山,一天后从医院醒来。他像是预知到末路,事先聘请了名牌律师,企图用"精神疾病"的辩护策略为自己减罪。第二次开庭时,律师还真的出示了一份付璧安脑部扫描的报告结果,指出他右颞叶损伤,患有"贾许温德症候群[①]"。但由于罪证齐全,犯罪性质严重,折腾半年,最终仍判决死刑。

他的妻子陈琦莹全程没有露过一次脸,倒是在判决结果出来时,在香港召开了一个记者会。神貌与我在婚礼上见过的女子无异,只是没有笑容,她说"父亲年事已高,千晨集团暂由我接管",她说"给社会造成危害,我难辞其咎,会在公益上弥补,请大家监督",最后她说"付璧安罪有应得",然后向镜头深深鞠了一躬,抬头已是满脸泪痕。遭受这等挫折,却还能站在公众面前,给出这样一个克制、完整、体面的答复,必定是个充满力量的人,我大为佩服。这期间我在报纸上看到付璧安在法庭的照片,寸头,耷拉双肩,眼神涣散,脸上多了几道皱纹,深刻、蜡黄、僵硬,像是电影中为成年演员化的老年妆。这部电影,终于告一段落。

徐浪身心俱疲,让我跟他一起去北京,换个干一点、冷一点的地方做事。他说不同的气候、水土养出的人,有不同的行事风格。比如北方人打架,直接果决,一个不顺眼就能开干,空啤酒瓶砸头,碎玻璃哗啦啦满地撒,很有视觉效果,气势有了,往往只是皮外伤,出事率低,大家明里来明里去,今日事今日毕,

---

[①] 贾许温德症候群(Geschwind Syndrome),一种神经性疾病,由美国神经科医师诺曼·贾许温德(Norman Geschwind)所描述并命名。它是因为颞叶受到损伤引起,通常会伴随脑颞叶癫痫症(Temporal Lobe Epilepsy)。病人会对于宗教及艺术产生独特的兴趣。

没什么城府，不像南方的一些罪犯，"会藏事"。

"小学被霸凌，把仇记着，长大后把人给杀了，还伪造不在场证明，这是人干的事？"徐浪夸夸其谈，"所以犯罪风格也是讲究土壤的，把日本的推理小说场景换作北方不管哪个城市，故事都不太能成立。"最后他得出的结论是，告别过去，去一个简单点的、不钩心斗角的地方做夜行者，问我要不要一起北上，"追随老金"。我说我想想。他让我慢慢想，他先走，想通了随时来北京找他。"对了，走前拜托你一件事，我好像从没拜托过你，这事你一定要答应我。"他最后说。

他托我养一只狗——从刀佬狗场带回来的棕色猎犬。对一个怕狗之人来说，这个请求更像是一个过分的玩笑，我当场拒绝。他说你看看它，猎犬摇着尾巴，吐着舌头，眼睛上睁，水汪汪的眼睛看着我，像是听懂人话。徐浪说："这狗非常乖，不闹腾，聪明，懂主人心，牙跟假的似的，不咬人，不用怕。"

我担心狗听到，把徐浪拉到一旁，低声说："你怎么说我都不会养的。你如果不能带去北京，就把他送给好人家，照样能把它照顾好，我一定照顾不好。"

"把它带到北京很容易，事实上我舍不得它，但我执意要给你养。"徐浪说，"有些事情你要面对，你并不是怕狗，你只是不想去面对有关姐姐的往事，这错不在你，这只狗是从这场灾祸中获得的礼物，它能解开你的心结。试一试吧，你能克服的。"

我手微颤，摸摸猎犬的头，它坐下。

"你给它起的啥名？"我问徐浪。

"犊子。"徐浪说。

徐浪去北京后，我给狗重新取了个名——浪子。每叫一声"浪子"，狗就回头，以此怀念徐浪。

徐浪知道我为什么不去北京。

因为何年。

风波过后,我问何年打算,她说,按照老计划,去清迈的房子养老。挽留的话哽在我的喉咙,没力气说出,只好低头一笑,咽下,问她什么时候走。她很快答我:"这个周末吧,有空可以来找我。"又笑了笑说,"要早一点,免得那时我已经不在人世了。"我点点头,跟她拥抱。拥抱过后,她的脸颊贴贴我的脸颊,一阵冰凉,我听到她说,郑读,很谢谢你。

与何年分别的那日下午,我怅然若失。好像人生前路突然延伸出无数条路,我不知往哪儿走,困顿之感凭空生。唐音后来告诉我,谢彬被徐浪救下后,住院期间是她在照顾。唐音想接着照顾谢彬,并非觉得孩子可怜,而是她觉得两人有缘,想给谢彬一个崭新的人生,她坚信自己有能力做到。她过来,是想让我知道,并请教一些领养谢彬的事宜。我悉数告诉她。

临走前,她向我道谢,感谢我们的出现,将她从线头乱缠的困境中牵引出来,使得她有机会回看之前的人生,又与新的人和事碰撞,身上一些旧痂掉落,发现并非致命伤。她变得勇敢,敢于斩断,并以积极的心态静等萌蘖。

她又说:"何年姐曾跟我说过,有些情侣,只能在末日前短暂相爱。只有在那种处境中,社会规范,人情伦理那一套失效了,爱才是爱。我知道她说这话的时候,对象是你。如今'末日'解除,你们回到现实中,她会觉得和你之间有重重阻隔,或许她跨不出那一步,但如果你想要挽留她,我认为应该勇敢点,打开天窗说亮话,不要留遗憾。"

很俗套的,周六一大早我去何年的住处,正看到她拿着行李出门。她看到我,脸上有一瞬的惊讶,对我喊:"愣着干吗,过来帮忙提下行李。"

我跑过去,递给她一个药罐子,仰头给她看脖子的伤疤,说:"你送我的这个药很有效果,疤淡了大半,但药用完了,再送一瓶呗。"

"这简单,我转机香港,给你买了寄过去。"她掂了掂药罐。

"要不……别……走了。"一句话,五个字,我说得磕磕绊绊。

何年皱眉:"什么?"

"要不别走了,"我声音有些嘶哑,"一起生活怎么样?"

何年睁大眼问:"你确定?"

我点头:"千真万确。"

"那为何现在才提?"

"我以为你下了要走的决心,留不住你嘛。"

"我还想既然事情都办完了,不好意思再跟你赖在一块儿。既然你也有这个想法,我也不跟你演戏了。"何年笑得很开心,"你喜欢我对不对,哪怕我是一个,一个犯过错的人。"

"你是一个清清白白、堂堂正正、干干净净、磊磊落落的女孩。"我回应,"我喜欢你。"

"嗯嗯。"她一个劲地点头,"这么巧,我也是。"眼泪抖落下来,那天上午的阳光灿烂,泪珠滴落时闪着璀璨的光。

我记得何年说过在海边生活的梦想,于是在汕头面海的位置租了一套两居室。两人一狗,同一个屋檐下,默契不提从前。夜晚,窗外海浪卷过沙滩,声音给人以安慰。

我又干回老本行,去当地一家杂志社当记者。几个创办人都是从汕头大学出来的,公司地点就在学校附近。杂志是双月刊，销量差，他们与母校做了资源置换，又各自筹了点钱，说烧光就四散。我主要想找点事做，采访一下当地人物，或者挑有故事价值的民生新闻，写成特稿。

何年安心做家庭主妇。我每天5点下班，5点半到家，狗对我疯狂摇尾，我就在玄关处跟它玩会儿，怕狗的心病久而久之也就消失了，然后洗手，换衣服，跟何年拥抱，贴脸，说工作中遇到的趣事。

南方的夏日溽热，晚上吃饭时间晚，又有宵夜的积习，自然也晚睡晚起。我们并不遵循潮汕时钟生活。一般晚上6点开饭，何年会做两菜一汤，我没想到她手艺这么厉害，基本餐餐光盘。我不喜欢吃水果，跟她在一起后，每天上班前，她都会给我装一个缤纷水果袋，叮嘱不吃完不准回来。有时车子停到楼下，才发现还有个苹果忘了吃，于是在车内啃完才上楼。也好，说话带着一股苹果的气味，我顺势吻她脸颊。晚上10点睡觉，我跟何年躺一块儿，海风吹拂纱帘，关灯的房间充满幽蓝的色调。有时响起长长的船鸣，空气中有草木的气息，我经常觉得梦幻，与她五指相扣，沉沉堕入梦乡。

我戒了烟，她戒了酒，想着健康点，兴许能陪伴对方更久一点。这样的日子持续了一年多。我隐姓埋名，不作他想，希望命运就此忽略掉我们，我甘愿为这样的生活抛掉一切。

很快又到了冬天。房间变得湿冷，棉被被海汽濡湿，何年常手脚冰凉。她跟我说，小时候一直想在海边住，听海浪入睡，没想到真的实现了。或许但凡接近理想，梦幻及美感大抵会消损，我注意到房间里的金属更容易生锈，夏天潮气里有一股腥味，衣服也总是不干。遇到台风天，朝南的窗户嗒嗒响，像恐惧之人颤抖的牙床，仿佛下一刻，整面玻璃就会碎裂，风灌进来，把房间搅得天翻地覆。

我发现她的身体每况愈下。

起初是消瘦,皮带要再收紧一个扣,形销骨立,人肉眼可见的缩小;接着是受损,脚底蜕皮,身上长出疮口,头发堵住地漏,有两次看着电视突然流出鼻血,胃口变小,有一次下班,我见她对着洗手盆呕吐;最后侵袭精神,炒菜要么忘了加盐,要么误把苏打粉当淀粉,开车驶过小区两个路口而不觉,半夜从床上惊醒,失眠。

往日的幽灵还是回来找她了。她梦到被强奸犯追逐,那人在暗巷将她抓住,昏黄的路灯下露出了猥琐的面孔。她梦到房间的天花板挂满了黑漆漆的蝙蝠。她梦到我摁下了她身上的炸弹按钮,"轰",她在睡梦中惊叫,我抱住她,她使劲把我推开。认清现实后,她抱紧我哭泣,身上渗满了汗。

失眠后,她半夜睡不着,整宿呆坐在客厅的沙发上。我陪她,她让我回房睡,想自己静一静。一次我起来上厕所,看到她站在阳台边,心咯噔一下,问她在干吗,她指着远处海面闪光的船只,说船有一小时没动静了。我顺着她指的方向看,小小的船随着波浪一起一伏,在它的周围,是深重巨大的黑暗。何年问我,里面的人不怕吗?

后来我发现阳台养的一盆茶花居然枯萎了,泥土中有一股甜丝丝的酒味,我从客厅的书架后翻了一个尊尼获加的空酒樽和杯子,原来每个失眠的夜晚,何年站在阳台喝威士忌,喝剩的酒液就倒在旁边的茶花中。

我们唯一一次吵架是因为治疗的事。病情在恶化,我执意带她去医院。她不同意,说一直在吃药,是能维持住的。她说这是治不好的病啊,去医院又能怎样?我说至少能让情况好转。

我们争执了起来，拗不过对方。最后何年说，让她想一想。

共同生活了两年后，2017年初夏，何年在病床上，已经是弥留状态。她的面孔颧骨突出，神志清醒时，对我说："不好意思，让你看到我这个样子。"她会用手摩挲我的脸，没头没尾地说，很想保护你。我纠正，是我想保护你。她摇摇头，露出欣慰的笑脸，郑读，你像个孩子一样，让人舍不得。请记住我好看时的样子。谢谢你，陪我走完最后一段路。何年说，我们必须再见了。

处理完何年的后事，我又开始抽烟，在洗澡的时候想到她，会哭泣。

有段时间，我每天下班回家，都感觉房间因缺少何年，变得不像个住处。两居室的空间太大，人处其中，会有幻听幻视，有时会看到她从厨房探出头的身影，有时会听到她喊我的名字，有时是炒菜的气味。狗也感到了不习惯，变得消极很多。我摸摸它的头，跟它说，何年去世了。我把杂物堆进两个空房间，住在客厅。

之后的生活波澜不惊，我把工作辞掉，抽烟、喝酒、上网、玩游戏，除了遛狗、买东西，很少出门。因为失眠而熬夜，开始吃褪黑素片，没什么效果，迷迷糊糊，半睡半醒。有时白天喝咖啡，反而在沙发上倒下了，颠来倒去做了多个醒过来的梦，一遍一遍，仍笼在一片雾中，须用力转头，跌下沙发，方醒。我惊魂未定，气喘吁吁，恍若隔世。

2017年6月12日下午两点18分，雷阵雨，气温32摄氏度，房间闷着一股热流。我躺在沙发上，狂打喷嚏，鼻涕流不完，索性用纸堵住鼻孔，用嘴呼吸。突然听到敲门声。"谁啊？"我问。"快递。"我听到一个低低的男声回答。此时房间蓝光闪耀,窗外响起雷声,大概是我昨天买的酒到了,于是趿拖鞋去开门。走到玄关处,发现狗对着门摇尾。以往的快递、外卖,或邻居经过,它都会吠,这次太反常了。我昏沉的精神一下子清醒,它是徐浪从刀佬狗场带回来的猎犬,不叫唤,说明认识外面的人,难道还有杀手?我退回到房间,因感冒而身体发热,冒冷汗。我很久没有锻炼了,身子虚得很,危机来得不是时候,硬上吧。"等一下。"我向外面喊,从厨房的刀架上抽出一把肉刀,抽出鼻孔的纸梭,扯出两条长长的鼻涕液,好狼狈。打不过的,被干掉也好,受不了这种鬼天气了,拼一拼吧,总不能坐以待毙。

又响起敲门声,"来了。"我应道。我将刀反握,向门走去。

以声音刻文字，分身人迹踏迎

天喜文化